KB103305

하자키 목련 빌라의 살인

와카타케 나나미 지음
서혜영 옮김

작가정신

차례

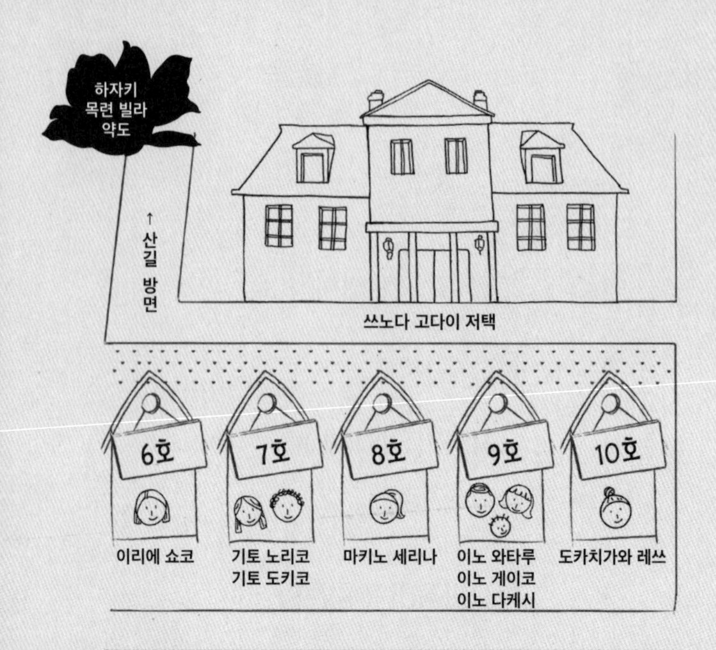
하자키
목련 빌라
약도
↑ 산길 방면
쓰노다 고다이 저택
6호
7호
8호
9호
10호
이리에 쇼코
기토 노리코
기토 도키코
마키노 세리나
이노 와타루
이노 게이코
이노 다케시
도카치가와 레쓰

콘크리트 축대
1호
2호
3호
4호
5호
미시마 후유
미시마 아야·마야
고다이 시로
고다이 후지
빈집
나카자토 다쿠야
이와사키 아키라
마쓰무라 켄
마쓰무라 아케미

주차장
나무들이 우거진 언덕

해안도로로 가는 경사면 ↓

미시마 후유 ··············· 하자키 시청 공무원

미시마 아야·마야 ········· 후유의 쌍둥이 딸들

나카자토 다쿠야 ·········· 학원 강사

이와사키 아키라 ·········· 다쿠야의 친구

마쓰무라 켄 ··············· 패밀리 레스토랑의 점장

마쓰무라 아케미 ·········· 마쓰무라 켄의 아내

이리에 쇼코 ··············· 번역가

기토 노리코 ··············· 고서점 '기토당'의 경영자

기토 도키코 ··············· 노리코의 어머니

마키노 세리나 ············· 호텔 남해장의 공동경영자

이노 와타루 ··············· 중고차 판매회사 경영

이노 게이코 ··············· 이노 와타루의 아내

도카치가와 레쓰 ·········· 혼자 사는 노부인

쓰노다 고다이 ············· 하드보일드 작가

쓰노다 야요이 ············· 쓰노다 고다이의 아내

고다마 고조 ··············· 고다마 부동산의 사장

고다마 레이코 ············· 고다마 고조의 아내

하나오카 미즈에 ·········· 고다마 부동산의 사원

미나미 사유리 ············· 세리나의 시어머니,
호텔 남해장의 주방장 겸 공동경영자

로버트 사와다 ············· 호텔 남해장의 제과 기술자

고마지 도키히사 ·········· 하자키 경찰서 형사반장

히토쓰바시 하쓰미 ········ 하자키 경찰서 경사

1장

남자가 죽었다

1

차에서 내려서기 직전 발작적인 재채기가 고다마 레이코를 덮쳤다. 레이코는 같이 탄 젊은 부부에게 미안하다고 말하려던 그 입으로 또다시 재채기를 연발하며, 코치 숄더백에서 이미 축축해진 손수건을 꺼내 코를 감쌌다.

지겨운 콧물 재채기. 10월 들어 갑자기 내려간 기온 탓에 이 꼴이다.

"유행하고는 아무 인연도 없는 사람이 병만큼은 먼저 걸리는군. 마흔 고개를 넘었으니까 건강에 신경 좀 쓰라고."

남편은 나가는 길에 그렇게 레이코를 위로했다. 그래놓고 자신은 친구랑 낚시를 간다며 재빨리 외출해버린 것이다. 남편은 늘 말뿐이다. 그런데도 친구들이나 종업원들 사이에서는 애처가라는 평판을 들으니 부아가 난다. 뭐가 애처가냐. 아파도 죽 한번 끓여

주는 일이 없는데. 정말로 상냥한 남자라면 말로만이 아니라 행동으로도 보여줄 테지. 예를 들어 쓰노다 고다이 선생님같이…….

주차장에는 차가 여러 대 세워져 있었다. 맨 오른쪽이 쓰노다 씨네 주차 공간이다. 보통 때라면 대단히 비싼 외제 차가 세 대는 서 있을 텐데 오늘은 한 대밖에 안 보이고 커버 시트가 단정치 않게 뭉쳐 놓여 있었다. 주위에 주차되어 있는 것은 좁은 공간에 알맞은 고연비의 국산 차뿐이니 매우 언밸런스한 주차장이다. 레이코는 옆에 서 있는 하얀 코르사를 오싹한 기분으로 바라봤다. 문을 열 때 터져 나온 재채기의 여세로 그 차 문에 흠집을 낸 모양이었다. 주인이 알아차리지 못해야 하는데.

"주차장은 이곳을 사용하시게 될 겁니다. 언덕길은 막다른 길이라서 차가 들어갈 수 없습니다. 이편이 좋아요. 길이 통하는 줄 알고 들어오는 차가 적어서."

억지로 밝게 떠들자, 젊은 부부는 애매하게 고개를 끄덕였다. 남편은 햇볕에 새카맣게 탄 피부에 알로하셔츠를 입었고, 아내는 세팅에 한 시간은 족히 썼음 직한 머리 모양을 하고 있었다. 둘 다 근무처가 후지사와라고 했던가? 레이코는 내심 한숨을 쉬었다. 대부분의 부부는 아내 쪽이 주도권을 쥐고 있다. 바다를 좋아하는 남편은 이 집이 마음에 들겠지만, 아내는 분명 반대할 것이다. 그들이 이 집을 사는 일은 없을 것이다.

'고다마 부동산'은 이 하자키 일대의 부동산 거래를 한 손에 쥐고 있다. 레이코의 남편, 고다마 고조 사장은 억센 겉모습과는 달리 인품이 매우 온후했고 수완가는 아니지만 손님의 마음을 붙잡는 재간이 있었다. 게다가 하자키 근처의 가마쿠라, 즈시, 하야마 부근은 이미 부자에게 점거되어 있는지라, 경관이 좋고 집값도 싼 하자키 지역은 바다 곁에 살고 싶은 사람들에게 인기가 좋았다. 그렇기에 요즘 같은 때에도 고다마 부동산은 그럭저럭 지속적으로 매상을 올렸다. 그러나 고다마 부동산에도 약점은 있다. 레이코가 젊은 부부에게 보이려 하는 물건이 바로 그것이다.

언덕길 바로 아래부터 경사면 중간에 늘어선 열 채의 집이 보였다. 새하얀 벽, 짙은 푸른색 지붕, 창틀을 하늘색으로 칠한 집들이 초록 나무들 틈새로 엿보였다. 은행 캘린더에나 나올 법한 아름다운 주택들을 보고는 무뚝뚝했던 아내가 뺨의 긴장을 살짝 풀었다.

"바다에서 이 집이 보였어요. 이런 아름다운 집에 살면 좋겠구나 했지요. 비어 있다니 정말 운이 좋아."

남편이 의기양양하게 말을 꺼냈다. 레이코는 근질근질한 코를 한 손으로 누른 채 슬픈 듯이 그를 봤다. 포기하고 어서 빨리 돌아가주면 좋겠는데.

"이 층 창에서 보는 바다는 분명 멋있을 거야."

부부는 레이코의 등 뒤에서 손을 잡았다. 레이코는 잠자코 언덕길을 올라가면서 삼 개월 전 여기에 왔을 때의 일을 떠올렸다.

그때는 좋았다. 물건도 이 번거로운 '하자키 목련 빌라'가 아니라 구舊 마에다 저택이었으니까. 게다가 손님은 하드보일드 작가인 쓰노다 고다이 부부!

쓰노다 선생은 트레이드마크인 레이밴 선글라스를 끼고 아쿠아스쿠텀 트렌치코트를 걸치고 있었다. 그리고 미간에 주름을 잡으면서 아주 매력적인 낮은 목소리로 이렇게 말했었지.

"실례, 고다마 씨. 이 벽 아래쪽에 뚫려 있는 구멍은 뭘까?"

"그건 실은 총탄 자국이에요. 글쎄 중일전쟁 때 마에다가의 아들 한 명이 징병을 피하기 위해서 자신의 다리에 총을 쏘려고 했대요. 그런데 막상 진짜 쏘려니까 무서워서 손이 미끄러졌고 그래서 그런 구멍이."

"그래요. 다행이군, 흰개미가 아니라서."

쓰노다 선생님의 목소리는 정말로 멋있었어. 레이코는 황홀하게 회상했다. 게다가 유머도 있으셨고. 부인 쪽은 검은 피부에 어쩐지 정이 안 가는 사람이었지만. 그런 무뚝뚝한 여자는 집 안에서는 분명 잔소리가 심할 거야. 불쌍한 쓰노다 선생님. 그러니까 소설 속에서는 정말로 여성스러운 히로인을 쓰시는 거야. 그런 저택을 척 사들일 만큼 돈도 잘 버는데 좀 더 상냥하게 해드려야 하지 않나? 내가 아내였다면 분명 그렇게 했을 텐데……. 그래, 모처럼 여기까지 왔으니까 잠깐 인사하러 들러보는 것도 좋지 않을까. 잠깐이라면. 뭔가 불편한 점이 있을지도 모르고.

또 재채기가 나왔다. 머리 꼭대기부터 손톱 끝까지 온몸을 진동시킨 재채기 때문에 제정신으로 돌아온 레이코는 현관 열쇠를 돌리며 부부에게 설명을 시작했다.

"여기가 3호입니다. 보시다시피 아담한 집이지만 안은 의외로 넓어요. 집 옆으로 해서 뒤로 돌아가면 뒷문이 있는데 들어서자마자 바로 욕실이 있기 때문에 부부가 함께 바다에서 즐기신 뒤에도 집을 더럽히지 않을 수 있어요. 밖에는 큰 창고도 있으니까 서핑보드나 낚시 도구 같은 것을 넣어두면 편리하지요. 현관홀도 넓게 설계되어 있어서 더운 여름날에는 돗자리를 깔고 누워 지낼 수도 있어요."

레이코는 얼굴에 지어낸 웃음을 띠고 문을 열며, 자, 보세요, 하고 부부를 돌아봤다. 집 안을 들여다보던 부부가 시선을 황급히 거두고 레이코의 얼굴을 보더니 슬금슬금 뒷걸음질 치기 시작했다. 왜 저러지, 하고 레이코는 생각했다. 지금까지 많은 손님이 이 집을 보고 갔다. 얘기가 마무리 지어지지 않는 경우가 많았지만, 그건 집 때문은 아니었다. 집은 제대로 지어졌고 내장도 제법 멋스럽게 되어 있었다. 집을 한번 들여다보기만 하고 뒷걸음질 치는 손님은 이번이 처음이다. 설마 그야말로 흰개미가 대량으로 발생한 건 아니겠지. 레이코는 불안해져서 집 안을 들여다봤다. 남자가 누워 있었다. 레이코가 자랑한 대로 참으로 널찍한 현관홀에 양손 양다리를 뻗고 누워 있었다.

그건 아무리 봐도 죽은 사람이었다.

2

"역시 그렇군요."

여자의 눈은 강하게 빛났다. 나는 시선을 돌렸다. 진지해진 여자의 눈을 정면으로 들여다보는 남자는 오래 못 산다. 특히 이런 종류의 여자는 위험했다.

"역시, 그랬었군요."

"그만해. 잊어버리는 게 더 나은 옛날도 있어."

"잊을 수 없는 옛날도 있어요."

강한 북풍이 내 뺨을 스치고 여자의 앞머리를 말아 올렸다. 나는 위험을 무릅쓰기로 했다…….

마키노 세리나는 '우웩'과 '우욱'이 뒤섞인 소리를 내며 기세 좋게 『잃어버린 만가』를 덮었다. 믿을 수 없어, 하고 그녀는 생각했다. 이렇게까지 제멋대로 여자를 날조하다니 이 작가는 부끄럽지도 않은가. 십오 년이라는 세월 동안 옛날 남자를 집요하게 마음에 품고 있다가, 그 품속으로 뛰어드는 여자라니. 쓰노다 고다이란 작가, 바보 아냐? 아니면 망상증 환자든가.

여자란 좀 더 현실적이고 터프한 법이야. 옛날 남자 따위를 미련스럽게 끌어안고 가는 여자가 없다고는 할 수 없겠지만. 뭐, 일본에만 여자가 육천만 명이나 되니 그런 진기한 동물이 존재할 수도 있지. 하지만 십오 년이나 계속 가슴에 담아두는 여자는 없어.

안 그러면 내가 이상한 사람이 되잖아.

세리나는 한동안 멍하니 허공을 바라봤다. 그러고 나서 휘휘 머리를 흔들더니 단호한 발걸음으로 이 층 베란다로 나가 아래쪽으로 난 길을 내려다봤다. 책에 집중할 수 없던 이유가 하나 더 있었다. 아까부터 밖에서 심한 재채기 소리와 이야기 소리가 들려왔기 때문이다. 세리나는 어쩔 수 없이 거기에 신경이 쓰였다.

다섯 채의 집이 늘어서 있고, 나무들 너머로는 해안도로가 보였다. 그 도로는 여름에는 항상 가로막혀 있다. 가끔씩 무모한 운전자가 샛길인 줄 알고 언덕길을 올라왔다가 곧 막다른 길임을 알고 돌아나가려고 하지만 방향 전환이 쉽지 않아 쩔쩔매는데, 그걸 바라보는 재미가 쏠쏠하다. 10월 7일인 오늘은 일요일인데도 차가 많지 않고 조용하다.

도로를 내려서면 모래사장이다. 그 앞은 바다. 가을 바다는 오전의 젊은 태양 아래 노란빛으로 반짝반짝 흔들리고 있다. 밀물 때라 밀고 들어오는 파도 소리가 기분 좋게 귀에 울렸다. 요 이 년 반 남짓, 매일매일 세리나는 감사하는 마음이다. 이런 멋진 경치를 늘 볼 수 있다니. 그러니 바다에서 불어오는 바람으로 집이 모래투성이가 되든, 안테나가 녹이 슬든, 태풍이 정면에서 불어오든, 뭐든 견딜 수 있다. 하느님, 그리고 보험금을 듬뿍 남겨 준 남편이여, 정말 고마워요.

세리나가 살고 있는 '하자키 목련 빌라'는, 집 장수가 지은 모두 열 채로 이루어진 빌라의 8호였다.

원래 이 하자키산 일대는 마에다라는 지주의 소유였다. 마에다가는 에도시대에 한 다이묘의 애첩이었던 '모쿠렌木蓮'과 그 자식들에서 시작된 가문이라고 한다. 쇼와 초기 가나가와현의 해안 옆 가파르게 솟아오른 산 중턱에 마에다가의 별장이 세워졌고 그 후 육십여 년간 이 부유한 일족이 훌륭한 경관을 독점했다. 그러나 십수 년 전 마에다 시즈라는 할머니가 아흔다섯 살로 세상을 뜨자 마에다가는 하자키에서 철수하기 시작했다. 때는 바야흐로 버블 경기가 한창이었다. 뒤를 이은 장남은 별장 아래 경사면에 몇 채의 집을 지어 팔아서 터무니없이 오른 상속세를 내려는 계획을 세웠다. 별장 자체를 팔까도 했지만 세무사가 말렸다. 별장은 유지비가 막대해서 세금의 상당 부분이 면제된다는 것이었다. 버블이 터져 집값이 폭락한 뒤에 장남은 그 세무사를 해고했다.

경사면을 깎아내고 축대를 쌓은 후 자칫 무너져 내리거나 하지 않도록 콘크리트로 단단히 굳혔다. 그게 너무나 살풍경해서 축대 앞에 낮은 대나무 울타리를 만들고 집집마다 마에다가의 고사에 나오는 목련을 한 그루씩 심어 외관을 정비한 뒤에, '하자키 목련 빌라'라고 이름을 붙여 팔았다. 광고는 '바다가 보이는, 사치스러운, 당신만의'라는 문구로 사람들을 유혹했다. 가격도 오천만 엔대로 쌌다. 수많은 사람이 몰려들었다. 추첨에 당첨되어 집을 구입하게 된 사람들은 운이 트인 줄 알았다.

그런데 입주자들은 얼마 안 되어 의외의 함정이 있었음을 깨닫게 되었다. 교통편이었다. 광고에는 가마쿠라까지 한 시간, 후지사와까지 한 시간 이십 분, 로맨스카(도쿄 신주쿠에서 하코네, 누마즈 등 주변 관광지로 운행되는 오다큐전철 특급 열차—옮긴이)로 환승하면 신주쿠까지 두 시간 반의 통근권 내, 라고 노래했는데, 실제로는 배 이상의 시간이 걸렸다. 이유는 간단했다. 버스가 아침에 두 대, 밤에 두 대밖에 없었기 때문이다. 해안도로는 도시 바로 앞에서 만성적인 정체에 빠져들었다. 학교도 유치원도 하자키산을 넘어 걸어가자면 편도 사십 분은 걸린다. 해안도로에 면해 있는 가게는 생선 가게와 허름한 채소 가게, 그리고 작은 호텔이 있을 뿐, 세제 하나를 사려 해도 산을 넘어가야 했다.

학령기에 달한 아이가 있는 가족은 일찌감치 떠나갔다. 병자를 끌어안고 있는 집도 그랬다. 어찌 됐건 러시아워일 때는 구급차가 도착하는 데도 삼십 분이나 걸렸으니까. 후지사와나 가마쿠라에 근무처를 가진 일가도 떠나갔다.

때문에 산의 경사면 전체에 오십 채 정도의 집을 더 지어 상점이 들어오게 하고 버스 편성을 늘리려던 계획은 주민들의 정착 지연과 자금 사정 악화 등을 이유로 하룻밤 지난 솜사탕처럼 흔적도 없이 사라져버렸다. 그 뒤로 십 년, 입주자는 어지럽게 바뀌어 지금의 주민 대부분이 세리나와 마찬가지로 바다를 좋아해서 다소의 불편에는 눈감을 수 있고, 자꾸만 값이 떨어지는 이 집을 놓을 수도 없는, 돈이 별로 없는 사람들로 채워지게 되었다.

세리나는 한동안 넋 놓고 바다를 바라보다가 바닷바람에 차가워진 뺨을 문지르면서 좀 더 가까운 광경으로 시선을 옮겼다.

열 채의 집은 다섯 채씩 두 줄로 서 있었다. 세리나가 사는 8호는 위쪽의 중앙에 위치했다. 경사면에 세워져 있기 때문에 앞의 다섯 채가 전망이나 햇볕을 가리는 일은 없었다. 인간 심리란 이상한 것이라서 6호부터 10호까지 산 쪽에 있는 주민들은 자신들을 '위', 그 밖의 집들을 '아래'라고 불렀다. 거꾸로 1호부터 5호까지의 바다 쪽 주민들은 자신들은 '앞', 나머지 집들을 '뒤'라고 불렀다.

재채기 소리와 이야기 소리는 현재 비어 있는 3호 근처에서 들려오는 것 같았다. 부동산에서 손님을 데리고 온 거겠지. 그늘이 져서 아무도 보이지는 않지만.

그때 1호의 이 층 북쪽 창문이 열리고 동시에 두 개의 얼굴이 불쑥 나타나 씩 웃고는 사라졌다. 머리 모양부터 송곳니까지 똑 닮은 얼굴, 미시마 후유의 쌍둥이 딸들이다. 후유는 하자키 시청에 근무하는 공무원이다. 이곳의 집들이 반짝반짝하는 새 건물이었을 때부터 살았다는데 삼 년 전부터 모자가정이 됐다고 들었다. 남편이 사라진 경위에 대해서는 여러 설이 분분한 모양인데, 아이들과 본인은 모두 밝고 느낌이 좋았다.

9호의 이노 게이코가 언덕길을 내려가는 모습이 보였다. 아이와 함께 가면서 손으로 외제 차 키를 이것 보라는 듯이 흔들어댄다. 아마도 가마쿠라 부근에서 쇼핑을 하고 점심을 먹으며 우아한 시간을 보내려는 것이겠지. 남편인 이노 와타루는 중고자동차 판매회사 사장으로 해안도로변에 거대한 매장을 갖고 있다. 매일같이 창문을 열어놓은 채로 요란하게 부부 싸움을 해대는, 그다지 반갑지 않은 이웃이다.

그러고 보니 오른쪽의 이웃, 7호의 기토 씨네 모녀도 요즘 싸움이 끊일 날이 없다. 예순 살이 되는 도키코와 딸 노리코, 그렇게 둘이 산다. 노리코는 산 넘어 하자키 기타마치에서 '기토당'이라는 고서점을 경영하고 있다. 언뜻 봐서는 얌전한 독서가, 모범생인데 엄마와 매일 싸운다. 세리나는 기토당에 가보고 감탄했다. 이런 촌구석에서 어떻게, 하고 생각할 만큼 책이 잘 갖춰져 있었다. 의학서 중심이지만, 미스터리나 유머 소설도 많았고, 아동서 코너에는 니키 에쓰코에서 사사키 쿠니까지 다양한 작가의 책들이 주르륵 놓여 있었다. 전문 분야가 아닌 책이라도 주문하면 성의껏 갖다 놓는 모양이다. 그런 친절함 때문인지 장사도 잘되는 것 같았다. 작년 말에는 만화책을 전문으로 하는 2호점을 오픈했다. 그런데 도키코는 딸에게 돈을 벌어 오기보다 손자를 낳아주길 원하니 어쩔 도리가 없었다. 매일매일 선을 보라고 성화를 하면서 부딪치는 거였다.

보풀이 뭉친 스웨터로 몸을 감싼 도키코가 마당에 나와 혼잣소리를 중얼거리며 가을 가지를 따는 모습이 보였다. 세리나는 얼른 시선을 돌렸다.

후유 씨네 옆, 2호에는 노부부가 산다. 은퇴한 중학교 교장이라는 남편 고다이 시로 할아버지는 다 해서 열 채인 이 빌라에 자치회를 조직해 그 회장을 맡으려는 야심을 갖고 있다. 별것도 아닌 일로 툭하면 회람판을 돌리고, 어떤 사건이든 반드시 간섭을 한다. 최근에는 '포르노 비디오 광고물을 넣지 말아주십시오. 하자키 경찰서'라고 쓰인 스티커를 받아 와서 멋대로 각 집의 우편함에 붙이며 돌아다니다 소란을 일으켰다.

아내인 고다이 후지 씨는 물에 물 탄 듯 술에 술 탄 듯한 성격이지만, 어렸을 때 읽은 『빨강머리 앤』의 영향을 많이 받아, 요즘 이웃들을 모아 '퀼트와 차 모임'을 결성하려고 열을 올리는 중이었다. 당장 표적이 되고 있는 세리나는 바느질을 하다가 바늘에 찔리는 바람에 패혈증에 걸려 손가락을 자를 뻔했다는 이야기를 하나 날조하기로 마음먹고 있었다.

'하자키 목련 빌라'의 주민들은 수도권의 여느 집 장수가 지어

판 주택지 어디에서나 볼 수 있는 오합지졸 집단이고, 타인에게 간섭받는 것을 싫어했다. 단 지리적 불편함이 어느 정도의 결속을 가져다주기는 했다. 태풍이 오면 싫든 좋든 주민들은 서로 도와야 했다. 하지만 절박한 이유 없이 타인의 생활에 성큼성큼 끼어드는 것은 전혀 다른 문제였다. 위아래나 앞뒤에 상관없이, 스티커 사건 이후 주민들은 두 파로 나뉜 형국이었다.

예를 들면, '위'의 맨 안쪽 6호에 혼자 사는 번역가, 이리에 쇼코 같은 경우는 스티커에 정면으로 반대했다. 10호의, 역시 혼자 사는 맹렬 노부인 도카치가와 레쓰와 4호의 2인조 이와사키 아키라와 나카자토 다쿠야도 시로 할아버지를 반대하는 파다. 하지만 이 셋은 그냥 소란이 벌어진 걸 구경하며 재밌어하는 데 지나지 않는지도 모른다.

그때 눈이 충혈된 이리에 쇼코가 앞의 작은 길로 어슬렁어슬렁 걸어오는 게 보였다. 세리나가 가볍게 손을 흔들자 쇼코는 이를 드러내며 웃는 얼굴을 했다. 밤을 새워 일을 하고 아침이 되면 잠이 드는 쇼코가 이 시간에 밖을 걸어 다니는 이유는 단 하나. 밤새 끝낸 번역 원고를 우편함에 던져 넣고 돌아오는 걸 거다.

"일, 끝났나요?"

"끝났어, 끝났어. 다 해서 원고지 이천사백 매, 번역일 사 개월의 대작이었어. 난 당분간 알파벳과 두꺼운 장편 같은 건 보고 싶지도 않아."

"축하해요. 축배나 한잔할까요?"

"미용실에 갔다 와서."

쇼코는 백발이 섞인 푸석푸석한 머리를 흔들며 웃고는 갈라진 목소리로 덧붙였다.

"어쨌든 우선은 잠을 자야지. 하지만 다섯 시나 여섯 시쯤에 가면 한잔 줄 거지?"

세리나는 승낙의 표시로 손을 들었다. 예전에 전공투 투사였다는 출처 불명의 소문이 있지만 평소의 그녀를 봐서는 도저히 그랬을 것 같지 않다. 늘 등을 곧게 펴고 트위드재킷을 입고 있는 모습이 차와 리넨과 말을 한없이 사랑하는 영국 시골의 마담 같은 느낌을 주었다. 하긴 지난번 시로 할아버지와의 싸움에서 왕년의 모습을 슬쩍 보여주긴 했다.

시로 할아버지 편이 된 것은 5호의 마쓰무라 아케미뿐이었지, 하고 세리나는 힐끗 5호의 지붕을 바라봤다. 아케미는 한마디로 말하면 머리 회전이 둔하고 언동을 종잡을 수 없는 트러블 메이커다.

"어머, 하지만."

아케미는 솜털이 많은 둥근 얼굴에 곤혹스러운 표정을 떠올리며 이해할 수 없다는 듯이 말했다.

"이상한 광고물이 우편함에 들어오는 건 누구라도 싫지 않나요?"

"허가 없이 타인의 물건에 손을 대면 안 돼. 이건 철칙이야. 스티커를 붙이고 싶으면 먼저 그러겠다고 말을 했어야지. 하긴 그런 말을 들었다면 거절했겠지만."

"어머, 어째서요? 글쎄, 그건 좋은 거잖아요?"

쇼코가 대꾸할 말이 궁한지 굳은 표정을 짓던 게 생각나, 세리나는 자기도 모르게 웃음을 지었다. 샛길의 쇼코가 추운 듯 몸을 떨며 뭔가 말을 걸어온 순간이었다.

"지금 난 소리, 뭐죠?"

세리나는 귀를 세웠다. 쇼코는 별 흥미 없다는 듯 주위를 돌아보았다.

"뭐긴, 재채기잖아."

"재채기? 비명 아니었어요?"

"재채기야."

"그랬나?"

그 말이 채 끝나기도 전에 야단스러운 재채기가 울려 퍼졌다. 그 사이사이로 뭔가 저주의 외침이 들려왔다. 알로하셔츠를 입은 남자와 젊은 여성이 언덕길을 구르듯이 뛰어나오는 모습이 나무들 사이로 힐끗 보이고, 뒤이어 고다마 부동산 사장 부인 레이코가 재채기와 비명을 교대로 내지르면서 뛰어나왔다. 그리고 베란다의 세리나를 알아보더니 격렬하게 양손을 돌리기 시작했다.

"뭐야?"

샛길의 쇼코가 돌아본다. 고다마 레이코는 허겁지겁 언덕을 올라와, 쇼코를 향해 크게 몸짓 손짓을 하면서 재채기를 연발했다.

"뭐야, 저건. 너무 추워서 머리가 어떻게 됐나?"

쇼코는 아연해서 레이코를 바라보다가, 잠시 후 중얼거렸다.

"무슨 일이, 있었던 거 아닐까요?"

"무슨 일이라니, 뭐가? 데리고 온 손님이 집에 불이라도 내고 도망쳤나? 만약 그랬다면 그건 저 부동산이 시킨 게 분명해. 고다마 부동산에서는 이 빌라를 역병귀신이라고 부른다니까."

"그렇다면 불길이 번질 거 아니에요? 큰일이잖아요."

"저 여자 머릿속을 걱정하는 게 선결문제 아닐까?"

말을 주고받는 사이에 기토 도키코, 도카치가와 레쓰, 이노 와타루가 얼굴을 내밀었다. 고다마 레이코는 무슨 말인지 하려다가 재채기 때문에 결국에는 샛길에 쭈그리고 앉아버렸다. 모여든 사람들은 서로 얼굴을 마주 보고 먼발치에서 얘기를 주고받았다.

"감기 걸렸군요."

"올해 인플루엔자는 까딱하다간 뇌염으로 발전된다던데."

"어머, 큰일이네. 빨리 병원에 데리고 가야겠어."

하지만 하나같이 자신도 전염될까 봐 레이코에게서 오 미터쯤 거리를 두고 선 채 꼼짝도 하지 않았다.

드디어 결심한 듯 도키코가 레이코에게 다가가 어깨에 손을 갖다 댔다.

"괜찮아요?"

다음 순간 레이코의 재채기 물보라가 도키코의 얼굴을 덮쳤고 도키코는 비명을 지르며 도망쳤다.

3

변사체 발견을 알리는 신고가 하자키 경찰서에 들어간 것은 10월 7일 일요일, 오전 열 시 십삼 분이었다. 전화를 받은 건 통신반의 미카사 로쿠로 순경이었는데 통보 내용을 파악하는 데만 꼬박 십오 분을 들여야 했다. 그건 이런 식으로 시작되었다.

"네, 경찰서입니다. 무슨 일이신가요?"

"저, 경찰서지요?"

"그렇습니다만, 무슨 일이시죠?"

"구급차를 부를까도 했었는데요, 다들 경찰을 부르는 게 낫겠다고 해서. 하지만 난 구급차를 부르는 쪽이 좋지 않을까 싶은데."

(등 뒤에서 뭔가 부르짖는 여자 목소리)

"전화하신 분은 누구시죠? 누가 다치기라도 했나요?"

"아니요. 이름은 몰라요."

"네?"

"게다가 다친 게 아니라고들 하고."

"전화하시는 분 성함은요?"

"네? 저요? 그런 건 알아서 뭐 하려고요?"

"그럼 다치신 분 성함은 알아요?"

"다친 게 아니라고들 해요. 뇌염에 걸렸다는 사람은 있긴 한데."

"뇌염? 일본뇌염인가요?"

"글쎄요. 난 의사가 아니라서. 하지만 여긴 일본이고 국산 뇌염이지 싶긴 한데, 최근에 해외여행을 다녀왔는지 한번 물어볼까요?"

"그러니까 환자군요. 구급차를 수배하지요. 그런데 전화주신 분 성함은요?"

"내 이름은 알아서 뭐 해요? 가위바위보에 져서 어쩔 수 없이 전화 당번이 된 건데."

"이게 장난 전화가 아니라는 걸 확인해두고 싶어서 그럽니다."

"아이고 참. 그래서 내가 전화 당번 같은 거 싫다고 했다니까. 빈집에 누워 있다는 사람을 보러 가고 싶었는데."

"빈집에 누워 있는 사람? 그게 다친 사람입니까?"

"뇌염이 말하기로는 죽은 사람이라던데."

"네? 누가 말했다고요?"

"그러니까, 뇌염이요. 진짜 이름은 고다마 씨인데 감기에 걸려 재채기가 지독한데 다들 뇌염이 될지도 모른다고."

"고다마 씨요. 이름은요?"

"뭐였더라…… 부동산 회사 사람이니까, 가끔 만나기는 하는데 이름까지는 좀. 그 정도로 친하지는 않아요."

"고다마 부동산의 사장님입니까? 그분이 뇌염에 걸린 데다가 다치기까지 했군요."

"아니에요. 부인이요. 게다가 다친 건 다른 사람. 아, 아니요, 다친 게 아니라 죽은 사람이라네요."

"누가 그래요?"

"그러니까, 고다마 씨가."

"그 고다마 씨가 죽은 사람을 발견했다는 거군요."

"내가 본 게 아니라서. 난 전화 당번을 맡아서 전화 거는 것뿐이에요. 그게 그냥 다친 게 아닐까요?"

"다친 것을, 그걸 고다마 씨가 본 거군요."

"현관에 누워 있대요. 그게, 숨이 없다고 해요. 하지만 내가 생각하기에……."

"그렇게 말하시는 분은 도대체 어디 사는 누굽니까."

"어머, 나 좀 봐. 말하지 않았나요? 빌라의 도카치가와예요."

"빌라의 도카치가와? 실례지만 어디가 성인가요?"

"물론 도카치가와요. 순경 아저씨, 당신 일본에 빌라의라는 성이 있다고 생각하는 건가요? 빌라라고요, 그러니까. 어머, 잊어버렸어. 에, 여기 정식 이름이 뭐였더라?"

미카사 순경은 초등학교 사 학년 성적표에 '끈기 있고 인내심이 많기로는 반에서 첫째입니다'라는 평가를 받은 적이 있었다. 그건 지금껏 그의 인생에서 유일한 칭찬이며 마음의 버팀목이기도 했다. 그리고 이때만큼 그 말에 의지한 적은 없었다.

전화가 끝나자 그는 서내 전 부서 스피커로 연결되는 마이크를 들었다. 하자키 니시초 1가 5번지 '하자키 빌라 뭐라는 곳'(도카치가와는 결국 다 기억해내지는 못했다)의 3호에서 변사체가 발견되었다. 시급히 현장으로 향하라.

인구 삼만오천 명의 해변 도시 하자키에서 범죄 시즌이라는 것은 전적으로 여름 한철 이야기다. 그 기간 동안에는 인근 지역과 도쿄 등에서 가족 여행자나 젊은이들이 우르르 밀려오기 때문이다. 따라서 하자키의 범죄자 검거 방법은 대부분 매우 단순했다. 1단계, 순찰차로 미성년자의 흡연이나 불건전한 이성 교제, 교통 위반, 싸움, 금지 지역에서의 불꽃놀이를 찾는다. 2단계, 현행범 체포였다.

여름에는 그 밖에도 술주정뱅이가 유리창을 깨서 화가 난 상점 주인이 신고를 해온다든가 신사神社의 새전함(신불 앞에 바치는 돈을 넣는 통—옮긴이)을 누가 뜯었다든가, 상해치사 사건이라든가, 강간당한 여자가 울면서 경찰서로 뛰어 들어온다든가 하는 지독한 사건도 없지는 않다. 최근에는 사계절 불문하고 강탈 사건이나 절도 사건도 간간이 일어나지만 큰 사건으로 발전하는 예는 거의 없었다. 하긴 삼 년 전에는 중국에서 들어오는 밀항자를 가득 태운 배가 태풍으로 좌초한 일이 있었다. 그때는 육지를 향해 헤엄쳐 오다가 탈진한 밀항자 몇 명을 십 미터가 넘는 거친 파도 속에서 구조하는, 매우 스펙터클한 활약을 해야 했었다. NHK 일곱 시 뉴스에까지 나오는 바람에 서원 일동이 자신들의 용맹한 모습을 비디오로 몇 번이고 다시 보면서 어깨를 으쓱하곤 했다.

하지만 평온해야 마땅할 가을에, 그것도 하필이면 일요일에, 주택가에서 변사 사건이 일어나다니.

현장으로 향하는 차 안에서 형사반장 고마지 도키히사는 심기가 매우 불편했다. 한창 바다낚시에 열이 오르던 차에 불려 왔기 때문이다. 요시다 시게루(1878~1967, 일본의 외교관이자 정치가—옮긴이)와 시가라키야키(시가라키 지방에서 만든 도자기—옮긴이)의 너구리를 섞어서 둘로 나눈 것같이 생긴 얼굴을 한 그가 뒷좌석에 푹 파묻혀 앉아서는 인상을 잔뜩 찌푸리고 몇 번이나 같은 말을 반복했다.

"부랑자가 빈집에 들어갔다 추위로 죽은 거야. 내기해도 좋아."

옆자리의 히토쓰바시 하쓰미 경사는 매번 같은 대답을 했다.

"그 내기 제가 받지요. 10월치고는 추운 날씨지만 얼어 죽을 정도는 아니에요."

드디어 경찰 무선이 변사체의 모습을 전해 왔다. 서해안 파출소의 경찰 두 명이 자전거로 먼저 현장에 도착해 검문 준비에 들어간 것이다. 무선 정보는 상당히 혼란스러웠다. 감식반을 불러라, 지원 인력을 불러라, 아니 검시관이 먼저다. 아무리 좋게 해석하더라도 시체는 그냥 자연사는 아닌 모양이었다. 고마지 반장은 더욱더 기분이 나빠졌다.

"오늘은 결혼기념일이야. 어째서 해마다 결혼기념일이면 사건이 일어나느냐며 마누라가 한 소리 했는데. 왜 그런지는 내가 묻고 싶어."

"저주받은 결혼기념일이군요."

충실한 부하는 진심으로 안됐다는 생각에 그렇게 중얼거렸다가, 무릎을 세게 걷어차였다.

하자키 니시초에 가려면 하자키산을 크게 우회해야 한다. 해안도로로 들어서서부터는 목적지까지 오른쪽에 바다를 보면서 곧장 달린다. 추운 날씨에도 화려한 수영복을 입고 바닷가를 누비는 사람들의 모습이 간간이 눈에 들어왔다. 고마지 반장은 혀를 차며 말했다.

"어이 히토쓰바시. 넌 이 지역 출신이 아니었지?"

"네. 아니에요."

"하지만 저 녀석들은 대충 네 연배야. 말해봐. 왜 이런 추운 날씨에 바다에 들어가는 거지?"

히토쓰바시는 대답하지 않았다. 그는 도쿄 교외의 신쿠니 시에서 태어나 자랐고 대학에 들어가서야 비로소 가나가와현의 주민이 되었다. 졸업 후 경찰에 들어와 하코네, 오다와라 경찰서에서 근무하다가 작년 가을에 하자키 경찰서로 배속되었다. 언제라도 바다에서 놀 수 있겠다는 생각에 그는 신이 났었다. 그런데 실제로는 하자키 경찰서에 여름만큼 바쁜 시기는 없었다. 바다에서 즐겁게 놀기는커녕 교통정리나 범죄 뒤처리에 정신이 없었다. 정말이지 가을이라도 좋으니까 바다에 들어가고 싶은 마음이었다.

목련 빌라의 언덕길은 이미 차로 넘쳐났다. 순찰차는 언덕 아래에 세워야 했다. 고마지 반장은 중량감 있는 몸을 언덕길 아래에 놓은 채 위를 올려다보며 화난 목소리로 말했다.

"생각났어. 빌라 뭐라고 해서 몰랐는데, 역병귀신이었군."

"뭐예요, 역병귀신이?"

"고다마 부동산 사장이 불평이 이만저만이 아니야. 일단 팔려도 얼마 안 있어 다시 이사를 가버리는 바람에 그때마다 내장을 다시 해야 해서, 소개료를 받아도 계산이 맞지 않는다는 거야."

히토쓰바시는 고다마 사장과 고마지 반장이 낚시 친구라는 사실을 떠올렸다. 첫 번째 발견자가 그 사장 부인이라는 것도. 하지만 그는 얌전히 입을 다물었다. 운 좋게 그때 얼굴을 아는 순경이 그들을 알아보고 달려왔다.

"상황은? 어떻게 됐나?"

"조금 전에 미우라 검시관이 오셨습니다. 안에서 지금 검시 중인데요. 타살 의혹이 짙은 모양입니다."

"자네, 봤나? 그 사체."

"네."

순경은 긴장하며 대답했다. 고마지 반장은 언덕길을 힘들게 올라가면서 주위를 둘러봤다. 언덕 중간에 노란 로프가 쳐졌고 거기서부터 호기심에 찬 얼굴이 몇몇 보였다. 젊은 여성이 한 명, 예순은 넘어 보이는 부인이 두 명, 중년 남자가 한 명, 그리고 어디선가 본 적 있는 건실한 체격의 남자와 그의 아내인 듯한 피부색이 검은 여성. 언덕 중간쯤에서 동료 형사 두 명이 반쯤 히스테릭해져 있는 중년 여성을 위로하면서 얘기를 듣고 있었다.

고마지는 문제의 3호 앞에서 숨을 크게 들이쉬었다. 겨우 이십 미터도 안 되는 언덕을 올라온 것만으로 숨이 끊어질 듯하다는 것을 주위에 알리고 싶지 않은 것이다. 히토쓰바시는 솟아나오려는 웃음을 억지로 참고, 그가 다시 움직일 때까지 기다렸다. 하지만 현관에 들어서서 사체를 보는 순간 심호흡을 한 것이 정답이었음을 알게 되었다. 고마지는 무표정하게 시체를 바라보며 히토쓰바시에게 말했다.

"어때?"

"……완전히 죽었네요."

"그래서?"

"틀림없이, 다살이군요."

시체는 양손, 양발을 마구 내뻗은 형태로 누워 있었다. 남자인 건 알겠는데 그다음은 아무것도 알 수 없었다. 얼굴이 완전히 으깨져 있었기 때문이다. 본래 얼굴이 있어야 할 부위는 진부한 표현으로 말하자면 푹 익은 석류 같았다. 자세히 보니 손도 검게 물들어 있었다. 히토쓰바시는 밥 먹기 전에 온 것을 조상님께 감사했다.

"한 번 본 것만 가지고 틀림없이, 라는 말을 쓰다니, 아마추어는 부러워."

시체 건너편에 쭈그리고 앉아 있던 미우라 검시관이 일어서면서 쌀쌀맞게 말했다.

"타살이 아니라고 하시는 건가요? 이 시체를 보고?"

"아, 확실히 얼굴이 으깨져 있어. 손가락도 마찬가지야. 머리 앞쪽에 큰 상처가 있으니까 아마도 사인은 그거겠지. 하지만 사고일지도 몰라."

"사고라고요? 이게요?"

"사인은 사고이고, 그 뒤에 시체에 못된 짓을 하려고 했을지도 모르지 않나."

"선생, 당신 서스펜스 드라마를 너무 많이 봤어. 좀 더 검시관답게 하라고."

미우라 의사가 고마지 반장의 얼굴을 힐끗 바라봤다.

"호오, 어떤 식으로?"

"예를 들어 죽은 지 어느 정도 지났다, 하는 얘기를 해달라고.

그다음 일은 경찰이 할 테니까."

"사후 이삼 일은 지났겠지. 더 자세히 알고 싶으면 이 자리에서 부처님의 항문에 체온계를 꽂아볼까?"

"부검은 하자키 의과대학에서 하도록 하지. 그래, 그 밖에 알아낸 건?"

"두개골의 상처로 봐서 흉기는 둔기야. 사체가 옮겨진 흔적은 지금으로 봐서는 없어. 아마도 여기서 죽었고 이대로 얼굴이 짓눌린 거겠지. 하지만 죽인 수법을 봐도, 얼굴을 짓누른 행위를 봐도, 그런 것치곤 사체 주위의 바닥에 혈흔이 지나치게 적어."

"그건 대체 어째서지?"

"그건 감식반이 알아낼 일이지, 내 일은 아니야."

미우라 의사는 아까의 복수를 한 셈인 듯했다. 고마지는 의사를 힐끗 노려보고 묘하게 달콤한 콧소리를 냈다.

"어이, 미우라 도모키치 씨. 우린 엄마 배 속에서 나왔을 때부터 알던 사이잖나. 우린 서로에 대해 뭐든 다 알아. 예를 들어 자네가 꽃집의 하나 씨한테……."

미우라 의사는 심하게 기침을 했다.

"요컨대, 그래, 내가 말하고 싶었던 건, 아직 분명하게 말할 단계는 아니지만, 이 남자는 죽은 후 상당한 시간이 지난 후에 얼굴과 손가락이 짓눌린 게 아닌가 하는 거야."

"상당한, 이라니? 어느 정돈데?"

"최근 사흘간의 추위를 생각하면 하룻밤 정도겠지. 어이, 내가 무슨 말을 하는 건지 알지? 사안에 따라서는 죽인 사람과 얼굴과 손가락을 짓누른 사람이 별개일지도 모른다는 소리야. 어쩌면 죽인 사람은 존재하지 않을지도 몰라. 미끄러져 넘어지면서 머리를 부딪쳤는지도……."

"그럼 뭐야. 이 남자가 어딘가에서 머리를 부딪히고는 걸어서 여기까지 와서 죽은 다음에 스스로 자신의 얼굴과 손을 짓눌렀나? 아니면 지나가던 사람이 짓눌렀다고 말하고 싶은 건가? 웃기지 마, 미우라 선생. 이건 살인이야."

이 말을 하고는, 고마지는 입을 꾹 다물었다. 히토쓰바시는 두 사람의 대화에 귀를 기울이다가 사체 쪽으로 관심을 되돌렸다.

얼굴을 보는 것은 될 수 있는 대로 피하면서, 체격으로 이것저것 짐작을 해봤다. 아직 젊은 남자다. 키는 165센티미터 정도? 작은 몸집에 마른 체형. 피부가 검다. 입고 있는 건 싸구려 가게에서 흔히 볼 수 있는 면 점퍼에 청바지, 그리고 티셔츠. 양말을 신지 않은 맨발에 싸구려 스니커를 신고 있다. 이 추운 날씨에 양말이 없다니, 하고 생각한 히토쓰바시는 메모를 해뒀다. 소지품에서 신분을 알아내는 건 힘든 작업이 될 것 같다는 생각을 하다가 퍼뜩 떠올랐다.

"그러고 보니, 이는 어떤가요?"

미우라 의사는 눈을 깜빡거렸다. 고마지가 딱 하고 손가락을 튕겨 소리를 냈다.

"그래, 신원, 하면 우선 이잖아. 이는 어때? 미우라 선생."

"다 조사해뒀어. 빠진 이가 세 개. 충치가 두 개 있는데, 하나도 치료를 받지 않았어."

"빠진 이라니?"

미우라 의사는 엉망진창이 된 얼굴의 입 부분에 무심하게 손가락을 넣고, 봐봐, 하며 입을 벌려 보였다. 그 즉시 고마지의 얼굴에서 핏기가 사라졌고, 히토쓰바시의 위가 뒤집혔다.

"이 오른쪽 위의 송곳니. 그리고 아래 왼쪽 두 번째 작은 어금니, 마찬가지로 아래 오른쪽 첫 번째 큰 어금니가 빠진 채로 있어. 자, 잘 들여다보라고."

"……아니 됐어. 의사인 자네를 믿기로 하지. 하지만 그런 상태로는 음식을 제대로 씹지도 못했을 텐데 왜 이를 해 넣지 않고 그냥 내버려둔 걸까?"

"이건 내 감인데, 이 방면으로 조사를 해봤자 이 남자의 신원은 안 나올 거야. 돈이 없어서 어쩌면 건강보험도 들지 않았을지 모르니까."

미우라 의사는 손가락을 시체의 입에서 쏙 뺐다. 덜컥 하고 이가 맞물리는 작은 소리가 났고, 히토쓰바시는 결국 현장 밖으로 뛰쳐나갔다.

2장

형사가 탐문하다

1

고다마 부동산 사장 부인은 재채기와 히스테리 발작을 교대로 일으키고 있었다. 고마지 형사반장은 히토쓰바시 경사에게 턱을 쑥 내밀었다. 고마지 반장은 일을 주는 것이야말로 상대에 대한 애정 표현이라고 믿었다. 그는 일관되게 주위 사람을 혹사시켰다. 부하든 상사든 아내든.

히토쓰바시는 어쩔 수 없이 부인을 달래려 다가갔지만, 효과가 없었다. 히스테리를 가라앉히려 하면 할수록 재채기가 더 심해지는 거였다.

"잠시만 더 기다리시는 게 좋지 않을까요, 형사님?"

히토쓰바시는 이 간섭을 내심 환영했다. 이 집의 주인 세리나가 보다 못해 고다마 레이코를 자기 집에 불러들이고, 결국에는 사정 청취를 하러 찾아온 히토쓰바시 일행에게도 거실을 제공했다. 그녀는 진하게 우린 엽차를 레이코 앞에 놓고 형사들에게는 향이 좋은 현미차를 제공했다. 그리고 두꺼운 무릎 덮개를 레이코의 무릎에 덮어주고 티슈 상자를 그녀 옆에 당겨놓고는 자신도 의자에 걸터앉았다.

"뭐하면 레이코 씨가 안정될 때까지 제가 알고 있는 범위의 얘기를 해드릴까요? 별로 도움이 될 만한 것은 없지만요."

히토쓰바시는 고마지 반장을 힐끗 쳐다봤다. 그는 편안하게 소파에 몸을 맡기고 아주 맛있다는 듯이 차를 홀짝였다.

"그럼, 부탁드릴까요? 마키노 세리나 씨, 였죠?"

"네. 이 집에서 산 지 이 년 반 정도 됩니다."

"그 이전에 사시던 곳은요?"

"스기나미에 있었습니다. 삼 년 전에 남편이 죽어서 보험금이 들어왔어요. 대단한 액수는 아니었지만, 하자키에 집을 구하던 참에, 마침 팔려고 내놓은 이 집을 사기에 딱 맞는 금액이라서, 그래서."

"왜 하자키에?"

"죽은 남편의 어머니가 이 근처에서 작은 호텔을 경영하고 있어요. 그 일을 도와달라고 하셔서. 남해장이라고 하는데요."

"아아, 남해장이요."

남해장은 해안도로변에 세워진 아담하고 클래식한 석조 호텔로, 히토쓰바시가 보기에도 괜찮은 호텔이었다. 다만.

"하룻밤에 이만 엔이나 하지요."

"하지만 아침과 저녁 식사가 포함돼 있는걸요. 그리 비싼 건 아니라고 생각합니다. 게다가 겨울에는 만칠천 엔이고, 일주일 이상 머무시는 손님에게는 십오 퍼센트 할인도 해드리지요. 단골손님도 많아요."

"황금수프정."

고마지 반장이 불시에 끼어들어 세리나의 영업적인 말을 중단시켰다.

"네?"

"남해장의 레스토랑 이름이야. 전에는 레스토랑 이름이 '할머니의 생선 가게'였어. 할머니의 생선 가게라니, 방충망 같은 밥상보로 덮어놓은 다 식은 구운 전갱이가 연상되는, 정말 맛이 없을 것 같은 이름이잖나? 그런데 재작년이었나, 가게 이름이 갑자기 '황금수프정'으로 바뀌었어. 그러자 관광객은 물론 이 지역 사람들까지 다 먹으러 가게 됐지. 당신이 한 거로군. 덕분에 우리 마누라도 꼭 한번 가보고 싶다고 해서 이인분 풀코스에 만오천 엔이나 뜯겼어."

"이용해주셔서 감사합니다. 어떠셨어요?"

"정말 맛있었어. 그게 문제야. 꼭 한번이 꼭 한 번만 더가 됐으니. 이거 어떻게 해줄 거요?"

"오셨던 건 아마 일 년쯤 전이었죠. 육 개월 전에 솜씨 좋은 제과 기술자가 들어왔어요. 덕분에 지금은 디저트를 노리고 오시는 손님도 늘어났지요. 부인도 기뻐하실 거예요."

"이거 봐."

고마지는 벌레 씹은 표정이 되었다.

"내 얼굴하고 갔던 시기까지 기억하고 있으니 말이오. 할머니가 당신을 부른 건 정답이었군."

"워낙에 도쿄의 호텔에서 일했었으니까요. 좀 더 작고 손님과 접하는 기회가 많은 직장으로 옮기고 싶었어요."

"그럼 이직은 대성공이었던 거군요."

"그럭저럭, 이라고 해야 하지 않을까요?"

히토쓰바시는 끝도 없이 탈선할 듯한 대화에 종지부를 찍으려고 기침을 하며 사건을 알게 된 경위에 대해 물었다. 세리나는 난처한 듯 레이코를 힐끗 보고 얘기했다.

"처음에는 무슨 일이 일어났는지 잘 몰랐어요. 겨우 레이코 씨에게 사정을 들었을 때는 벌써 시간이 꽤 지난 후였죠. 6호의 쇼코 언니가 도카치가와 아줌마에게 경찰에 연락하라고 부탁했고, 나와 쇼코 언니, 그리고 이노 와타루 씨하고 도키코 아줌마, 이렇게 넷이서 보러 갔습니다. 다만 그때쯤에는 이미 대소동이 되어버렸기 때문에, 아랫집 사람들 중에서 집에 있던 사람들은 모두 구경하러 나온 상태였어요. 그중에는 1호의 여자아이들도 있었는데 그 아이들이 3호에 들어가려는 것을 막느라 지쳐서, 사실 그 문제의 시체라는 것도 직접은 못 봤어요."

"집에 있던 사람들이 누구누군지 압니까?"

"4호의 이와사키 아키라 씨하고 나카자토 다쿠야 씨. 그리고 5호의 마쓰무라 아케미 씨요. 1호의 여자아이들은 어머니가 돌아와서 집에 데리고 갔습니다. 아이들이 가고 나서 집 안을 한번 들여다보고 싶었지만 쇼코 언니가 이건 경찰이 와서 해결할 문제니까 쓸데없는 짓을 해선 안 된다고 집에 열쇠를 채워버렸어요. 아마 레이코 씨가 문을 열 때 사용한 열쇠일 텐데요, 열쇠 구멍에 끼워진 채로 있었어요."

고다마 레이코는 티슈로 코를 가린 채 고개를 끄덕였다.

"그 열쇠는 어떻게 됐습니까?"

"쇼코 언니가 손에 들고 있었고 우리는 모두 3호 앞에 계속 서 있었어요. 그러는 사이에 경찰 아저씨가 왔고 쇼코 언니는 그분에게 열쇠를 건네주고 자러 갔어요."

"자러 가?"

살인사건이 일어났는데? 히토쓰바시의 의문을 읽어낸 듯 세리나는 고개를 흔들었다.

"쇼코 언니는 번역가인데요. 한밤중에 일을 해요. 아까 겨우 일이 끝나 이제 자야지 하는 찰나에 소란이 일어난 거예요. 쇼코 언니에게 얘기를 듣는 건 가능하면 뒤로 미뤄주세요."

"네, 알겠습니다. 그러지요. 그런데 당신은 사체를 보지 않았다고 했는데, 이 부근에서 최근에 낯선 인물을 목격한 적은 없습니까?"

"그런 질문은 좀 막연하네요. 호텔에 오는 손님은 단골손님 말고는 거의 다 낯선 인물이거든요. 어찌 됐건 관광지니까 가을에도 밤이면 커플들이 이 언덕에까지 차를 몰고 들어와 주거 환경을 흐트러뜨리는 짓을 하기도 하지요."

세리나는 씨익 웃었다.

"그럼, 이런 인물을 본 적은요? 젊은 남자로 작은 몸집에 마른 체형, 피부는 검고, 위 오른쪽 송곳니가 빠졌어요."

"글쎄요. 그게 사체인가요?"

세리나는 고개를 갸우뚱했다. 고마지가 텅 빈 찻잔을 탐나는 듯이 바라보았다.

"당신만 한 기억력을 가진 사람이라면 한 번 본 사람은 잊지 않을 텐데."

"손님이라면 잊지 않지요. 하지만 그 밖의 경우엔 그다지 자신이 없네요. 최근이라니, 언제쯤이죠?"

"사흘쯤 전이요."

"사흘 전이면 태풍이 온 날이군요."

히토쓰바시는 입속으로 앗 하고 말했다. 사건 때문에 경황이 없어서 완전히 잊고 있었지만 분명히 사흘 전에 태풍 21호가 다가와 하자키 경찰서도 대책 마련에 정신이 없었다. 태풍은 풍속

이십 미터, 시간당 강수량 삼십오 밀리리터의 기세로 거세게 밀려왔지만 결국 상륙은 하지 않았고 새벽녘에는 비바람도 가라앉았다. 하지만 만약 그날 살인이 일어났다면 이웃 주민이 사건을 알아차리지 못한 건 당연하다 할 것이다.

"태풍이 온다고 해서 저는 전날 밤부터 호텔에 묵었어요. 어느 집이나 창의 덧문과 문을 꽉 닫아걸고 그 안에서 꼼짝 않고 있지 않았을까요. 길에서 누구랑 마주쳤다고 하더라도 상대가 어떤 사람인지 관찰할 여유 같은 건 없었겠지요."

"3호는 어땠나요? 태풍 대비를 하러 누가 오거나 했나요?"

"글쎄요, 그건."

세리나는 고다마 레이코를 바라봤다. 레이코는 겨우 재채기가 멈춘 듯 고개를 끄덕이고는 그 뒤를 이었다.

"그 집은 빈집이니까요. 덧문은 닫힌 채였어요. 지금 계절에는 한 달에 두세 번 환기를 하는데, 태풍이 온다고 해서 특별한 대비는 하지 않아요. 적어도 내가 아는 한에서는요."

"환기는 누가 하지요?"

"남편이나 저, 사무직원이 올 때도 있어요."

"마지막으로 그 집에 들어간 건?"

"청소업자예요. 평상시에는 생각날 때 누군가가 들러서 창문을 열어두는데, 빈집으로 있은 지도 오래돼서 먼지가 쌓였기 때문에 일주일 전 토요일에 업자를 불렀어요."

“누가 입회했죠?”

“남편요. 하긴, 남편은 도중에 바다낚시 하러 간다면서 도망쳐버린 모양이지만요.”

레이코의 시선은 남편의 낚시 동무인 고마지에게로 향했다. 형사반장은 싫어하는 음식이 코앞에 들이밀어진 불도그처럼 뚱한 얼굴을 하고 딴전을 피웠다.

“그럼, 오늘이 10월 7일이니까, 남편분은 일주일쯤 전인 9월 29일 토요일에 3호에 왔다. 그 후로 그 집에 들어간 사람은 적어도 고다마 부동산 관계자 중에는 없다, 라는 거군요.”

“그럴 거예요. 나중에 남편에게 확인해보세요.”

히토쓰바시는 볼펜으로 관자놀이를 긁었다.

“좀 전의 세리나 씨 얘기에 의하자면 열쇠가 열쇠 구멍에 끼워진 채로 있었다던데, 부인이 문을 연 거였군요.”

레이코는 긍정 비슷한 음성을 냈다.

“즉, 문은 잠겨 있었다, 라는 얘긴데.”

“네에에취.”

“그 집 열쇠는 관리자인 고다마 부동산이 관리하고 있었고요. 열쇠는 몇 개 있나요?”

레이코는 티슈로 코를 가린 채 겨우겨우 대답했다.

“우리 회사에 세 개 있습니다. 그것뿐이에요.”

“뿐? 그거 말고는 없나요?”

"그 집은 이 년 전부터 비어 있어요. 전 입주자가 이사 나갔을 때 저희가 현관 열쇠를 바꿨어요. 어찌 됐건 어지러운 세상이니까요. 전 입주자나 그 아는 사람이 좋지 않은 생각을 갖지 않으리라는 보장이 없지요. 우리의 모토는 안전제일이거든요."

사체가 굴러다니는 집을 놓고 안전이라니. 고마지가 기묘한 신음을 냈고 잘 웃는 세리나는 어깨를 흔들며 부엌으로 도망쳤다. 히토쓰바시는 최선을 다해 어떻게든 진지한 얼굴을 유지하면서, 하지만, 하고 덧붙였다.

"사체가 발견되었을 때 창에는 덧문이 닫혀 있었고, 더구나 모두 집 안쪽에서 잠겨 있었습니다. 부엌 출입구에도 자물쇠가 걸려 있었고요. 열쇠가 고다마 부동산에만 있다면 도대체 피해자는, 더구나 범인은 어떻게 집 안에 들어간 걸까요?"

레이코는 멍해져서 티슈를 새빨개진 코에서 떼었다.

"잠깐만요. 그럼 우리 회사 관계자가 범인이라고 하시는 건가요?"

"외부 사람이 열쇠를 가지고 나갈 수는 없나요?"

"그건 아마 어려울 거예요."

레이코는 마지못해 인정했다.

"마스터키와 스페어키는 모두 다 금고에 들어 있고, 금고 번호는 나하고 남편, 그리고 오래 근무한 사원밖에 몰라요. 하지만 말도 안 돼요. 어째서 우리가, 하필이면 중요한 매물 속에 사람을 죽여서 놔둔다는 거죠? 게다가 그런 사람은 본 적도 없어요."

"사체는 얼굴을 알아볼 수 없는 지경이었는데 어떻게 본 적이 없다는 걸 알죠?"

"어쩐지요, 어쩐지. 인상이란 건 중요한 거니까요. 본 적이 없는 것 같다는 것만으로 충분하죠."

고마지 반장은 세리나가 추가로 가져온 차를 단숨에 들이마시고는, 히토쓰바시를 재촉해 일어섰다.

"아, 부인, 흥분하지 마세요. 협조 감사합니다. 나중에 또 찾아뵐지 모르겠지만 일단 지금은 이것으로 됐습니다. 빨리 집에 가셔서 약을 먹고 푹 쉬셔야겠네요. 감기에 걸린 데다 그런 광경을 목격했으니 쇼크를 받으시는 것도 당연합니다. 우리 중 누군가에게 집까지 모시라고 할까요?"

"괜찮습니다. 혼자 운전할 수 있으니까요."

레이코는 딱 잘라 말하고 일어서서 고마지를 노려봤다.

"켕기는 거라곤 하나도 없는데 이 이상 감시받는 건 싫어요. 나머지는 남편한테 물어봐주세요. 남편이 있는 곳이라면 나보다 형사님이 더 잘 아실 테지요. 그럼, 실례합니다. 세리나 씨, 고맙습니다."

고다마 레이코는 일어나서 8호를 떠나갔다. 문을 나설 때는 실로 당당한 퇴장이었으나 남겨진 세 사람의 귀에 서서히 멀어져가는 재채기 소리가 연이어 들려왔다.

2

기토 도키코는 소파에 힘없이 걸터앉아 있었다. 옆에는 서른 넘어 보이는 여성이 화난 표정으로 앉아 있다가 두 형사를 향해, 딸인 노리코입니다, 하고 자기소개를 했다. 히토쓰바시는 그녀를 본 기억이 있었다. 작년 말에 '기토당'이라는 역 앞의 고서점에서 절도 사건이 일어나 간 적이 있었다. 그때 서점 주인이라며 나타난 것이 그녀였다. 꽤 젊고 조신한 사람이구나 하고 생각했는데, 고발은 가차 없었다.

하긴 그렇게 호되게 나온 것도 당연한 게, 그 도둑이 너무나도 악질이었기 때문이다. 세 명이 가게에 들어가 두 명이 노리코를 막아선 사이에 한 명이 골판지상자에 손에 닿는 대로 책을 쓸어 담아 가지고 나가려 했으니, 강도라 해도 좋았다. 범인은 이 지역의 중학생 삼인조. 부모가 아이들이 저지른 일이니 봐달라며 가볍게 넘기려 했지만 노리코는 그럴 수 없다며 버티다가 결국 얼마간의 손해배상금을 받고 화해해줬던 걸로 기억한다.

히토쓰바시가 그때의 일을 기억하고 있다는 걸 노리코도 알아차린 듯했다.

"그때는 여러모로 감사했습니다."

얼굴형과 이목구비가 가냘파 고풍스러운 인상을 풍기는 그녀가 진지한 표정으로 말했다.

옆집인 8호 세리나의 집과 같은 구조일 텐데, 집이란 건 사는 사람에 따라서 인상이 꽤 달라지는 법이다, 하고 히토쓰바시는 생각했다. 앞서 들른 세리나의 거실에는 화분과 꽃을 꽂아놓은 꽃병, 그리고 인도네 시아산 가구에 터키제인 듯한 러그가 놓여 있었고, 잡지와 신문이 유리 테이블 밑의 바구니에 자연스럽게 꽂혀 있었다. 비싼 것은 아니었지만 가구 하나하나와 작은 물건들이 정성 들여 선택되고 배치된 느낌을 주었다.

노리코네 거실은 그것과는 완전히 달랐다. 싸구려 소파 세트, 닳아빠진 카펫, 구형 텔레비전, 일 년 이상 뚜껑을 열지 않았다고 단언할 수 있을 것 같은 피아노, 그 위에 놓인 먼지투성이 프랑스 인형, 통나무, 목각 인형, 큰 장기알. 언제 이렇게 모아들였나 싶은 걸 거실에 한가득 쌓아두었을 뿐인 취향이었다.

"길게 있으면 폐가 될 테니, 바로 용건을 말씀드리지요. 어머니는 괜찮으실까요?"

"보시는 것과 달리 꽤 건강하니까 걱정 마세요. 죽은 사람이 있다는 걸 알면서도 태연스레 보러 가놓고 흥분하다니, 자업자득이지요."

"어머나, 이 엄마가 혼쭐이 났는데, 얘는."

축 늘어져 있던 도키코가 그 순간 굉장한 기세로 튕겨 일어났다. 노리코는 그렇죠 하고 동의를 구하듯 형사를 바라보고, 어머니에게 말했다.

"됐으니까 형사님 질문에 잘 대답하세요. 지금 커피라도 타가지고 올 테니까요."

노리코가 부엌으로 사라지자 도키코의 입에서 딸에 대한 불만이 막힘없이 쏟아져 나왔다. 어렵사리 사건 얘기로 화제를 돌렸으나 얻을 것은 없었다. 사체를 보러 간 경위도 세리나의 얘기와 같았고, 사체에 대해서도, 최근 3호에 드나들었던 사람이 있는지 어떤지에 대해서도 전혀 짚이는 데가 없다는 거였다.

"아유 뭐랄까요. 딸도 아직 시집가기 전이고 좋은 혼담을 몇 개 받아놓고 있는데, 살인사건에 관련됐다는 게 알려지면 어떻게 해요. 난 너무너무 걱정이 돼서."

"따님이 범인이 아니라면 걱정하실 일은 없겠지요."

"당신은 아직 젊군요. 나이가 몇인가요?"

도키코의 시선을 받고 히토쓰바시는 긴장했다.

"지난달에 서른둘이 됐습니다."

"어머나, 우리 딸하고 별 차이가 없네. 그럼 아직 세상이란 걸 잘 모르는 게 당연하지요. 잘 들어둬요, 세상이란 곳은 말이죠. 흥미로운 얘기라면 솔깃한다고요. 이웃에서 살인사건이 일어나면 싫든 좋든 우리도 휩쓸려 들어가요. 나쁜 평판은 자꾸만 부풀어 오르기 마련이거든요. 정말이지 젊은 사람들은 어른 말을 안 들어도 너무 안 들어요. 자기들만 세상을 안다고 생각하고. 우리 딸 같은 경우는 결혼 안 하고 살아도 세상이 자신을 특별한 각도에서 평가해줄 것이다, 하는 꿈같은 소리나 해대고. 그런데 당신은 독신인가요?"

"네, 네, 그러니까."

"어머니."

노리코가 김이 피어오르는 커피 잔을 쟁반에 받쳐 들고 돌아왔다. 쟁반은 아마추어가 가마쿠라보리(조각한 칠기의 한 가지—옮긴이)를 흉내 내어 만든 게 분명했고 커피 잔도 제각각이었다. 세리나의 집에서 마신 차 덕분에 이미 방광이 꽉 찬 히토쓰바시는 내온 커피를 좋다고 벌컥벌컥 들이마시는 고마지를 신기한 듯 바라봤다.

"따님 쪽은 어떤가요? 혹시 최근에 3호에 드나드는 사람을 본 적이 없나요?"

히토쓰바시는 사체의 특징을 늘어놓았다. 노리코는 한동안 잠자코 있다가 말했다.

"위에서 보이는 건 아래층 지붕이나 이 층 창 정도예요. 게다가 요즘은 2호점이 바빠서 기타초의 서점 이 층에서 자는 날이 많아요."

도키코가 잘 들었느냐는 듯 콧소리를 냈다. 히토쓰바시는 당황했다.

"흐음, 그렇군요. 그럼, 태풍이 있던 사흘 전에도 서점에서 주무셨나요?"

"네. 한번 돌아와서 집 바깥을 손보긴 했지만요. 전에 한번 강풍에 뭔가가 날아와서 현관 등이 깨지면서 누전으로 정전이 된 적이 있었어요. 그 뒤로 빌라의 모든 집이 바람이 세게 불면 바깥 전등에 시트를 걸어두거든요. 그것만 하고 가게로 돌아갔어요. 책은 젖으면 팔 수 없으니까 지켜줘야죠. 어머니는 젖어도 말리면 되지만."

"정말 너란 애는."

그때까지 침묵하고 있던 고마지 반장이 갑자기 불쑥 일어나면서 도키코의 말을 끊었다.

"아 이거 여러 가지로 참고가 됐습니다. 만약에 뭐든 생각나는 게 있으면 이 히토쓰바시 경사에게로 연락 주시면 도움이 되겠습니다. 아가씨, 커피 맛있었어요. 잘 마셨습니다."

도키코는 두 형사가 샛길을 걸어 언덕 쪽으로 사라져가는 것을 거실 창으로 바라봤다. 그리고 커피 잔을 치우고 있는 딸을 돌아보고 말을 걸었다.

"지금 또 서점에 나갈 거니?"

"네, 그래야지요. 이웃에 사체가 굴러다닌 정도의 일로 가게를 닫으면 그야말로 나쁜 평판이 돌 거예요. 어머니도 세상에 신경 쓴다면서, 나를 집에 오라고 부르지 않았으면 좋겠어요."

도키코는 거기에는 대답하지 않고 다른 말을 꺼냈다.

"정말이지 경찰이란 도움이 되라는 건지 말라는 건지. 뭐 하나 제대로 물어보지도 않았잖아."

"쉽게 보지 마요, 어머니. 몇 번이라도 올 거예요, 그 사람들. 그게 일이니까."

"그렇겠지. 아, 생각만 해도 싫구나. 이 일로 그 시로 영감이 팔 걷고 나서지 않았으면 좋겠는데. 입원 중이라 다행이야. 어디 사는 누군지는 모르지만 어차피 죽일 거라면 듣도 보도 못한 사람 말고 그 영감이나 치워주면 좋았을 것을."

"어머나. 어머니는 그런 사람이 세상의 대표라고 생각하는 줄 알았는데요."

도키코는 정색을 하고 딸을 보다가 말투를 바꿨다.

"얘, 노리코. 넌 왜 그 일을 경찰한테 말하지 않았니?"

"그 일이라뇨?"

"거 왜, 전에 사귀었던 사사마 도시히코라던가 하는 녀석."

"그만둬요, 그런 옛날 일을 꺼내다니."

노리코는 잔을 꽉 움켜쥐었다. 도키코는 순간 입을 다물었으나 작은 소리로 계속했다.

"글쎄 넌 최근에 그 남자를 또 만났잖니. 게다가 그 남자 송곳니 하나가 빠지지 않았었나……."

"그만두라니까요. 누구 때문에 그 사람이랑 헤어졌는데요? 해도 너무하네요."

"그래도……."

노리코는 떨리는 손으로 커피 잔을 나란히 놓고 있다가, 드디어 슬그머니 말을 꺼냈다.

"적어도 그는 살해당한 사람하고는 다른 사람이에요. 사체는 오른쪽 위 송곳니가 없다잖아요. 사사마는 왼쪽 송곳니가 빠졌거든요."

"그랬었나?"

"그래요. 틀림없어요. 게다가 그 뒤로 벌써 몇 개월이나 지났어요. 아무리 게으름뱅이라도 빠진 이쯤은 벌써 치료했어야지요. 실제로 요전번에 만났을 땐 이가 다 있었어요. 그러니까 두 번 다시 사사마 같은 사람 떠오르게 하지 말아주세요."

도키코는 딸의 손에서 쟁반을 빼앗아 들고 차근차근 말했다.

"엄마가 나빴다. 쓸데없는 소리를 해서 너의 옛날 상처를 건드렸구나. 오늘은 일찍 돌아올 거니?"

"……네. 일요일은 다섯 시에는 문을 닫으니까요."

"그럼 네가 좋아하는 장어가 든 계란찜이라도 만들어놓고 기다리마."

"알았어요."

부엌에서 커피 잔을 씻는 물소리가 들려왔다. 노리코는 거실에서 혼자 핏기가 사라진 입술을 손가락으로 문질렀다.

붉은빛이 되돌아올 때까지, 열심히.

3

"여기가 9호지? 이 집, 남자 둘이 산다면서."

고마지 반장은 '아래'의 다섯 채 앞에 난 샛길에 멈춰 서서 말을 꺼냈다. 언덕길 아래에 로프가 쳐져 있고 빌라 주민과 경찰 관계자 이외의 사람이 들어오는 건 금지되어 있을 텐데, 기자와 구경꾼이 마치 장구벌레같이 로프 너머로 들어와 홀연히 현장 부근에 나타나서는 경찰들과 술래잡기를 하고 있었다.

두 형사가 서 있는 집 현관에는 빌라의 다른 집들과 마찬가지로 등을 겸한 둥글고 하얀 표찰—요즘은 보기 드문 클래식한 취향이다—이 있고, 작게 쓰인 '4'라는 숫자 아래에 나카자토 다쿠야, 이와사키 아키라라는 이름이 나란히 쓰여 있었다.

"아니, 여긴 4호입니다. 남자 둘이 사는 모양이에요."

"빌라의 반을 우리가 담당하는 거지?"

"그렇습니다. 8호의 마키노 세리나, 7호의 기토 노리코와 그 어머니, 6호의 이리에 쇼코와 이 4호지요. 그 밖에 위쪽 저택의 하드보일드 작가도 우리 담당입니다. 나머지는 이치카와 형사와 후쿠시마 형사가 담당하기로 되어 있습니다."

"위하고 아래에 흩어져 있잖나. 복잡하군. 어떻게 나눈 거지?"

"그게 그냥 무심코예요. 왜 그러시죠?"

"어차피 사정 청취를 하는 거라면 여자 쪽이 좋다고."

"괜한 소리 마세요."

4호에 사는 아키라와 다쿠야의 거실은 살풍경 그 자체였다. 커다란 밥상이 떡하니 놓여 있고 텔레비전과 비디오, 비디오테이프가 가득 찬 선반이 하나 있을 뿐, 그 밖에는 그야말로 아무것도 없었다. 오래 써서 아주 얇아진 방석이 나왔다. 차는 나오지 않았다.

"어차피 다른 집에서 실컷 마셨겠지요."

아키라는 재떨이를 권했다. 재떨이라는 것도 딸기가 들어 있었던 듯싶은 투명 팩에 알루미늄포일을 씌운 물건이었다. 두 형사가 재떨이를 거절하자 아키라는 의외라는 듯이 눈을 크게 떴다.

"어라? 형사님은 모두 헤비 스모커라고만 생각했어요."

"마누라 잔소리가 심해서. 자, 그런데."

"우린 아무것도 몰라요."

"그렇게 당황하지 말고. 우선은 이 빌라로 이사 온 경위부터 들어볼까?"

아키라가 전적으로 대변인을 맡고, 다쿠야가 가끔 보충하는 형태로 이야기가 이어졌다.

아키라는 스물여덟 살, 도쿄의 고등학교에서 영어 교사를 하다가 오 년 전에 직장을 그만뒀다. 그 무렵 하자키 기타초에서 학원을 시작한 친구 다쿠야를 우연히 마주쳤는데, 그에게 학원을 도와주지 않겠느냐는 이야기를 들었다.

"학교 시스템 자체가 나하고 안 맞았을 뿐이지 가르치는 건 싫지 않았어요. 우리 둘은 고등학교 때 아동문학연구회 회원이었는데, 아이들 책을 연구하기 위해서는 아이들 가까이에 있는 게 좋잖아요. 그래서 다쿠야의 제안을 받아들였습니다. 다만 그 때까지 도쿄의 부모님 집에서 생활했던 터라 혼자 살면 돈이 든다는 생각에 조금 망설였지요. 그랬더니 다쿠야가 이 집에서 같이 지내지 않겠냐고 했어요."

다쿠야는 스물아홉 살, 하자키 태생으로 초등학교까지 하자키에서 자랐다. 부모의 사업 때문에 중학교와 고등학교를 도쿄에서 다녔고, 요코하마의 대학을 이 년 더 다녔지만 졸업하자마자 하자키로 돌아와서 학원을 열었다. 대학생 때 학원 강사와 가정교사를 해보고 이거야말로 천직이라는 생각이 들었다고 한다.

"이 녀석 어머니가 마에다가 사람이에요. 이 산의 원래 주인. 뭐, 분가分家지만요. 그래서 하자키에서 학원을 하고 싶다고 했더니 친척들이 뒤를 받쳐줬고, 그러는 김에 이 집을 싸게 넘겨주는 것으로 얘기가 정리되었다나요. 그랬지?"

"응."

다쿠야는 자신에 관한 아키라의 설명을 고개를 끄덕이는 것으로 보충했다.

"이 부근은 불편하다면 불편하지만 그 정도 결점은 메우고도 남을 만큼 경치가 좋아요. 태풍 때만 조금 주의하면, 생선은 싱싱하죠, 걸어서 삼십 초면 바다죠, 공기도 좋죠. 도쿄의 고등학교에 근무할 때는 석 달 만에 원형탈모증에 걸렸는데, 여기 와서 내 사전에서 스트레스라는 말은 사라졌습니다. 너도 그렇지?"

"응."

다쿠야는 뺨을 살짝 부풀리면서 고개를 끄덕였다.

"덕분에 학원 경영도 궤도에 올랐지요. 개중에는 후지사와의 대형 학원에 아이들을 보내는 극성 부모도 없지 않지만, 그러면 아이 몸이 못 버틸 거라고 생각하는 더욱 사려 깊은 부모도 있어서요. 그렇지?"

"응."

고개를 크게 끄덕이는 다쿠야.

"소수 정예를 내걸고 하는 학원이라서 돈을 왕창 벌 정도는 아니지만 이 집 융자를 내고 먹고살면서 결혼 자금을 모을 정도의 월급은 나와요. 요컨대 이 집에서 둘이서 오 년쯤 즐겁게 살아온 셈이죠. 둘 다 좀처럼 결혼 상대를 만날 틈이 없다는 건 아쉽지만요. 그렇지?"

"응."

"결국 우리가 함께 살고 있는 건 편의상이랄까 필요상이랄까, 뭐 그런 것 때문이에요. 우린 동성애자가 아니에요. 오해하는 사람들도 있지만. 빌라 안에서도 2호의 시로 할아버지가 처음부터 그렇게 착각하고 있어요. 뭐 우리한테도 책임이 없다고는 할 수 없죠. 그 할아버지가 괜히 남의 생활에 간섭하려 들어서 쫓아 보내려고 귀여운 엉덩이네요, 하고 쓰다듬어줬거든요. 그 후로 아무 말 않게 된 건 좋았는데, 학원의 학부모들 사이에 소문이 나서 두 손 들었지요. 어차피 사체가 나올 거였다면 그 할아버지였으면 좋았을걸. 안 그래?"

"그런 말 하면 나중에 반드시 그 할아버지가 살해당해서 의심받아."

다쿠야는 처음으로 길게 말했다. 아키라는 깔깔깔 웃었다.

"반드시라니. 이건 추리소설이 아니라니까. 게다가 할아버지는 입원 중이잖아."

"현실에서도 그런 말은 안 하는 게 좋겠군."

고마지 반장은 쌀쌀맞게 말하고 덧붙였다.

"살해당하는 게 누구든지 간에 주위에 예상 이상으로 큰 영향을 주는 법이야. 그건 이미 시작됐네. 보라고."

4호 앞 샛길에서 조그만 다툼이 시작되었다. 한 손에 카메라를 든 기자가 경찰에게 들켜서 쫓겨나는 참이었다.

"게다가 무엇보다도 죽었으면 싶은 사람일수록 도리어 지겹도록 장수하는 법이라서 그런 말을 하면 한 만큼 상대의 수명이 늘어나지. 그래서 옛사람이 '입은 화의 근원'이라고 했네."

"그랬나요?"

아키라는 뺨을 붉히며 중얼거렸다. 고마지는 모르는 척하면서 말투를 바꿨다.

"자 이제, 당신들이 사는 모습에 대해서는 대충 이해가 됐고. 이제 본론으로 들어갈까. 옆의 빈집에 대해서 뭔가 이상하다고 생각한 적은 없나?"

"별로 없어요. 이 빌라는 생각보다 옆집하고 거리가 있어요. 집집마다 양쪽으로 뒤로 돌아가는 통로가 있고, 집도 상당히 양심적으로 만들어져서 벽도 두껍고요. 꽉 닫아놓고 있으면 집 안에서 약간의 충돌이 있어도 밖에서는 아무 소리도 안 들려요. 더구나 솔직히 말해서 이쪽의……."

아키라는 손가락으로 5호 방향을 가리켰다.

"마쓰무라 씨네 집에 정신을 빼앗기는 일이 많아요. 그 집 부인이 이것저것 문제를 일으키는 사람이거든요. 한밤중에 창문을 활짝 열고 큰 소리로 노래 연습을 하기도 하고 개를 괴롭혀서 짖게 하기도 해요. 늘 웃는 것 같은 표정을 짓는 개인데요. 부인은 그게 개를 귀여워하는 거라고 착각하는 모양인데, 내가 보기에는 학대예요. 요전번에도……."

"그쪽은 어떤가?"

고마지는 아키라의 쓸데없는 말을 끊고 다쿠야에게 말을 걸었다. 다쿠야는 완전히 무표정한 얼굴로 형사반장을 바라봤다.

"전혀요."

고마지는 포기하고 화제를 바꿨다.

"그럼 최근에 이 근처에서 수상한 사람을 목격한 적은 없었나?"

"수상하다는 게 좀. 하자키산을 넘으려고 언덕길로 잘못 들어오는 차라면 늘 있는 일이고. 게다가 보세요, 위의 저택을 산 게 유명한 작가잖아요. 그 사람이 이사 온 뒤로는 가끔 사람들이 드나들어요. 아마 출판사 사람들이 아닐까?"

"응."

다쿠야는 다시 아키라의 말에 응대를 하는 역할로 돌아갔다. 히토쓰바시가 물었다.

"그 사람들 중에 몸집이 작고 마른 타입에 피부는 검고 오른쪽 위 송곳니가 빠진 젊은 남자, 그런 사람은 없었나요? 기억 안 나요?"

"그 유체 말인가요? 참, 사체와 유체 중에 어떤 단어를 써야 하는 거지?"

"신원 불명일 때는 사체."

다쿠야가 보충했다. 아키라는 고개를 끄덕이다 말고 바로 좌우로 흔들었다.

"글쎄요. 정면으로 마주친 게 아니라서. 대개 송곳니는 웃는 얼굴을 하지 않으면 보이지 않으니까요. 모르는 남자끼리 인사하면서 씩 웃진 않지요."

"흐음. 그렇군. 그럼 아는 사람 중에 그런 남자는 없나?"

고마지는 다시 주도권을 쥐었다. 남자를 상대하는 사정 청취는 싫다고 입을 놀린 게 누구더라? 히토쓰바시는 상사를 곁눈으로 한번 째려보고 메모에 몰두하는 척했다.

“작은 몸집에 마른 녀석이라면 산처럼 많지요. 학원 학생 중에도 있고. 중학교 삼 학년쯤 되면 언뜻 봐서는 아인지 어른인지 구별이 안 되거든요. 게다가 하자키의 아이들은 대부분이 햇볕에 탔고.”

“설마, 사흘 전부터 행방불명이 된 아이가 있는 건 아니겠지?”

“농담 마세요, 형사님. 있으면 벌써 대소동이 났지요. 이 부근에서 행방불명자가 나오면 우선 바다에서 난 사고를 의심하니까요. 더구나 태풍이 왔었으니. 그렇지?”

“응.”

태풍. 메모를 하면서 히토쓰바시는 넌더리가 났다. 이 사건의 사실관계를 애매하게 만드는 원흉은 틀림없이 요놈의 태풍이다.

“이 집에 이사 온 건 오 년쯤 전이라고 했지?”

“네. 봄방학 때 이사 왔으니까 정확히 말해 사 년 반 전, 이라고 해야겠죠. 그렇지?”

“응.”

“그때 이웃 3호에는 사람이 살고 있었나?”

“네. 아이 둘이 있는 부부가 살았어요. 싸움이 끊이지 않았죠. 무리도 아니었어요. 부인이 운전을 못해서 어린아이들을 데리고 장을 보러 가는 데도 자전거로 왕복 한 시간이 넘게 걸렸으니까요. 남편은 마치다에 있는 회사에 다녔지, 아마. 통근하는 데만 도 시간이 얼마나 걸렸겠어요? 그 집이 이사 나갔을 때는 솔직히 기뻤어요. 부인이 히스테리를 부리면 아이들도 덩달아 울음을 터뜨렸거든요. 그 소리를 들으면 아무 관계 없는 우리도 기분이 안 좋았어요. 그렇지?"

"응."

"그 부부 뒤에 바로 젊은 부부가 이사 왔어요. 으음, 이름이……."

"야마구치 씨."

다쿠야가 힘차게 보충했다. 아키라는 환하게 웃었다.

"이 녀석의 다이빙 친구였어요. 부부가 다 바다를 좋아해서 한겨울에도 잠수를 했었죠. 시로 할아버지가 자주 싫은 소리를 했어요. 할아버지는 다른 사람이 즐겁게 지내는 걸 용납 못 해요. 자신이 젊은 시절 교직에 있을 때는 목숨 걸고 일했는데, 하면서 학원 교사나 다이빙 강사 같은 건 가르치는 일로 인정하지 않는 거예요. 넷이서 자주 할아버지에게 장난을 걸며 놀았는데, 결국 그 부부는 이 년쯤 전에 오키나와로 가버렸어요. 요전번 추석 휴가 때 다쿠야가 놀러 갔었지요. 거기서 즐겁게 지내고 있는 모양이에요. 그렇지?"

"응."

다쿠야는 한숨 섞어 대답했다.

"그리고 그다음은?"

"그 후로는 쭉 빈집이에요."

고마지는 잠시 생각하고 빌라에 사는 사람들에 대해서 물었다.

"단, 시로 할아버지는 말고. 이 이상 험담을 듣는 것도 재미없으니까."

"네, 죄송합니다. 하지만 다른 사람들에 대해 뭘 듣고 싶은 건가요?"

"솔직히 누가 어떤 식인지, 자네들이 느낀 대로 들려줬으면 하는데."

아키라는 잠깐 동안 입을 다물었다가, 다시 얘기를 시작했다. 1호의 미시마 후유 댁. 하자키 시청에 근무하는 어머니가 차로 쌍둥이를 학교에 데려다주고 출근했다가 퇴근길에 데려온다. 쌍둥이는 일주일에 이틀을 자신들의 학원에 다닌다. 꽤 느낌이 좋은 어머니.

5호의 마쓰무라 켄 부부. 남편은 기타마치의 패밀리 레스토랑 점장. 출근 시간이 다른 탓에 좀처럼 얼굴을 볼 수 없다. 아내인 아케미는 아까 말한 대로 정서가 불안정한 트러블 메이커…….

"구체적으로 트러블을 일으킬 만한 무슨 일이 있었나?"

"남한테 언뜻 들은 얘기를 곧장 사실로 착각하는 타입이에요. 출처를 알 수 없는 묘한 소문이 있을 경우에는 우선 아케미 아줌마가 유포했다고 보는 게 옳죠. 꽤 오래된 일인데, 7호집 딸, 노리코 씨가 임신했다는 말을 맨 먼저 꺼낸 것도 아케미 아줌마였고."

"그건 사실이었나?"

"그럴 리가요. 사실이 아니었어요. 노리코 씨 어머니가 그 소문에 화를 냈고, 옆에서 보다 못해 끼어든 쇼코 아줌마가 아케미 아줌마를 추궁했지요. 그랬더니 구토하는 걸 봐놓고 임신한 게 틀림없다고 한달음에 결론 내린 거였어요. 실은 아무것도 아니었어요. 숙취였대요."

"흐음, 골치 아픈 사람이군."

"악의는 없는데요. 그러니까 더 난처하지요. 마흔이 넘었는데 늘 꿈꾸는 처녀 같은 모습이고요. 쇼코 아줌마가 어떻게 된 건지 물으러 갔을 때도 '왜 나를 괴롭히는 거야. 난 나쁜 짓 하나도 안 했는데' 하고 말했다더군요. 쇼코 아줌마는 머리가 무척 좋고 지식도 풍부해서 대부분의 사람들이, 그 시로 할아버지조차 못 당하는데, 쇼코 아줌마도 아케미 아줌마에게는 두 손을 들었던 모양이에요. 대화가 안 통해서."

"쇼코 아줌마라는 건 6호에 사는……."

"번역가예요. 겉과 속이 다르지 않고 매사에 분명하지요. 얘기를 해보면 재미있는 사람이에요. 쇼코 아줌마, 노리코 씨, 세리나 씨, 이 셋은 취미도 같고 해서 사이가 좋은 모양이에요."

"같은 취미라니."

"독서예요. 이처럼 시내에서 떨어진 곳에 살다 보면 싫어도 책을 읽게 되지요. 그야 텔레비전이 더 좋다는 사람도 있지만.”

화제는 고서점을 운영하는 기토 노리코에게로 옮아갔다. 아키라와 다쿠야가 이 집에 이사 왔을 때 기토 씨 모녀는 이미 7호에 살고 있었다. 어머니는 딸을 결혼시키려고 계속 여기저기 선 자리를 알아보고 다녔다.

“이 녀석도 한때 결혼 상대로 지목을 받아 혼쭐났었죠. 학원을 경영하는 데다 마에다가의 친척이니까 연하여도 상관없다고 생각했나 봐요. 그런데 거기에다 대고 시로 할아버지가 동성애니 뭐니……. 아, 할아버지는 빼기로 했죠. 어쨌든 덕분에 그 집 딸하고는 어색해졌죠. 아무 일 없었다면 좋은 친구가 되었을 텐데. 그렇지?”

다쿠야의 “응”은 없었고 세리나 순서가 되었다. 둘은 황금수프정의 단골 고객이었다.

“코스만 안 먹으면 제법 싸게 먹을 수 있어요. ‘하자키 팜’에서 구입한 고기와 유제품을 사용하면서부터는 스튜나 오므라이스도 맛있어요. 세리나 씨는 좀 신랄한 부분은 있지만 헬렌 백슨데일을 닮았고. 최근에 레스토랑에 들어온 제과 기술자와 사귀기 시작했어요. 그저께 밤에 사이좋게 손을 잡고 있는 것도 목격했지요.”

“자네는 그런 결정적인 장면을 잘도 보는구먼.”

고마지 반장은 신기하다는 듯이 아키라를 쳐다봤다. 그는 씨익 웃었다.

"특별히 저만 본 건 아니고요, 이웃 사람들 모두가 목격자예요. 그게 뭐 나쁜 건 아니잖아요, 형사님. 둘 다 독신이고, 어울리고."

9호의 이노 씨네 얘기로 넘어가자, 아키라의 혀는 더욱 매끄러워졌다. 부자, 벤츠 두 대와 자가용 요트, 다섯 살 된 아이를 명문 초등학교에 입학시키기 위해 가마쿠라로 이사 갈 거라는 말을 꺼낸 지 삼 년, 아내는 머리끝에서 발끝까지 고급 브랜드—진짜인지 아닌지는 모르겠지만—로 치장, 이 빌라 사람들은 다 별종이라면서 안 좋은 게 전염되기라도 할 것처럼 이웃과 사귀는 걸 꺼린다.

10호의 도카치가와 레쓰에 대해서 아키라는 "터프하고 와일드한 할머니"라고 한마디로 정의했다. 빌라의 주민들에 대해서는 그것으로 끝. 얘기 끝에 쓰노다 고다이 부부에 대해 물어보자 아키라는 어깨를 으쓱했다.

"유명인이 그 집을 샀다는 얘기를 들었을 때는 그야 신이 났죠. 7월경이었나, 부부가 함께 집을 보러 온 걸 엿보기도 했어요. 와아, 작가의 최근 사진하고 똑같구나 하고 바보같이 흥분도 했지요. 그건 그렇고 작가 선생도 힘들겠어요. 기온이 이십팔 도까지 오르는 날씨에도 트레이드마크인 트렌치코트를 못 벗더라니까요."

두 형사는 교대로 화장실을 사용한 뒤에 4호를 나왔다. 히토쓰바시는 메모를 안주머니에 넣으면서 고마지에게 물었다.

"반장님은 도대체 그들에게 무슨 얘길 들을 작정이셨지요?"

"물론, 정보야. 어이, 히토쓰바시. 이 사건은 뜨내기가 저지른 짓이 아니라는 생각이 들어. 빌라의 주민, 이전 주민, 부동산, 위저택의 작가 부부, 그 친구나 아는 사람들. 그중 누군가는 알고 있을 거야. 피해자가 누군지."

"즉 범인은 그들 중 누구라는 거군요."

"그래."

"저 아키라라는 남자의 얘기 가운데 그 힌트가 있었나요?"

"아직은 몰라. 하지만 지금으로서는 피해자의 신원을 알아내려면 그들의 얘기를 듣는 것 말고는 방법이 없어."

"그렇지만은 않죠. 가출인실종신고서 쪽을 찾아봐도 뭔가 나오지 않을까요?"

"그렇게 생각하나?"

고마지가 떨떠름한 얼굴을 했다.

"아닌가요?"

"범인은 손가락을 뭉개버렸어. 얼굴을 뭉그러뜨린 건 이해가 돼. 하지만 손가락을 그렇게 했다는 건."

"지문을 조회당하고 싶지 않았다! 그렇군요. 피해자에게는 전과가 있고 경찰이 지문을 보관하고 있을 가능성이 높다. 범인은 피해자의 신분이 드러나는 걸 겁냈다."

"그래. 빌라의 주민 중에 전과가 있는 친구나 가족이 있는 게 아닐까 했는데."

"그런 건 숨기겠죠. 이웃이 모르게요."

"그럴지도 모르지. 하지만 숨기고 싶은 것일수록 더 빨리 세상에 알려지는 법이야."

"반장님은 아키라가 정보통일 거라고 어림짐작한 거군요."

"그런데 아키라라는 친구, 싫은 놈은 두들겨대지만 마음에 드는 사람에 대해서는 입이 무거웠어. 다른 누군가를 찾아야지."

"기토 도키코는 어떨까요."

"그 할머니 머릿속엔 자기 자신하고 딸 생각밖에 없어."

"세리나는?"

"접객업이라 똑똑해. 안 돼. 이치카와 쪽의 수확을 기대해보자고. 다음은 누구야?"

"이리에 쇼코 씨와 작가 선생이 남았어요."

"작가 선생 쪽을 먼저 하지. 잠 부족으로 기분이 안 좋은, 언변 좋은 여사님을 적으로 돌아서게 하면 안 되니까."

"벌써 적일지도 모르지만요. 그런데 헬렌 백슨데일이 누구죠?"

"나한테 묻지 마."

둘은 다시 언덕길을 오르기 시작했다.

아키라는 동거인을 바라봤다.

"뭘 뚱해가지고 있어?"

"뭐, 별로."

"그냥 별로가 아닌데? 불만이 있으면 말해."

다쿠야는 숨을 크게 들이쉬었다.

"왜 그렇게 경찰한테 나불나불 떠들어대는 거야. 이 빌라 내의 쓸데없는 다툼이랑 가정사까지 말이야. 우리하고는 상관없는 일이잖아."

"사람 좋은 소리 하지 마. 누가 봐도 이 사건은 이 빌라의 누군가와 관련되어 있다고 생각할걸."

"우리는 아무 관련 없어."

"그걸 어떻게 증명할 거야?"

"증명 같은 거 필요……."

"있어."

아키라는 얼굴을 찌푸리고 친구의 정돈된 얼굴에서 시선을 돌렸다.

"이런 거 생각하고 싶진 않지만 말이야. 피해자의 신원을 알 수 없다면 범인은 언제까지나 체포되지 않을 거야. 안 좋은 소문이 혼자 걸어 다니기 시작할걸. 우리는 범행 현장 바로 옆에 살고 있어. 더구나 여기 주민 중에서 젊은 남자는 별로 없어. 제1용의자라는 말을 들어도 이상할 것 없어."

"그렇다고 해서."

"얼마든지 항변할 수야 있지. 우리는 남자니까 그런 데다 시체를 방치하지 않고 바다에 버리거나 산에 묻을 정도의 완력이 있다, 따위로 말이지. 참, 그러고 보니 그러네. 범인은 어째서 그렇게 하지 않은 걸까?"

"어이, 그만둬. 탐정 흉내라도 낼 작정이야?"

다쿠야의 목소리가 보기 드물게 날카로워진 것을 알아채고 아키라는 제정신으로 돌아왔다.

"아키라, 네가 무슨 말을 하는지는 알겠어. 나도 그렇게 느끼긴 한 건 아니야. 하지만 이상한 소문을 다시 꺼낼 건 아니라고 봐. 절대 아니라고."

아키라는 노기를 띤 친구의 얼굴을 뚫어져라 바라봤다. 왜 저렇게 흥분하는 걸까. 보통 때는 햇볕을 쬐는 고양이같이 늘 눈을 가늘게 뜨고 있는 녀석이 이마에 파란 핏줄까지 세우다니. 이렇게 정색을 하고 대드는 모습은 처음 본 것 같아.

아키라는 갑자기 한기를 느꼈다.

이유도 없이.

4

일 층에는 다섯 평 남짓한 거실과 부엌, 화장실 겸 욕실, 이 층에는 세 평짜리 방 두 개가 있는 아담한 빌라에 익숙해진 눈에, 쓰노다 고다이 부부의 저택은 엄청난 넓이로 다가왔다.

"이 현관홀 정도 넓이면, 사체 서른 구는 갖다 놓을 수 있겠어."

방 두 개에 식당 겸 부엌이 있는 관사에서 가족 넷이 사는 고마지 반장은 그렇게 중얼거렸고, 히토쓰바시 경사는 진흙투성이 구두를 어찌할 바 몰라 머뭇머뭇거렸다. 드디어 가슴께가 두툼한 남자가 레이밴 선글라스를 끼고 나타났다. 그는 입가에 사람 좋은 웃음을 지으며, 야아, 잘 오셨습니다, 했다.

"하자키 경찰서의 형사님들이죠? 수고가 많습니다. 자, 어서 들어오세요."

홀 옆이 거실이었다. 스무 평은 가볍게 넘길 넓이였다. 중후한 느낌이 드는 책꽂이에 가죽 장정의 양서와 본인의 저서가 가득 꽂혀 있었다. 『잃어버린 거리』, 『탐정은 북으로 돌아가다』, 『달리는 건 나다』 등의 그럴듯한 제목을 읽으며 시선을 옆으로 이동해 가던 히토쓰바시의 눈에 쓰노다 고다이의 최근 모습인 듯한 거대한 사진 패널이 뛰어 들어왔다. 선글라스에 트렌치코트 차림새로 비를 맞고 있는 모습이었다. 책을 별로 안 읽는 히토쓰바시는 하드보일드 하면 도심의 정글, 술집과 성깔 있어 보이는 마스터, 고혹적인 여자 같은 것들이 연상되었다. 히토쓰바시가 아는 한 이 하자키에는 그것들 중 어떤 것도 존재하지 않았다. 쓰노다는 왜 이런 불편한 곳으로 이사 온 걸까.

그러나 그걸 제외하면 고풍스러운 유리잔으로 꽉 찬 장식장, 세 개의 스툴이 놓인 홈 바, 거대한 소파, 유리판을 끼운 테이블,

프랑스풍의 창문 너머 색색의 꽃이 핀 화단과 넓게 펼쳐진 잔디, 그 건너편에 보이는 반짝이는 바다 등이 모두 어울려, 부자의 저택입니다 하고 꽹과리와 징, 북을 두드려 알리며 걸어가는 것 같았다.

"생각해보면 이상해요. 나는 이런 저택 안에 감춰진 악을 밝히는, 시시한 탐정 이야기만 써왔어요. 그 이야기가 팔린 덕분에 이런 저택의 주인이 되었죠. 왠지 아이러니하지 않나요?"

두 형사가 감명을 받을 여유를 충분히 준 다음, 쓰노다가 말을 꺼냈다. 고마지는 눈썹을 치켰다.

"악이 숨어 있나요?"

말의 맥락을 읽어, 라고 말하고 싶은 얼굴로 쓰노다는 형사반장을 돌아봤다.

"……아니요. 여기 사는 건 나와 아내뿐입니다. 가정부가 일주일에 두 번, 정원사도 틈틈이 오지만 말이죠. 무라카미 하루키의 소설에 나오는 것 같은 잔디 깎는 아르바이트 청년도 오고요. 하지만 그뿐, 집사도 없고 방탕한 아들도 없고 꾀쟁이 귀여운 딸도 없습니다. 우리 부부는 여기로 이사 온 지 아직 석 달이 채 안 됐어요. 이사 오기 전까지는 무미건조한 도시의 맨션에서 살았지요. 숨어 있는 범죄의 비밀을 만들어내기에는 이곳에서의 시간이 조금 부족한 듯한데."

고마지는 불쾌한 듯 소파에 기대 앉아 히토쓰바시의 옆구리를 찔렀다. 이번엔 네 차례야, 라고 말하고 싶은 거겠지. 대본을 읽지 않고 무대에 올라간 배우의 기분이 이런 것이리라 생각하며 히토쓰바시는 헛기침을 했다.

"사건의 개요는 들으셨나요?"

"그게 그러니까 아래 빈집에서 변사체가 발견됐다지요. 얼굴이 뭉개져 있다는 얘기도 들었습니다. 살인이었군요."

"아직 몰라요. 변사체의 경우 통상적으로 진행하는 수사를 하고 있을 뿐입니다."

쓰노다는 뭐든 다 알고 있다는 듯이 고개를 끄덕였다. 히토쓰바시는 살짝 화가 치미는 걸 느끼며 말을 계속했다.

"피해자의 신원을 알려줄 만한 것이 별로 남아 있지 않아요. 그래서 이웃 분들을 대상으로 탐문수사를 벌이는 중인데요, 사흘쯤 전에 젊은 남자 손님이 왔다 가진 않았나요?"

"아니요. 여기는 도심에서 꽤 머니까요. 이사 온 지 얼마 안 됐을 때는 아직 여름이기도 해서 편집자나 친구들이 이사한 걸 축하해주러 오기도 했지만. 최근 한 달 정도는 아무도 부르지 않았어요. 게다가 사흘 전이면 4일인데, 그날은."

"네, 태풍이 왔었죠. 처음 겪은 일이라 놀라진 않으셨나요?"

쓰노다는 눈썹을 치켜올리고 재미있다는 듯이 말했다.

"그 정도 태풍으로 놀라지는 않습니다. 이래 봬도 젊은 시절에는 세계 각국을 돌아다녔으니까요. 배낭과 침낭을 지고요. 말씀하시는 뜻은 이해합니다. 바닷가에서 겪는 폭풍우는 제법 거세더군요. 단골 정원사가 곧장 달려와서 화분을 실내로 들여놓느니 화단에 커버를 씌우느니 하며 소란을 떨었어요. 전에 더 굉장한 태풍이 불 때는 바람에 바닷물이 날아와 잔디가 다 죽어버렸다는 말도 들었습니다. 이야기를 되돌리자면 아는 사람이 나를 찾아와서 행방불명이 됐다는 소식은 아직껏 없네요. 도움이 못 돼 안타깝습니다만."

"아는 사이가 아니라도 근처에서 본 사람은 없습니까? 젊은 남잔데요. 마르고 작은 몸집에 오른쪽 위 송곳니가 없는 남자입니다."

히토쓰바시가 물고 늘어졌다. 쓰노다는 한순간 입을 다물고 턱을 문지르면서 딴전을 피웠다.

"짐작 가는 사람이, 없는데요."

"……그러세요."

히토쓰바시와 고마지는 힐끗 시선을 주고받고 화제를 바꿨다.

"그런데 아래 빌라 사람들하고는 교제가 있으신가요?"

"교제라고 할 만한 건 쇼코 여사 정도지요. 이사 왔을 때 인사차 아래 빌라를 돌았는데 그때 만난 사람이라면 얼굴 정도는 압니다만."

"이리에 쇼코 씨하고는 얼마나 가깝게 지내시나요?"

"그야 뭐, 그렇게 친한 건 아니에요. 그분은 추리소설 번역도

하지요. 힐러리 워 같은 작가 것도 번역했어요. 힐러리 워는 아십니까?"

"안타깝게도 외국 책은 잘 모릅니다. 어떤 책이죠? 미국 대통령 부인의 스캔들을 다룬 책인가요?"

쓰노다 고다이는 반쯤 벌린 입을 서둘러 다물었다.

"이런. 중후한 형사가 등장하는 경찰소설 작가인데요……. 여하튼 그런 이유로 출판사 파티에서 얼굴을 마주치기도 했고, 두어 번 술을 마시러 가기도 했어요. 나이대도 비슷해서 얘기가 잘 맞았지요. 하지만 설마 여기 살 줄은 몰랐기 때문에 마주쳤을 땐 깜짝 놀랐습니다. 우리 집에서 한번 마시자 하는 얘기가 나왔는데 이웃에 사니까 언제든 만날 수 있지 싶어서인지 오히려 더 못 보게 되네요. 어쩌다 황금수프정에서 마주치는 경우는 있지만."

"선생님도 그 레스토랑의 단골이신가요?"

"네, 그런 셈이죠. 그러고 보니 그 호텔의 여자분도 아래 빌라에 살고 있던데. 빌라의 다른 사람들하고도 그 레스토랑에서 오가며 마주치곤 합니다. 쓸 만한 레스토랑이 이 근처에 거기 말고는 없어서요."

쓰노다는 그 점이 불만스럽다는 듯이 말했다.

"이 저택을 입수하신 경위를 말씀해주시지요."

"그런 게 사건과 관계가 있을 거라곤 생각하지 않지만, 뭐, 좋아요. 특별히 숨길 일도 아니니까. 아내가 마에다가의 따님과 대학 동창생이에요. 5월경에 동창회에 나갔다가 이 집 얘기를 들었어요. 빈 채로 유지하긴 힘들고, 그렇다고 쇼와 초기에 세워진 양옥을 부수기도 뭐하다, 어떻게 할까 생각 중이다, 라는 말을 듣고 양옥 마니아인 아내가 그 자리에서 귀가 솔깃해졌지요. 7월에 한번 보러 와서 한눈에 반했다고나 할까요. 순식간에 얘기가 진행되어서 도쿄의 맨션이 팔리지도 않은 상태로 이사를 왔지요."

"한눈에 반한 건 당신이죠."

나른한 목소리가 들리더니 거실 입구에 여자가 나타났다. 쇼트커트를 한 강한 인상의 여자가 유리잔을 흔들며 가볍게 턱을 내밀었다. 인사를 한 모양이다.

"아내 야요이입니다."

쓰노다 고다이가 조금 안정감을 잃고 빠른 말투로 말했다. 그가 희미한 웃음을 지었다.

"이 사람, 옛날에 마에다 따님을 좋아했어요. 본래 하자키의 중화요리점 아들이에요. 이 저택으로 배달을 왔다가 여름 교복을 입은 따님을 보고 반했다네요."

"그만하지?"

"어머, 왜? 좋은 얘기라고 생각하는데. 당신, 손님한테 마실 것도 내놓지 않았잖아요."

"아니, 됐습니다. 실은 사정 청취차 들른 곳마다 차를 내주셔서 배가 꽉 찼습니다."

히토쓰바시가 당황해서 거절했다. 야요이는 호박색 액체를 입 안에 흘려 넣고 말했다.

"그래요? 그럼, 실례하겠습니다. 편히 계시다 가세요."

유연한 퇴장이었다. 세 남자는 멍하니 그 모습을 바라봤다. 쓰노다가 선글라스를 벗고 얼굴을 닦았다.

"아, 이거, 아내는 몸이 약해서요."

"그런 것 같군요. 건강 조심하시라고 전해주세요. 부인은 외출은 잘 안 하시나요?"

고마지는 무뚝뚝하게 고개를 끄덕이며 질문을 끼워 넣었다.

"네. 아내는 아웃도어형이 아니라서."

"그렇군요. 말이 나온 김에 여쭙겠는데, 이 저택으로 통하는 길은 빌라와 공동으로 사용하는 언덕길뿐입니까?"

"아니요, 그렇지 않습니다. 이 저택 바로 앞에 빌라 뒤쪽으로 도는 샛길이 있는 걸 보셨나요? 그 길로 가면 저택 밖으로 돌아서 산 반대편으로 나갈 수 있습니다. 기타초에서 운영하는 공공주차장 바로 앞으로 빠져나가게 돼 있어요. 하지만 산길이라서 불빛도 없고 좁고 험하지요. 내리막은 그럭저럭 다닐 만하지만 오르막은 힘들어요. 바다 쪽 경사면이 급경사인 반면 기타초로 내려가는 길은 상대적으로 완만합니다만. 그래도 다 내려가려면 삼십 분은 걸려요. 그렇기 때문에 사람들한테는 하자키역에서 해안도로를 타고 오라고 합니다."

고마지는 마지막으로 다짐했다. 정말로 피해자와 관련해 짐작 가는 데가 없는지. 대답은 "없다"였다. 두 형사는 저택을 나와 대문까지 이어지는 긴 길을 걸었다.

"저 작가 선생, 뭔가 숨기고 있군요."

"그래. 이 저택도 부부도, 마치 연극 무대 같아. 우리까지 엉뚱하게 형사 역할을 연기한 셈인데……. 자, 그럼. 이 앞이 쓰노다 씨가 말하는 산길이라는 건가?"

대문 앞으로 흙을 밟아 굳힌 것 같은 가늘고 긴 샛길이 나 있는데, 그것이 산 쪽으로 이어지다가 시야에서 사라졌다. 빌라의 윗집 지붕들이 바로 앞에 줄지어 있었다.

"누군가 확인을 해봐야겠지?"

"뭘 말입니까?"

"최근에 이 산길을 지나간 사람이 있었나 하는 거 말이야."

"싫어요."

히토쓰바시는 상사의 진의를 깨닫고 뒷걸음질 쳤다.

"벌써 세 시가 지났어요. 그런데 아직 점심도 못 먹었다고요."

"나도 안 먹었어. 어때. 좋잖아. 공공주차장 옆으로 나가면 관사가 바로 코앞이야."

"그대로 집에 가도 되는 건가요?"

"그야 안 되지. 서장이 회의를 열고 싶어 할 게 분명하니까. 방에 가서 상비해둔 컵라면이라도 먹고 담배 한 대 피운 뒤에 서로 나와."

"컵라면 같은 거 없어요."

"없어? 자네, 독신 아닌가?"

"독신하고 컵라면이 무슨 상관이죠?"

"지진이나 태풍이 일어나서 식료품 조달이 불가능해지면 어떻게 하려고? 지금부터라도 비상용으로 준비해둬."

"아, 맞다, 태풍이 있었잖아요. 사람이 지나간 흔적 같은 건 다 사라졌을 거예요. 게다가 번역가 여사 쪽은 어떻게 할 건가요? 반장님 혼자서 갈 건가요?"

"그것도 안 돼. 거기부터 갔다가 가라고."

"이 귀신. 악마."

고마지 반장은 새끼손가락을 귓구멍에 넣어 거대한 귀지를 파내더니 뺨을 늘어뜨렸다.

"그 대신에라면 뭐하지만, 내일이라도 황금수프정에서 밥을 사지. 너도나도 다 거기서 식사를 하는 것 같으니까 말이야. 하긴 환영받을지 어떨지는 모르겠지만."

3장

모임이 수상하다

1

그날 밤, 빌라 주민의 약 반수가 찾아온 황금수프정은 대성황이었다. 저녁때까지 넘쳐나던 언덕 아래 구경꾼들은 경찰이 철수하자 썰물이 빠져나가듯이 사라졌다. 게다가 요코스카만에서 유명 가수가 탄 세스나기가 추락하는 대사건이 일어난 탓에 보도진도 즉시 사라졌다. 주민들은 한편 안도하면서도 조금은 실망했다. 자기들끼리 남겨진 주민들은 흥분이 가시지 않아서인지, 정보를 교환하기 위해서, 또는 단순히 누군가와 얘기를 하고 싶어서인지 레스토랑으로 발길을 옮겼다.

황금수프정. 아담하다는 인상을 주는 레스토랑이다. 실내는 전체적으로 갈색과 파란 색조로 마무리되어 있다. 잘 닦인 바닥 타일과 창틀은 타는 듯한 갈색이고, 커튼과 테이블보는 짙푸른 색의 조밀한 깅엄체크인데, 밤에는 그 위에 아이보리색 테이블보를 덮고 냅킨을 올려놓는다. 메뉴와 식기는 흰색에 금테두리를 둘렀다. 여기저기에 행운목이나 테이블야자 같은 화분이 놓여 있었다.

레스토랑 안으로 들어서면 오른쪽으로 의자 다섯 개가 놓인 웨이팅 바—실제로는 별로 사용되는 일이 없는 실내장식용 같은 것인데—가 있고, 창가에 사인용 테이블이 다섯, 벽 쪽으로 육인용 테이블이 셋 놓여 있다. 맨 안쪽이 주방인데, 마키노 세리나의 시어머니이자 주방장 겸 공동경영자인 미나미 사유리가 턱으로 조수를 부려가면서 일하는 모습이 보였다.

황금수프정은 나름대로 세련되고 맛있는 양식을 내놓는 레스토랑으로, 지역 주민은 물론이고 관광객에게도 인기가 좋았다. 여름 동안은 사람을 더 쓰지만 비수기에는 몇몇 파트타이머를 빼면 세리나와 사유리, 그리고 사유리의 조수 겸 제과 기술자 로버트 사와다, 이렇게 세 명이서 호텔과 레스토랑을 꾸려나간다.

그날 밤 남해장에 묵은 숙박객은 한 팀뿐이었다. 가마쿠라의 근대미술관에서 특별전을 보고 하자키로 발길을 돌렸다는 그 손님들은, 빌라 주민들이 웅성웅성하며 나타나자 겁이 나는지 일찌감치 자리에서 일어섰다. 세리나는 그 손님들을 방으로 안내한 후, 서둘러 레스토랑으로 돌아와 사람들이 함께 앉을 수 있도록 여섯 명이 앉는 테이블 두 개를 휙 하고 연결했다. 적은 인원으로 호텔을 경영하는 사이에 세리나의 솜씨는 스스로도 놀랄 정도로 향상되어 이리에 쇼코에게 '생쥐 같다'는 말을 듣기에 이르렀다.

"경찰이 우리 집에도 왔었느냐고? 물론 왔었지. 기분 좋게 자다가 계속 울려대는 벨소리에 깼어."

쇼코가 호박수프 접시를 빵으로 깨끗이 닦아 먹으며 큰 소리로 말했다. 황금수프정에서는 레스토랑 이름의 유래가 된 황금색 호박수프를 일 년 내내 내놓는다. 쇼코가 이 수프를 무엇보다도 좋아한다는 걸 잘 아는 세리나는 큰 그릇에 넘실넘실 담아 내놓는다.

"하지만 그 사람들 말이야. 경찰봉은 갖고 있지 않았어."

이와사키 아키라가 웃었다. 오후 늦게 미용실로 달려갔던 쇼코가 색깔도 형태도 마그마 대사(일본의 만화가 데쓰카 오사무 원작 만화의 주인공—옮긴이)를 똑 닮은 머리 모양을 하고 나타나자, 아키라가 "살인사건보다 그 헤어스타일이 훨씬 무섭다"고 한마디 했다. 쇼코는 그를 째려보았다.

"경관만 보면 달려드는 테러리스트로 취급 하진 말아줘, 젊은이. 그건 그렇고 시로 영감님이 없었던 건 잘된 일이야. 돌아오면 분명 이를 갈면서 분해하겠지. 리더십을 휘두를 찬스를 눈앞에서 놓친 셈이니까."

세리나가 이어 붙인 테이블에는 나카자토 다쿠야, 마쓰무라 켄과 아케미 부부, 이노 와타루, 미시마 후유와 쌍둥이 딸들도 함께 앉아 있었다. 후유가 왼쪽에 앉은 딸이 흘린 물을 닦아주면서 물었다.

"시로 할아버지 용태는 좀 어때요? 누구 아는 분 안 계신가요?"

태풍이 왔던 다음 날 새벽, 2호의 시로 할아버지가 심장발작을 일으켜 쓰러져서 옆집의 후유가 구급차를 부르고 주민들이 한밤중에 뛰어나오는 소동이 일어났었다. 쇼코가 축배용 와인 '피노그랑 펜비크' 81년산을 기분 좋게 마시며 대답했다.

"일단은 의대 부속병원으로 옮겼다가 다음 날 아들이 사무장으로 있다는 도쿄의 병원으로 옮기셨대요. 마침 할아버지 아버님의 33주기가 있다던가 해서 후지 할머니가 남편을 대신해서 고토 열도에 가기로 했다나 봐요. 그럭저럭 이 주쯤은 집을 비운다던데."

"남편이 입원했는데 아내가 대리로 제사를요?"

"상황이 이런데 굳이 가야 하느냐며 할머니도 저항을 했다던데, 할아버지는 한번 말을 꺼내면 절대로 남의 말을 듣지 않으니까. 아들 부부도 곁에 있으니 까다로운 남편 간병보다는 제사 쪽이 낫지 않겠어요? 후지 할머니도 속으론 오히려 기뻤을걸."

"그런데 쇼코 아줌마와는 그렇게 사이가 안 좋으면서 어떻게 집을 봐달라고 부탁했지, 안 그래?"

"그러게."

다쿠야는 아키라의 말에 한마디 대꾸를 하고는 마지막까지 남겨두었던 파에야의 홍합을 정말 아까운 듯 입에 넣고 행복한 표정으로 씹었다.

"몰라요, 그런 거. 하지만 덕분에 한동안 조용히 살 수 있겠구나 했는데. 이건 또 뭐야."

세리나는 이노 와타루에게 흰살생선 튀김을 가져다주었다. 이노 와타루는 백포도주를 추가로 주문하고는 요리를 먹기 시작했다. 튀김가루를 살짝 묻혀서 튀겨낸 생선은 겉은 바삭해 씹는 감촉이 좋고 안은 부드러운 것이, 달콤새콤한 소스와 정말 잘 어울렸다. 아케미가 분하다는 듯이 중얼거렸다.

"나도 와타루 씨하고 같은 걸 주문할걸 그랬어요. 요리란 직접 보지 않고는 모른다니까."

"뭘 주문했는데?"

"오렌지 소스로 버무린 오리고기."

"당신, 오리고기 싫어하잖아."

남편의 어이없어하는 얼굴에 아케미는 뿌루퉁해졌다.

"하지만 그것밖에 아는 요리가 없는걸."

"다른 걸로 바꿔드릴까요?"

세리나는 쇼코 앞에 새우 프리카셀을 놓고 나서 아케미 쪽으로 돌아가 작은 소리로 물었다. 아케미는 일부러 작은 소리로 물어봐준 세리나가 무색하게 큰 소리로 대답했다.

"괜찮아요? 정말로? 아유 좋아라."

"그만둬. 내 오므라이스하고 바꿔줄 테니까."

"하지만 오므라이스에도 닭고기가 들어가잖아요. 역시 사람은 생선을 먹어야 해. 한창 자라는 아이에게는 특히 신선한 생선을 먹여야 해요. 생선 장수가 오는 시간에 맞춰 나가서 사면 신선한 생선을 먹을 수 있는데 말이죠."

아케미는 후유더러 들으라는 듯이 말하며 후유의 쌍둥이 딸들을 바라봤다. 쌍둥이는 못 들은 체하며 방금 나온 오므라이스에 천천히 스푼을 꽂았다. 봉긋하게 솟아오른 계란은 눈부시게 빛났고, 토마토가 많이 들어간 데미그라스 소스가 걸쭉하게 뿌려져 있었다. 스푼에 훅 하고 김이 서리면서, 계란 아래 잘 익은 엷은 오렌지색 필래프와 여우 색깔로 구워진 닭고기와 신선한 청완두가 나타났다. 쌍둥이는 입을 크게 벌리고 한 숟가락 먹고 씨익 웃더니 다시 심각한 표정으로 돌아와 마구 먹어대기 시작했다.

"어머, 밉살스러워라."

"그런 실례되는 소릴."

아케미가 중얼거리자, 남편 켄이 야단쳤다. 세리나는 후유 앞에 하야시라이스(얇게 썬 소고기와 양파를 버터로 볶다가 적포도주와 데미그라스 소스를 넣고 끓인 것을 밥 위에 끼얹은 일본식 양식 요리—옮긴이)를 놓고는 얼른 끼어들었다.

"아케미 씨, 금눈돔 튀김은 어때요. 지금이라도 준비할 수 있거든요."

"좋아요. 그런 김에 흰밥과 된장국도 주실 수 있나요?"

"작작해. 사람이 염치가 있어야지."

다들 시선을 돌리는 가운데 아키라가 와타루 쪽을 보며 말을 걸었다.

"부인과 아들은요?"

"오늘은 늦는다네요. 집에 없어서 천만다행이었죠. 형사에게 심문을 받았다간 큰일 났을 테니까요."

와타루는 남의 얘기 하듯 말했다. 아키라는 어색한 분위기를 얼버무리려고 말을 더 했다.

"확실히 별로 유쾌한 경험은 아니었어요."

"잘도 그런 말을 한다. 신나서 떠들어댄 주제에."

다쿠야가 얼굴을 찌푸렸다. 쇼코는 아키라를 뚫어져라 노려봤다.

"어머, 뭘 그렇게 물어보던가요?"

"뭐 별로, 다들 마찬가지잖아요. 옆에서 무슨 소리가 나지 않았느냐, 수상한 사람을 보지 않았느냐, 아는 사람 중에 오른쪽 위 송곳니가 없는 젊은 남자는 없느냐. 게다가."

"게다가 빌라 주민들은 어떤 사람들이냐 하는 것도요."

다쿠야가 툭 내뱉었다. 아키라는 친구의 배신에 얼굴이 굳었고, 다른 사람들도 무의식중에 식사하던 손을 멈췄다.

"그래서 뭐라고 대답했는데?"

"뭐 별로. 후유 씨는 시청에서 일한다, 쇼코 아줌마는 노리코 씨와 세리나 씨하고 사이가 좋다, 뭐 그런 거지요. 별말 안 했어요."

"수상한걸."

"정말이라니까. 시로 할아버지 흉을 좀 본 건 인정하지만."

아키라가 얼굴이 빨개져서 말하는 것을 보고 쇼코가 재미있다는 듯이 웃었다. 하지만 다른 사람들의 반응은 달랐다. 세리나는 야유하는 시선을 보냈고, 와타루는 와인을 마시다 사레가 들렸고, 후유는 개운치 않다는 표정을 지었다. 아케미가 고개를 갸웃거리며 사람들의 얼굴을 차례차례 돌아보더니 입을 열었다.

"아키라 씨, 사람들의 비밀을 경찰한테 다 얘기했나요?"

"무슨 농담을. 남의 비밀 같은 거, 내가 알 리 없잖아요. 정말이지 경찰이 알면 문제가 되는 일이라도 있는 건가요?"

아케미는 코 먹은 소리를 냈다. 오늘 그녀는 거친 피부의 꼴불견 얼굴에 오렌지색 볼연지를 바르고 윤기 없는 머리를 장미 모양의 커다란 핀으로 묶었다. 목면 원피스에 스포티한 양말을 신고 핑크색 건강 샌들을 신은 차림새다. 어째서 자신의 결점을 더 도드라지게 연출하는 건지, 세리나는 한번 물어보고 싶어 견딜 수가 없었다. 그 아케미가 말했다.

"알리고 싶지 않은 일 같은 건 없지만, 아키라 군이 내 얘기 하는 건 싫어요. 나라면 말이죠."

아키라를 얼어붙게 만든 아케미는 감쪽같이 가로챈 된장국을 소리 높이 홀짝이고는 이야기를 계속했다.

"글쎄 어느 것이 누구의 비밀인가 하는 걸 어떻게 하면 알 수 있죠? 잘못하면 곤란해지지 않나요?"

"무슨 소릴 하고 싶은 거야, 도대체."

입안 가득 새우를 물고 말하는 쇼코에게 아케미는 천연덕스럽게 대답했다.

"그게요. 저건 다른 사람한테는 비밀로 하고 싶은 행동이구나 하는 건 분명히 알겠는데, 그 사람이 비밀로 하고 싶은 건지, 아니면 불려 나온 사람 이외의 사람이 비밀로 하고 싶은 건지, 아니면 비밀은 아니지만 그냥 알려지는 게 싫은 것뿐인지, 본 것만으로는 알 수 없잖아요."

쇼코를 비롯해 거기 있던 사람들 모두가 외국어라도 들은 것처럼 쩔쩔맸다.

"구체적으로 말해주지 않을래요?"

그때까지 잠자코 있던 와타루가 처음으로 입을 열었다. 아케미는 단호하게 고개를 흔들었다.

"아니, 아니, 그건 좋은 생각이 아니에요. 그게 비밀이기라도 하면 곤란하잖아요. 나야 뭐 특별히 그 사람을 곤란하게 할 생각은 없거든요. 누군가가 인적이 드문 길을 남몰래 오갔다고 해서 그걸 꼭 경찰에 말하라는 법도 없는 거고요."

"잠깐, 잠깐."

풀이 죽어 있던 아키라가 활기를 되찾았다.

"인적이 드문 길이라니요. 쓰노다 씨 저택 뒤로 난 산길 말인가요?"

"네, 그래요. 그런 델 오가다니, 이상하잖아요. 게다가 어쩐지 주위를 살피는 것도 같았고."

"누가? 언제?"

"그런 걸 꼭 이런 자리에서 얘기해야 하나요? 사건과 관계가 있는지 없는지도 모르는데요."

후유가 온화한 목소리로 말했다. 아키라는 놀라서 눈을 휘둥그레 떴다.

"어, 설마 시청에 근무하는 착한 엄마한테 비밀이 있다는 말은 아니겠죠?"

"지금 나를 두고 한 말이에요? 어쩐지 전혀 나답게 들리지 않네."

"그냥 후유 씨를 객관적으로 묘사한 거예요."

"어머, 그래요? ……아야하고 마야, 자리에서 일어날 거면 잘 먹었습니다 하고 일어나렴."

쌍둥이는 킥킥 웃으며 서로를 찔러대더니 핥아먹은 듯이 깨끗해진 접시 두 개를 남기고 쏜살같이 레스토랑 구석의 열대어 수조로 달려갔다. 아키라는 후유를 바라보며 끈질기게 또 물었다.

"후유 씨한테도 비밀이 있나요?"

"실례야, 아키라 군. 비밀이 없다는 건 뇌가 없다는 거나 같아. 누구에게든 경찰 따위에게 밝히고 싶지 않은 이야기가 하나

둘쯤은 있는 법이야."

"그야 쇼코 아줌마라면 그럴지 모르지만요. 내가 듣고 싶은 건 아케미 아줌마가 봤다는, 산길을 남몰래 오간 사람이 과연 누구였나 하는 거예요. 수수께끼의 피해자였는지 아니면 후유 씨였는지……. 마쓰무라 켄 사장님, 어때요? 산길을 오간 사람이 수수께끼의 피해자였다면 경찰에 알렸겠죠? 우리한테 얘기해도 상관없을 거고."

"피해자에 대해서는, 난 아무 질문도 받지 않았어요."

당황한 아케미가 대신 대답했다.

"질문을 안 받다니."

"네."

"그럼, 도대체 뭘 물어보던가요?"

"그게 잘 모르겠어요. 우리 집에 온 건 이치카와 씨와 후쿠시마 씨라는 형사였는데, 까다로운 것만 묻던걸요. 이 빌라에서 최근에 무슨 트러블은 없었는지 따위를 물어보니 난처하잖아요."

"그래서 뭐라고 대답했는데?"

쇼코가 나이프를 공중에 들어 올리고 물었다. 아케미는 느린 말투로 대답했다.

"쓰레기를 내놓는 걸로 문제가 있었잖아요. 그리고 우리 집 개랑 꽃 때문에 생긴 트러블, 노리코 씨 임신 건이랑 경찰 스티커, 주차장 문제도 있었죠."

사람들이 서로 얼굴을 마주 봤다. 스티커 문제 말고는 모두 다 다름 아닌 아케미 본인이 일으킨 트러블이었다. 아케미가 자기 멋대로 시 청소국에 쓰레기 수집 요일 변경을 신청해서 시로 할아버지를 화나게 했고, 개를 산책시키지 않아서 아키라를 화나게 했고, 후유네 쌍둥이가 소중히 키우던 해바라기를 잘라버렸고, 이노 와타루 가족의 주차 공간에 자전거를 세워서 이노 게이코하고도 다퉜다. 아케미는 슬픈 듯이 말했다.

"여러분들이 모두 좋은 분들이라서 얘기로 다 잘 해결됐다고 형사님들께 말씀드렸어요. 하지만 그 형사님들, 굉장히 짓궂어요. 전혀 믿어주지 않던걸요."

쇼코가 뭐라 표현할 길 없는 신음 소리를 냈다. 세리나는 솟아오르는 웃음을 참을 수 없어 주방으로 도망쳤다. 주방에서 멜론을 자르던 미나미 사유리가 놀라서 며느리를 야단쳤다.

"너 뭐 하는 거니? 손님 얘기를 옆에서 듣는 것도 모자라 웃기까지 하다니. 서비스업에 종사하는 사람이 그래서야 쓰겠냐?"

사유리는 '이름은 그 사람을 표현한다'라는 속담의 가장 확실한 반대 사례였다. 작지도 않을뿐더러 백합으로도 보이지 않는다(사유리小百合는 작은 백합꽃을 뜻한다—옮긴이). 가슴도 엉덩이도 당당해서 세리나의 남편 하루타는 어머니를 뒤에서 고래라고 불렀었다. 그녀가 좀 더 원시적인 시대에 태어났다면 부족을 거느린 여족장이 되어 이름을 날렸을 것이다.

세리나가 터져 나오는 웃음을 참느라 애를 쓰자, 사유리는 조금 부드럽게 말했다.

"참, 너도, 웃을 일이 아닐 텐데. 너희 이웃은 참 이해심이 많구나."

"네. 죄송합니다. 마마상."

세리나는 앞치마로 눈물을 닦으며 대답했다. 남편 생전에는 사유리를 '어머님'이라고 불렀다. 하지만 하루타가 없어지고, 며느리와 시어머니의 미묘한 밸런스가 좀 더 현실적인 것, 그러니까 당장이라도 망해버릴 것 같던 이 작은 호텔을 어떻게 유지해 갈 것인가 하는 문제로 대체된 때부터 세상의 예의 같은 울타리는 깨끗이 던져버렸다. 실제로 '마마상'이라는 호칭만큼 사유리에게 딱 어울리는 것도 없었다. 손님들이나 파트타임 직원들이나 출입하는 업자들까지, 사유리를 마마상이라고 불렀다. 제과기술자인 로버트조차 일한 지 사흘 되는 날부터 그렇게 불렀다.

로버트는 홀의 분위기가 걱정되는지 주방 창을 통해 자꾸만 홀 쪽을 내다봤다.

"로바('로바'는 일본어로 '당나귀'—옮긴이), 슬슬 디저트예요. 왜건과 커피를 준비해요."

"세리나, 도대체 몇 번 말해야 알겠어요. 내 이름은 로버트, 꼭 줄여서 부르고 싶다면 밥이라고 불러달라고 했잖아요."

반년 전에 그가 남해장에 불쑥 나타나, 내 이름은 로버트 사와

다입니다, 라고 말한 순간부터 세리나는 우스워서 견딜 수가 없었다. 언뜻 봐도 제과 기술자라는 걸 알 만큼 부드러워 보이는 부푼 배, 버려진 강아지 같은 눈동자, 그리고 무엇보다 전형적인 몽골 인종의 둥근 얼굴. 안경 너머로 조용히 이쪽을 응시하는 로버트에게, 무리야, 라고 무뚝뚝하게 대답한 건 사유리였다.

"아무리 봐도 넌 로버트 축에도 밥 축에도 못 껴. 로바가 어울려."

"아니라니까요."

"아니, 로바 쪽이 너한테 맞아."

세리나는 사유리가 갑자기 〈도나도나〉를 노래하기 시작하자, 앗 도망가자 하고 쟁반에 멜론을 담아 홀로 돌아갔다. 테이블 주변은 묘한 열기로 차 있었다. 아키라는 아케미에게 빌라 주민들의 트러블을 폭로한 데 대한 죄책감을 느끼게 하려고 기를 쓰는 중이었다.

"정말 뭘 모르는 분이네요. 그런 얘길 경찰이 들으면 어떤 식으로 생각할지, 전혀 상상이 안 되나요? 도대체 그 트러블이라고 하는 것 자체가 전부 다 아줌마가 발단을 제공한 것들이잖아요."

"어머, 너무해."

아케미는 나이보다 늙어 보이는 둥근 얼굴에 까닭 없이 상처 입은 처녀의 교태를 지어 보였다.

"그러면 마치 내가 여러분에게 괴롭힘을 당하고 있는 것 같잖아요. 난 그렇게 말하지 않았어요."

와타루가 포크를 바닥에 떨어뜨렸다. 세리나는 쟁반을 근처 테이블에 내려놓고 포크를 집어 올린 다음 깨끗하게 다 먹은 요리 접시를 치우며 끼어들었다.

"식후에 드실 과일을 가져왔습니다. 이건 저희 레스토랑의 서비스예요. 이제 곧 디저트가 나올 텐데 음료는 어떻게 하시겠습니까?"

"세리나, 접시를 다 치우고 나면 커피만이라도 우리랑 같이 마셔요. 경찰이 무슨 질문을 했는지 꼭 좀 듣고 싶으니까."

세리나는 잠시 생각하고 나서 쇼코의 권유에 따르기로 했다. 로바가 디저트 왜건을 밀고 왔다. 생크림을 듬뿍 곁들인 홍차 시폰케이크, 다크 체리와 가벼운 커스터드 크림 타르트. 포도 소스와 키위 소스 중 하나를 선택할 수 있는 신선한 계란으로 만든 바바루아(과일과 우유, 생크림, 젤라틴을 넣어 굳힌 프랑스식 디저트—옮긴이). 그리고 와인과 포도, 프랑스식 셔벗 세트.

술을 좋아하는 쇼코는 셔벗을 선택했고 나머지는 각각 취향에 따라 앞다퉈 케이크 쟁탈전을 벌였다. 이노 와타루는 평소의 침침한 얼굴을 거짓말처럼 거두고 디저트를 몽땅 주문했다. 쌍둥이가 마법처럼 자리로 돌아왔고, 세리나는 그들 몫만큼 뜨거운 우유를 준비했다. 그러고 나서 사유리에게 가서 사정을 말하고 돌아와 머그잔을 한 손에 들고 말석에 앉았다.

"이런 디저트, 우리 가게에서도 낼 수 있으면 좋겠는데."

패밀리 레스토랑의 점장인 마쓰무라 켄이 미련이 남는 듯이 텅 빈 접시를 바라보며 한숨을 쉬었다. 세리나가 대답할 틈도 없이 커피 스푼을 쪽쪽 빨던 아케미가 말했다.

"그건 무리예요. 황금수프정과 당신 가게는 천양지차인걸요. 그렇죠, 세리나 씨, 맞죠?"

"정말 무리이길 바라죠. 우리 레스토랑 손님이 그리로 가버리면 어떻게 해요."

세리나가 농담 섞어 대답한 걸 가지고 아케미는 그것 보라는 듯이 몸을 앞으로 내밀었다.

"역시, 차이를 잘 아네요. 이이 가게는 냉동 햄버거, 냉동 포테이토, 냉동 피자, 뭐든 다 냉동인걸요. 맛이 없기가 말도 못 해요. 가끔 가지만 서비스도 여기하고는 완전히 달라요. 웨이트리스가 무례한 소리나 하고……."

"하지만 가격에 비하면 맛있는 편이에요, 거기도."

후유가 끼어들면서 세리나에게 힐끗 눈짓을 보냈다. 켄은 기분이 상한 듯 잔을 만지작거렸다. 세리나는 얼른 그 잔에 뜨거운 커피를 더 따랐다.

"그래서? 세리나는 무슨 얘기를 했어?"

쇼코가 웃음 띤 얼굴로 세리나에게 말했다. 그녀는 어깨를 으쓱했다.

"대단한 얘기는 안 했어요. 형사가 신경 썼던 건 내가 아니라 고다마 부동산의 부인 쪽이었으니까요."

"고다마 부동산의 부인?"

"그러니까, 이런 거예요."

세리나는 영업용 존댓말 투를 버렸다.

"고다마 레이코 씨가 열쇠로 문을 열고 3호에 들어갔어요. 즉 그 집은 제대로 잠겨 있었던 거죠. 덧문도 잠겨 있었고 뒷문도 열쇠로 잠근 상태였어요. 말하자면 일종의 밀실이었던 거예요. 열쇠 없이는 피해자도 범인도 그 빈집에 들어갈 수 없었어요. 그런데 문제의 열쇠는 3호의 전 주인이 이사 나가고 고다마 부동산이 인테리어를 손볼 때 새로 한 거래요. 마스터키와 스페어키를 합쳐 세 개의 열쇠가 있는데, 그 열쇠들은 다 고다마 부동산의 금고 안에 들어 있었다는 거예요."

"그렇다면, 범인은 부동산 부부란 얘긴가요?"

아키라가 흥분해서 웃음을 터뜨렸다. 세리나는 글쎄요, 하고 말했다.

"부인이 범인이라면 손님을 데리고 가지는 않았겠죠."

"그럼 고다마 부동산 아저씨? 뭐야, 벌써 해결된 거나 마찬가지네."

쇼코가 불만스럽게 얼굴을 찌푸렸다.

"만약에 그렇다면, 왜 그 형사는 수상한 사람을 보지 않았느냐는 질문만 한 걸까? 이삼 일 전에 고다마 부동산 사장을 보지 않았나요, 하고 물으면 됐을 것을."

"봤어요?"

"태풍이 불던 날이잖아. 그래, 봤어."

다쿠야가 불쑥 말했다. 아키라는 소리를 질렀다.

"너, 그런 얘기 안 했잖아."

"묻질 않았잖아."

다쿠야는 딴전을 피웠다. 아키라가 아까의 보복이라는 듯 다그쳤다.

"형사가 너한테 뭔가 질문했잖아?"

"3호에서 수상한 소리가 나는 걸 듣지 않았느냐고, 물어서, 아무 소리, 못 들었다고 대답했지."

다쿠야가 중얼중얼 뚝뚝 끊어가며 말했다.

"그래서, 도대체 고다마 사장을 어떻게 봤는데?"

"이 층에서."

"사장은 어디에서 뭘 하고 있었고?"

"언덕길. 서둘러서 내려가고 있었어."

"그것뿐이야?"

"응."

켄이 접시에서 크림을 욕심 사납게 떠 올리는 아내의 어깨를 꽉 누르며 엉덩이를 들썩였다.

"그거 잘됐잖아. 사건은 해결된 거나 마찬가지네요. 경찰한테 이리저리 휘둘리지 않고 끝나서 다행이야. ……하지만 그 열쇠는 부동산 사장 부부 말고는 정말로 아무도 들고 나올 수 없었나?"

"그러게요. 금고의 번호를 아는 건 자신과 남편, 그리고 사원뿐이라고 고다마 레이코 씨가 말하긴 했는데요."

그 순간 누군가 움찔하고 움직이는 걸 세리나는 확실히 느꼈다. 그게 누군지는 몰랐지만 분명하게.

"쓸데없는 수사 회의가 돼버렸군. 그건 그렇고, 아케미 씨는 산길에서 도대체 누구의 비밀을 훔쳐봤다는 거야?"

쇼코가 기지개를 켜며 이날의 만찬을 마무리했다. 세리나는 영업용 미소로 되돌아와 사람들을 배웅하고 주방으로 돌아갔다. 접시는 이미 접시닦이에 세팅되어 있었고 냄비도 다 치워져 있었다. 사유리는 자기 방으로 돌아가고 로바만 한 손에 컵을 들고 멍청히 앉아 있었다.

"경찰이 우리한테도 올까?"

"그러겠지. 아마도."

"싫은데. 일본 경찰은 외국인을 싫어하잖아."

"당신을 보고 외국인이라고 생각할 사람은 없어요, 로바 씨."

세리나는 로바의 배를 콕 찔렀다. 그는 걱정스러운 듯 그녀를 올려다봤다.

"하지만 세리나, 경찰은 뭐든 찾아내는 데 명수야."

"당신이 캐나다에서 부녀자 연쇄살인이라도 일으키지 않은 한 나는 신경 쓰지 않아요."

세리나는 나, 라는 부분을 강조해서 말했다. 로바가 안심한 듯 깨끗하고 가지런한 이를 드러내 보이며 웃었다. 세리나는 테이블에서 가져온 소금 그릇과 후추 그릇에 내용물을 보충하면서 얼굴을 마주하고 웃어줬으나, 생각은 곧장 조금 전의 한 순간으로 돌아갔다.

움찔한 건 누구였을까? 뭐에 놀란 거지? 아케미는 뭘 봤다는 걸까?

2

같은 시각 하자키 경찰서에서 진행된 수사 회의는 이 정도로 여유롭거나 우아하지 않았다. 세상의 공식 회의라는 게 다 그렇듯이 무의미한 의식이 지리하게 계속되어 낮의 수사에 지칠 대로 지친 형사들의 시간과 체력을 더욱더 깎아냈다. 서장의 연설은 시작된 지 벌써 십오 분이 넘었다.

현 하자키 경찰서장은 이른바 커리어 그룹 출신으로 스물아홉 살에 홋카이도 내 한 지방 도시의 경찰서 서장으로 임명된 것을 시작으로 순조롭게 여러 곳의 경찰서장직을 역임해왔다. 젊은 나이에 조직의 우두머리가 되어 주위 사람들에게 치켜세워져 오는 동안 그의 자존심은 먹이를 억지로 먹인 거위의 간만큼이나 비대해졌다. 지금까지 중대 사건을 단 한 번도 미해결인 채로 끝낸 적이 없다, 라는 것이 그 프라이드의 원천이었으나, 고마지 반장의 말을 빌리면 그건 서장이 맡았던 지역들이 워낙에 별일 없는 곳이었기에 가능했던 일이라고.

"그런 데서는 미해결 같은 게 있을 리가 없지. 그런데, 어땠어?"

"어땠다니요, 뭐가요?"

히토쓰바시는 찌푸린 얼굴로 말했다. 공복에 후들거리는 다리로 들어선 산길은 상상 이상으로 걷기 힘들었다. 오르막길은 특히 더 험난해서 아끼던 신발이 엉망진창이 됐을 뿐 아니라, 정체불명의 벌레에 물리기까지 했다. 내리막에 이르러서는 며칠 전에 온 큰비 탓에 축축하게 젖은 비탈에서 엉덩방아를 찧었다. 그때, 산길을 갈 거라는 말을 듣고 쇼코가 몰래 건네준, 맛있어 보이는 허브 머핀을 떨어뜨렸고…….

"고생만 죽어라 하고 건진 게 하나도 없다는 얘긴 아니겠지?"

"네, 대단한 건 하나도 없었어요. 길이라고 할 수도 없었으니까요. 사람이 다닌 흔적은 확실히 있긴 했는데요. 망가진 걸레 바구니, 담배꽁초, 팬티도 주웠어요."

"뭐, 팬티?"

고마지는 몸을 앞으로 내밀었다.

"그럼 그 산길이 밀회의 장소란 얘긴가."

"무슨 말씀을. 세탁물이 날아온 거겠죠. 각다귀가 들끓는 그런 장소에서 속옷을 벗을 만큼 별난 사람은 없을걸요. 일단 감식반에 보내놓긴 했지만요."

그때 서장의 연설이 끝나면서 사람들이 졸음과 명상에서 깨어났고, 얘기는 실무로 들어갔다.

우선 검안 보고가 있었다. 피해자는 성명·연령 미상의 남성. 사후 약 60시간에서 66시간 경과. 7일 오후 두 시에 검안이 있었으니까, 사망 추정 시각은 4일 오후 여덟 시부터 5일 오전 두 시 사이이다.

사인은 머리 앞부분 타박에 의한 두개골 함몰 골절. 사후 1일 이상 경과한 후에 안면과 손가락 모두가 빈틈없이 뭉개졌다. 따라서 지문 채취 불가능. 현재 과학수사연구소에 얼굴 복원을 의뢰 중. 단, 사체를 움직인 흔적은 보이지 않는다.

연령은 25세에서 40세. 혈액형은 RH+O형. 신장 165센티미터로 작은 몸집. 체중은 54킬로그램으로 마른 편. 피부색은 전체적으로 거무스름하다. 머리는 짧지만 아마추어가 잘랐는지 가지런하지 않다. 염색한 흔적은 없다. 특징으로는 오른쪽 위 송곳니, 왼쪽 아래 제2어금니, 오른쪽 아래 제1어금니 등 치아 세 개가 발치되어 있으나 이에 대해 조치를 취한 흔적은 없다. 충치도 두 개 보이나 치료한 흔적은 없다. 가벼운 영양실조지만 건강한 편. 전체적으로 근육은 평균보다 발달했지만, 장기간 계속해서 육체노동을 한 신체로는 생각되지 않는다. 수술 흔적, 멍, 기타 다친 흔적 등도 없다.

"너무 깨끗해. 이런 것도 곤란한걸. 살인사건의 피해자가 될 거면 신장 이식 정도의 흔적은 남겨둬야지."

가볍게 말하는 고마지를 서장이 차가운 눈빛으로 쏘아봤다. 히토쓰바시는 당황해서 얼른 손을 들고 질문을 했다.

"영양실조라는 건 보기 드문 일인가요?"

설명하던 미우라 의사가 웃었다.

"아니, 자네 같은 젊은 독신 남성에게는 가벼운 영양실조가 그렇게 드문 일은 아니지. 인스턴트 식품이나 편의점 도시락만 먹다 보면 그렇게 돼."

"알겠습니다. 즉 치과 의사도 다른 의사도 도움이 되지 않을 거라는 말씀이군요."

"그렇지. 기대할 수 없을걸."

계속해서 지금까지 제출된 가출인실종신고서를 조회한 결과에 대한 발표가 있었다. 현재 가나가와와 도쿄, 사이타마, 야마나시 등에는 해당자가 없다. 조회의 범위를 전국으로 넓혀 의뢰했다.

유류품. 피해자가 입고 있던 것은 짙은 푸른색 점퍼. 청바지. 'I AM JAPANESE'라는 글자가 검은색으로 새겨진 긴소매 흰 티셔츠. 빨간 줄무늬 트렁크스. '컨버스'라는 제조사명이 새겨진 하얀 스니커.

"오늘은 일요일이라서 회사들이 쉬기 때문에 유류품을 가지고 신원 파악을 하는 작업은 내일 이후나 돼야 가능할 겁니다. 그 밖에 유류품은 전혀 없습니다. 지갑이나 손수건, 시계 등도 남겨져 있지 않았습니다. 또한 현장을 빈틈없이 수색했지만, 깨끗이 청소를 했는지 지문은 물론 머리카락 하나 남겨져 있지 않았습니다. 다만."

유류품 담당 형사는 극적인 틈을 두었다.

"오른쪽 스니커 끈 아래 매끈한 부분에 일부이긴 하지만 지문이 남아 있었습니다. 선명하진 않은데 상황으로 봐서 피해자의 지문이라고 여겨집니다. 현재 현경에 전과자의 지문 리스트 조회를 의뢰한 상태입니다."

희미한 소요가 일었다. 이어서 히토쓰바시가 일어나 탐문 성과를 보고했다.

"……이러저러해서, 마침 범행 일시로 짐작되는 사흘 전, 즉 10월 4일 목요일인데요. 아시다시피 오후부터 다음 날 새벽에 걸쳐 태풍 21호가 왔었던 터라 주변에서 수상한 인물이나 행동, 소리 등을 보거나 들은 사람은 없습니다. 그러나 한 가지 중요한 증언을 얻을 수 있었습니다. 현장의 열쇠 문제입니다. 하자키 목련빌라 3호는 현재 고다마 부동산의 관리 아래 있는데 사체 발견 당시 창문, 덧문, 뒷문 모두 다 잠겨 있었습니다. 또 제1발견자인 고다마 레이코에 의하면 현관도 분명히 잠겨 있었다고 합니다. 이건 그녀가 열쇠로 문을 여는 것을 현장에서 함께 지켜봤던 손님 부부의 증언과도 일치하는 바라, 틀림없으리라 사료됩니다."

이어서 히토쓰바시는 고다마 부동산과 현관 열쇠의 문제점을 지적했다. 웅성거리는 소리가 아까보다 더 커졌고, 히토쓰바시는 코를 부풀리며 자리에 앉았다. 고마지가 속삭였다.

"자네 그렇게 말하는 법을 도대체 어디서 배웠나? 마쓰모토 세이초의 소설에 나오는 형사 같았어."

"이상으로 보고는 끝났나?"

서장이 이번엔 내 차례야 하듯 다시 일어섰다. 그는 바보라도 다 알 만한 사실을 다시 십오 분에 걸쳐 하나하나 지적하고 나서 내일부터 할 일을 형사들에게 분배했다. 수사과 형사들은 각각 힘에 벅찬 큰일들을 떠맡았으나, 그래도 그나마 회의가 끝났다는 사실에 감사의 한숨을 내뿜으며 귀로에 올랐다. 히토쓰바시는 고마지 반장과 함께 빌라와 부동산의 사정 청취, 탐문수사를 담당하게 되었다.

"처음부터 정해져 있던 일 아닌가. 비위에 거슬리는 녀석이야, 정말."

중얼중얼 불평을 내뱉는 고마지의 등을 향해 서장의 목소리가 날아왔다.

"고마지 반장. 그리고 히토쓰바시 군도 잠깐 이리 오게."

둘은 얼굴을 마주 봤다.

"무슨 일이시죠?"

"쓰노다 고다이 선생님 댁에 탐문하러 간 게 자네들이지?"

"네, 그런데요. 무슨 일이라도?"

"실례되는 일은 없었겠지?"

"네?"

서장은 거드름을 피우며 목소리를 낮췄다.

"조금 전에 시장한테서 전화가 왔어. 쓰노다 선생님은 시장의 죽마고우이기도 하고, 무엇보다 하자키시의 명사시지. 필요 이상으로 불쾌하게 해드린 건 아닌가 하고 시장이 걱정하고 있어."

"틀림없이 고액 납세자에게 적합한 대응을 했습니다."

고마지의 입에서 톡 쏘는 대답이 나왔고, 서장은 얼굴이 빨개졌다.

"납세액에 따라 태도를 바꾸라는 게 아니야. 다만 아주 최근에 이사를 오신 쓰노다 선생님이 이 사건과 관련되어 있을 리는 거의 없고, 고다마 부동산에 수사의 무게가 실린 건 틀림없는 사실이니까, 뭘 여쭤보러 찾아갈 때는 태도에 좀 신경을 쓰게."

"서장님, 히토쓰바시에게 대화법 교실을 소개받으시지 그러세요? 하여간 뭐, 무슨 말씀을 하시는 건지는 알겠습니다. 내일도 일찍부터 움직여야 해서요, 이만 실례하겠습니다."

히토쓰바시는 서를 나오며 불만을 터뜨렸다.

"이게 뭡니까? 왜 쓰노다 고다이만 특별 취급이냐구요?"

"좋잖은가. 서장의 머리를 눌러줄 인물이 있어서. 아차, 서장더러 쓰노다를 담당하라고 밀어붙일걸."

"그래봤자 어차피 쓸데없는 일만 늘어날걸요."

고마지는 너구리 같은 얼굴을 찌푸리며 히토쓰바시를 봤다.

"자네, 그렇게 속이 없어서 어떻게 할 거야. 나중에야 어떻게 되든 일단 마음에 안 드는 상사에게 앙갚음 한두 번 해주자는 생각은 안 드나?"

"그럴 기운 없어요."

산길을 혼자 걷게 했던 데 대한 불만을 넌지시 드러낸 셈이었는데, 고마지는 고개를 옆으로 흔들었다.

"젊은 사람이 패기가 없어. 자넨 아마 내 집 마련에 아이 둘, 같은 조촐한 꿈이나 꾸겠지."

"반장님한테는 큰 꿈이 있나요?"

"오오, 있고말고. 경시총감 이하 현경 본부장에서부터 서장까지, 주르륵 앞에 앉혀놓고 라쿠고(익살을 주로 한 이야기. 만담—옮긴이)를 한자리 들려주고 싶어."

"그런 취미가 있었어요?"

"열두세 살쯤이었나, 삼대째 산유테이 긴바(라쿠고가는 예명을 지어 대물림한다—옮긴이) 스승님의 제자로 들어가고 싶었어. 선생님의 목소리는 굉장했지. 라디오로 듣고 있자면 성우가 네 명 쯤 교대로 말하고 있는 것 같았어. 동경한 나머지 선생님 아는 사람한테 가서 내 라쿠고를 들어봐달라고까지 했어."

"그래서 어떻게 됐는데요?"

"시험 삼아 '매화꽃 놀이 주전자'(널리 알려진 라쿠고 레퍼토리 중 하나—옮긴이)를 했더니 아마추어맨발이라고 하더라고."

"아마추어맨발? 그런 말이 있었나요?"

"아마추어조차 신발 신을 틈이 아까워 맨발로 도망칠 정도로 엉터리라는 거야."

"그, 그걸 높은 분들 앞에서 한단 겁니까?"

"그러니까 미리 의자에 묶어둘 거야. 어때, 응? 고용살이하는 자, 꿈은 크게 가져야지."

두 사람은 하자키역 앞에서 헤어졌다. 히토쓰바시는 손목시계를 들여다봤다. 일요일 밤 열 시 반이 넘은 시각. 가게 문이 모두 닫힌 교차로는 괴괴했다.

3

그날 밤 하자키 목련 빌라의 주민들 사이에는 불면증이 돌았다.

1호의 미시마 후유는 쌍둥이를 재워놓고 아래층으로 내려가

스카치 온더록스를 만들었다. 거실에 장난감이 흩어져 있었다. 그녀는 발밑의 곰인형을 주워 올리고 창밖으로 바다를 바라봤다. 흐릿하게 빛나는 밤바다는 아무런 도움도 되지 않는 거대한 물웅덩이처럼 보였다.

후유는 커튼을 닫고 얇은 울 카디건의 앞섶을 여몄다.

거실의 작은 탁자 위에는 액자가 놓여 있다. 가족 넷이 함께 살던 시절, 이 집에 이사 왔을 때 해변에서 찍은 기념사진이었다. 사진 속의 쌍둥이는 한 살이었지만 벌써부터 둘이만 아는 신호를 주고받는 것 같았다. 작은 체격의 남편 사다오는 후유에게 바짝 다가앉아 쌍둥이에게 그대로 물려준 웃는 얼굴을 하고 있다. 후유는 지금 입고 있는 것과 같은 카디건을 걸치고 행복한 웃음을 짓고 있다.

후유는 한숨을 쉬고 유리잔을 이마에 갖다 댔다.

7호의 기토 노리코도 잠 못 들고 있었다. 워낙에 그녀에겐 만성적인 불면 증상이 있었다. 최근 수년간 계속 그랬다.

알코올, 캐모마일, 라벤더, 신경안정제⋯⋯ 생각나는 건 대충 모두 시도해봤다. 후지사와에 있는 신경정신과 의원에 다닌 적도 있었다. 결과는 모두 다 실패. 매일 밤 잠들기까지 세 시간이 걸리는 상태는 전혀 개선되지 않았다. 어쩔 수 없이 그녀는 일에 열을 내기로 했다. 몸을 쓰고, 머리를 쓰고, 지닌 에너지를 모두

짜내는 거다.

덕분에 경영은 순조로웠다. 불면증은 낫지 않았지만. 뭔가 나쁜 게 있으면 하나쯤은 수확도 있는 법이다. 조용히 침대에 누워 천장 패널을 바라보면서 노리코는 생각했다. 평소라면 지금쯤은 잠이 들 시간이지만 아직도 눈이 말똥말똥하다. 그녀가 아직도 잠 못 드는 이유는 단 하나, 그것 말고는 없다. 그건 이제 와서 머뭇거려봤자 돌이킬 수 없는 일이었다. 아무리 몸부림쳐봤자 자신이 저지른 일에서 도망칠 수 없었다. 그래서 밤의 정적 속에서 그녀는 이렇게 자신과 마주하는 것이었다.

옆방에서 어머니의 코 고는 소리가 들려왔다. 내가 결혼할 때까지는 걱정돼서 밤에 잠을 못 잔다더니. 실제로 잠 못 드는 건 자신이 아니라 딸이라는 걸 알면 어떤 얼굴을 할까. 딸의 정체를 알면 어떤 잠에 빠질까.

손발을 얌전하게 뻗고 천장을 향해 똑바로 누워 규칙적으로 호흡하면서, 노리코는 오로지 기다렸다. 잠의 정령이 찾아오기를.

하지만 아무리 시간이 흘러도 잠은 어디 먼 곳에 가 있는지 오지 않았다.

어디선가 창문 열리는 소리가 났다. 나카자토 다쿠야는 입시를 앞둔 학생들의 리스트에 메모를 써넣던 손을 멈추고 얼굴을 들었다. 창에 비친 건 자신의 얼굴이었다. 파자마 위에 털실로 짠 스웨터를 입고 연필을 쥔 자신의 얼굴.

그는 고개를 흔들고 학생들에게로 주의를 되돌리려 했다. 다케나카, 요놈은 수학을 잘한다. 일종의 천재적인 번뜩임을 갖고 있다. 하지만 꾸준하지가 못하지. 다카하시, 얘는 참을성이 많지만 공부의 성과가 숫자로 나타나지 않아 초조해하기 시작했다. 조금 격려해줄 필요가 있겠군. 지가, 이 녀석은 도대체 왜 학원에 오는 거야, 공부 같은 건 무의미하다고 생각하는 녀석이…….

정신을 차리고 보니 그는 또 다른 생각을 하고 있었다. 아키라에게 그렇게 마구 역정을 내는 게 아니었어. 그 녀석은 아무것도 몰라. 악의가 있었던 것도 아니고, 덕분에 난 쓸데없는 소리 안 해도 됐었는데. 아키라는 좋은 놈이다. 그 녀석이 없었다면 아무리 노력해도 학원을 여기까지 끌어올 수는 없었을 거야. 아니, 그것만이 아니야. 나 혼자였다면 지금까지 제대로 살았을지도 의문이야…….

더 깊이 생각하기 직전에 그는 정신을 차렸다. 좀 더 실제적인 걸 생각하자. 내일이라도 기토당에 가보자. 찾고 있는 것이 나올지도 모른다.

다쿠야는 심호흡을 하고, 다시 리스트로 돌아갔다.

이노 와타루는 아내의 잠든 얼굴을 보고 한숨을 쉬며 방을 나왔다. 거실 소파에 누워 담요를 덮었다. 평생의 실패작, 이라는 말을 떠올리자 왠지 웃음이 새어 나왔다. 그러나 그 웃음은 바로 사라졌다.

게이코는 사건에 대해서 듣자마자 생각했던 대로 히스테리를 일으켰다. 어쩌자고 이런 때에, 그러니까 싫다고 했잖아요, 빨리 팔아치워요, 이런 집, 창피해서 친구도 못 불러 어쩌고 저쩌고.

게이코는 스튜어디스였다. 맞선 파티에서 만났을 때는 그 무엇으로도 대신하기 어려운 고급스러운 여자로 보였다. 하지만 최근에는 얼굴을 볼 때마다 신기하다. 아내는 분명 미인이고 서른다섯이라는 실제 나이보다 꽤 젊어 보인다. 그러나 남편이 벌어오는 돈을 모두 자신의 겉치장을 위해 쏟아부을 뿐 아니라 자신에게는 그럴 만큼의 가치가 있다고 생각하는 것 같다.

그만큼의 가치가, 그녀에게 있을까.

있을 리 없다. 내일 아침 그녀가 잠에서 깨어나지 않는다 하더라도 세상은 일 밀리미터도 변하지 않는다. 슬퍼하는 건 엄마를 잃은 어린 아들 정도일 거다.

친구들의 시선 때문에 교통편이 좋은 넓은 단독주택을 구하는 게이코, 값비싼 패션을 몸에 두르고 놀러 다니는 게이코, 아들을 두고 놀러 나가려고 보모를 고용하겠다고 하고, 여행 가자, 차를 바꿔라, 하고 조르는 게이코. 그러면서 요리도 제대로 못 하고, 타인에 대한 배려도 없고, 아들을 오로지 응석받이로 키우고, 자기 뜻대로 되지 않으면 히스테리를 일으킨다. 더 줘, 더, 더, 더.

욕망의 덩어리 같은 년. 와타루는 담요를 꽉 움켜쥐었다. 이대로 가다간 조만간 그년이 내 뼈까지 갉아먹을 거야. 마치 등에 요괴를 업고 있는 것 같았다. 모든 걸 빨아먹은 끝에 숙주를 죽이는 요괴. 그렇게 될 때까지 참을쏘냐. 그 전에…….

와타루는 눈을 꽉 감았다. 아니, 그런 무서운 생각을 해서는 안 돼.

그만.

남편이 아래층으로 사라지는 것을 확인하고, 이노 게이코는 억지로 잠든 척하던 걸 그만뒀다. 머리맡의 스탠드를 켜고 벌써 몇 번이나 되읽은 편지를 다시 펼쳤다.

편지에는 새빨간 글자가 춤추고 있었다. '이 살인자. 도망칠 수 있다고 생각했다면 큰 착각이야. 모든 걸 밝혀버릴 거야.' 게이코는 모양 좋게 솟아오른 입술을 일그러뜨리고 편지를 난폭하게 구겼다.

너무해, 정말로 너무해. 내가 뭘 했다는 거야. 아무것도 하지 않았어. 그런데도 거꾸로 원한을 사다니. 이런 외진 장소에 숨어들어와 살면서 이제는 됐다고 생각했는데. 내년에는 아들의 초등학교 입학도 있고 해서 세간의 관심이 가신 참에 양지로 나갈 작정이었는데. 아직도 잊지 않았다니, 정말 끈질기구나.

게이코는 자리에서 튀어 일어나 침실을 돌아다녔다. 남편은 전혀 의지할 만하지 못하다. 돈은 그런대로 있는 편이지만 요즘 들어 자꾸만 지갑 끈을 조인다. 기분 전환 좀 하는 걸 가지고 쩨쩨하게 마치 아내를 가산을 탕진하는 진드기같이 생각한다.

게이코는 총명하지 않았다. 그건 스스로도 인정한다. 그렇다고 바보는 아니다. 남편이 무슨 생각을 하는지 정도는 손바닥 들여다보듯이 안다. 다른 여자에게 마음을 빼앗기고 있다는 것까지도. 그렇게 소심한 사람이니 아직 바람을 피우는 데까지는 가지 않았겠지만, 내버려두면 사태는 악화될 것이다. 이런 형국에 살인사건이라니. 게다가 협박장까지.

어떻게든 해야 돼. 어떻게든. 어서 빨리 남편을 설득해서 이 재수 없는 곳을 떠나는 거다. 남편의 중고차 판매회사에서 그리 멀지 않은 장소로. 그러면 비용도 얼마 안 들 것이다. 날이 밝으면 히스테리를 부렸던 걸 사과하고 어제 카드로 산 백을 반품하러 간다고 하자. 그러면 남편도 나를 조금은 다시 볼지도 모른다.

아, 안 돼. 그럴 수 없어.

게이코는 격렬하게 몸서리를 쳤다. 그랬다가는 소문이 퍼질 것이다. 게이코에게는 불행을 기다리는 친구들이 많다. 미인인데다 남자한테도 인기 있고 아무런 고생도 하지 않는 게이코에게 겉으로는 친하게 굴지만 내심 이제나저제나 하며 그녀의 몰락을 기다리는 친구들이.

게이코의 손안에서 편지가 땀투성이가 되었다. 누군지는 몰라도 알아차린 거다. 내가 있는 장소, 나의 과거. 누군가와 의논을 해야 해. 우선은 이 꺼림칙한 편지를 그만두게 하기 위해서. 아, 하지만 도대체 누구랑 의논을 한담. 의논할 만한 사람이 없잖아. 나 스스로 어떻게든 해볼 수밖에. 기댈 만한 사람이 아무도 없다.

생각을 하는 거야. 어떻게 해야 좋을지. 내가 바라는 바를 모두 이루기 위해서 필요한 게 도대체 뭔지.

게이코는 불현듯 어떤 사실을 깨닫고 깜짝 놀랐다.

내가 바라는 게, 도대체 뭐지?

쓰노다 고다이는 아내의 방 입구에 서서 말을 걸었다.

"아직 안 자?"

아내는 돌아보지도 않고 대답했다.

"네. 당신 먼저 주무세요."

"그렇게 아무것도 안 먹으면 몸에 안 좋아. 야식이라도 만들까?"

"당신이 만들고 싶다면, 상관 안 해요."

쓰노다 고다이는 맥없이 방을 나와 부엌에서 술에 맞는 가벼운 안주를 몇 가지 만들었다.

도카치가와 레쓰는 오징어를 질겅질겅 씹으며 라디오에 귀를 기울이고 있었다. 십 년 전 남편이 죽은 뒤로 그녀는 혼자 살고 있다. 살인사건 때문에 그녀가 겪을지도 모를 불이익이라면 같이 살면서 손자를 봐달라고 끊임없이 조르는 딸의 마수에 빠질 위험이 늘어났다는 것뿐이었다. 하지만 뭐, 그건 단호하게 거절하면 된다. 뭐하면 분명하게 말해줘야지. 딸에게도 손자에게도, 그녀는 단 한 조각의 애정도 없었다. 일 년에 한 번 얼굴을 보는 것만으로 충분하다. 딸은 자신을 부리기 편한 가사 도우미로 만들고 싶은 눈치지만 농담 말라고 해라. 툭하면 바람을 피워대는 데다 생활 능력도 없고 잔소리만 심했던 남편을 치우고 겨우 손에 넣은 자유인데, 왜 남편을 똑 닮은 딸을 위해 내놓아야 하느냐고.

"있잖아요."

마쓰무라 켄은 아내의 콧소리에 내심 겁을 먹으면서 졸린 듯이 대답했다.

"당신, 내일은 월요일이야. 빨리 안 자면 몸에 안 좋아."

"있잖아요, 당신."

마쓰무라 아케미는 남편의 말 같은 건 무시했다.

"어떻게 생각해요? 그 살인. 정말로 고다마 부동산 사장이 했을까?"

"그걸 내가 어떻게 알아. 빨리 자."

"아닐 거예요."

아케미는 더블베드 안에서 꼼지락거렸다.

"내 생각이 틀렸을지도 모르지만, 그래도 생각해보면 이상해요."

"뭐가?"

"글쎄, 사장이 아니라도 열쇠를 꺼낼 순 있잖아요. 난 그 부동산에 간 적이 있어요. 금고는 노상 열려 있었어요. 누군가 몰래 열쇠를 꺼내 갈 수도 있었을 텐데. 그래서 생각났는데 그 산길."

"당신, 거기서 도대체 누굴 본 거야?"

남편이 날카롭게 물었다. 아케미는 놀란 듯 머뭇거렸다.

"안 돼요. 말하지 않는 게 좋겠어요. 예를 들어 내가 어느 사람이랑 다른 사람을 동시에 봤다 하더라도……. 게다가 산길에서……."

"봤어?"

"3호에서 발견된 사람, 거기서 죽은 건 아닐 거예요. 하지만 말이죠, 역시 이상해요. 글쎄 그 사람들 사이가 나쁠 텐데."

"이봐, 어이."

켄은 스스로도 알 수 없는 충동에 사로잡혀 아내의 팔을 꽉 잡았다.

"가르쳐줘. 누구누굴 본 거야."

"아야, 이거 봐요. 당신이 나한테 설교해놓고선. 나는 곧잘 오해를 하니까 잘 알아본 후에 말해야 한다고."

"그야 그렇지만."

"그러니까 잘 알아볼 작정이에요."

만족스럽다는 듯이 꼴불견인 머리를 베개에 파묻고, 아케미는 말했다.

"그렇게 하면 이번에는 나를 다르게 볼 거예요. 난 관찰력 하나는 날카롭거든요. 모두들 바보 취급 하지만."

"아무도 바보 취급 안 해."

"무슨 소릴. 오늘도 세리나 씨가 나를 바보 취급 했어요."

"그 여자는 늘 친절하잖아."

"아니에요. 그 사람 나를 보고 못생긴 바보라며 뒤에서 웃는다고요."

"피해망상도 정도껏이야."

한숨을 내쉬는 남편에게 아케미는 치근치근 되풀이했다.

"이래 봬도 나, 그런 건 잘 알아요. 세리나 씨는 자기가 굉장히 머리가 좋은 줄 알아요. 마치 세상일을 전부 다 안다는 얼굴이라니까요. 하지만 정말로 머리가 좋은 게 누군지 제대로 보여줄 테니 두고 보라지. 커피 따라준 것 가지고 성격이 좋다고 생각하다니, 당신 정말 어수룩해요."

"당신이 산길에서 본 게 그 여자야?"

아케미는 대답하지 않고 기지개를 켰다.

"글쎄요. 하지만 내가 다 알아내기만 하면 정말로 똑똑한 게 누군지 그 여자도 알게 될걸요. 쇼코 씨는 아마 그 여자한테 탐정 소질이 있다고 생각하겠지만, 그건 절대로 아니에요."

쇼코는 방금 읽기 시작한 『구라마텐구 지옥의 문』을 엉덩이 밑에 깔고 입을 벙긋 벌린 채, 꿈도 꾸지 않고 숙면에 빠졌다. 큰일을 끝낸 오늘, 살인이든 전쟁이든 그녀의 잠을 방해할 수는 없었다.

4장

탐정이 지명되다

1

하자키시의 중심부에 해당하는 하자키 기타초는 JR 하자키역을 중심으로 발전한 동네였다. 역 앞으로는 사차선 도로가 철길과 나란히 나 있다. 그리고 철길과 도로에 직각으로 교차되는 길이 나 있는데, 이것은 흔히 역전길이라고 부른다. 역전길은 철길을 지하로 통과해 철길 북쪽으로 이어졌다. 철길 북쪽은 병원 동네라 불렸는데, 하자키 의과대학, 대학병원, 하자키 초등학교 등이 있고, 의사와 인턴, 레지던트 등이 사는 아파트와 맨션, 그리고 그들의 입을 만족시키기 위한 마켓이나 식당 같은 것이 늘어선, 하자키시에서도 가장 발전된 곳이었다.

그에 비하면 역 남쪽은 약간 뒤처졌다. 역 빌딩에 들어서 있던 대형 슈퍼가 불황으로 철수한 뒤로는 바지런히 영업을 계속하는 작은 상점과 술집, 오락실만 남았고 그 사이사이에 시의 공공시

설이 낀 듯이 서 있었다.

고다마 부동산 사무실은 남쪽, 즉 하자키 기타초의 역 앞 빌딩 일 층에 있었다. 매년 3월이 되면 아파트를 구하는 신입생 무리가 사무실에 줄을 서지만, 지금은 10월의 월요일 아침이니만큼 사무실은 한산했다.

부동산 사무소 사장 고다마 고조는 두 형사를 사장실로 안내했다. 스킨헤드에 얼굴에 상처가 있는 사장은, 보기보다 신경이 예민한 인물이었다. 그는 고마지에게 우는소리를 했다.

"도대체 마누라한테 무슨 소리를 한 거야. 마누라가 돌아오자마자 자리에 누워버렸어. 아까 병원에 보냈는데 재채기는 심하지, 열은 나지, 사체 때문에 쇼크까지 받았지. 그래서 무슨 말을 하는 건지 전혀 요령부득이야."

"사건에 대해서는 알지?"

"그런대로. 어젯밤 뉴스에서 봤어. 신원 불명의 타살된 사체라면서. 정말이지 성가셔 죽겠어. 죽이려면 딴 데서 죽일 것이지. 사체 같은 건 바다에라도 던져 넣었으면 좀 좋아. 어쩌자고 거길 기어든 거야. 현장에 가볼까도 생각했지만 당신들한테 폐가 돼도 안 되겠고, 어차피 가봤자 할 일도 없을 테니까. 현장은 지독한가? 청소업자를 보내도 될까?"

"아니, 기다려. 그런데…… 그게 문제의 금고인가?"

사장은 어리둥절해서 고마지의 시선을 좇았다. 사장실에는 책상과 응접세트 외에 서류철을 보관하는 캐비닛이 놓여 있었다. 벽에 걸린 훌륭한 물고기 탁본 액자 외에는 업무용 물품밖에 없는 방이었다. 융단도 색이 바래서 사장실이라기에는 너무나도 수수해 보였다.

캐비닛 바로 옆에 큰 금고가 놓여 있었다.

"우린 금고라곤 이것 하난데, 도대체 뭐가 문제야?"

"3호의 열쇠는 모두 여기에 있겠지?"

"으응, 그래."

"그 집을 팔겠다고 내놓은 사람은 도대체 누군가?"

"우리야. 전에 살던 부부가 오키나와로 가게 돼서 말이지. 우리에게 빌다시피 사정을 해서 인수했어. 급하게 돈이 필요하다는 거야."

"보나마나 가격을 터무니없이 깎았겠군."

사장은 씨익 웃었다.

"그야 뭐, 싼 매물이었을지는 모르지만 사정이 그랬으니까. 싼 게 비지떡이 돼버렸지."

"그러니까, 그 집 현관 열쇠는 부인이 말한 대로 자네 손에 모두 있는 게 분명하지?"

"응. 그게 무슨 문제라도?"

고마지가 알기 쉽게 현장과 열쇠 얘기를 하자, 고다마 사장은 튀어 올랐다.

"마누라가 놀랄 만도 하군. 이건 마치 범인 취급 같지 않나."

"하지만 그 금고를 열고 열쇠를 꺼내서 여벌을 만든 다음 돌려놓는 것도 쉽지는 않겠는걸."

"그야 어려울지도 모르지. 요놈은 한신대지진이 있고 난 뒤에 특별히 주문해서 만들었어. 절대로 못 들고 나갈뿐더러 몇 천 도의 고온까지 견딜 수 있게 했지. 그야말로 최고급 금고야. 아무나 열 수 있는 물건이 아니라고."

고다마 사장은 왠지 공허하게 먼 곳을 바라보다가, 정신을 차리더니 목소리를 낮췄다.

"비밀번호를 알고 있는 건 나하고 마누라, 하나오카라는 직원, 이렇게 셋뿐인데, 실은 돈이 들어 있지 않을 때는 열어놓은 채로 두는 경우가 많아. 여기에서 열쇠를 꺼내 가는 건 마음만 먹으면 누구라도 할 수 있어. 사장실이라고는 하지만 밖의 사무실이 붐빌 때는 응접실이나 마찬가지로 사용하거든."

"빌라에 사는 사람들도 드나들 수 있단 얘긴가?"

"그야, 뭐. 집 살 때나 왔지 그 뒤로는 그들이 우리 부동산에 오는 일은 별로 없었어. 하지만."

"하지만?"

"다른 볼일로 오는 일이 없지 않아 있지."

히토쓰바시는 헉 하고 얼굴을 들었다.

"예를 들면, 고서점에서 2호점을 낼 만한 물건을 찾으러 오는 것 같은 이유 말입니까?"

고다마 사장은 얼굴을 찌푸렸다.

"고마지 씨는 우수한 부하를 두었군. 하지만 노리코 씨가 물건을 물색하러 온 것도, 계약을 한 것도 벌써 일 년 전 일이야. 누군가의 사체를 갖다 놓을 생각이 있었다 하더라도 그렇게 옛날부터 준비를 하지는 않았겠지."

"그런데 금고에 3호 열쇠가 보관되어 있는 걸 도대체 몇 명이나 아는 거야? 기토 노리코는 알고 있나?"

"모를걸. 얘기한 기억이 없으니까. 아."

사장이 짐작 가는 데가 있다는 표정을 지었다.

"노리코 씨한테 직접 얘기한 적은 없지만, 다쿠야 씨라면 얘기했어."

"다쿠야? 나카자토 다쿠야 말인가?"

"응. 삼 개월 전에 여기 왔었어. 보습학원이 잘되다 보니 공간이 비좁다고 이사 갈 곳을 찾고 있었어. 지금 있는 곳도 나쁘지 않지만 대로에서 좀 들어간 곳에 있잖아. 아이들이 아무래도 밤늦게 귀가하니까 가능하면 번화가, 그것도 병원 동네 쪽을 희망한다고 해서 지금 찾는 중이야. 그 사람, 묘하게 입이 무겁더라고. 내 쪽에서 괜히 이것저것 세상 돌아가는 얘기를 하다가 그 얘기를 한 것 같기도 해."

고마지는 신음 소리를 냈다. 사장은 계속해서 말했다.

"그리고 작가인 쓰노다 선생도 알고 있어. 저택 열쇠를 같은 장소에 보관했으니까. 열쇠를 꺼내주면서 언뜻 그 얘길 했어."

"그 밖에는?"

"언제였던가, 후유 모녀가 열쇠를 빌리러 온 적이 있었어. 해수욕하러 나갔다가 물속에 열쇠를 빠뜨렸던 모양이야. 쌍둥이가 수영복 차림으로 뛰어 들어왔을 때는 무슨 일이 일어났나 했지. 하지만 그것도 이 년이나 전에 있었던 얘기야."

"그 밖엔?"

"내가 알고 있는 건 거기까지."

히토쓰바시는 메모를 하던 손을 쉬었다. 다쿠야는 정말 말이 없는 사람 같았는데, 학원에서 아이들을 가르친다니 친구를 상대로 해서는 잘 떠들지도 모르겠다. 그래서 열쇠 이야기가 같이 사는 아키라의 귀에 들어갔다면 그 즉시 빌라의 모든 사람들이 알게 되었을 것이다. 그러나 단지 아는 것만으로는 안 된다. 열쇠를 꺼냈다 다시 돌려놓을 수 있어야 한다.

"그 열쇠는 한눈에 3호 거라는 걸 알 수 있나?"

고마지가 팔짱을 풀며 말을 꺼냈다. 사장은 탁 하고 무릎을 치더니 금고를 열고 큰 상자를 꺼냈다. 상자 안에는 열쇠가 한가득 들어 있었다. 그 가운데 빨간 키홀더가 유독 시선을 끌었다. 또렷이 '하자키 목련 빌라 3호'라고 쓰인 그 키홀더에는 세 개의 열쇠가 달려 있었다.

"열쇠 건은 나중에 직원들에게도 물어보기로 하지. 그런데 자네 마지막으로 3호에 간 게 언제였나?"

고다마 사장은 손을 쥐었다 폈다 하면서 들릴락 말락 한 목소리로 말했다.

"실은 태풍이 불던 날에 빌라에 갔었어. 3호에는 들어가지 않았지만."

"그럼, 뭘 하러 간 거야?"

사장은 입을 우물우물거리더니, 오해하지 않았으면 좋겠는데, 하고 말을 꺼냈다.

"이노 씨네 갔었어."

"무슨 볼일로 이노 씨 부인을 만난 거야?"

"아직 부인이라고는 안 했어."

"한 거나 같아."

고마지는 파리를 쫓는 것 같은 손짓을 했다. 사장은 역전의 야쿠자도 쫄게 할 정도의 거구를 순식간에 작게 움츠렸다.

"세상이 이렇다 보니 우리도 경영이 편치는 않아. 의과대학 입학자도 줄어들었고 땅값이 내려서 교통이 더 편한 장소로 이사 가는 사람들도 있어. 그러던 차에 이노 씨 부인이 교통이 편한 곳에 집을 구하고 있다는 소문이 들려서 말이지. 마침 병원 동네에 지은 지 삼 년쯤 된 주택이 있어서, 혹시 관심을 갖지 않을까 싶어서."

"그런 거라면 늘 하는 영업 활동인데 오해하고 말고가 어디 있나? 게다가 그런 거라면 남편한테 얘기하는 게 자연스럽지 않나?"

"그야 그렇지만, 그 집은 부인이 세다고 들었거든."

머뭇머뭇 말하면서 손수건으로 끊임없이 대머리를 닦는 사장에게 고마지는 고양이도 못 속일 것 같은 정다운 말투로 말했다.

"자네를 범인으로 만들려는 게 아니야. 중요한 낚시 친구를 그렇게 하겠나. 하지만 솔직하게 말해주지 않으면 이쪽도 이상한 생각을 하게 되잖아. 안 그래? 있는 대로 다 말해버리고 편해지라고."

"나쁜 마음은 아니었어. 호기심이라고나 할까. 혹시나 하는 마음도 있었고."

고다마 사장은 말을 더듬거리며 사정을 설명했다.

그는 몇 주일 전에 시나가와에 있는 대학 동창생의 집에 초대받아 갔었다. 큰 항공회사에 다니는 친구인데 그가 얼마 전에 대만에서 일어난 비행기 사고 얘기를 하다가 흥미로운 얘기를 했다. 팔 년쯤 전에 하네다 공항에서 착륙하던 제트기가 활주로를 이탈해 소형 비행기와 충돌하는 사고가 있었다. 다행히 대참사는 면했지만, 충돌 때의 충격으로 소형 비행기의 조종사와 네 명의 승객이 사망했다.

"사고의 직접적인 원인은 제트기 기장의 조종 실수였는데, 기장이 왜 사고를 일으켰는지 알아? 스튜어디스와의 불륜 관계 때문이었다는 거야. 상대는 그야말로 제멋대로인 여자라서 문제의 비행 전날 밤 기장을 거의 잠을 못 자게 하는 바람에 사고가 났다는 거지. 제법 큰 스캔들이었기 때문에 회사가 나서서 무마했지만, 발 없는 말이 천 리를 가는 법이잖나. 벌써 눈치챘겠지만 그 스튜어디스가 바로 이노 게이코야. 얘기를 듣고도 처음에는 결혼 전의 이름이라서 몰랐는데, 사진을 보여주잖아. 틀림없이 그 여자였어."

히토쓰바시와 고마지는 한동안 얼굴을 마주 보았다.

"그러니까 자네, 이노 게이코를 협박했군. 그 얘기를 남편에게 알리고 싶지 않다면 병원 동네의 주택을 사라고."

"당치도 않은 소리."

사장은 큰 손을 휘휘 저었다.

"그럴 마음을 품고 그녀를 만나러 간 건 인정해. 전에 그 여자가 우리 마누라한테 차림새가 그게 뭐냐면서, 돈이 없는 건지 주변머리가 없는 건지 어느 쪽인지 모르겠네, 하고 모욕을 준 적이 있어. 사람을 다섯 명이나 죽인 주제에 다른 사람을 모욕하는, 그런 거만한 여자는 조금쯤 괴롭혀줘도 괜찮다고 생각했지. 그런데 말이지, 막상 본인을 눈앞에 대하고 보니 마음이 켕겼어. 내가 죽은 사람이나 그 유족도 아니고 말이야. 정의파인 척하려 했지만, 내가 그것으로 이익을 얻는 건, 역시 아무래도……."

"그럼, 결국 그 스튜어디스 시절의 추문을 알고 있다는 얘기는."

"못 했어. 창피한 얘기지."

사장의 땀이 테이블 위로 톡 하고 떨어졌다. 고마지는 코를 비비고 소파 팔걸이를 두드렸다.

"그래서 이노 게이코 씨하고 얘기가 끝난 뒤에는?"

"현관 앞에서 용건을 전하고 서둘러 돌아왔어. 더는 배길 수 없었으니까."

"3호에는? 태풍으로 피해를 입었을지도 모르는데, 걱정되지 않았나?"

"한시라도 빨리 그 자리를 뜨고 싶었어."

그들은 불안해하는 고다마 사장에게 무의미한 위로의 말을 한두 마디 남기고 사장실을 나와 네 명의 직원을 면담했다. 어떤 직원은 아무렇지도 않은 척, 또 어떤 직원은 호기심을 듬뿍 드러내며 형사들을 대했다. 그들의 말을 들어보니 고다마 사장 얘기대로 사장실 금고는 여닫을 수 있는 사람이 있을 때는 늘 연 채로 뒀다는 것을 알 수 있었다.

"그 금고 번호를 아는 하나오카 씨라는 분, 계십니까?"

사십 대 초반으로 보이는 통통한 여성이 일어섰다. 그녀에게는 특별히 들을 얘기도 있고 해서, 파티션으로 가려진 응접세트로 자리를 옮겼다. 다른 종업원들이 부러워하는 시선을 보냈다.

그녀는 하나오카 미즈에라고 자신의 이름을 밝혔다. 기혼, 마흔두 살, 고다마 부동산에서 일한 지 십팔 년 됐다. 남편은 하자키 의과대학의 부사무장이다.

"처음엔 파트타임이었는데 경리 일을 할 줄 알아서 정사원으로 올려주셨어요. 사장님과 사모님이 절 신뢰하셔서 금고 번호와 열쇠를 맡고 있습니다."

"어떻게 생각하나요? 예를 들어 금고에서 하자키 목련 빌라의 열쇠를 꺼내서 여벌 열쇠를 만들고 되돌려놓는 식의 흉내를 외부 사람도 할 수 있을까요?"

"할 수 있어요."

하나오카는 간발의 차도 두지 않고 대답했다.

"사용하지 않는 한 열쇠가 있는지 없는지 일일이 확인하지 않기 때문에, 사라졌다 다시 돌아와도 아무도 의심하지 않을 거예요. 마스터와 스페어를 합쳐서 세 개나 있으니까요."

"하지만 외부 사람이 사장실까지 들어가는 건 어렵지 않나요? 그렇게 드나든 사람이 있습니까?"

하나오카는 공격적으로 외쳤다.

"몰라요, 그런 거. 하지만 미리 말씀드려놓겠는데요, 난 여벌 열쇠를 만들거나 하지 않았어요."

"아무도 당신이 했다고 하지 않았어요. 그런데 당신은 문제의 3호에 가신 적이 있습니까?"

"네, 사장님 분부로 몇 번 환기를 시키러 갔었습니다. 억지로 떠맡은 건 아니에요. 날씨가 좋은 날엔 기분 전환도 할 겸 드라이브하는 기분으로 가지요. 형사님, 이것만은 말해두겠는데요, 사장님, 사모님은 두 분 다 정말 좋은 분이에요. 두 분을 의심하다니 정말 말도 안 돼요. 그야 사람이니까 화가 나기도 하고 남한테 상처를 주고 싶을 때도 있겠지만, 절대로 사람을 죽일 분들이 아니에요."

숨도 쉬지 않고 지껄여대는 하나오카를 뒤로하고, 둘은 고다마 부동산을 빠져나왔다. 히토쓰바시는 한숨을 크게 내쉬고 고마지에게 물었다.

"아이구야. 어떻게 생각하세요? 고다마 사장은 정말로 이노게이코에 대한 협박을 포기했을까요?"

"글쎄. 개인적인 생각을 말하라면, 저치라면 본인의 말대로 도망쳤을 거야. 소심한 데다 근본은 착한 사람이니까. 하지만 자네는 믿지 않겠지."

"게이코와 고다마 사장 사이에 트러블이 있었다 해도 죽은 남자가 끼어들 까닭은 없죠. 게이코가 고다마 사장에게 공갈 협박을 당하고 내연의 남자, 그러니까 그 시체가 된 남자를 보냈다고 가정하더라도, 싸우다가 고다마 사장이 게이코의 남자 친구를 죽였다면 그 여자가 그 뒤에 바로 경찰에 신고했겠지요. 사장을 잡아 넣을 절호의 찬스잖아요. 하지만 방금 사장이 말한 대로 게이코를 협박하지 않은 게 사실이라면."

히토쓰바시가 자신의 생각을 피력하자, 고마지는 고개를 흔들었다.

"생각해봐. 피해자는 손가락이 다 망가져 있었어."

"지문, 전과 있음……. 그래. 그거 혹시 협박 전과일지도 모르겠네요."

"이노 게이코의 얘긴 들어봤나?"

"아니, 아직요. 어젯밤에는 아이를 데리고 외출했다 늦게 들어온 모양이에요. 다른 사람을 시켜서 고다마 사장의 친구라는 사람에게 얘기를 들어보지요. 게이코의 얘기를 듣는 건 그 뒤로 할까요?"

"아니. 직접 부딪쳐보자고. 집에 있는지 확인해줘. 그건 그렇고, 아무래도 마음에 걸린단 말이야. 이것저것 정신없어서 묻는 걸 깜박했는데. 그 사장, 그것 말고도 뭔가 숨기는 게 있는 것 같아…… 어라?"

고마지는 발걸음을 멈췄다. 역전길을 사이에 두고 건너편에 있는 기토당 1호점. 평상시에는 열두 시 개점인데, 아홉 시가 조금 지난 시각에 벌써 셔터가 반쯤 올라가 있었다. 몸을 반쯤 서점 안으로 집어넣고 안을 살피는 젊은 남자가 보였다.

나카자토 다쿠야였다.

2

"안녕?"

노리코는 멈칫하고 손에 든 책을 떨어뜨렸다. 다쿠야는 당황해했다.

"미안. 놀라게 한 것 같군. 괜찮아?"

"사과는 쇼코 언니한테 해. 언니가 부탁한 마키노 요시오의 책이니까."

"누구지, 그게? 비싼 책인가?"

"판매가로 팔만 엔."

"으악."

노리코는 쿡쿡 웃었다.

"뭐 별로 망가지지 않았으니까, 안심해도 돼. 들어와. 물이 끓으면 커피 타줄게."

"고마워. 잠이 부족해서 눈이 시리네."

"피차 마찬가지군. 인스턴트야."

"설탕하고 우유 모두 듬뿍 넣어줘."

다쿠야는 발판을 가져다 걸터앉았고, 노리코는 책이 잔뜩 놓여 있는 사무용 책상에 팔꿈치를 갖다 댔다. 전기포트에서 물이 끓기 시작하는 소리가 가게 안에 희미하게 울려 퍼졌다.

"끔찍한 사건이야. 덕분에 우리 어머니가 난리야. 하긴 아무

일 없어도 어디선가 소란을 일으킬 만한 거리를 찾아오곤 하지만. 일찌감치 도망쳐 나왔어."

"그래서 이렇게 일찍 서점을 열었군."

"다쿠야 씨도 학원 시작 시간까지는 아직 멀었을 텐데. 실은 일 잘하는 점원 하나가 감기 때문에 못 나와. 오늘은 바쁠 것 같아."

물이 끓었다. 노리코가 커피를 타는 동안, 다쿠야는 기토당 안을 둘러봤다. 서점은 다 합쳐서 이십 평 정도인데, 입구 왼쪽에 계산대 겸 감시대, 맨 안쪽으로 출고 카운터, 그 옆이 지금 그들이 있는 계산대와 사무 업무를 겸한 카운터였다. 그 이외의 벽은 모두 책꽂이가 차지했고 중앙에도 네 줄로 책꽂이가 늘어섰다.

들어서면서 오른쪽에 있는 책꽂이에는 의학서가 가득 꽂혀 있다. 그 옆은 외국 문학, 그 안쪽으로는 일본 문학과 약간의 교과서와 참고서가 뒤섞인 신서 코너. 색색가지 미스터리와 SF 문고, 가벼운 소설류 등이 보였다. 왼쪽으로는 파라핀 종이에 싸인 문학서와 영화평론서가 있고, 입구 옆 벽면에는 크고 작은 아동서들이 늘어섰다. 다쿠야는 『고양이 올란도』를 집어 들었다.

"살 거야?"

"응. 그런데 팔백 엔은 좀 싸지 않나? 이거 절판이지?"

"괜찮아. 아동서로 돈 벌 생각은 없으니까. 달리 필요한 게 있으면 찾아둘게."

"다른 책을 구할 때 같이 찾아줘도 되는데, 세타 데이지의 『유아들의 문학』하고 이시이 모모코의 『아동문학 여행』이 들어오면 빼놔줘. 아키라가 찾는 책이야."

"세타 데이지 것은 창고에 있어. 『아동문학 여행』은 요전번에 나온 이시이 모모코 전집에 들어 있으니까 옛날 걸 누가 내놓길 기다리기보다는 신간을 사는 쪽이 빠를지도 몰라."

"만화를 치우니까 안이 아주 달라 보이네."

"2호점을 오픈한 게 작년 말이었어. 그렇게 오랫동안 안 왔다는 얘기군."

대화가 끊어지고 침묵이 흘렀다.

토끼 모양의 머그잔을 건네자 다쿠야는 결심하고 얘기를 시작했다.

"어젯밤, 황금수프정에 갔었어. 쇼코 씨와 켄 씨 부부, 와타루 씨, 그리고 후유 씨와 쌍둥이 딸들도 왔어. 노리코 씨도 오나 했는데."

"어머니가 이성을 잃은 터라 그럴 경황이 아니었어."

"왜? 기꺼이 사체까지 보러 가셔놓고."

"그러게. 정정할게. 쇼크받은 척하면 내가 옆에서 돌봐줄 거고, 그러면 더 즐길 수 있을 거라고 생각해서 기꺼이 흥분했던 거지."

"심하군."

"어느 쪽이? 나? 아니면 어머니?"

다쿠야가 커피에 사레가 들리자, 노리코는 가볍게 웃었다.

"바보 같은 생각인데, 나하고 어머니가 만약 부모 자식 간이 아니라 부부 사이였다면 꽤 사이좋은 부부였을 거라는 생각을 때때로 해. 부부는 막상 무슨 일이 벌어지면 이혼할 수 있잖아. 싫어지면 헤어질 수 있는 상대라면 웬만한 건 깨끗이 받아들이고 잘 지낼 수 있지 않을까."

"정말 그렇게 생각해?"

노리코는 다쿠야에게서 시선을 돌렸다.

"설마. 농담이야."

"깨끗이 받아들인다는 거, 굉장히 중요한 거야."

다쿠야는 불쑥 말하더니 당황한 듯 화제를 바꿨다.

"어젯밤에도 굉장했어. 아케미 아줌마가 이상한 소리를 해서."

"무슨 말을 했는데?"

"무슨 소린지 통 알 수 없긴 했는데, 아무래도 산길에서 남몰래 속닥이는 누군가를 본 모양이야."

"또 그 남의 눈에 띄고 싶어 하는 버릇이 도졌군."

노리코가 차갑게 말했다. 다쿠야는 눈을 동그랗게 떴다.

"눈에 띄고 싶어 해?"

"그래. 그 아줌마가 무턱대고 트러블을 일으키는 최대 이유가 바로 그거야. 아무도 정상인으로 대하려 들지 않으니까 어떻게든 주목을 받고 싶은 거겠지. 센세이셔널한 화제를 끄집어내서 자신이 다른 사람보다 더 많이 알고 있다는 걸 보여주려는 것뿐이야."

"그럴까?"

"나나 세리나나 후유 씨에게 반감을 보이는 이유가 그것 말고 달리 또 있을까? 그녀는 아마도 자기보다 젊은, 일하는 여자들에게 콤플렉스가 있을 거야. 하지만 그걸 인정하고 싶지 않기 때문에 다른 방법으로 우리를 무시하려고 드는 거지. 어리석은 수법으로 말이야. 남의 일에 신경 쓸 시간에 자신이나 갈고닦으면 좋을 것을."

"아케미 아줌마가 당신들한테 반감을 갖고 있었다니, 몰랐는걸."

"남자들은 무뎌서 좋아. 그 여자는 늘 세리나를 굉장히 높여줘. 세리나 씨는 참 대단해요, 세리나 씨는 차이를 아네요, 세리나 씨야 뭐 이것저것 다 잘 아시니까, 하고. 그래놓고는 반드시, 난 영 아니에요, 우리 남편 가게는 세리나 씨 가게하고는 비교도 안 돼요, 하고 덧붙여. 마치 세리나 쪽이 아케미 씨나 그 남편이 운영하는 레스토랑을 우습게 아는 것처럼 들리지 않아?"

"그러고 보니 분명 그런 식으로 말했어. 하지만 난 말 그대로 받아들였는데. 세리나 씨는 대단하고 아케미 씨는 영 아니다, 하고 말이야. 그게 사실이니까."

노리코는 웃음을 터뜨렸다.

"사정을 잘 아는 사람들은 모두 그걸 알지. 그래서 그녀가 어리석다는 거야. 하지만 교활해."

"그냥 바보 아니었어?"

"아니. 후유 씨네 해바라기를 자른 건 일요일 이른 아침이었잖아. 쌍둥이가 다음 주에 학교에 가지고 가서 친구들에게 자랑할 거라고 한참 소란을 떤 뒤였어. 타이밍이 절묘했다고 생각되지 않아? 그걸 잘라놓고, 길에 비죽 튀어나와 있는 거라 괜찮을 줄 알았어요, 따위로 변명하다니. 마치 자신이 무슨 박해라도 당하고 있는 것처럼 행동했잖아……. 그런데 그 산길을 걸었다는 건 도대체 누구 얘기지?"

"말 안 했어. 후유 씨가 그만두게 했어."

"후유 씨가 그만두란다고 하려던 말을 참다니. 이해가 안 되네."

노리코에게서 적의가 뿜어져 나오는 것에 질려, 다쿠야는 입을 다물었다. 잠시 뒤에 그는 어조를 바꾸어 말을 꺼냈다.

"아키라가 그러더라고. 내가 공룡같이 둔하다고. 아파도 아픔을 인식하기까지 시간이 걸린다고. 그 말이 맞아. 더군다나 한 번 느낀 아픔을 잊는 데도 시간이 걸려. 하지만 난 남들 이상으로 시간이 걸린다고 해도 어쨌든 아픔이 있으면 그것을 분명히 느끼고 또한 그것을 분명히 잊을 수 있어. 말로 표현하기 어렵지만, 뭐랄까, 그러니까 난 바보 같지만."

"그만."

노리코가 다쿠야의 말을 끊었다.

"다쿠야 씨한텐 늘 고마워. 정말이야. 하지만 이건 다쿠야 씨 문제가 아니라 내 문제잖아."

"무슨 의미지?"

"의미라니."

노리코는 당황해서 고개를 숙였다.

"무슨 의미냐고 해도 그래. 어쨌든 이런 때이기도 하고."

다쿠야는 자리에서 일어섰다.

"역시, 그 사체하고 무슨 관계가 있는 건 아니지?"

"그만둬. 어머니랑 똑같은 말."

"어머니랑 같다니……."

"지금 묘한 걸 생각했지?"

노리코는 입술이 보라색이 되었다.

"사체에 대해서 난 아무것도 몰라. 살인을 내 그것과 결부시키지 마. 아무리 사사마가."

노리코는 깜짝 놀라 입술을 깨물었다. 다쿠야는 망연히 노리코를 내려다봤다. 두 사람의 시선이 공중에서 뒤얽혔다. 서로가 서로를, 슬프지만 이해했다. 다쿠야는 머그잔을 사무 책상에 내려놓고는 서둘러 가게에서 나갔다. 책상 위에 산처럼 쌓인 책을 정성스레 다시 쌓기 시작한 노리코의 눈빛은 어딘가 먼 곳을 바라보는 듯했다.

3

기포가 유성처럼 빠르게 세리나의 시야를 가로질렀다. 뒤이어 반짝반짝 파란 별이 중심에 나타났다가 흩어졌고 그것을 신호로 삼은 듯 세 개의 중심에서 색과 빛이 쏟아져 나왔다. 검은 가루가 성난 파도처럼 흘러나오더니 그 틈새로 별과 달이 천천히, 또는 재빨리, 여러 개로 늘어났다가 사라져갔다.

"태양 광선으로 보는 것이 가장 아름답대."

세리나의 팔꿈치 부근에서 쇼코가 느긋하게 말했다. 세리나는 마지막 별이 천천히 나타나 여덟 개로 흩어졌다 사라지는 것을 다 보고 나서 만화경에서 눈을 뗐다. 여느 만화경하고는 다르게 이것은 끝에 가는 통이 달려 있었다. 안에는 검은 가루와 빨강, 초록, 파랑으로 빛나는 별과 달 그리고 투명한 액체가 들어 있어서, 내용물이 있는 쪽을 세우고 반대쪽 구멍으로 들여다보면 가루와 별들이 천천히 액체 속으로 떨어진다. 덕분에 빙글빙글 돌리지 않아도 만다라 같은 아름다운 세계가 보였다.

"굉장해요. 이거 어디서 났죠?"

"쓰노다 고다이 선생의 부인한테 받았어. 내가 전에 만화경을 좋아한다고 했던 걸 기억하고 있었던 모양이야. 미국에 여행 갔을 때 샀대."

"만화경을 싫어하는 사람이 있을까? 쇼코 언니도 쓰노다 선생님 부인하고 아는 사이였군요."

"아는 사이라고 말할 정도는 아니지만. 이사 온 지 며칠 안 됐을 때 부부가 함께 인사하러 왔었어. 우리 집이 맨 먼저였고, 전혀 모르는 사이는 아니어서 잠깐 들어오시라고 했지. 그때 그 부인이 책꽂이에 만화경이 있는 것을 보고 내가 만화경을 좋아한다는 걸 안 거지. 아까 외출하는 길이라면서 이걸 가져다주더라고."

쇼코의 거실은 온통 책이었다. 하긴 거실만이 아니다. 현관 신발장 위, 이 층의 방 하나에도 가득, 화장실과 부엌 일부까지도 엄청난 양의 책으로 뒤덮였다. 세리나가 앉은 소파 옆에도 책 몇 권이 떡하니 놓여 있었다. 세리나는 겸연쩍은 얼굴로 만화경을 내려놓고 백에서 쓰노다 고다이의 책을 꺼냈다.

"이거, 고맙습니다. 돌려드릴게요."

"다 읽었어?"

"그게 그러니까."

우물거리는 세리나를 보고, 쇼코는 잠자다가 헝클어진 금발을 흔들며 크게 웃었다.

"대충 그럴 거라고 짐작했어. 나는 꽤 좋아하지만 말이야. 이 센티멘털리즘이 너무 좋아."

"참말로. 이 『잃어버린 만가』라는 책의 멜로드라마틱한 구석이라니, 아유."

세리나는 정반대의 감개를 담아 대답했다. 쇼코는 우후후 하고 웃었다.

"어쩐지 세리나가 좋아하지 않을 것 같더라고. 여성에 대한 묘사 방식이 싫은 거겠지. 그래서 일부러 더 쓰노다 고다이의 나쁜 습관이 잘 드러난 작품을 건네준 거야."

"와아, 너무해."

점심 전의 빌라는 아무 일도 없었다는 듯이 조용했다. 미시마 후유는 보통 때처럼 쌍둥이를 학교에 데려다주고 시청으로 출근했다. 지금쯤이면 아마 동료에게 질문 공세를 받고 있을 것이다. 기토 도키코는 와이드 쇼에 채널을 맞추고 어제 저녁 비행기 사고로 불시에 죽음을 맞은 국민 가수 얘기에 몰두해 있었고, 도카치가와 레쓰는 딸에게서 온 전화를 난폭하게 끊은 참이었다. 일이 있는 사람은 직장으로 나갔고, 그렇지 않은 사람은 뭔가 불안한 심정으로 집에 있었다. 하지만 외견상으로 빌라의 주민들은 보통 때와 전혀 다름없는 월요일을 보내고 있었다.

"일하러 안 나가도 돼?"

쇼코는 진하게 탄 홍차를 세리나에게 건네주며 물었다.

"벌써 갔다 왔어요. 손님이야 일찌감치 체크아웃해버렸고, 오늘은 예약도 없어요. 런치 타임까지만 돌아오면 된다고 해서요."

"호텔도 힘들겠어. 바쁠지 한가할지 예측을 할 수 없을 테니까."

"그건 어떤 일이나 마찬가지 아니에요?"

"그야 그렇지만."

쇼코는 한동안 잠자코 있었으나 이윽고 목소리를 죽여 말했다.

"있잖아, 그 살인사건, 정말로 부동산이 했을 거라고 생각해?"

"쇼코 언니 생각은 어떤데요?"

"어젯밤엔 와인 한 병을 비워버린 상태에서 사람들의 불안을 더 부추겨봤자 뭐 하나 하는 생각도 들었고, 또 아케미 씨가 무슨 말을 꺼낼지 모르겠기도 해서, 일단은 부동산 설에 찬성을 했지. 그런데 하룻밤 지나고 잘 생각해보니 그건 아닌 것 같아."

"그러게요."

세리나는 마지못해 끄덕였다.

"고다마 사장은 좋은 사람이긴 하지만 그렇다고 살인을 하지 않으리라는 보장은 없지요. 살인자란 대부분이 뭐랄까, 무척 느낌이 좋은 사람인 것 같더라고요. 하지만 아케미 씨 남편이 말한 대로……."

"뭐가?"

"어제 그걸 생각하느라 잠을 못 잤는데. 아케미 씨 남편이 자리를 파할 무렵에 나한테 물었잖아요? 열쇠를 꺼낼 수 있는 건 정말로 부동산 부부뿐이냐고. 그때 내가 고다마 레이코의 말로는 열쇠가 든 금고를 열 수 있는 건 부동산 부부와 사원 한 명뿐이라더라고 대답했어요."

"흠."

"그런데 그렇게 말한 순간, 누군가가 움찔했어요."

"누군가라니, 누가?"

"몰라요. 별것 아니겠죠. 하지만 신경이 쓰여요."

쇼코는 차가 들어 있던 나무 상자를 개조해서 만든 발판에 다리를 올리고 팔짱을 꼈다.

"그럴 수 있지. 이십 대 때 얘긴데, 친구들과 한잔하러 갔다가 그 자리에 없는 친구 얘기가 나왔었어. 한 친구가 그녀가 곧 결혼할 거라는 얘길 꺼냈거든. 그야 축하할 일이었으니까, 그걸 안주 삼아 부어라 마셔라 분위기가 무르익었지. 그런데 그런 와중에도 나는 뭔가가 계속 신경에 걸려서 쉽게 취하지 않았어. 그게 뭔지는 전혀 알 수가 없었지. 다들 기분이 붕 떠 있었고 특별히 술버릇이 나쁜 사람도 없었고. 결국 이유를 모르는 채로 즐겁게 헤어졌는데, 얼마 후에 그중 한 명이 자살을 했어."

"자살?"

"실연 자살."

아아, 하고 세리나는 고개를 끄덕였다. 쇼코는 리넨 테이블보를 고쳐놓았다.

"상당히 오랫동안 자책감에 시달렸어. 그때 알아차렸다면 어떻게든 해줄 수 있지 않았을까 하고."

"그건 쇼코 언니 탓이 아니에요. 설사 알았다 한들 막을 수 있었을까요. 진심으로 죽고 싶다고 생각하는 사람을 누가 막을 수 있겠어요."

세리나의 말투에는 씁쓸함이 묻어났다. 쇼코는 힐끗 그녀를 바라봤다.

"이상한 화제를 꺼냈나."

"아뇨, 괜찮아요."

세리나는 어깨를 움츠렸다.

"남편이 죽은 지도 벌써 삼 년이나 지난걸요."

"이 얘기 하는 거 처음이야. 묘한 걸 물어서 미안한데, 남편은 자살이었어?"

"글쎄요. 남겨놓은 글도 있었고 사체도 떠올랐고요. 자살을 할 수 있을 만한 사람은 아니었는데."

"너무 심한 말 같긴 하지만, 살인자가 될 수 없는 사람이 없듯이 자살을 할 수 없는 사람도 없는 거 아닐까."

"그야 뭐. 통증이 따르는 병에라도 걸린 거였다면 하루타가 자살했어도 놀라지 않았을 거예요. 그 사람만큼 병에 걸리는 거나 다치는 걸 무서워하는 사람이 또 있었을까요. 감기 걸리는 게 무서워서라도 물에 뛰어들지는 못할 타입이었어요."

"남편 이름이 하루타였구나."

"봄에 태어나서 하루타春太. 미나미 하루타南春太예요. 좋은 이름이죠. 실제로 천하태평에 낙관적인 사람이었어요. 그래서 남의 빚을 뒤집어썼지만요. 그 일은 생각만 해도 화가 치밀어요."

"자자. 이젠 세리나한테 애인도 생겼고. 이젠 됐잖아. 드디어 집에 데리고 왔더군. 바로 사흘 전날 밤에. 로바 씨를……."

"그만하세요."

"어쩐지 괜스레 웃음이 나서 말이야. 이제 막 사귀기 시작한 커플은 보기 좋아."

"부러우면 쇼코 언니도 남자를 찾아보지 그래요?"

"이래 봬도 이상은 높아. 무예백반武藝百般 가사전반家事全般인 데다 국회도서관 수준의 서고랑 대형 박물관만큼 많은 골동품과 궁중 경마장 넓이의 마장을 마련해줄 만한 남자가 아니면 안 돼."

"겸사겸사 황릉 규모의 묘도 만들어달라는 게 어때요?"

"시끄럽군. 됐어, 말하는 건 공짜니까. 그래 맞다, 히메지성 정도의 술 창고도 빠지면 안 되지."

"하지만 그 넓은 곳을 남편이 혼자서 관리하나요? 쇼코 언니 남편이 되는 것도 힘들겠네요. 아차. 무슨 얘기를 했었죠?"

둘은 멍청하게 서로의 얼굴을 마주 봤고, 쇼코가 손을 마주쳤다.

"그래, 그래. 어젯밤 모임에 나온 사람 중에 부동산 사원이라는 말을 듣고 놀란 사람이 있었다는 얘기였어."

"있었던 것 같은 느낌이 든 것뿐이에요."

"그 느낌이라는 게 의외로 무시 못 할 일이라는 얘기를 했지."

"네."

세리나는 한동안 생각에 잠겨 있다가 불쑥 말했다.

"도대체 그 사체는 누구였을까."

"그게 문제야. 신원만 확인된다면 사건은 해결된 거나 마찬가지지."

세리나는 반쯤 멍해져서 쇼코를 바라보다가 드디어, 하지만, 하고 덧붙였다.

"신원이 확인되지 않아도 사건이 해결될 수 있을까요?"

"있겠지."

"그럼, 집 열쇠는?"

"거기서 얘기는 다시 그대의 느낌, 그 '움찔'이라는 부분으로 돌아오는군."

쇼코는 재미있지도 않다는 얼굴로 말을 이었다.

"범인이 그 빈집을 현장으로 고른 건 왜일까. 사람 눈을 끌고 싶지 않았기 때문일까. 아니면 사체를 놓아두고 사라지기에 딱 좋다고 생각했기 때문일까. 혹시 뭔가 돌발적인 일이 있었던 걸까. 부동산에서 열쇠를 몰래 가지고 나왔다면 계획적으로 그 집을 선택한 것이 돼. 그야 태풍이 불어오는 중이었으니까 조금쯤 소란을 떨어도 이웃집에 알려질 걱정이 없다는 점이 좋았을지도 모르지. 하지만 만약에 내가 범인이었다면 범행 현장으로 바다나 뒷산을 선택했을걸. 인기척도 없고, 특히 바다라면 사고로 위

장할 수도 있을 테니 말이야. 사람의 출입이 한정된 빈집에 시체가 있었으니 단숨에 살인이 돼버린 거지."

"죽인 후에 바다나 산에 버릴 수도 있었어요."

세리나가 중얼거렸다. 쇼코는 눈썹을 찌푸렸다.

"그래. 범인은 어째서 그렇게 하지 않은 걸까?"

세리나가 고개를 갸웃하며 천천히 말했다.

"누군가가 본래 빈집을 이용하고 있었고, 살인은 우발적, 돌발적으로 일어난 건지도 몰라요. 그 인물은 무슨 이유에선지 빈집의 열쇠를 갖고 있었어요. 거기에 그 사체가 된 남자가 왔죠."

"왜 온 거냐고."

"무단으로 빈집을 이용하려 했다면, 그 이용자에게는 뭔가 뒤가 구린 데가 있지 않았을까요? 남자는 그 냄새를 맡고 온 건지도 모르지요. 즉 열쇠는 살인 목적으로 부동산에서 가지고 나온 게 아니라 다른 목적으로 먼저 준비됐던 거예요."

쇼코는 세리나를 곁눈질로 보고 흐흥 하는 소리를 냈다.

"내 눈은 틀림없어."

"무슨 말이에요?"

"세리나, 탐정을 하면 어때?"

"……네?"

딸꾹질 같은 소리를 낸 세리나에게 쇼코는 태연히 덧붙였다.

"여탐정이라, 좋지. 얘기가 재밌어지는데."

"자, 잠깐만요. 재밌어지다니요? 소설이 아니라니까요. 첫째로 만약 지금의 추측이 맞다면 범인은 부동산 사원이든가 아니면 빌라의 누군가라는 얘기가 돼요."

"그렇겠지."

"농담이 아니에요. 이웃끼리 의심을 하게 되는 건 싫어요. 게다가 범인은 우리의 고객일 가능성이 높잖아요. 손님을 한 명 잃게 될 뿐, 좋을 게 하나도 없어요. ……아!"

"왜 그래?"

"그러고 보니, 아케미 씨가 뒷산에서 봤다는 건 도대체 누굴까요?"

쇼코는 웃음을 참지 못하고 싱글싱글거렸다.

"이러니저러니 해도, 결국 신경을 쓰고 있잖아."

"그야 신경 쓰이죠. 하지만 그것과 이것은 별개의 문제예요. 가난한 사람은 쉴 틈이 없다고 하잖아요. 탐정 흉내 낼 만큼 한가하지 않아요."

"그러세요. 실례했습니다. ……뭐, 그건 그렇다 치고 아케미 씨가 누굴 봤는지에 대해서는 신경 쓰지 마. 그 사람 분명 또 엉뚱한 소리를 하는 걸 거야."

"그럴지도 모르죠."

한숨 섞인 대답을 한 세리나는 다음 순간 오싹해져서 얼굴을 들었다.

"저기요, 지금 뭐죠?"

"이번에는 재채기가 아닌 것 같은데."

둘은 불안한 얼굴을 마주 보며 동시에 자리에서 일어섰다.

4

그보다 먼저 9호 이노 게이코의 집에는 손님이 있었다. 게이코는 부엌에서 필사적으로 생각을 정리하고 있었다. 아무것도 아니야, 이건 그냥 탐문일 뿐이야. 어젯밤 내가 없었기 때문에 오늘 찾아온 거야. 하지만 두 형사는 표정이 굳어 보였어. 게이코는 손이 떨려 차를 잔 받침에 쏟고 말았다. 그녀는 심호흡을 하고 다시 차를 준비했다.

히토쓰바시는 감탄하며 거실을 돌아봤다. 부드러운 가죽 소파, 옻칠을 한 테이블, 그 위에는 이 세상 것이라고는 생각할 수 없을 정도로 섬세한 레이스가 달린 테이블보, 그리고 또 그 위에는 웨지우드의 초콜릿 상자, 카펫은 실크, 창틈으로 들어온 바닷바람에 흔들리는 작은 꽃들이 프린트된 커튼. 도저히 다섯 살짜리 아이가 있는 집으로는 생각되지 않았다.

"안정이 안 되는 방이군."

고마지 반장은 기분 나쁜 얼굴로 주위를 돌아보았다.

"이건 마치 모델하우스 같잖아. 생활의 냄새가 전혀 없어. 게다가 언밸런스해. 위의 저택이라면 모를까, 이 정도 집에는 어울리지 않는 장식이야. 봐, 저 그림."

눈앞의 벽에는 이것 보란 듯이 한 장의 데생이 걸려 있었다. 소녀를 그린 그림이라는 건 알 수 있었으나 그림보다도 액자 쪽이 훨씬 훌륭해 보였다.

"진품이야."

"그래요?"

히토쓰바시가 멍청하니 그림을 보고 있을 때, 게이코가 차를 들고 들어왔다. 미리 전화를 하고 오긴 했지만 게이코의 차림새는 놀라웠다. 완벽하게 화장을 했고 비싸 보이는 원피스를 몸에 둘렀다. 손목시계며 반지, 깔끔하게 칠한 손톱에 이르기까지 빈틈이 없었다.

"바쁘신데 갑자기 와서 죄송합니다."

"형사님들에게는 일이잖아요. 그리고 오늘은 특별히 바쁜 것도 아니에요."

"댁에는 어린아이가 있다고 들었는데요."

"네, 하지만 우리 애는 말도 잘 알아듣고 얌전해요."

그렇겠지. 히토쓰바시는 마음속으로 중얼거리고 바로 질문을 개시했다. 이 부근에서 수상한 인물을 본 적이 없는지? 3호에 출입하는 사람은? 피해자에 대해 짚이는 데는? 게이코의 대답은 모두 다 아니요, 였다.

"전 전업주부지만 아이의 레슨이니 뭐니 해서 집을 비우는 일이 많아요. 이웃하고는 별로 교제도 없고요."

"이웃과 교제를 하지 않는 건 왜죠?"

"왜라니요. 코드가 맞는 분이 안 계신 것뿐이에요. 전 제 생활에 함부로 참견해 들어오는 사람은 좋아하지 않아요. 섣부르게 이웃과 친해놓으면 생활하기 힘들지 않겠어요?"

"누군가 부인의 생활에 고개를 들이미는 사람이라도 있었나요?"

"아무리……."

게이코는 우아하게 입을 다물었다. 히토쓰바시는 좀 더 말을 걸어보기로 했다.

"2호의 시로 할아버지라는 분, 아무래도 그런 타입인 것 같더군요."

"아, 그 할아버지. 하지만 그분은 그래도 나은 편이에요. 말씀하고 싶은 게 있으면 회람판 비슷한 걸 돌려서 알릴 뿐이니까요. 그러고 보니 우리 아이에게 지나치게 얌전하다, 어릴 때는 뭘 배우는 것보다도 밖에서 뛰어놀게 하는 게 좋다, 같은 말을 한 적이 있어요. 쓸데없는 참견 말라고 말씀드렸더니 맥없이 물러나더군요. 태풍이 분 다음 날 밤이었나요, 심장발작을 일으켜서 구급차에 실려 병원에 갔다던데, 주위에 지나치게 많이 신경을 쓴

게 아닌지 몰라요."

게이코는 오만하게 내뱉었다. 그 기회를 놓치지 않고 히토쓰바시가 들이밀었다.

"그래도 나은 편, 이라는 것은 좀 더 심한 사람이 있다는 얘기네요."

"네. 하지만 이런 걸 말씀드려도 좋을지 모르겠어요."

"말씀해주세요. 사건과 관계없는 일이면, 우리는 다른 데 말하지 않습니다."

"저, 5호에 사는 아케미 씨. 정말 제멋대로예요. 우리 집 주차공간에 자전거를 놔둔 걸 내가 미처 못 보고 차를 세우다가 그 자전거를 치어버렸어요. 덕분에 차체에 상처가 나서 그 수리비를 청구했죠. 당연하잖아요."

"호오. 그래서요?"

"전혀 말이 안 통하더라고요. 오히려 내가 고의로 자전거를 망가뜨렸으니까 자전거값을 내놓으라는 거예요. 더구나 미리 말도 안 하고 새 자전거를 사서는 청구서를 내밀더라고요. 지불하는 게 당연한 거 아니냐는 듯이 뻔뻔한 낯으로. 난 너무 화가 나서 그만 소리를 지르고 말았어요. 그 소리를 듣고 빌라 사람들이 밖으로 달려 나오는 바람에 창피해서 그 자리에 있을 수가 없었어요. 그 여자, 마치 내가 말도 안 되는 짓이나 한 것처럼 떨면서 울지를 않나…… 하지만 자초지종을 들어본 빌라 사람들이 그 여자가 잘못한 거라고 얘기해줬어요. 결국 아케미 씨 남편이 나중에 사과하러 오셔서는 우리 남편과 얘기를 해서 차 수리비를 부담하는 것으로 일단락 지었죠. 나중에 생각한 건데, 그 여자는 처음부터 새 자전거를 갖고 싶어서 그런 짓을 한 게 아닌가 싶어요. 그랬다면 꽤나 유치한 얘기지만."

"정말 그렇군요."

"남편분이 안됐어요."

게이코는 아무렇지도 않은 얼굴로 돌아와 차를 마셨다. 거기에 이끌려 히토쓰바시도 차를 입에 댔는데 무섭게 쓴 차였다.

"그 밖에 이 빌라에 사는 분하고 얘기를 하신 적은 없나요?"

"옆집 세리나 씨하고는 가끔가다 얘길 해요. 남편이 그 레스토랑 식사가 좋다고 해서 자주 가거든요. 거기 요리는 확실히 맛있어요."

마지못해서라는 분위기로 게이코는 인정했다. 히토쓰바시는 어라, 하고 생각했다.

"세리나 씨하고는 요리 얘길 하시나요?"

"아뇨, 그런 게 아니고요. 인사를 하거나 예약을 하거나 그 정도예요."

즉 세리나는 사용인 레벨이라고 말하고 싶은 거겠지. 히토쓰바시는 그 순간 게이코가 너무 싫어졌다. 그녀가 나중에 친구에게 얘기하는 모습이 눈에 선했다. 그래, 형사가 왔었어. 차를 내

줬지. 아냐, 말도 안 돼, 너한테 받은 그 맛있는 차를 내놓을 리 있나. 그 사람들 차 맛도 모를 텐데, 뭘.

“쓰노다 고다이 씨 부부는 어떤가요?”

“아, 그분들은 친절하세요. 이사 왔을 당시에 인사하러 오셨지요. 꼭 한번 가보고 싶…… 아니, 저택에 초대해주셨는데, 바빠서 좀처럼 기회가 없는 게.”

“그래요.”

거짓말. 히토쓰바시의 목소리에 의심이 스며들었다. 고마지가 바로 그의 옆구리를 찔렀다.

“그럼, 고다마 부동산 사장님 부부는?”

“집을 산 뒤로 특별한 교제는 없어요. 아, 하지만 그러고 보니 태풍이 불던 날이었나? 사장님이 세일즈를 하러 오셨었어요. 병원 동네에 훌륭한 집이 있다면서. 하지만 그분은 영업 체질이 아니신 것 같아요. 멋쩍어하면서 왠지 머뭇거리시더라고요.”

게이코는 요염하게 웃었다. 히토쓰바시는 그녀의 착각을 비웃을 기분도 들지 않아 말을 계속했다.

“그래요. 잘 알겠습니다. 아, 그리고 얘기가 좀 바뀌는데…… 아니, 이건 이 자리에서만의 얘긴데.”

“네, 뭐죠?”

“실은 그 사체의 신원은 아직 알려지지 않았지만, 아무래도 범죄와 관련이 있다고 생각되거든요.”

"어머나."

무릎 위에 얌전히 놓여 있던 게이코의 손이 갑자기 가볍게 떨리기 시작했다.

"무서워요. 이런 평화로운 곳에서 범죄자끼리 서로 죽이다니."

"상황으로 봐서 우리는 별도의 가능성을 생각하고 있습니다. 예를 들어 피해자는 누군가의 약점을 쥐고 있었고 그걸 빌미로 공갈 협박을 하다가 도리어 살해당한 게 아닌가 하고."

"약점이라뇨?"

게이코의 손가락은 더 격렬하게 떨리기 시작했다. 그녀는 필사적으로 웃는 얼굴을 만들었다.

"왠지 드라마 같은 얘기군요. 약점이라니 어떤 거죠?"

"타인에게 알리고 싶지 않은 비밀이겠죠."

"바람을 피웠다든가?"

"살인일지도 몰라요. 법률상의 살인이 아니라 도의적인 책임을 져야 하는 것 말이죠."

히토쓰바시는 말하면서 지나치게 나아갔나 하고 신경이 쓰였지만 게이코는 알아차리지도 못했다.

"그렇다면 굳이 비밀로 할 것 없잖아요? 도의적인 책임이라면 법률적으로는 책임이 없는 거나 마찬가진데."

"세상은 그렇게 생각하지 않겠죠. 예를 들어, 예를 들어 말이에요. 그것 때문에 가족 전체가 불이익을 당하게 생겼다면, 누구라도 필사적이 되지 않을까요?"

"불이익이라니, 도대체 어떤 거죠? 그것 때문에 남편 회사가 어려워질 거라고는 생각 않지만."

게이코는 이성을 잃고 자신의 일이라고 인정하고 있었다. 히토쓰바시는 마지막 한마디를 던졌다.

"나쁜 평판이 돌아 아이를 사립학교에 입학시키지 못하게 된다, 이런 건 어떨까요?"

정성 들인 화장 아래 게이코의 얼굴이 백지장처럼 새하얘졌다.

"다 알고 오신 거지요? 과연 경찰이군요. 도대체 이렇게 빨리 누구한테 들으셨나요?"

"그건 말씀드릴 수 없습니다."

"좋아요. 인정하죠."

히토쓰바시는 사건이 해결되었구나 하고 속으로 반색했다. 하지만 게이코는 말을 이었다.

"그래요. 다시 생각해봐도 화가 나요. 내가 무슨 나쁜 짓을 했다는 거예요? 불륜이라서 잠깐씩밖에 못 만나니까, 그러니까 함께 있을 때 가능한 한 둘만의 시간을 즐기려고 했을 뿐이에요. 어쩌다가 운 나쁘게 그가 실수를 한 건데, 주위에서는 기고만장해서 대소동을 벌이고, 결국에는 나만 나쁜 사람이 됐어요. 내가 다섯 명을 죽인 게 아니에요. 나도 피해자란 말이에요."

"그래서 공갈 협박을 당했나요?"

"나에게도 약간의 적은 있어요. 그들이 소문을 퍼뜨렸고, 그것이 사고로 죽은 세스나기 파일럿의 남동생 귀에 들어갔던 모양이에요. 그 남자, 그야말로 스토커였어요. 끈질기게 협박장을 보내오고, 전화를 걸어서는 아무 말 없이 끊고. 매일매일 나를 괴롭혀서 노이로제에 걸릴 뻔했다고요. 그럴 때 남편 와타루 씨를 알게 돼서 결혼한 거예요. 결혼을 한다며 퇴사를 했으니, 회사는 마음을 놓았죠. 회사로서는 그 사고만으로도 불명예였는데 내 얘기까지 소문이 나니 큰일이었겠죠. 그래서 내가 사는 곳이 절대로 알려지지 않게 수단을 강구해줬어요. 이런 벽촌이라도 그 남동생에게서 도망칠 수 있다면 하고 마음을 놓고 있었는데."

"또 협박장이 나타났다?"

"나타난 건 아니지만."

게이코는 이 층에 올라가 구깃구깃해진 종이와 봉투를 가지고 돌아왔다. 히토쓰바시는 그걸 받아 들어 살펴보고는 고마지에게 건네줬다.

"이거, 우리가 맡아두겠습니다. 나중에 보증서를 보내지요."

"가지고 가주신다면 안심이에요. 그건 그렇고 어떻게 그걸 알았나요?"

"경찰에는 여러 가지 루트가 있으니까요. 그래서 그 파일럿의 남동생이 빈집에 죽어 있던 남자로군요."

"설마, 그럴 리가."

게이코의 목소리가 뒤집혔다.

"죽인 건 내가 아니에요. 도대체 난 그 남동생의 이름도 얼굴도 모른다니까요. 편지와 말없는 전화뿐이었고."

"이 편지에는 보낸 사람 이름이 없군요."

그때까지 전혀 말이 없던 고마지 반장이 느닷없이 끼어들었다.

"전에 온 편지에는 보낸 사람이 있었나요?"

"아니요."

"전화에서도 아무 말이 없었다고 했죠? 그런데 어떻게 협박자가 파일럿의 남동생이란 걸 알았죠?"

"글쎄, 달리 그런 짓을 할 만한 사람이 없었어요. 게다가 그가."

"사고를 일으킨 기장 말인가요?"

"그래요. 그가 그렇다고 말했으니까요."

"기장하고는 그 후로는?"

"사고 뒤에 바로 헤어졌어요. 와타루 씨와의 결혼도 결정됐고…… 저기요. 정말로 난 아니에요. 난 죽이지 않았어요."

"받으신 협박장은 이것뿐입니까?"

"네. 결혼한 뒤로는 이것뿐이에요. 그래서 놀랐는데……."

"결혼한 지는요?"

"칠 년이 넘었어요."

히토쓰바시와 고마지는 얼굴을 마주 봤다. 칠 년이라는 세월 동안 멈췄던 협박이 다시 시작된 거라면, 협박자는 이전의 인물하고는 다른 인물일 가능성도 있다. 부동산의 고다마 사장처럼 누군가가 최근에 우연히 이 얘기를 듣고 협박을 시작했는지도 모른다.

두 형사는 자리에서 일어났다.

"나머지는 이쪽에서 조사하지요. 뭐, 부인께서 말하는 게 정말이라면 바로 알 수 있을 겁니다. 만약 정말이라면요."

게이코는 한동안 방심한 모습으로 앉아 있었다. 모든 걸 털어놨더니 무거운 짐을 내려놓은 것 같기도 했다. 하지만 좀 더 큰 불안도 있었다. 갑자기 숨이 답답해져 조금 열려 있던 창을 활짝 열었다. 방 안으로 바람이 들어왔다. 가을의 차가운 바람이. 게이코는 굶주린 사람처럼 신선한 공기를 들이마시다가…… 갑자기 몸이 굳었다.

창 아래 누군가 있었다.

게이코는 창틀을 꽉 잡고 몸을 앞으로 내밀었다. 갑자기 커다란 얼굴이 시야를 가득 메웠고, 게이코는 비명을 질렀다.

5장

용의자가 너무 많다

1

미시마 후유는 허겁지겁 차에서 뛰어내렸다. 마음이 급해 숄더백도 팽개쳐두고 가려고 했을 정도였다. 그녀는 서둘러 문을 닫고 학교 건물을 향해 뛰다시피 발걸음을 옮겼다. 눈물 흔적도 똑 닮은 얼굴을 한 딸들은 교장실 소파에 앉아서 숨차하는 엄마를 바라봤다. 후유는 둘에게 살짝 고개를 끄덕여주고 교장에게 물었다.

"도대체 어떻게 된 일인가요? 전화로는 사정을 잘 알 수가 없어서."

"자, 앉으세요."

"앉으라고요? 딸들한테 큰일이 났다고 하셔서 일을 중단하고 뛰어왔어요. 사고라도 난 게 아닌가 걱정하게 해놓고 앉으라니요."

"흥분하지 마시고, 우선은 앉으세요."

여자 교장은 명령하는 데 익숙한 말투로 다시 말했다. 후유는 하얀 코트를 벗고 딸들 옆에 살짝 걸터앉았다.

"그래서요? 무슨 일이 있었나요?"

"약간의 싸움이 있었습니다. 아이들 사이에서 일어난 일이라 큰일로 만들고 싶지는 않았지만, 혹시 몰라서 상대편 아이, 다케다 도모루라고 합니다만, 그 애를 병원에 데려갔어요. 둘이 함께 그 애를 계단에서 밀어 넘어뜨렸어요. 방금 병원에서 연락이 왔는데, 다행히 뇌파에는 이상이 없다고 하니 가벼운 타박상으로 끝날 것 같습니다만."

후유는 짧게 숨을 들이마시고, 쌍둥이를 봤다. 쌍둥이는 동시에 말하기 시작했다.

"글쎄, 도모루가 너무했는걸."

"이웃집에서 일어난 살인이 엄마가 한 거라잖아."

"엄마가 죽였다고."

"아빠도 엄마가 죽였다고."

후유는 일어나서 딸들 가운데로 옮겨 앉아 양팔로 둘을 끌어안았다. 딸들은 엄마의 초록색 앙고라 스웨터에 뺨을 비벼댔다. 후유는 얼굴을 번쩍 들고 교장을 바라봤다.

"남편 일에 관해서는 부디 다른 데 알려지지 않게 해달라고 부탁드렸을 텐데요."

"저희들이 알린 게 아닙니다."

여교장은 안경을 밀어 올렸다.

"하지만 여기는 작은 동네니까요. 아무래도 소문이 퍼지게 마련이지요. 어쩌다가 그런 소문을 듣게 된 아이가 그런 잔혹한 말을 할 수도 있지 않습니까. 우리도 바라는 바는 아닙니다만."

"바라는 바가 아니라고요?"

후유의 목소리가 떨렸다. 교장은 한순간 머뭇거렸으나 바로 턱을 치켰다.

"하지만 그렇다고 해서 폭력을 휘둘러도 된다는 건 아닙니다. 그건 어머님과 아이들에게 좋을 게 없지요."

"교장 선생님은 제삼자니까 그렇게 냉정하게 말씀하실 수 있겠지요. 그래요, 이웃에서 살인사건이 일어났어요. 하지만 그건 불가항력이잖아요. 우리더러 어떻게 하라는 건가요? 살인이 일어나지 않도록 이웃을 감시라도 하라는 말인가요? 우리 신변을 지키는 것만으로도 벅찬데요."

"아시겠어요? 저는 확실히 냉정한 제삼자입니다. 하지만 그래서 오히려 사태를 잘 볼 수 있다고 생각합니다. 계단에서 누군가를 밀어 떨어뜨리는 아이의 어머니라면 남편도 죽일 수 있다, 그렇게 생각하는 사람도 있거든요."

"교장 선생님도 그중 한 사람인가요?"

"아니요."

교장은 딱 잘라 말했다.

"그렇진 않아요. 아이들은 아직 선악의 구분이 분명하지 않습니다. 울컥했을 때 멈출 수가 없어요. 특히 귀댁의 딸들, 일란성 쌍둥이는 아직 자신들을 분리하지 못해요. 하지만 세상이 보는 눈은 다릅니다. 한쪽이 상대를 밀어버리려 했을 때 다른 한쪽은 말렸어야 하는 거 아니냐고 보는 거예요. 나는 그건 너무 큰 기대라고 생각하지만 말이지요. 하지만…… 아시겠죠? 사태는 어머니께 지극히 불리해요."

후유는 심호흡을 했다. 잠시 후에 그녀가 말했다.

"알겠습니다…… 우선은 다친 아이와 그 부모님께 사과를 해야겠군요. 아이들은 이삼 일 동안 학교를 쉬게 하겠습니다. 그런데 어쩌다 제가 남편을 죽였느니 어쩌니 하는 소문이 퍼진 걸까요."

끝부분은 거의 혼잣소리처럼 되었다. 교장은 못 들은 척하며 일어섰다.

"병원에 가시겠습니까? 저도 함께 가죠. 부상도 심하지 않다고 하니, 사정을 설명하면 부모님도 납득하실 거예요."

아쉽게도 그 부모는 좀처럼 납득하지 않았다. 하지만 후유가 쌀을 찧는 방아처럼 계속 머리를 숙이고, 교장과 담임이 옆에서 거들기도 한 덕에, 삼십 분쯤 지나자 다케다 부부는 겨우 마음을 풀었다.

"우리 도모루도 말이 좀 심했어요. 해도 되는 말과 하면 안 되는 말이 있는데. 하지만 그렇다고 폭력을 써서는 안 되지요."

도모루의 아버지는 사과를 받아들이겠다는 표정으로 후유를 흘겨봤다.

"정말로 뭐라고 사과해야 좋을지."

"까딱 잘못했다간 크게 다쳤을지도 모르죠."

어머니 쪽은 몸을 뒤로 한껏 젖히고 말했다. 후유는 할 수 없이 응대를 했다.

"딸들을 잘 타이르겠습니다."

"그건 그렇고 아케미 씨도 참 어이가 없군요. 가장 큰 원흉은 그 부인이에요. 아이들이 듣고 있는 데서 그런 이야기를 하다니."

분별력 없는 아이를 키우는 같은 어머니 입장에서, 계속 죄송하다고 말하는 후유가 점점 안됐는지, 다케다 부인이 그런 말을 꺼냈다. 후유는 놀라서 얼굴을 들었다.

"아케미 씨라뇨, 빌라에 사는 마쓰무라 아케미 씨 말인가요?"

"네, 그래요. 그분이 지난주에 우리 집에서 열린 퀼트 강습회에 오셨었어요. 후지 할머니가 데리고 왔는데, 아이고, 수다가 멈추지 않더라고요. 후유 씨는 남편과 이혼했다고 하지만 사실은 죽여서 마루 밑에 묻어놓았다, 하고 말하지 않겠어요. 그 자리에 있던 사람 하나가 그렇다면 빨리 경찰에 알리라고 하니까 입을 다물었지만요. 다음부터 그분은 데리고 오지 말아달라고 후지 할머니한테도 부탁했어요."

"경찰이 꼭 한번 우리 집 마루 밑을 봐줬으면 좋겠네요."

후유는 멍하니 말했다.

이와사키 아키라는 손목시계를 들여다보면서 발걸음도 가볍게 집을 나섰다. 한 시 사십 분, 학원에 도착하는 건 두 시 조금 넘어서가 될 것이다. 이것저것 좀 찾고 수업 준비를 해서 세 시 반에 수업에 들어가기에 딱 좋은 시각이다. 그런 생각에 빨라지던 발걸음을, 그는 멈췄다. 옆집, 늘 웃는 얼굴처럼 보이는 아케미 씨네 개가 힘이 하나도 없다는 듯 땅에 몸을 쭉 뻗고 엎드려 있었다. 마당과 샛길 경계에 있는 하얀 목책 옆에서 이노 게이코의 아들, 다섯 살 된 다케시가 걱정스러운 표정으로 개를 바라보고 있었다.

"무슨 일이니? 기운이 없구나."

개는 힘없이 꼬리를 흔들었다. 아키라는 몸을 뻗어 안을 들여다보고는 혀를 찼다.

"뭐야. 물그릇이 텅 비었잖아. 설마 그 아줌마 어제 사건 이후로 물을 안 준 건 아니겠지?"

다케시와 개가 동시에 신뢰의 눈빛을 보내오자, 아키라는 할 수 없이 벨을 눌렀다. 응답이 없었다. 다케시가 아키라에게 다가가서 물었다.

"없어요?"

"그런 것 같구나. 이를 어쩌지?"

"엄마한테 개에게 물을 주고 싶다고 했는데."

다케시의 눈에서 눈물이 넘쳐났다.

"그 아줌마한테는 가까이 가면 안 된대요. 엄마는 굉장히 화가 났어요."

아키라는 다케시의 머리를 쓰다듬었다.

"엄마도 기분이 안 좋을 때가 있는 거야. 무슨 일이 있었니?"

"몰라요. 엄마가 나보고 이 층에 계속 있으라고 했는데 목이 말라서 아래로 내려왔어요. 그랬더니 6호 아줌마가 엄마랑 얘기를 하고, 엄마는 나한테 나가 있으라고 하는 거예요. 아이들은 들으면 안 되는 말이라고. 나가라고, 난 갈 곳도 없는데. 바다는 위험하니까 가면 안 되고, 산도 안 되고. 아빠 회사는 멀고."

"걱정하지 마. 엄마는 쇼코 아줌마랑 어른끼리 할 얘기가 있었을 거야. 그리고 분명 방에서 나가라고 한 것일 뿐이지 집을 나가라고 한 건 아닐 거야. 형이 함께 가줄 테니까 집에 가자. 그 전에 멍멍이를 어떻게 좀 해야겠지?"

아키라는 자기 집 마당으로 돌아가 뒷마당의 창고를 열었다. 창고에는 다쿠야의 다이빙 도구와 부표에 고무보트, 긴 장화와 비옷 등이 빼곡하게 차 있었다. 그 안에서 대나무 낚싯대와 빈 컵라면 용기를 찾아내서 들고 현관으로 돌아왔다. 현관 옆 수도에서 컵라면 그릇을 잘 씻어서 대나무 낚싯대 끝에 꽂았다. 그러고서 용기에 물을 담아 개 물그릇 쪽으로 낚싯대를 뻗고, 쏟아지지 않도록 조심조심 물을 부었다. 개는 즉시 튀어 일어나 허푸허푸 소리 내며 물을 먹기 시작했다.

"봐봐, 한 그릇 다 먹었네. 또 한 그릇 주자. 이번에는 다케시가 해볼까?"

다케시는 존경 어린 시선으로 아키라를 봤다.

"나도 할 수 있을까요?"

"도와줄게. 물을 담아서 받쳐줄 테니까. 그래, 잘하는데……."

그때 갑자기 거실 창문이 드르륵 열리더니 얼룩덜룩한 아케미의 얼굴이 나타났다. 놀란 다케시가 장대에서 손을 떼는 바람에 물이 잔디에 쏟아졌다. 아키라는 다케시의 작은 몸을 뒤에서 꽉 끌어안고 아케미를 올려다봤다. 그녀는 금속성의 새된 목소리를 내며 외쳐댔다.

"우리 개한테 무슨 짓을 하는 거예요?"

아키라는 즉시 말이 나오지 않았다. 아케미는 거듭 외쳤다.

"우리 개를 내버려두라고 그만큼 말했잖아요. 게다가 도대체 당신이란 사람은 낮부터 그런 어린아이한테까지!"

"오, 오해예요. 아까 벨을 울렸는데, 개가 먹을 물이 없어서."

"다케시야, 됐으니까 빨리 이쪽으로 오렴. 나쁜 게 전염되니까 호모한테 가까이 가면 안 돼."

"잠깐. 그건 말이 너무 심하잖아요. 난 호모가 아니고, 설령 호모라 하더라도 전염 같은 건 되지 않아요."

"어머나, 못된 꾀를 부리는 사람은 다르군요. 그런 도구로 우리 카트린느에게 나쁜 짓을 하려고 하다니. 3호 열쇠도 어쩌면 그 낚싯대로……."

멀리서 다케시를 부르는 소리가 들려왔다. 아키라는 입 밖으로 나오려던 욕설을 억지로 삼키며 다케시에게 말했다.

"자, 엄마가 부르시잖니. 집에 가렴."

다케시는 겁먹은 눈동자로 아키라를 흘낏 보더니 작은 발로 달리기 시작했다. 그 모습이 모퉁이를 돌아가 보이지 않게 되자, 아키라는 아케미를 돌아보고 말했다.

"당신도 적당히 하지 않으면……."

말은 중간에 끊어졌다. 거실 창이 닫히고 커튼이 흔들리는 것이 보였다. 아키라는 입속으로 독설을 퍼부었다.

"적당히 하지 않으면, 다음 피해자는 당신이라는 걸 알아둬, 거지 할망구 같으니라고."

개가 웃는 것 같은 표정으로 동감이라는 듯이 꼬리를 흔들었다.

마쓰무라 켄은 전화를 끊고 한숨을 쉬었다. 하자키 지점은 같은 체인점 중에서도 매상이 뚝 떨어져, 회사에 돌아오자마자 본부로부터 전화로 호통을 들은 것이다. 불황이지만 패밀리 레스토랑은 값이 싸고 간편해서 그런대로 장사가 되었기 때문에 여기저기서 새로 문을 여는 데가 많아 날로 경쟁이 심해졌다. 게다가 올해 여름은 날이 덥지가 않았다. 보통 때의 여름이라면 이곳 하자키에 엄청난 수의 해수욕객이 찾아와 매상도 늘어났을 텐데, 빌어먹을 엘니뇨 같으니라고!

그는 내년 여름의 특별 기획으로 하자키 팜과 제휴를 해볼까 했다. 하자키 팜 특제 버터를 사용한 과자와 요리. 분명 히트를 칠 것이다. 그러나 바로 두 시간 전에 가진 첫 번째 상담商談의 결과는 적이 실망스러웠다.

이것저것 생각하면 머리가 돌아버릴 지경이었다. 그가 열쇠 다발을 만지작거리며 다시 한숨을 쉬었을 때, 이번에는 개인용 휴대전화가 울렸다. 수화기 너머에서 들려오는 히스테릭한 목소리에, 그는 건성으로 대답했다.

"아, 그래, 알아…… 응, 응, 약속해요. 아, 물론…… 괜찮아. 그럼, 바쁘니까 이만."

전화를 미처 끊기도 전에 아르바이트 직원 미카미가 얼굴을 내밀었다.

"점장님, 자재 파트의 노가타 씨가 시간이 있으면 얘기를 하고 싶다는데요."

"알았어. 지금 갈게."

"전화, 사모님이셨나요? 살인사건이 있었죠? 무서우시겠어요."

미카미는 흥미진진하다는 투로 말을 꺼냈다. 켄은 멍청히 그의 얼굴을 봤다. 호기심에 가득 찬 눈빛. 육지 속의 외로운 섬 같은 곳에서 살인이 있었다. 아마 이 녀석도 내가 범인은 아닐까 상상하며 재미있어할 것이다. 그 상상대로 내가 정말 살인자라면 어떻게 할 작정일까. 위험하다는 생각은 안 하나? 살인은 버릇이 된다고 하니 말이야…….

그는 불현듯 생기 있게 등을 쭉 펴더니, 미카미에게 말했다.

"아. 미안한데 노가타 군하고의 얘기는 나중으로 미루고 일단 집에 좀 갔다 와야겠어. 자꾸 외출해서 미안하군. 마누라가 완전히 히스테리에 빠져서 범인을 알고 있다느니 뭐라느니 하는 거야. 어차피 착각일 테지만."

"네에."

굉장하네요, 하는 말을 미카미는 얼른 삼켰다.

"괜찮아요. 오늘은 일손도 충분하고 런치 타임도 벌써 끝났으니까."

둘은 동시에 벽시계를 올려다봤다. 이제 곧 세 시가 되려는 참이었다.

2

쓰노다 씨네 가정부는 쉴 틈 없이 떠들어댔다. 메모장을 손에 든 히토쓰바시는 나이아가라폭포 저리 가게 쏟아져 내려오는 말의 폭포를 받아내느라 허우적거려야 했다.

"네…… 말도 안 돼요. 선생님도 사모님도 좋은 분들이에요. 전 일주일에 두 번 여기 오는데요. 신경을 써주신 덕분에 그런 거예요. 네? 넓어서 힘들겠다고요? 전 마에다 대마님이 돌아가실 때까지 이 집 일을 도맡아서 했었어요. 게다가 선생님 부부는 결코 인색하지 않아요. 아시겠죠? 계절마다 전문 업자를 불러주셔서 제가 청소하는 건 보통 때 사용하시는 곳뿐이에요. 두 분이 깔끔하지 못한 데라곤, 아이고, 본 적 없어요! 부엌만 해도 언제 봐도 반들반들인걸요. 선생님은 집필하는 사이사이에 집안일을 하시는 게 취미라네요. 사모님은 그야 뭐, 술이 좀 지나치신 게 사실이긴 하지만, 그렇다고 횡설수설하시지는 않아요. 죽은 우리 남편에 비하면 마시는 축에도 들지 않아요. 손님방이 어질러져 있는 일은 있었지만, 그거야 손님 탓이지요. 남자란 어쩔 수 없는 어리광쟁이라니까요. 자기가 어지럽힌 걸 누가 치워줄 거라고 굳게 믿거든요. 전 늘 아들에게 말하는데요……."

가정부의 장광설을 필사적으로 중단시켜가며 간신히 필요한 정보를 찾아내다 보니 꼬박 한 시간이 지났다.

"입수한 정보."

히토쓰바시는 안전벨트를 하면서 메모를 읽었다.

"첫째. 쓰노다 고다이 부부에게 피해자로 보이는 인물이 찾아왔는지는 모른다. 둘째, 피해자로 보이는 인물을 본 적 없다. 셋째, 집 뒤의 산길을 수상한 인물이 드나드는 것을 목격한 적 없다. ……훌륭한 수확이죠?"

"비꼬지 말고 운전해. 점심시간 끝나겠어."

고마지 반장은 손목시계를 봤다. 이미 한 시가 넘었다.

"뭘 먹나요? 생선구이 정식? 아니면 낫토로 할까?"

"이봐, 이봐. 황금수프정에는 그런 메뉴 없어."

"반장님. 어제 한 약속, 그거 진심이었나요?"

"싫으면 그만둬도 좋아."

가정부의 집은 해안도로변에서 작은 언덕으로 올라간 곳에 있었다. 차는 해안도로로 돌아 나와 곧장 하자키로 향했다. 가는 도중에 있는 미카게산 위에 목장 하자키 팜이 보였다. 목책 안에는 갈색 털의 소 열댓 마리가 여유롭게 풀을 뜯고 있었다. 경영자는 마에다가의 먼 친척인데, 전후戰後에 목장 경영을 맡게 되었을 때는 푸대접이라며 불만이 많았다고 한다. 그러나 목장은 순조로이 매상을 늘려나가, 지금에 와서는 하자키 팜 하면 고급 햄과 우유, 아이스크림으로 알려진 고급 브랜드가 되었다.

"황금수프정도 저기서 재료를 구입한다고."

고마지는 입맛을 다시며 소를 바라봤다.

"특별히 진한 우유를 생산한다는군. 저 소."

"동물성 지방을 지나치게 먹는 건 몸에 좋지 않아요."

"자네, 한턱내는 거 정말 그만둘 거야."

미카게산을 지나자 하자키산. 차창 밖으로 하자키 목련 빌라의 주차장이 보였다. 그곳을 지나쳐 더 가자 하자키산 기슭의 바닷가 앞에 요트 정박장이 보이기 시작했다. 정박장 반대쪽에 호텔 남해장이 있었다. 'WELCOME'이라는 글자가 그려져 있는 다소 요란한 물색 간판, 알맞게 자란 종려나무, 돌을 쌓아올려 지은—것 같은—클래식한 취향. 영화의 미술 담당자가 좋아할 경관이다.

레스토랑은 도로 쪽으로 약간 나와 있었다. 지붕과 창을 온통 유리로 덮어 실내가 환하게 밝은 레스토랑은 월요일 두 시가 다 되었는데도 붐볐다. 세리나와 아르바이트 직원으로 보이는 여자 둘이 가게 안을 정신없이 돌아다니고 있었다. 세리나는 창가의 커플에게 커피를 서빙하다가 두 사람을 알아보고 움직임을 멈췄다.

"여어. 이 근처에 온 김에 들렀는데. 런치 타임은 끝났나?"

"아니요. 괜찮아요. 아직 요리를 내놓을 수 있어요. 이쪽으로 오세요."

두 형사는 유일하게 비어 있는 주방 가까이의 테이블로 비집고 들어갔다. 세리나는 앞치마 주머니에서 전표를 꺼냈다.

"저희 레스토랑 런치는 두 종류밖에 없어요. 오늘 메뉴는 시푸드 스파게티와 로스트비프인데요, 어느 쪽으로 하시겠습니까? 스파게티에는 샐러드가 나와요. 식후엔 커피나 홍차, 그리고 디저트로 케이크나 과일 중에 고르실 수 있어요."

"말이 나온 김에, 그 런치 세트 얼마인가요?"

히토쓰바시는 엉겁결에 가격을 물어보다가 그 즉시 테이블 아래로 다리를 차였다. 세리나는 웃으며 목소리를 작게 했다.

"일인분에 천칠백 엔입니다. 부가세 포함해서요."

"가격 같은 건 아무래도 좋아. 그보다 낮부터 로스트비프는 싫은걸. 시푸드 스파게티에는 뭐가 들어가지?"

"그야 해산물이죠."

옆에서 서양배를 먹고 있던 젊은 여성 둘이 얼굴을 마주 보며 웃음을 참느라 애쓰는 걸 보고, 히토쓰바시는 당황했지만 고마지는 불만스럽다는 듯이 입을 쑥 내밀었다.

"해초 쪼가리하고 연어 캔의 뼈밖에 안 넣어놓고 시푸드 스파게티라고 부르지 말라는 법도 없으니까."

"재료는 새우와 오징어, 가리비와 금눈돔이고요. 마늘 맛을 살짝 낸 토마토소스 스파게티입니다. 로스트비프 쪽도 그렇게 부담스럽지 않아요. 얇게 썰었으니까요."

마침 안에서 웨이트리스가 스파게티 접시를 들고 나왔다. 고소한 마늘과 달콤새콤한 토마토의 향기가 코끝을 간질였다. 고마지는 침을 꼴깍 삼키며 스파게티를 주문했다. 히토쓰바시는 로스트비프로 했다.

이윽고 식사가 나왔다. 그레이비소스를 듬뿍 끼얹은 로스트비프가 여섯 조각, 황금색으로 튀겨진 감자와 삶은 당근, 청완두, 버터로 볶은 시금치와 얇게 썬 호박. 곁들인 채소까지, 접시 전체에서 따끈따끈한 김이 올랐다. 히토쓰바시는 말없이 고기를 덥석 물었다. 씹을수록 육즙이 흘러나오는 황홀한 맛이었다. 핥다시피 접시를 해치우자 디저트가 나왔다.

"이걸 천칠백 엔 해서 장사가 되나요?"

고마지는 장난감처럼 귀여운 복숭아 타르트를 손가락으로 집어 올려 한입에 넣고 벨트를 느슨하게 풀면서, 커피를 가져온 세리나에게 말했다. 가게 안에는 이미 다른 손님의 모습은 없었고 웨이트리스들만 구석에서 식사를 하고 있었다. 남은 재료를 이용한 필래프 같았는데 그 냄새 또한 훌륭해서 히토쓰바시는 배가 꽉 찬 것도 잊고 다시 입에 침이 고였다.

"덕분에 손님이 끊이지 않으니까요. 하지만 이 시기에 호텔 쪽은 예약이 하루에 한 건이라도 있으면 다행일 정도로 손님이 없어요. 물론 겨울에 와서 한 달이나 머무는 분도 계시지만."

"그래? 어떤 사람이?"

"외국 손님이지요. 캐나다나 미국. 그쪽 가이드북에 저희 호텔 소개를 실었거든요. 인터넷에도 홈페이지를 만들었고요. 그런 것보다, 형사님."

세리나는 웃어도 좋을지 망설이는 표정으로 말했다.

"오전 중에 탐문수사를 하러 빌라에 오셨었죠? 가시고 나서 난리가 났었어요. 탐문은 형사님의 일이니 그걸 하지 말라고는 못하겠지만, 조금 더 조심해주셨으면 해요."

"그건 도대체 무슨 뜻입니까?"

"이노 게이코 씨를 심문하는 걸 아케미 씨가 엿들었어요."

세리나는 맙소사, 하듯 어깨를 으쓱했다.

"자전거 얘기 들으셨죠? 그 일 때문에 아케미 씨는 게이코 씨에게 악감정을 갖고 있어요. 게다가 자기만이 이번 사건의 범인을 알아낼 수 있다며 의욕에 차 있는 것 같아요. 형사님들이 돌아가신 뒤에 게이코 씨가 거실 창문을 열었더니 밑에 아케미 씨가 웅크리고 있었대요. 게이코 씨는 엄청난 비명을 질러댔지요. 전 그때 6호의 쇼코 언니 집에서 차를 마시고 있다가 비명에 허둥지둥 밖으로 뛰어나왔어요. 또 살인이 일어났나 하고."

"그것 참 재난이었겠군."

"농담이 아니에요. 게이코 씨는 아케미 씨를 향해 게걸스러운 염탐꾼이라고 소리치지, 아케미 씨는 아케미 씨대로 늘 그렇듯이 난 나쁜 짓 아무것도 하지 않았어요, 살인을 내버려둘 수 없었는걸요, 어째서 그런 식으로 날 괴롭히나요, 따위 소리를 끈질기게 해대고. 그런 끝에 게이코 씨의 그 스튜어디스 시절 얘기를."

"말해버렸나요?"

히토쓰바시는 커피를 마시다가 사레가 들렸다. 세리나는 한숨을 쉬었다.

"그런 맛있는 얘기를 아케미 씨가 자기만 소중히 끌어안고 있겠어요? 나도 쇼코 언니도 다 들어버렸어요. 지금이야 아는 게 우리뿐이지만, 빌라 전체에 알려지는 데도 시간이 그렇게 많이 걸리지는 않을걸요."

"잠깐만요. 당신들 둘뿐이라고요?"

"네."

"빌라에는 그 시간에 다른 아무도 없었나요?"

"노리코 씨 어머니와 도카치가와 씨가 있었을 거예요. 우린 담배를 피우느라 창문을 열어놔서 비명을 들었지만, 창문을 꼭꼭 닫아걸고 있었다면 그 소란을 못 들었을 수도 있지요. 아무튼 해안가 건물이라서 밀폐성이 좋거든요. 어쨌든 우리는 바로 두 사람을 떼어놓았어요. 쇼코 언니가 게이코 씨를 달래고, 내가 아케미 씨를 집에 데리고 돌아가서 일단은 수습이 됐지요. 어쨌든 사건과 관계가 있을지도 모르는 비밀이잖아요. 엿듣지 않도록 주의를 해주셨어야지요. 우리는 그렇지 않아도 벌써 충분히 많은 트러블을 끌어안고 있으니까요."

"앞으로 주의하도록 하지요."

고마지가 엄숙하게 약속했다. 히토쓰바시는 내심 엿듣는 것까지 배려할쏘냐 하고 생각하면서도 상사를 따라 머리를 숙였다. 그러고 나서 말했다.

"아케미 씨는 도대체 왜 자신이 범인을 찾아야 한다는 식의 의욕을 보이는 걸까요?"

"글쎄요. 어젯밤에도 묘한 소리를 했어요."

"묘하다니, 어떤?"

"글쎄 빌라 뒤의 산길에서 누군가 속닥이는 걸 봤다는 거예요."

"확실하게 본 건가요?"

"잘 모르겠어요. 아케미 씨는 착각이 심하고 무슨 소리인지 못 알아들을 말을 자주 하니까요. 아무도 그녀가 하는 말을 진지하게 받아들이지 않아요. 의심스러운 행동을 하는 누군가를 진짜 봤을지도 모르고, 그렇게 착각한 것뿐일지도 모르고."

세리나는 어깨를 움츠리고 힐끗 주방 쪽을 봤다.

"커피 한 잔 더 하시겠어요? 서비스할게요."

"마시죠. 괜찮으면 동석하지 않겠습니까? 그리고 영수증을 끊어줬으면 하는데요. 두 장으로 나눠서."

"알겠습니다. 뭐하면 어머니도 오시라고 할까요? 탐문하러 오신 거죠?"

세리나가 주방으로 사라지는 것을 기다려서, 히토쓰바시가 따졌다.

"사준다고 해놓고. 수사비에서 내는 거잖아요. 우와아, 납세자의 눈이 무섭지 않아요?"

"소란 떨지 마, 하찮은 공무원 주제에. 뇌물이나 비리도 아닌데."

"그야 그렇지만."

"경찰이 한턱 쓰는 게 싫다면, 자네가 내."

고마지는 유유히 이를 쑤셨다. 히토쓰바시는 지갑을 열고 내용을 확인했다. 결국 이렇게 될 것 같은 느낌이긴 했다.

커피가 다시 채워졌다. 설탕과 우유를 듬뿍 넣었는데도 여전히 썼다.

"좀 전의 아케미 씨 건인데."

고마지가 무척 맛있다는 듯이 커피를 마시며 말했다.

"어쩌면 아케미 씨가 실제로 누군가를 목격했을지도 모르겠군."

"네, 양치기 소년도 한 번은 사실을 말했잖아요. 그 여자는 뒷길에서 누군가를 봤다고 했을 뿐이에요. 그야 보통은 아무도 그런 데로 다니지 않죠. 하지만 출입 금지인 것도 아니니까, 날씨 좋고 시간이 있는 날엔 저도 운동 겸 걸으러 가기도 해요. 그러니 거기를 드나들었다는 것만으로는 수상한 행동이라고 할 수 없지 않을까요?"

"날씨가 좋은 날이라면 그렇지."

고마지는 턱을 쓰다듬으며 중얼거렸다. 세리나는 깜짝 놀란 듯 그를 보았다.

"태풍이 불던 날을 말씀하시는 건가요? ……사건이 일어났던."

"뭐, 그건 아케미 씨 본인에게 물어보면 될 테지만."

고마지는 커피를 홀짝거리고는 고개를 갸우뚱했다.

"아무래도 납득이 가지 않는 게 한 가지 있는데. 어제 고다마 부동산의 부인이 시체를 발견하고 비명이라고도 재채기라고도 할 수 없는 소리를 내면서 윗길로 올라왔을 때는 다들 밖으로 뛰어나왔다면서요."

"네. 집에 있던 사람들은 모두 다."

"그렇다면 오늘 오전 게이코 씨의 야단스러운 비명도 사람들에게 들리지 않았을까? 어제는 꽤 추웠으니 모두 다 창문을 열고 있지는 않았을 텐데도 다들 뛰어나왔잖아?"

세리나는 날카로운 시선을 고마지에게 보냈다. 그러고 나서 허공을 바라봤다.

"저는 그냥 독서에 질려서 이 층 베란다에 나갔다가 때마침 집 앞을 지나가던 쇼코 언니를 보고 선 채로 얘기를 나눴죠. 노리코 씨 어머니는 마당 손질을 하고 있었고. 후유 씨네 쌍둥이가 뒤 창문으로 얼굴을 내밀었어요. 그러고 나서 쇼코 언니와 엇갈려서 이노 게이코 씨가 아들을 데리고 외출하는 것이 보였으니까. 그때 이노 와타루 씨는 현관문을 열고 아내와 아들을 배웅하고 있었는지도 모르죠."

"도카치가와 씨나 아래쪽 사람들은?"

"모르겠어요. 하지만 별것 있겠어요? 춥지만 좋은 날씨였고 모처럼 일요일이었으니. 게다가 지금 생각났는데, 태풍 다음 날 한밤중에 2호 시로 할아버지가 심장발작을 일으켜서 구급차를 불렀는데요. 그때도 모두 집 밖으로 뛰어나왔던 걸 보면 전혀 안 들리는 건 아니에요."

고마지가 입을 열려는 찰나에 주방 문이 열리고 훌륭한 체격의 여성이 모습을 드러냈다. 그녀는 육중하게 쿵, 쿵, 다가오더니 미심쩍다는 표정으로 두 명의 형사를 내려다봤다.

"어머님 성함은 미나미 사유리예요. 마마상, 이쪽은 하자키 경찰서의 고마지 형사반장님과 히토쓰바시 경사님이에요."

세리나는 억지로 웃음을 참으면서, 눈을 휘둥그레 뜨고 올려다보는 형사들에게 사유리를 소개했다. 히토쓰바시는 당황해서 일어나 의자를 권했으나 사유리는 커다랗게 코웃음을 치며 사양했다.

"됐어요. 내 체중으로 영업용 의자를 부술 수는 없으니까. 세리나에게서 얘기는 들었겠지. 세리나가 우리 손님 중에 그 피해자를 닮은 사람이 없었다고 말한 이상 내 대답도 마찬가지야. 그런 녀석은 본 적 없어."

"그건 며느님과 말을 맞췄다는 얘긴가요?"

히토쓰바시가 진지하게 묻자, 즉시 맹렬한 대답이 돌아왔다.

"일반 시민에게 말할 때는 주의하기 바라요, 순경 아저씨. 첫째로 세리나는 이미 내 며느리가 아니에요. 불쌍한 바보 아들 녀석이 죽은 이후로 세리나하고 나는 순수하게 비즈니스, 그리고 친구 사이. 얘가 신경을 써서 나를 어머니라고 부른다고 해서 며느리 취급 할 수는 없지. 둘째로."

사유리는 프랑크푸르트 소시지 같은 손가락을 두 개 펴서 히토쓰바시에게 들이밀었다.

"내 본업은 요리사야. 물론 보시다시피 작은 호텔인 데다, 나는 오너니까 손님의 얼굴을 보기도 해. 비좁은 프런트에 이 몸으로 들어갈 수만 있다면 접객 업무도 봐야겠지. 하지만 호텔 경영과 접객은 거의 다 세리나한테 맡겼어. 얘가 모르는 걸 어째서 내가 알아야 하는 거지? 정말이지 누가 가르쳐줬으면 좋겠군."

"그러니까 피해자로 짐작되는 사람이 전혀 없는 거로군요."

"없다면 없는 거야."

"알겠습니다."

히토쓰바시는 마지못해 고개를 끄덕였다. 그때 고마지가 끼어들었다.

"하지만 사장님은 이 호텔에 기거하고 계시잖습니까. 반면에 세리나 씨는 빌라에 살지요. 이 부근에서 모르는 사람이 올 만한 장소는 이 호텔뿐이니, 혹시라도 누굴 보셨을지 모르죠."

"글쎄."

사유리는 성가시다는 듯이 한 손으로 고마지의 어깨를 짚고는 육중한 체중을 실으며 테이블에 걸터앉았다. 고마지의 얼굴이 순식간에 새빨개졌다.

"우리 레스토랑은 열한 시에는 문을 닫고 그 시간이 지나면 앞 현관에도 열쇠를 걸어버려. 그보다 늦을 것 같은 손님한테는 미리 현관 열쇠를 건네주지만, 우리 손님은 대부분 차로 오니까. 열한 시가 지나는 일은 좀처럼 없어. 다만……."

"다만?"

"그러고 보니, 태풍이 불던 날 밤 늦게 와서 꼭 좀 묵게 해달라던 사람이 있었던 것 같은데."

세리나가 당황한 듯 사유리의 얼굴을 올려다봤지만, 결국 고개를 끄덕였다.

"레스토랑 폐점 직전이었죠. 태풍 때문에 이른 시간에 개점휴업 상태가 되었는데, 도쿄로 돌아가기에는 너무 늦었다며 하룻밤 묵게 해달라는 남자분이 찾아왔어요. 빈방이야 얼마든지 있었고 남은 식재료로 간단한 식사를 만들어드렸더니 무척 기뻐하면서 팁으로 삼천 엔이나 주셨어요. 그 손님은 젊긴 했지만 피부가 하얀 편이었어요."

"그 남자는 몇 시쯤 체크아웃을 했나요?"

"이른 아침이었어요. 다섯 시에는 나가겠다면서 전날 밤에 계산을 마쳤어요. 우리 호텔 조식은 여덟 시부터인데 전날 밤에 예약

주문을 해놓은 경우에는 일곱 시 반까지 방으로 간단한 아침 식사를 가져다드려요. 하지만 그날은 그런 말씀이 없으셨기 때문에 우리는 일곱 시까지 잤고요. 일어나서 방을 보러 갔더니 벌써 나가셨더라고요. 저, 아마도 그 사람, 쓰노다 선생님의 손님이었을 거예요."

"왜 그렇게 생각하죠?"

"연락처가 도쿄의 출판사로 되어 있었으니까요."

"……그래요."

히토쓰바시와 고마지는 얼굴을 마주 봤다. 어제 만난 쓰노다 고다이는 최근 한 달 정도는 손님이 없었다고 했다.

"나중에 숙박 카드를 볼 수 있을까요?"

"네, 그러죠. 뭐하면 가져올까요?"

세리나가 나가는 것과 엇갈려서 주방 문으로 얼굴이 둥그스레한 남자가 고개를 내밀었다. 그는 미안하다는 듯이 사유리에게 말했다.

"마마상, 하자키 팜 사람이 배달하러 왔는데요."

"무슨 문제라도 있나, 로바?"

"네."

사유리는 다시 고마지의 어깨를 손으로 짚으며 영차, 하고 일어섰다. 고마지의 이마에 흐릿하게 땀이 솟았다.

"미안하군, 순경 아저씨. 그렇게 된 거니, 이만 실례하겠어요.

하지만 당신들 잊은 거 아닌가? 이 계절에야 낯선 사람이 모이는 건 우리 호텔뿐인지 모르지만, 여름 동안에는 요 앞 해변에 간이식당이 하늘의 별만큼 많이 문을 열어. 그쪽을 조사해보는 게 어떨까?"

사유리는 천천히 주방으로 사라졌다. 어깨를 짓눌렸던 고마지와 히토쓰바시는 잠자코 얼굴을 마주 봤다.

3

"안 좋은 추세예요. 수수께끼가 늘어나버렸어요."

수화기를 내려놓자 히토쓰바시는 트림을 참으며 상사에게 말했다.

"분쿄구에는 분명히 신에이샤라는 출판사가 있는데요. 숙박카드에 있던 이름, 신도 카이라는 편집자는 없다고 하네요. 그 출판사의 쓰노다 고다이 담당 편집자는 소설 잡지, 단행본, 문고에 각 한 명씩, 합쳐서 세 명이라는데, 셋 다 10월 4일과 5일에 쓰노다 선생님을 방문한 적은 없답니다."

"그 세 사람의 특징은?"

회전의자가 부서져라 뒤로 기대 앉아 양손으로 왼쪽 어깨와 배를 동시에 문지르던 고마지 반장이 눈을 감은 채 물었다.

"마흔다섯 살 여성과 마흔여덟 살 남성. 이 둘은 빼놔도 되겠지요. 나머지 한 명은 소설 잡지 담당자인 서른한 살의 남성인데 잡지가 15일에 출판되기 때문에 이틀 다 인쇄소에서 지냈다나 봐요."

"뭐, 앞의 둘은 범인일지는 몰라도 피해자는 아닐 테고, 적어도 남해장에 숙박한 사람은 아닌 게 확실하군."

"숙박비도 현금으로 냈다니, 근거가 될 만한 게 없네요."

"그렇지만도 않아. 쓰노다 선생한테 물어보는 방법이 있어. 어떻게든 부인이 없는 곳으로 불러내야 할 텐데."

"시장님한테 부탁해보면 어떨까요? 친구라잖아요."

"바보 같은 소리."

둘은 중간보고를 하라는 서장의 호출을 받고 황금수프정에서 곧장 서로 돌아왔었다. 일을 하라는 거야 말라는 거야, 하며 고마지가 화를 낸 건 말할 것도 없었다.

중간보고는 어젯밤의 회의와 비슷했다. 남아 있던 지문에 해당하는 사람은 아직 못 찾음. 가출인실종신고서와 특징이 일치한다는 얘기 없음.

"몸에 걸쳤던 의류는 모두 수도권 인근의 슈퍼나 싸구려 가게에 도매로 들어간 물건이었습니다."

유류품 담당 형사는 녹초가 된 듯이 말했다.

"주로 중국 공장에 발주해 만든 것으로, 단위는 트렁크스가 삼천 다스, 티셔츠는 이만 장, 청바지도 하나에 1980엔에 파는 물건입니다. 솔직하게 말해서 누가 언제 샀는지 가게를 하나하나 돌아다니며 확인한다는 건 무척 어려울 것 같습니다. 의류만이라도 공개해서 정보를 구해야 하지 않을까요?"

그는 스니커에 희망을 걸고 알아보러 나갔다. 고마지는 보고서를 들추다 불쑥 말했다.

"이봐, 히토쓰바시. 이 피해자는 도대체 왜 양말을 신지 않은 거지?"

"네?"

히토쓰바시는 당황해서 보고서를 들춰봤다.

"그러고 보니까 그러네요. 범인이 가지고 간 거 아닐까요?"

"뭐 하러? 신발은 신고 있는데?"

"혹시 주위를 닦는 데 썼을지도 모르지요."

"그래서 신발은 다시 얌전하게 신겨두고? 같이 가져가는 게 좋지 않았을까?"

"이 피해자, 굉장히 가난했던 것 같아요. 양말 살 돈이 없어서 처음부터 신고 있지 않았다면?"

"양말도 못 사 신는 가난뱅이가 어떻게 하자키까지 온 거지?"

"협박을 하러 왔을지도 몰라요. 여기 오면 돈을 받을 수 있었던 게 아닐까요? 그보다, 만약 범인이 신발을 다시 신겼다면 남겨진 지문은 피해자의 것이 아니라 범인의 것일 가능성도 있네요."

"나는 좀 다른 가능성을 생각하고 있어."

고마지는 방심한 듯 중얼거렸다.

"자네라면 어떤 때 양말을 벗겠나?"

"집에 돌아가자마자 벗거나 아니면 자기 전, 목욕하기 전 같은 때."

"그런 얘기가 아니라 신발은 신고 있고 양말만 벗는다면 그게 어떤 때겠냐구?"

"그야 젖었거나 더러워졌을 때겠지요."

"그래. 우리는 살인이 그 집에서 일어났다고 봤어. 미우라 선생이 '사체가 움직여진 흔적은 없다'고 말했기 때문이야. 여기서 시반屍班(죽은 뒤 6~12시간 지나서 피부에 생기는 자줏빛 반점—옮긴이)에 대한 풀이를 해봤자 소용없겠지만 전문가가 그렇게 말한 이상 그렇다는 거지. 하지만 만약에 살아 있을 때 옮겨졌다면 어떨까. 목이 졸려 기절한 피해자를 말이야. 그렇다면 흔적은 남지 않을 테니까…… 3호로 옮겨와 머리를 가격해 죽인 거야. 나중에 신원이 알려지면 곤란하다는 생각에 얼굴과 손가락을 으깨러 온 거고. 피해자는 범인과 해안에서 만났고 사건은 거기서부터 시작됐다면 어떨까. 협박하러 온 피해자도 자기 몸의 안전을 생각했겠지. 태풍이 한창 불어대는데 빈집에서 만나고 싶었을 리 없어."

"태풍이 한창 불 때 해안에서 만나고 싶지도 않았을걸요."

유도 2단인 히토쓰바시가 대답했다.

“게다가 목 졸라 죽이는 건 아무나 할 수 있는 게 아닐뿐더러, 몸집이 작다고는 하지만 사람 하나를 나르려면 상당한 힘이 필요해요. 만약 반장님의 생각이 맞다면 범인은 남자지요.”

“그게 아니라면, 복수의 여자거나 복수의 남녀지.”

“여자라 치면, 그 빌라에서 누구누구가 공모했을까요?”

“기토 씨 모녀. 세리나와 쇼코 여사. 후유와…… 거참, 모두 다 그럴듯하면서도 한편으론 그럴듯하지 않군. 그들 중 누군가가 남자를 목 졸라 죽이는 모습을 상상할 수 있나?”

“할 수 있다고 한다면 노리코 정도. 세리나도 겉보기에는 말랐지만 그 무거운 접시를 아무렇지도 않게 나르니까 가능성이 없다고 할 수 없고. 하지만 무술과 힘은 별개니까.”

“그다음은 그 호텔의 할머니야. 하긴 그 체중이면 목 졸라 죽이는 것만으로 끝나지 않았겠지.”

고마지는 얼굴을 찌푸리고 다시 어깨에 손을 갖다 댔다. 그날 밤 목욕을 하면서 봤더니 보라색 멍이 들어 있었다고 한다. 히토쓰바시는 웃으며 말했다.

“그야 그렇죠. 얘기는 다시 돌아오는데요. 꼭 목 졸라 쓰러뜨려야 할 건 없지요. 때려서 기절시킬 수도 있으니까요. 어느 쪽이든 고마지 선배의 추리에서 난관은 태풍이군요. 누가 일부러 고르고 골라 태풍이 부는 날에 해안에 나가겠어요. 또 나갔다 하더라도 어떻게 그 녀석을 굳이 나르겠어요?"

"그건 그래…… 참, 이노 게이코 쪽은 어떻게 됐나?"

"고다마 사장이 말한 건 정말이었어요. 시나가와의 친구라는 사람한테 물어봤더니 고다마 사장에게 게이코의 얘기를 했답니다. 다만 그녀가 그 건으로 위협을 받은 것까지는 몰랐었는지, 얘기를 듣고 오히려 놀라더군요. 불륜 상대인 기장의 이름도 아는데, 회사에서 해고된 뒤의 일까지는 모른답니다. 어떻게 할까요?"

"찾아내. 세스나기 파일럿의 남동생이라는 인물이 사는 곳도."

"그건 바로 알 수 있습니다."

히토쓰바시는 자료실로 뛰어가 사고 기사를 찾아냈다. 기사에 게재되어 있던 파일럿의 주소에서 전화번호를 알아내 전화를 건 히토쓰바시는 여우에 홀린 표정이 되었다.

"그때 사고로 죽은 파일럿의 아내라는 사람이 전화를 받았는데요."

히토쓰바시가 고마지에게 말했다.

"유령이었어요. 기장에게는 남동생이 없다네요."

"역시."

고마지는 눈을 가늘게 뜨고 코털을 뽑았다.

"역시라니요, 무슨 뜻입니까?"

"말없는 전화에, 보낸 사람이 없는 협박장. 형이 죽었는데, 그 남동생이 그렇게 번거롭게 빙 둘러가는 방법을 쓰겠느냐고. 직접 만나서 울분을 쏟아내겠지. 그러는 편이 상대에게도 더 큰 데미지를 줄 수 있을뿐더러, 주위에서도 남동생 쪽을 오히려 더 동정했을 테니까."

"그렇다면 게이코의 얘기가 거짓말이라는 건가요?"

"아니. 그녀에게 가장 화가 난 게 누구라고 생각하나? 사고 뒤에 게이코에게 차여버린 기장이거나, 그게 아니면 그의 아내겠지. 협박을 하는 게 파일럿의 남동생이라고 게이코에게 말해준 게 기장이잖나."

"기장이 있는 곳을 바로 알아보겠습니다."

"그렇게 해주게. 그러는 김에 빌라에 혹시라도 그 기장의 친척뻘 되는 사람이나 관계된 누가 사는지도 알아봐줘. 칠 년이나 지나서 갑자기 새로운 협박장이 날아 들어왔다는 게 아무래도 석연치가 않아. 그 협박장은 어떻게 됐나?"

"감식반에 보내놨어요. 그리고 스니커가 바닷물에 젖은 흔적이 있는지에 대해서도 조사를 의뢰하지요. 어차피 무의미하겠지만. 태풍이 불었으니 육지를 걸었다 해도 바닷물투성이가 되었겠죠."

"그 태풍이라는 말, 당분간 듣고 싶지 않군."

그때 서장이 흥분한 얼굴로 방으로 들어왔다. 남아 있는 사람이 그들뿐이라는 걸 알자 한순간 머쓱해했으나, 곧 복사물을 흔들며 큰 소리로 말했다.

"고마지 반장. 좋은 소식이야. 방금 피해자와 특징이 일치하는 행방불명자가 발견됐어."

"그래요, 그거 축하할 일이군요. 그래 실종 신고는 어디서 낸 거죠?"

"나가사키현이야."

"나가사키? 꽤 머네."

고마지는 서장의 손에서 복사물을 빼앗아 들었다. 복사물에는 무뚝뚝한 얼굴의 사진도 들어 있었다.

"이름은 오다카 마사미치, 1972년 8월 3일생…… 그럼 올해 몇 살이지?"

"스물일곱인가요?"

"일치하는군. 에에, 신장 163센티미터, 체중 52킬로그램, 혈액형 O형. 특징, 오른쪽 위 송곳니 결손. 오옷, 이거 기대할 만하군. 실종 당시 상황. 1994년 1월 3일경 친척 집에서 만취하여 폭력을 휘두른 다음 그곳을 뛰쳐나가 자택으로도 돌아오지 않고 회사에도 나가지 않음. 어머니와 회사가 의논하여 일주일을 기다렸으나 연락이 없어서 동년 동월 11일 실종 신고라."

"어때? 이게 틀림없지 않을까?"

"이봐, 빌라에 누구 나가사키하고 관련 있는 사람이 있었지?"

자신의 공적인 것처럼 뽐내는 서장을 무시하고 고마지는 히토쓰바시에게 물었다.

"2호 시로 할아버지 부부가 고시마 열도 출신일걸요. 지금 부인이 고향에 가 있어요."

"주소는 나가사키시 오마타 3408이로군. 서장님, 이 남자의 치과 진료 기록 좀 빨리 가져다주세요. 그리고 혹시 모르니까 시로 할아버지 부부와 관계가 없는지도 조사해주셨으면 합니다. 서장님의 얼굴로 부탁하면 반나절이면 답이 오겠지요?"

불끈하면서도 흥분이 식지 않은 채 서장이 나가자, 히토쓰바시가 말했다.

"스물한 살에 휙 하고 집을 뛰쳐나간 후로 연락이 없었다는 건 주민등록도 옮기지 않았다는 얘기네요. 제대로 된 곳에 살 수도 없고 제대로 된 일을 할 수도 없었을 거예요."

"하지만 맘만 먹으면 이력서에 거짓말을 늘어놓고 아르바이트를 할 수는 있었겠지. 아르바이트생을 쓸 때야 이력서에 기재한 내용이 정말인지 아닌지 일일이 조사하지는 않을 테니까."

"반장님은 이 녀석이 피해자라고 생각하지 않는 건가요?"

"생각할 리 없지."

고마지는 빙긋 웃으며 실종신고서의 '상처 등의 특징' 항목을 가리켰다. 히토쓰바시가 들여다보니 거기에는 이런 기록이 있었다.

'열네 살 때 맹장 수술을 함.'

"그 사체에는 수술 흔적 같은 건 없었어."

"자……잠깐, 그럼 반장님은 알면서도 서장님한테……."

"일을 할 수 있으니 잘됐잖아."

고마지는 태연하게 말했고, 히토쓰바시는 머리를 감싸 쥐었다.

"난 모르는 일이에요. 네, 모른다고요."

"자, 간다."

고마지는 시원스럽게 일어섰다.

"일은 산처럼 있어, 경사. 간이식당 조합에 들른 다음 시장의 친구에게 찾아가 얘기를 듣자고. 그다음은 마쓰무라 아케미야. 착각이든 뭐든, 일단 얘기를 들어둬야겠지."

히토쓰바시는 비실비실 상사의 뒤를 쫓았다.

4

시곗바늘이 네 시를 가리킬 무렵 가랑비가 내리면서 찬바람이 강하게 불기 시작했다. 황금수프정은 한산했다. 레스토랑에는 세 개의 출입구가 있다. 건물 밖에서 직접 들어갈 수 있는 출입구, 주방으로 통하는 문, 그리고 호텔 프런트를 통해서 들어가는 출입구다. 고마지와 히토쓰바시가 레스토랑으로 들어서자 프런트에 있던 세리나가 깜짝 놀라서 얼굴을 들었다.

"여어. 이거 자주 죄송합니다. 커피 좀 마실 수 있을까요?"

세리나는 나무판을 올리고 프런트에서 나왔다. 히토쓰바시는 미나미 사유리가 비좁다고 한 말의 의미를 알 것 같았다. 이런 작은 프런트 박스라면 사유리는 들어갈 수 없을 것이다.

"물론 환영합니다. 날씨도 이렇고 해서 오늘은 저녁때까지 아무도 오지 않을 거라고 생각했어요. 괜찮으시다면 저희 제과 기술자가 만든 맛있는 케이크가 있는데."

"그거 좋지만 실은 여기서 누굴 만나기로 했어요. 가능하다면 커피를 가져다준 다음에는 자리에 아무도 오지 않았으면 하는데."

"내밀하게 말씀을 나누실 건가 보군요. 그러시면 맨 안쪽 응접실을 사용하세요. 오늘은 호텔에 손님도 없고 하니까 천천히 얘기를 하실 수 있을 거예요."

"고맙군. 그럼 그렇게 해볼까. 쓰노다 선생님이 오시면 안내 좀 부탁해요."

"알겠습니다. 주문은 커피 두 잔이면 되나요? 스콘이 딸린 애프터눈 티도 있는데요."

둘은 별수 없이 그걸 주문하고 맨 안쪽 방으로 들어갔다. 이렇다 할 특징이 없는 응접실이었지만 먼지 하나 없이 깔끔하게 청소해놓았다. 크기가 다른 소파가 여럿 있고 구석에 신문과 잡지, 그리고 페이퍼백과 여행서가 가득 꽂힌 책꽂이가 있었다.

드디어 아까 본 둥근 얼굴의 남자가 크림과 잼을 곁들인 스콘을 두 개씩, 그리고 차가 든 포트를 날라 왔다. 남자는 조금 긴장한 표정이었다.

"이 스콘은 당신이 만들었나요?"

히토쓰바시는 거대한 스콘에 내심 몹시 놀라며 말했다.

"네. 잼과 클로티드 크림을 발라서 드세요."

"클로……? 뭔가요, 그게?"

"스콘에 얹어 먹는 반쯤 굳은 크림입니다. 저지종 같은 젖소에서 나는 진한 우유를 분리해서 만듭니다. 본고장 영국의 크림은 이것보다 크림색이 더 좋고 맛도 달고 진하고 매끄럽지만 여기는 일본이니까요."

슬픈 듯이 눈을 내리까는 남자에게 히토쓰바시가 물었다.

"당신이 제과 기술자입니까?"

"네. 이름은 로버트 사와다이고, 일본계 캐나다인입니다. 저, 외국인등록증을 보고 싶으시면 가지고 올까요?"

"그런 건 필요 없소."

고마지는 크림을 듬뿍 얹은 스콘을 한입 가득 물며 우물우물 말했다.

"언제부터 여기서 일했나요?"

"네, 반년 전부터입니다. 가이드북을 보고 이 호텔을 찾아왔습니다. 호텔이 무척 마음에 들어서 여기서 꼭 좀 일하게 해달라고 마마상에게 부탁했어요. 다행히 마마상 옆방이 비어 있어서 그곳을 쓰고 있습니다."

"과자 만드는 건 캐나다에서 배웠고?"

"네. 빵도 굽고 접시도 닦습니다."

문이 열리자 셋은 일제히 고개를 돌렸다. 쓰노다 고다이가 불편한 심기를 그대로 드러낸 얼굴로 들어오다가 형사들이 먹고 있는 것을 힐끗 보더니 질린 듯이 물러섰다. 로버트가 인사했다.

"어서 오세요."

"데킬라를 줘."

"네?"

"데킬라 온더록스."

쓰노다는 미간에 주름을 잡으며 형사들의 테이블로 다가왔다. 로버트는 힐끗 시계를 쳐다보며 어깨를 으쓱하더니 응접실 구석에 설치되어 있는 바에서 잔을 채워 쓰노다 앞에 놓았다. 그러고는 어딘지 모르게 마음이 놓인다는 표정으로 물러갔다. 방에 셋만 남게 되자 쓰노다는 자세를 고쳐 앉으며 바바리코트를 걷어 올렸다.

"이런 곳으로 불러내서 미친 티파티라도 하려는 거요? 미안하지만 난 앨리스가 아니야."

고마지와 히토쓰바시는 얼굴을 마주 봤다. 무슨 말을 하는 건지 전혀 이해할 수 없었지만 어찌 됐건 상대가 화가 난 건 분명해 보였다.

"바쁘신데 죄송합니다. 선생님은 특별히 정중히 대하라는 시장님의 명령이 있어서요. 너무 자주 찾아뵈면 부인께도 죄송하고, 그렇다고 경찰서로 나오시라고 할 수도 없고."

"도대체 내가 왜 서에 불려 가야 한다는 거죠? 아는 건 다 얘기했는데."

"자자, 실은 태풍이 불던 날 이 남해장에 수수께끼의 숙박객이 있었어요. 혹시 선생님이 아시나 해서, 그렇다면 가르쳐주셨으면 하는데요."

쓰노다 고다이는 코트 주머니에서 파이프를 꺼내 미간에 주름을 잡은 채로 말했다.

"뭐, 경찰에 협력하는 게 싫다는 건 아닙니다. 다만 이곳으로 이사 온 건 편히 지내기 위해서였단 말이지요. 그러니 사건을 빨리 해결해주셔야죠. 그런데 그 수수께끼 숙박객을 왜 내가 안다고 생각하시는 건가요?"

"그 인물은 자신의 연락처로 신에이샤라는 출판사 주소와 전화번호를 남겼습니다. 그런데 그 회사에는 해당 사원이 없다는 거예요. 선생님은 작가시니까 혹시 아는 사람이 아닌가 해서요."

"지난 한 달 동안 방문객이 없었다고 말씀드렸을 텐데요. 게다가 쇼코 여사도 번역가잖아요. 그녀가 아는 사람일 수도 있지요."

"물론, 쇼코 씨한테도 물어볼 생각입니다만."

"그래, 그 남자의 이름은 뭔가요?"

"역시 작가시군요. 그 숙박객이 남자인 걸 딱 짚어내시는군요."

고마지는 빈정거리며 계속했다.

"신도 카이, 라고 쓰여 있었습니다. 어디 짚이는 데라도."

"없습니다."

쓰노다 고다이는 지체 없이 대답했다. 조금 빠르다 싶을 정도였다. 고마지는 세리나를 불렀다.

"세리나 씨, 신도 카이라는 인물에 대해 기억하고 있는 걸 말해봐요."

"남자치고는 몸집이 작았어요. 피부가 희고 눈은 가늘고 머리는 갈색으로 염색했었습니다. 나이는 이십 대 후반이나 삼십 대 초반 정도, 회색 윈드브레이커에 티셔츠, 청바지, 스니커. 의외로 소박한 모습이었어요. 짐은 작은 세컨드 백뿐이었고요."

"그가 숙박 카드를 쓸 때 옆에 있었나요?"

"네, 객실 열쇠를 가지고 다 쓰기를 기다렸으니까요."

"회사 주소를 쓸 때, 어떤 식으로 씁디까?"

"어떤 식이라뇨?"

세리나는 당황한 듯했으나, 바로 고개를 끄덕였다.

"뭘 물어보시는지 알겠어요. 술술 썼습니다. 아무것도 보지 않고요."

"흠, 그랬군요."

멀리서 들려오는 전화벨 소리에 불려 가듯 세리나가 사라지자 고마지 반장은 손가락 끝을 가지런히 하며 쓰노다에게 말했다.

"아시겠죠, 선생님. 자신을 신도 카이라고 한 인물은 신에이샤의 주소와 전화번호를 암기할 정도로 잘 알고 있었습니다. 실례를 좀 해서, 신에이샤에서 선생님을 담당하는 편집자 세 명에 대해 얘기를 들었습니다. 그들은 신도 카이가 아니었습니다. 그러니까 만약 선생님께서 짐작 가시는 게 있다면……."

"없소. 게다가 그 남자가 살인사건에 관여했다는 증거가 아무것도 없지 않습니까?"

"태풍이 불던 날 밤과 그다음 날, 선생님은 자택에 계셨겠죠?"

"그야, 그렇습니다. 드나드는 사람들에게 물어보면 알 겁니다."

"부인은?"

쓰노다는 입을 다물었다. 어디선가 전화벨 소리가 들렸다.

"아내는 집에 없었어요."

"네. 어디로?"

"가부키를 본다면서 한 사흘쯤 도쿄에서 지냈지요. 여동생 집에 묵었어요."

쓰노다 고다이는 이마를 문질렀다. 히토쓰바시는 초조해하는 이런 몸짓조차 그럴듯해 보이는구나 하고 생각했다.

"그럼, 태풍 전후에 선생님은 그 집에 혼자 계셨던 거네요?"

"네. 그래요."

"찾아온 사람도 없이요?"

쓰노다 고다이는 오른손을 굳게 쥐었다. 그것으로 테이블을 두드리며 항의의 뜻을 나타내려던 모양인데, 그 손은 그대로 공중에 머물렀다. 그 순간 세리나가 레스토랑으로 달려 들어왔기 때문이다.

"말씀 중에 죄송합니다, 형사님. 방금 쇼코 언니…… 쇼코 언니한테서 전화가 왔어요."

"무슨 일이죠?"

히토쓰바시는 세리나의 표정이 예사롭지 않다는 걸 느끼고 엉덩이를 들썩였다.

"아케미 씨가…… 마쓰무라 켄 씨의 부인이 자택에서 살해당했대요."

6장

여자도 죽었다

1

마쓰무라 아케미의 사체는 현관에서 뒤로 벌렁 나자빠져 있었다. 딱 어제의 사체처럼 손을 위로 뻗고 다리를 벌린 모습이었다. 머리 앞쪽이 움푹 파였고 거기서부터 피가 넘쳐흘러 얼굴이니 마루니 주변을 새빨갛게 물들였다.

고마지는 현장에 도착해 시신을 살펴보고는 얼굴을 찌푸리며 작은 소리로 말했다.

"이거 지독하군."

히토쓰바시는 침을 삼키고 경찰학교에서 배운 변사체 취급 요령과 조사 사항을 필사적으로 머릿속에 떠올려봤다. 쇼코는 아무래도 경찰서보다 세리나에게 먼저 전화를 했던 모양이다. 세리나의 얘기를 듣고 서둘러 무선을 넣었더니, 서는 그제야 막 통보를 받아 대소동이 일어나던 참이었고 가장 가까운 곳에 있던 히토쓰바시와 고마지가 맨 먼저 현장에 도착하는 처지가 되었다.

사망자는 마쓰무라 아케미, 여성, 주부, 하자키 목련 빌라 5호의 주민. 복장에 흐트러짐은 없고……. 에, 그다음은 사망 추정 연월일과 시각, 장소, 사인, 주위의 지형 및 사물의 상황, 흉기의 유무……. 히토쓰바시는 혼란스러운 머리로 주위를 돌아봤다.

그다지 신통치 않은 현관이었다. 만듦새 자체는 다른 빌라와 다름없었다. 지저분한 색깔의 좁은 콘크리트 바닥 왼쪽에 키가 낮은 신발장이 있고, 그 위에 작은 창이 있고, 그 위에 다시 장이 달려 있다. 신발장 위는 장식 선반으로 사용되고 있어서, 예를 들어 세리나의 집에는 우아한 도자기 항아리가 놓여 있었고, 게이코의 집에는 값나가는 서양 앤티크류의 스테인드글라스 램프와 포푸리가 놓여 있었고, 노리코의 집에는 솔방울을 담은 접시가 있었다.

아케미가 거기에 둔 것은 드라이플라워, 조화, 리본으로 싼 비누인 듯한 물건, 인형 두 개, 복고양이, 커다란 소쿠리 등. 장식이라기보다는 처박아놓은 잡동사니 같은 것들이었다. 신발장에서 쏟아진 듯 신발이 바닥 가득 어질러져 있었는데, 그 신발들에 마른 피가 점점이 튀어 있었다.

“자네, 어떻게 생각하나? 사후 얼마나 됐을까?”

“경험이 별로 없어서 어림짐작이지만요, 적어도 한 시간 반은 지난 것 같은데요.”

"동감이야. 지금이 네 시 반이니까 범행 시간은 세 시 전이 되겠군. 계속 보고 있어봤자 더 알아낼 것도 없고, 검시관이 올 때까지 밖에 나가 있자고. 그런데 도대체 누가 첫 번째 발견자지?"

"쇼코 씨에게 물어볼 수밖에 없겠네요."

밖으로 나오는데, 긴장한 얼굴을 한 경관들이 로프와 비닐을 옆구리에 끼고 달려왔다. 둘은 그들에게 현장 보전을 맡기고, 5호를 먼발치에 두고 서 있는 몇몇 주민에게 물었다.

"맨 처음 사체를 발견한 사람이 누군지 아시는 분, 계십니까?"

"남편이야. 켄 씨."

도카치가와 레쓰가 앞으로 나섰다. 그녀는 흥분한 모습이었다.

"켄 씨가 비명을 지르며 밖으로 뛰어나왔고, 후유 씨네 쌍둥이가 어머니에게 알렸어. 후유 씨는 아이들을 집 안으로 밀어 넣고는 켄 씨를 쇼코 씨 집으로 데리고 갔어. 그래서 쇼코 씨가 이웃 벨을 울렸고……."

"왜 후유 씨는 맨 먼저 쇼코 씨의 집으로 간 건가요?"

"생선 가게."

"생선 가게?"

히토쓰바시는 멍해졌다. 도카치가와는 조바심 난다는 듯이 침을 튀겼다.

"일주일에 두 번, 정각 두 시에 생선 가게가 요 아래 주차장으로 행상하러 온다고. 나는 오늘은 안 샀지만. 아직 냉동고에 산지 얼마 안 되는 정어리가 남아 있고 고등어자반도 남아 있거든. 우리 집 자반은 죽은 시어머니한테 배운 건데, 그게 시어머니가 나한테 남겨준 유일한 유산이야. 시집왔을 때는 얼마나 구박을 했다고……."

"실례지만, 부인. 쇼코 씨 얘길 하던 중인데요."

"그러니까 그게, 둘이 그 생선 가게에서 만났거든. 그러니까 후유 씨가 적어도 쇼코 씨는 집에 있다는 걸 알았던 거지. 쇼코 씨는 이 계절이면 사흘에 한 번은 고등어자반을 먹으니까. 하자키의 고등어는 기름기가 너무 많아서 나 같은 노인한테는 조금 부담스럽지만, 쇼코 씨는 아직 노인이라고 할 나이는 아니지. 그 사람은 양식을 좋아하는 것처럼 보이지만 정말은……."

"쇼코 씨가 여러분 집 벨을 울릴 때까지 아무도 켄 씨의 비명을 못 들었나요?"

얼굴을 나란히 하고 서 있던 이노 게이코, 기토 도키코, 도카치가와 레쓰는 다 같이 고개를 흔들었다. 빗줄기는 서서히 굵어져갔고 바람도 점점 더 세게 불었다. 고마지가 사람들을 빙 둘러보고 말했다.

"자, 여러분은 벨이 울리고 나서 어떻게 했나요?"

"쇼코 씨는 닥치는 대로 불러내면서 살인이 또 일어난 것 같다고 소리쳤어."

도카치가와가 계속했다.

"우리야 뭐 깜짝 놀랐지. 보시다시피 집에 있던 건 여자들뿐이었고. 쇼코 씨도 무섭지 않았을까? 어쨌든 확인하러 가자는 쪽으로 얘기가 모아져서 한 덩어리가 되어 아케미 씨네 집을 들여다봤어. 딱 한 번 봐도 정말이라는 걸 알 수 있어서, 나와 도키코 씨가 현관 앞에서 당신들이 올 때까지 기다렸고, 쇼코 씨는 아케미 씨 남편이 어떤지도 살필 겸 당신들한테 연락하러 집으로 돌아갔고, 후유 씨는 아이들한테로 돌아갔어. 그 쌍둥이는 사체를 봤다고 위축될 아이들은 아니지만, 부모가 돼서 사체보다는 아이들 걱정이 앞서는 거야 당연……."

"부인은 어떻게 했나요?"

히토쓰바시가 게이코에게 묻자, 그녀는 고개를 세게 흔들었다.

"나, 나도 아이가 있어요. 게다가 범인은 이 중에 있는 거잖아요. 이런 사람들하고 함께 있다니, 너무 무서워요."

"잠깐. 그냥은 못 들어주겠네."

도카치가와가 달려들었다.

"이 속에서 아케미 씨를 가장 죽이고 싶어 한 건 당신일 텐데? 다른 사람한테 뒤집어씌우면 도망칠 수 있다고 생각했나 보지? 순경 아저씨, 이 여자를 잡아가라고. 쇼코 씨하고 세리나 씨한테 물어보면 알 수 있을 거야. 오전 중에 이 여자와 살해당한 아케미 씨가 굉장치도 않게 싸웠다니까."

"알고 계셨나요?"

히토쓰바시의 말에, 도카치가와는 목소리를 점점 더 크게 냈다.

"그야 알고말고. 이웃이니까 다 생각해서 못 들은 척해준 것뿐이라고. 흥, 안됐구려. 우리 집 창문도 열려 있었다고. 게다가 난 아직 귀가 멀지 않았거든."

게이코가 와락 울음을 터뜨렸다. 도카치가와는 거기에는 눈길도 주지 않고, 도키코에게 게이코의 과거에 대해서 열심히 떠들어댔다. 고마지가 거칠게 말했다.

"됐습니다, 여러분. 아직 유체를 옮겨 가지도 않았습니다. 싸움은 그만두고 각자 댁으로 가서 대기해주십시오. 조만간 우리가 얘기를 들으러 찾아뵐 테니까. 아시겠죠?"

말 안 듣는 양 떼를 겨우 우리에 몰아넣고 난 목동마냥 숨이 차서, 두 형사는 6호로 향했다. 그런데 현관 앞에 다다르기가 무섭게 집 안에서 꺄악, 하는 비명이 들려왔다. 둘은 얼굴을 마주 볼 틈도 없이 문을 박차고 뛰어 들어갔다.

"무슨 일입니…… 우와앗!"

켄이 무슨 말인지 마구 지껄이면서 현관을 향해 뛰어나왔다. 그러고는 현관 바닥으로 뛰어내리더니 팔을 빙빙 돌리면서 형사들을 향해 이를 드러냈다. 히토쓰바시는 뒷걸음질 치다 고마지의 발끝을 꽉 밟고 말았다. 고마지는 꽥 하고 단말마 같은 비명을 내지르며 히토쓰바시의 허리를 냅다 밀쳤고, 히토쓰바시는 헛발을 내딛는 순간 켄이 휘두르는 팔에 그대로 옆얼굴을 맞았다. 이게, 하고 자세를 바로잡은 순간, 켄의 움직임이 멈췄다. 뭔가 묘한 표정을 짓나 싶더니…… 눈알이 빙글 돌아갔다. 그는 현관에서 양손 양발을 벌리고 뒤로 벌렁 넘어졌다. 먼지가 일었다.

침묵.

히토쓰바시는 주먹을 쥔 자세로, 고마지는 밟힌 한쪽 발을 들어 올린 자세로, 그 자리에 얼어붙었다. 쇼코는 『범죄와 미스터리*Crime&Mystery*』라는 짙붉은 색의 두꺼운 책을 머리 위로 번쩍 들어 올린 모습으로 멈춰 서 있었다.

"서, 설마."

잠시 후에 히토쓰바시가 양손으로 뺨을 감싸고 쇼코를 올려다보면서 입술을 적셨다.

"서, 설마 쇼코 씨, 당신…… 당신이 범인?!"

너무나도 의외라는 듯이, 히토쓰바시는 절규했다.

"농담 마세요."

쇼코는 흥 하고 콧소리를 냈다.

"이 사람이 흥분한 나머지 우리 집 거실에서 리어왕처럼 착란을 일으켰지 뭐예요. 부인이 살해당했기도 해서 조용히 안정시키려 했는데. 아유, 이것 좀 보세요."

쇼코는 형사들을 향해 아래턱을 치켜올렸다. 둘은 신발을 벗고 기절한 켄의 몸을 넘어가서 거실을 들여다봤다. 참담한 상태였다. 어제 탐문하러 왔을 때도, 책 창고 같은 방이야, 도대체 어디에 앉지, 라고 생각했는데, 오늘은 그보다 한술 더 떠서 책이란 책이 눈사태처럼 바닥에 무너져 내려 발 디딜 틈도 없었다.

“그냥 미쳐 날뛰기만 했으면 모르겠는데 책을 엉망으로 만들잖아요. 처음에는 페이퍼백하고 문고였다가 점점 소중한 하드커버까지 던져댔어요. 속상해라, 이것 좀 봐요. 스파이 영화 가이드북인데…… 이런, 모서리가 망가졌네. 아앗, 오사카 고의 띠지가 찢어졌어. 와앗, 『비밀의 문자』가.”

“이거 딱하게 됐군요.”

고마지가 얌전히 말했다. 그러나 그는 사실 책이야 읽을 수만 있으면 되는 거 아닌가 하는 생각을 가진 사람이었다. 하지만 쇼코는 안정되기는커녕 눈빛이 더 혼란스러워지는 것 같았다.

“저 자식을 한 번 더 때려줘야겠어.”

“자자, 진정하시고. 그런데 좀 전의 비명은?”

“저예요. 비명을 지를 만하잖아요. 그만 뚜껑이 열려서. 이걸 가지고.” 쇼코는 조금 전의 빨간색 영문 서적을 가리켰다. “쫓아다녔어요. 그랬더니 도망을 치잖아요. ……헌데, 저 사람을 어떻게 하죠?”

겨우 평소의 냉정을 되찾은 쇼코가 쭉 뻗은 켄을 바라봤다.

“잠시 여기에 있게 할 수는 없을까요?”

쇼코는 무시무시한 표정을 지어 보였으나, 어깨를 으쓱했다.

“이 층 방에 처박아놓지요. 거기서 날뛰면 책에 깔려버릴 뿐이니까. 절대로 이 거실에 둘 수는 없어요. 여기 들어오기만 해봐라. 사체가 하나 더 늘어날 테니까."

돌아가는 형편상 히토쓰바시와 고마지가 켄을 이 층으로 옮기기로 했다. 가파르게 경사진 계단을 낑낑거리며 올라가자, 엄청난 양의 책이 담긴 골판지상자들이 방 하나에 가득 차 있었다. 이 층이 무너져 내리지 않는 게 놀랍구나, 하는 감탄이 절로 나왔다. 그 방의 좁은 공간에 켄을 뉘어놓고 일 층으로 돌아오니, 쇼코가 얼빠진 눈빛으로 뭔가 중얼거리면서 책을 집어 올리고 있었다. 도저히 얘기가 될 것 같지 않아, 둘은 나중에 오겠다고 해놓고 서둘러 6호에서 물러났다.

이노 게이코 역시 반광란 상태였다.

"난 사람을 죽이고 싶다는 생각 같은 거, 한 번도 한 적 없어요. 그런데 그런 지독한 말을 하다니. 남편에게 얘기해서 고소할 거예요. 반드시 그렇게 하고야 말 거야. 내가 범인이라니 ……그야 조금 다툰 건 사실이지만."

"들은 바로는 조금이 아니었던 것 같은데요, 부인."

고마지는 따분하다는 듯이 비꼬아줬다. 게이코의 뺨이 파르르 떨렸다.

"그땐 흥분했으니까 어쩔 수 없잖아요. 아케미 씨가 그 뒤에 살해당할 줄 알았다면 나도 싸움 같은 거 안 했어요."

"그야 당연하지요."

고마지는 눈썹 아래로 힐끗 히토쓰바시에게 눈짓을 보냈고, 히토쓰바시는 터져 나오려는 웃음을 참았다. 게이코는 정신을 차렸는지 머리를 쓰다듬으며 말했다.

"게다가 나만 의심하는 건 이상하지 않나요? 우리 아이 말로는 아케미 씨가 오늘 오후에 개 일로 아키라 씨하고도 몹시 다퉜다는데요. 아키라 씨도 별난 분이에요. 남의 개를 가지고 화를 내다니. 정말 별나."

그 의미 아시겠죠, 하는 듯한 게이코의 말투에, 히토쓰바시는 마음속으로 진저리를 쳤다.

"남이 기르는 개를 가지고 화를 내는 녀석이라면 사람도 죽일 수 있다고 말하고 싶은 겁니까?"

"누가 그런 말을 했다고 그래요?"

게이코는 잠시 얼굴을 긴장시켰으나 바로 평상시의 상태로 돌아왔다.

"난 내가 어떤 괴롭힘을 당할지라도 남을 비난할 생각 같은 건 없습니다. 해석은 경찰에서 좋을 대로 하세요. 하지만 거기 끌려들어가는 건 싫어요. 책임을 져야 하는 건 내가 아니라 당신들 쪽이라고요."

"아유, 그 여자들 성질 더러웠다니까. 죽인 쪽이나 죽은 쪽이

나, 둘 다 똑같아. 그 여잘 벌써 체포했수?"

도카치가와 레쓰의 눈이 반짝반짝 빛났다. 고마지 반장은 더 할 나위 없이 당연하다는 태도로 히토쓰바시를 쿡 찔렀다.

"그 여자라니요?"

"아이고 참, 애는."

도카치가와는 서른이 넘은 경찰관을 아무렇지도 않게 '애'라고 불렀다.

"이노 게이코 말이야. 겉은 보살이요 속은 야차라는 말씀은 알고 있겠지? 아무리 무미건조한 일을 하고 있다 해도 말이야. 그 부인이야말로 이 말에 딱 맞는 인간이야. 매일 밤 큰 소리로 남편을 몰아대더라고. 누가 봐도 부인이 나빠. '이노 모터스'가 경제적으로 어려워진 건 나 같은 무식쟁이 할멈도 알 수 있지. 그런데도 난 사치를 부릴 권리가 있어, 하고 주장하는 거야. 권리가 있다니, 어이없어서 말도 안 나와. 살인자 주제에."

도카치가와는 기쁨에 들뜬 웃음을 지었다.

"말하긴 좀 뭐하지만, 이번 일은 누구에게나 반가운 일이야. 보기 싫은 여자가 한 번에 둘이나, 하나는 살해당하고 하나는 사형될 거잖아. 암, 괜찮고말고."

독기에 질려 히토쓰바시가 다음 말을 잇지 못하자, 도카치가와가 입맛을 다시며 덧붙였다.

"남편도 이번 일로 힘 안 들이고 성가신 걸 내쫓을 수 있게 됐으니 기쁠 거야. 하지만 뭐, 상대한테도 가정이 있으니 해피엔드로 갈지 어떨지는 모르겠지만 말이야. 그야, 아이는 불쌍하지. 아이한테야 무슨 죄가 있겠어. 자기가 부모를 골라 태어난 것도 아니고."

"도대체 무슨 얘기를 하는 거요?"

고마지가 도저히 못 참고 끼어들었다.

"아이구야, 몰랐어? 경찰도 의외로 야무지지 못하군. 제대로 좀 조사를 하라고. 게이코 씨 남편, 와타루 씨가 바람을 피웠다니까."

"바람? 누구하고?"

"이름이 뭐였더라. 참 대담하기도 하지. 아무리 사이가 나빠도 엎어지면 코 닿을 데서 말이야. 난 그래도 잠자코 있었어. 그야 부도덕한 일이라고 생각은 하지만, 경우에 따라 다른 거 아니겠어? 바람도."

"그러니까 도대체 누구하고 바람을 피웠느냐고요. 설마, 아케미 씨……."

"무슨 그런 농담을. 아무리 그런 여잘."

도카치가와는 죽은 사람도 눈을 부릅뜨고 일어날 것 같은 말투로 내뱉었다.

"부동산의 여사무원이야. 마흔이 좀 넘은, 통통한 여자. 3호에 환기를 하러 자주 왔었어."

"잠깐만요. 그럼, 와타루 씨하고 하나오카 미즈에 씨가 3호에서……?"

"젊은 사람들은 대담해. 하는 일이."

도카치가와는 유쾌한 듯이 고개를 끄덕였다.

"나이를 먹으면 재미있는 일이 없잖아. 말해두겠지만 난 엿보려고 해서 엿본 게 아니야. 우리 집 베란다에서는 아랫집 이 층이 그냥 보이거든. 이 층 창문을 여는 여사무원의 모습이 힐끗 보이고 나서 채 오 분도 되지 않아 이노 와타루 씨가 나타나고, 둘이 한 시간이나 같이 있었다면, 그리고 그런 일이 두 번 세 번 있었다면, 누구라도 1에다 1을 더하지 않겠어? 세상에는 그런 머리가 돌아가지 않는 사람도 있지만, 난 달라. 요전번에도 우리 딸한테 말해줬어. 이 딸이라는 게 죽은 남편을 닮아서……."

"아니, 어째서 그 얘기를 지금까지 안 하고 잠자코 있었던 겁니까?"

"묻지 않았으니까."

도카치가와가 눈을 홉뜨며 퉁명스럽게 말했다.

"어제 온 형사들이 물은 건 수상한 사람을 보지 못했느냐, 피부가 검고 몸집이 작은 남자 중에 짚이는 사람은 없느냐, 그것뿐이었어. 아니니까 아니다, 모르니까 모른다고 대답했지. 뭐 불만 있수? 순경 아저씨."

2

검시관의 견해는—해부해봐야 확실한 것을 알 수 있다는 말로 일관했지만—히토쓰바시와 고마지의 추측과 거의 일치했다. 아케미는 머리 앞부분을 끝이 날카로운 돌 같은 것으로 강타당해 두개골 함몰 골절로 사망했다. 사망 추정 시각은 한 시부터 세 시 사이.

경관들이 흉기를 찾기 위해 흩어진 뒤에 탐문을 재개했다. 히토쓰바시는 1호로 향하면서 고마지 반장에게 말했다.

"두 번째 살인 덕분에 사람들이 입이 매끄러워졌네요."

"글쎄. 세 번째 살인이 일어나기 전에 더 많이 말해주면 좋겠는데."

고마지는 무뚝뚝하게 대답했다. 히토쓰바시는 벨을 누르고 곁눈으로 상사를 봤다.

"연속살인이라고 생각하나요?"

"아니라는 말인가?"

"아니라고도 생각하지 않지만, 그렇다고도 단언할 수 없다는 느낌이에요. 확실히 살인 수법은 어제와 매우 비슷하지만."

그때 문이 열리고 삼십 대 중반의 여성이 모습을 나타냈다. 엷은 베이지색 앙상블에 파란 꽃무늬 스카프를 두르고 머리를 말아 올렸다. 복장 탓인지 얼굴은 묘하게 희뿌옇고 힘이 없어 보였다. 히토쓰바시는 자신을 소개하려다 말고 입을 어 하고 벌렸다.

“에, 아가씨, 우리는 하자키 경찰서에서 왔습니다.”

고마지가 히토쓰바시에게 미심쩍은 시선을 던졌다. 히토쓰바시와 마찬가지로 아연해져 있던 여성이 얼른 정신을 차리고 고개를 끄덕였다.

“네, 아케미 씨 사건 때문에 오셨군요. 후유입니다. 듣기는 좋지만, 아가씨라고 불릴 나이는 아닙니다.”

“잠시 얘기를 좀 했으면 하는데요. 자녀분이 있다고.”

“아이들 방에 있으니까 걱정하지 않으셔도 됩니다. 어서 들어오세요.”

둘은 거실로 안내되었다. 역시 같은 방 배치. 하지만 지금까지 본 것 중에서 가장 평범한 응접실이었다. 텔레비전과 장식장과 통신판매로 산 것 같은 소파 세트. 초등학생 교과서와 도화지 등으로 방은 어딘가 모르게 어질러져 있었다.

“이번 주는 청소를 할 틈이 없어서요. 하긴 늘 이런 상태지만요.”

“일하는 엄마와 아이들이 함께 사는 집치고는 깨끗하군요.”

고마지는 큰 엉덩이를 내려놓으며 말했다. 히토쓰바시는 여전히 입을 열지 않았다. 미시마 후유는 그를 힐끗 보고는 자신도 자리에 앉아 손가락을 깍지 꼈다.

“그래서, 무슨 말을 하면 되는 건가요?”

“아케미 씨의 유체가 발견됐을 때 후유 씨는 집에 있었지요.”

"네. 아이들이 집으로 뛰어 들어왔어요. 아저씨가 비명을 지른다고."

"그 정확한 시간을 기억하고 있습니까?"

"글쎄요. 이 층에서 졸고 있던 참이어서."

"어디 몸이 안 좋기라도 해요?"

참으로 갑작스럽게 히토쓰바시가 끼어드는 바람에 고마지는 멍해졌다.

"아니요. 조금 피곤한 것뿐이에요. 왜요?"

"시청에서 일하신다고 들었는데요."

말을 아끼는 히토쓰바시에게 후유는 살짝 웃음을 보였다.

"귀가가 너무 이르다는 얘기군요. 실은 아이들이 학교에서 문제를 일으켜서."

"호오, 어떤 문젠데요?"

"그런 것까지 얘기해야 하나요?"

후유는 목소리가 날카로워졌지만, 이내 어깨를 움츠렸다.

"뭐, 좋아요. 숨겨야 할 일 같은 건 없으니까. ……딸들이 같은 반 남자아이를 다치게 했어요. 그래서 학교에 불려 갔었죠. 다행히 큰일은 없었지만 그것 때문에 시청은 오전 중에 조퇴했고요."

"조퇴했고요."

히토쓰바시는 별생각 없이 말을 반복하다가 후유의 날카로운 시선을 받고 몸을 움츠렸다.

"네. 어제 사건 덕분에 오늘은 아침부터 집중포화로 질문을 받았어요. 그런 식으로 지긋지긋한 질문 공세에 시달리면 누구라도 없던 두통이 생기지요."

"당연합니다, 아가씨. 아니, 부인."

고마지가 짓궂게 중얼거렸다.

"그래서 몇 시쯤 귀가하셨나요?"

"학교에서 전화가 온 것이 열두 시 지나서였어요. 병원에도 갔었고, 시청에 연락을 하고…… 아마 두 시나 그쯤이었을 거예요. 맞아요. 그래요, 돌아왔을 때 마침 아래 주차장에 생선 가게 아저씨가 차를 세우고 있었어요. 생선 파는 차 말이에요. 늘 두 시쯤에 오는 걸로 아는데요. 물어보면 알 거예요."

"아이들도 같이요?"

"네."

"아이들은 쭉 밖에 있었나요?"

"네, 아마도."

"그럼 죄송하지만 나중에 아이들하고도 얘기를 해봤으면 합니다. 괜찮겠죠?"

후유는 다시 신경이 곤두서는지 머리를 비벼 헝클어뜨렸다.

"아이들은 끌어들이지 않았으면 좋겠어요. 오늘 문제도 사실 어제 발견된 시신이 원인이었으니까요. 이 빌라 주민 모두가 의심받는 거야 어쩔 수 없다 치더라도, 아이하고는 상관없는 일이 잖아요?"

"학교에서 괴롭힘을 당했나요?"

"네. 너희 엄마가 범인 아니냐고 했대요."

"그거 심하군."

후유는 입술을 꽉 물었다.

"그런 말을 들었으니 딸들도 화가 난 거지요. 지금까지는 단 한 번도 남을 때리거나 한 일이 없었거든요."

"걱정하시는 건 당연하지만 아이들이 뭔가를, 또는 누군가를 봤을 수도 있죠. 얘기를 들어보지 않을 수가 없네요. 물론 어머니가 동석하셔도 좋습니다. 허락해주시지요."

"알겠습니다. 전 그렇게 이해심이 없는 엄마는 아니에요. 게다가 범인을 모르는 채 지내야 한다는 게 훨씬 더 무섭고요. 지금까지는 딸들에게 바다에만 가지 말라고 했는데, 이래가지고서야 밖에 나가는 것조차도 안 된다고 해야 할 판이에요."

"얘기를 되돌리죠."

히토쓰바시는 고마지의 무뚝뚝한 얼굴을 무시하고 계속했다.

"아이들이 아케미 씨 남편의 비명을 듣고, 알리러 왔다고 했지요. 그래서 후유 씨는 어떻게 했나요?"

"처음에는 무슨 말을 하는지 전혀 알 수가 없었어요. 하지만 어제 그런 일이 있었기 때문에 바로 침대에서 튀어 일어나 밖으로 나가봤죠. 5호 앞에 아케미 씨 남편분이 엉덩방아를 찧은 상태로 덜덜덜 떨고 있었어요."

"그때 당신도 사체를 봤군요."

"아케미 씨 말인가요? 아니요, 그때는 못 봤어요. 현관문은 닫혀 있었어요. 켄 씨가 하는 말은 요령부득이었지만 부인이 어떻게 됐다는 것만큼은 알 수 있었고, 그가 현관을 손가락으로 가리켰기 때문에 무슨 일이 일어났는지 짐작은 갔습니다."

"확인해보려는 생각은 하지 않았나요?"

"무슨 배포로요."

후유는 무뚝뚝하게 대답했다.

"아이들이 5호 현관으로 다가가는 것을 막는 게 고작이었어요. 딸들을 하나씩 붙잡아서 집으로 데리고 가 문을 잠근 다음 켄 씨에게로 돌아갔죠. 그는 거의 실신에 가까운 상태였어요. 그래서 그를 쇼코 씨 집으로 데리고 갔어요. 그분이 집에 있는 건 알고 있었고, 그럴 때 의지가 되니까요."

"생선 가게에서 쇼코 씨하고 만났군요."

"네. 잘 아시네요."

히토쓰바시는 도카치가와의 추측이 정확한 데 내심 혀를 내둘렀다.

"아케미 씨는 생선 가게에서 못 봤나요?"

"어머. 네, 오늘은 보이지 않았어요."

이후 후유의 증언은 다른 주민들의 증언을 입증하는 것이었다. 쇼코가 집에 있던 주민 세 명을 불러내 다 같이 5호로 향한 것. 아케미의 사체를 확인하고 자신은 바로 아이들 있는 곳으로 돌아온 것. 아케미에게는 그다지 좋은 감정을 가지고 있지 않았다는 것.

"하지만 맹세하지만요. 그 여자와는 황금수프정에서 만난 것이 마지막이에요. 전 죽이지 않았어요."

"그렇겠지요. 아이들 앞에서 어떻게 살인을 하겠어요. 슬슬 아이들 얘기도 들어봤으면 하는데요."

후유가 나가자 고마지 반장은 히토쓰바시의 멱살을 잡았다.

"너 도대체 무슨 생각을 하는 거야. 그 아가씨한테 한눈에 반하기라도 했나?"

"그만두세요. 아파요. 아가씨라는 말도 그만두시죠. 훌륭한 어머니니까."

"무슨 소리야. 내가 보기엔 몇 살이 됐든 아이를 몇 명 낳았든 저 여자는 아가씨야. 뭐? 아이들 앞에서 어떻게 살인을 하겠느냐고? 이 멍청아."

"특별히 그 여자 편을 드는 게 아니에요."

히토쓰바시는 주절주절 항의했다.

"꼭 물어야 할 건 다 물었잖아요. 게다가 그 사람하고는……."

"히토쓰바시 하쓰미 씨와 전 고등학교 동창생이에요."

쌍둥이를 데리고 돌아온 후유가 딱 잘라 말했다.

"도쿄 신쿠니 시립 신쿠니고등학교. 조사해보면 알 수 있을 거예요."

고마지는 장난감 총알을 맞은 너구리 같은 얼굴을 하고 둘을 번갈아봤다.

"그렇다면 처음부터 그렇게 말했어야지. 안 그래? 하쓰미 씨."

"살인사건 수사를 하러 와서 추억 얘기라도 하라는 건가요? 그럴 수는 없죠. 일은 일이고 인간관계는 인간관계지요."

"그런 것치고는…… 뭐, 됐어. 나중에 보자고."

고마지는 히토쓰바시를 한번 노려보고는 강아지라도 부르듯 쌍둥이를 향해 손짓했다. 쌍둥이는 머뭇거리지도 않고 똑같이 눈초리가 긴 눈을 빛내며 고마지에게 다가갔다.

"자, 얘기를 좀 들어볼까나."

"물론이에요."

한쪽, 어머니가 아야라고 소개한 쪽이 고개를 크게 끄덕였다.

"걱정 안 해도 돼요. 우린 취조에 익숙하거든요. 그렇지, 마야?"

"탐정소설 팬이거든요. 머리 걱정은 하지 않아도 돼요."

마야라고 불린 쪽이 냉정한 목소리로 말했다.

"학교 도서관에 있는 건 모조리 다 읽었어요. 노리코 언니가 가끔 만화도 빌려주고요. 그 언닌 종종 굉장히 교육적인 책을 건네주지만 기분 좋을 때는 탐정소설도 빌려줘요."

"교육적이라는 건, 따분한 걸 말하는 거예요." 마야가 덧붙인다.

"언니도 그걸 아는 것 같긴 한데요. 하지만 때때로 어른들이란 의무감이라는 게 있잖아요. 아이들한테는 좋은 책을 줘야 한다 같은."

"위인전 같은 거요. 우웩." 마야의 말.

"하지만 기분이 좋을 땐 달라요. 나카자토 다쿠야 선생님하고 일이 잘 풀린다든가 할 경우는 특히요."

고마지는 질문을 하려던 입술을 긴장시키고 끼어들었다.

"노리코 언니가 다쿠야 씨하고 사귀는구나."

"네" 하는 아야.

"아니야" 하는 마야.

"다쿠야 선생님은 노리코 언니를 좋아해. 하지만 노리코 언니는 어떤지 모르겠어. 가끔 데이트를 하긴 하지만."

"좋아하니까 데이트한 거 아닌가?"

고마지는 후유에게 도와달라는 시선을 던졌으나 어머니는 웃음을 참고 있을 뿐이었다. 아야와 마야는 동시에 어이없어하는 얼굴을 하며 서로 마주 보았다.

"형사님은 유치해요. 좋아하지 않아도 데이트 정도는 해요. 한가할 때, 상대가 그리 싫지 않다면."

"게다가 다쿠야 선생님은 노리코 언니를 정말로 좋아해요. 그래서 아케미 아줌마하고도 크게 싸운 적이 있다니까요."

"그거, 언제 일이니?"

히토쓰바시가 자기도 모르게 끼어들었다. 쌍둥이는 코에 주름을 지었다.

"바로 얼마 전이요" 하는 아야.

"꽤 전이었을 텐데" 하는 마야. "우린 시간에 대해서 별로 생각하지 않는 사람들이니까요. 다쿠야 선생님께 물어보면 돼요. 본인이니까 분명 기억할 거예요."

"선생님이 그렇게 소리를 질러대다니, 그런 일은 일 년에 한 번도 없을걸요."

"평소에는 자는 건지 깨어 있는 건지 모르겠는데 말이야."

"도대체 뭐라고 소릴 지른 거니?"

"아케미 아줌마가 일부러 다쿠야 선생님한테 노리코 언니 흉을 봤거든요. 그 아줌마, 죽었죠?"

"살해당했죠?"

고마지는 어느새 자기가 할 일은 끝났다는 듯이, 창가에 서서 빗방울을 관찰하는 데 여념이 없어 보였다. 어쩔 수 없이 히토쓰바시가 대답했다.

"그래. 그래서 너희들에게 협력을 부탁하고 있는 거야."

"우린 시민의 의무를 다할 거예요. 그렇지, 마야?"

"물론이야. 하지만 우리가 말한 것 때문에 다쿠야 선생님이나 노리코 언니가 피해를 입지는 않겠죠? 그것만큼은 약속해주세요."

히토쓰바시가 어떻게 대답해야 좋을지 몰라 눈을 껌벅거리고 있자, 아야가 상냥하게 말했다.

"그런 걱정은 안 해도 돼, 마야. 아내가 살해당하면 범인은 남편이고, 남편이 살해당하면 범인은 아내거든. 다쿠야 선생님과 언니는 관계없어. 있죠, 아줌마는 다쿠야 선생님한테 노리코 언니에게는 따로 좋아하는 남자가 있다고 고자질했어요. 아가가 어떻다든가 하는 말도 했고요."

"너희들은 그걸 어디서 들었니?"

"아래 해안에 조개껍질을 주우러 갔을 때였는데요. 거기 가면 썩기 시작해서 구멍이 뚫린 무척 멋있는 보트가 바위 옆에 거꾸로 놓여 있어요. 우리가 그 아래 기어 들어가 놀고 있었는데."

"너희들."

눈썹을 치켜올리던 후유를 히토쓰바시가 눈으로 말렸다. 아야는 어머니의 눈치를 보다 혀를 내밀고 계속 말했다.

"아케미 아줌마랑 다쿠야 선생님이 왔어요. 우리가 거기 있는 건 끝까지 몰랐을 거예요. 굉장했어요. 그렇지, 마야?"

"선생님의 고함 소리보다 아줌마가 한 말이 굉장했어"라는 마야. "나라면, 누가 내가 좋아하는 사람에 대해 그런 식으로 말한다면 죽이고 싶어질 거야. 하치오지에 사는 고모보다 한 수 위였어."

"아빠의 여동생인데요, 흉보는 데는 천재예요. 옆집 사람이 날씨가 좋네요, 했을 뿐인데, 그건 둔감하고 상상력이 없는 사람이나 하는 말이야, 하고 입에서 흉이 술술 나와요. 한번 들려주고 싶어요."

"그런 말을 듣고 화를 내지 않는다면 남자가 아니야. 선생님은 늘 흐리멍덩했었는데 그때는 딴사람 같았어요."

"노리코 언니도 남자 취향이 나빠. 선생님이 그렇게 살랑거리는 놈보다 훨씬 멋있는데."

"어, 그 말은 즉."

히토쓰바시가 틈을 타서 겨우 물었다.

"너희들 알고 있구나. 노리코 언니가 사귀는 상대에 대해서."

"사귀는 상대가 아니에요"라는 아야.

"사귀었던 상대예요"라는 마야. "글쎄, 언니가 그 남자를 가게에서 쫓아냈거든요. 그 뒤에 돈을 건네주긴 했지만."

"나쁜 놈이었어."

"저질이었지. 도모루보다 심해."

"비슷해. 도모루하고."

히토쓰바시는 내버려두면 금세 다른 데로 새어버리는 쌍둥이의 말에 브레이크를 거는 것만도 힘에 부쳤다.

"그 남자를 어디서 봤니?"

"그러니까, 가게요. 기토당. 형사님, 우리 얘기 잘 듣고 있나요?"

"이것도 꽤 된 얘기예요. 여름이 되기 전이었을 거예요."

"초봄이야. 추워서 노리코 언니네 고서점에 갔었잖아." 마야가 말했다.

"우린 엄마가 일이 끝날 때까지 학교나 학원에서 기다리기로 되어 있거든요. 시청은 다섯 시에 끝나니까. 엄마가 일이 끝나면 함께 차로 돌아와요. 그런데 그날은 학원 수업이 없는 날인 데다 학교에서는 행사가 있었어요."

"체육관에서 정치 집회가 있었어요. 우웩." 마야.

"네 시가 지나니까 내쫓잖아요. 운 나쁘게 도서관도 쉬는 바람에 우린 고서점에 갔죠. 언니는 우리가 잠시 거기서 놀아도 화를 내기는커녕 때로는 차도 타주거든요."

"하지만 굉장히 어색한 분위기라서 실망했어요. 그 남자, 마치 언니를 협박하는 것 같았어요."

"그렇지는 않았어." 마야. "협박은 지나친 말이야. 아야는 상상력이 너무 왕성해. 그 사람은 용돈을 달라고 졸랐을 뿐이야. 나잇살 먹은 어른이 꼴불견이야."

"나잇살 먹은 어른이 용돈 달라고 조르는 걸 협박이라고 하잖아." 아야.

"그렇지 않아. 하치오지의 고모부는 늘 고모한테 자동차 주차비를 내게 하지만, 그건 협박이라고 안 해."

"협박이야. 고모부는 고모한테 이렇게 말해. 장모님이 갑자기 아프시기라도 하면 차는 분명 편리할 거야, 라고. 주차비를 내지 않으면 할머니가 아파도 병원에 모시고 가지 않을 거라고 말하는 거나 마찬가지잖아."

"그러게. 하지만 그 남자가 언니한테 그렇게까지 말했었나."
마야.

"글쎄, 우리가 있어서 조심한 거라니까." 아야. "언니가 불쌍하다고 마야가 말하는 바람에 마지막에 그 남자가 '치과에 가는 돈쯤 괜찮잖아. 깊은 관계였는데' 하고 말하는 것밖에 못 들었어요."

"그랬더니 언니가 화를 내면서 남자를 내쫓았어. 남자는 날 그런 식으로 대하지 않게 될 때까지 계속 찾아올 거야, 라고 했고. 아, 아야 말이 맞네. 이거 협박이죠?"

히토쓰바시는 황망히 고개를 끄덕이고 덧붙였다.

"단, 노리코 씨가 인정하지 않으면 협박이 성립하지 않겠지만."

"그런데 언니는 쫓아가서 지갑을 내밀었어요. 우린 옆에 있던 책을 집어 들고 읽는 시늉을 하느라 돈을 건네준 건 못 봤지만." 아야가 말했다.

"그게 안 좋았어. 당황해서 아무 책이나 집었던 거야. 언니가 묘한 얼굴로 그런 걸 좋아하느냐고 물어서 난 무슨 책인지 보지도 않고, 네, 하고 대답해버렸어." 마야의 말. 아야가 킥킥 웃으며 덧붙였다.

"마야가요, 다나카 가쿠에이(1970년대 총리를 지냈으나 뇌물수수 혐의로 체포되어 사임—옮긴이)의 전기를 들고 있었어요."

"그러는 너는 『플랜더스의 개』였잖아. 최악이야."

"『플랜더스의 개』가 어디가 어때서?"

히토쓰바시가 대화에 끼어들었다. 마야는 히토쓰바시에게 드러내놓고 경멸적인 시선을 보냈다.

"아이쿠야. 설마 그거 읽고 운 건 아니겠죠. 그건요. 아이는 순진한 채로 죽으라는 얘기예요. 우리를 바보로 취급 하는 것도 유분수지."

고마지가 나지막이 웅얼거렸다.

"요놈은 단순한 사고 회로의 주인이라서 말이지, 아가씨들. 그런데 그 남자의 얼굴을 기억하고 있니?"

"그럭저럭요"라는 마야. "털실로 짠 모자를 쓰고 있었는데 그게 전혀 어울리지 않았어요."

"머리를 물들였고 낡아빠진 청바지를 입고 있었어요. 그리고 그리 젊지도 않은데 팔찌를 잔뜩 끼고 휴대전화를 들고 있었고요." 이건 아야.

"인상 말이야, 아가씨들. 복장 말고."

쌍둥이는 나란히 존경의 눈빛으로 고마지 형사반장을 바라봤다. 말씨도 퉁명스러운데 왜 저렇게 존경하는 눈빛이지? 히토쓰바시는 괜히 기분이 상했다.

"아, 미안해요. 얼굴은 작고 피부가 검었어요."

"이를 드러내고 웃었어요. 이가 하나 빠졌더라고요."

"꼴불견이었어."

어른들이 얼굴을 마주 봤다. 고마지의 목소리가 긴장으로 조금 굳었다.

"그 빠진 이, 어디였는지 아니?"

"앞 윗니요." 마야.

"송곳니요." 아야가 새된 목소리로 덧붙였다. "이쪽이야. 그렇지, 마야?"

놀랍게도 쌍둥이는 유치와 영구치가 뒤섞인 들쑥날쑥한 이를 내놓고 씩 웃으며 나란히 오른쪽 위 송곳니를 가리켰다.

3

형사들은 놀라운 정보를 가슴에 안고 6호로 돌아갔다. 초인종을 울리자 어둡고 우울한 대답이 돌아왔다. 마쓰무라 켄이 풀이 죽은 채 현관 마루턱에 앉아 있었다.

"어라. 정신이 들었나요?"

"이거 아까는 여러 가지로 폐를 끼쳤습니다. 쇼코 씨한테도 죄송합니다. 무슨 말로 사과를 해야 좋을지. 아내의…… 죽어 있는 모습을 본 뒤부터 좀 전에 산더미같이 쌓인 골판지상자 속에서 눈을 뜰 때까지 무슨 일이 있었는지 아무것도 기억이 안 나요. 쇼코 씨가 무척 화가 나서 여기서 형사님들이 오실 때까지 기다리라고 하더군요."

"뭐, 무리도 아니죠. 어쨌든 우선은 조의를 표합니다."

형사들은 어쩔 수 없이 현관에 선 채로 얘기를 시작했다.

"범인을 빨리 잡아주세요. 필요한 일이라면 뭐든 할 테니까."

켄은 코를 훌쩍였다. 고마지는 말을 계속했다.

"우선 어째서 오늘 이 시각에 귀가하셨는지부터 설명을 해주시겠습니까?"

"네, 아내한테서 전화가 왔어요. 아내는 어제 사건 이후로 흥분 상태였어요. 전화를 해서는 범인을 알았다느니 무섭다느니 외쳐댔어요. 기분 탓이라고는 생각했지만 어제 그런 일이 있고 난 뒤라 걱정이 됐어요. 마침 가게가 비는 시간대여서 종업원한테 부탁하고 상태를 보러 돌아왔어요. 그랬더니……."

켄은 입고 있는 트레이너의 앞섶을 꽉 닫으며 눈을 감았다.

"전화가 온 건 몇 시쯤이었습니까?"

"세 시 조금 전이었을 거예요."

"세 시 조금 전. 그건 확실합니까?"

"네. 전화를 끊었을 때 부하 직원이 들어왔기에 집에 간다고 말했어요. 그때 시계를 봤지요."

"흠. 그랬군요. 그래서 당신이 집에 도착한 건?"

"손목시계를 가게에 두고 와서 정확한 시간은 모르겠어요. 전화를 받은 뒤 조금 정리하고 나서 가게를 나온 건 십 분쯤 뒤였을까요. 차로 여기까지는 삼십 분쯤 걸리니까 아마도 세 시 사오십 분이 아니었을지."

"길은 막혔었나요?"

"아니요, 한산했어요. 다만 비가 내리기 시작해서 속도를 내지는 않았어요. 생각할 것도 좀 있었고…… 저, 제가 조금 더 일찍 집에 왔다면 아내는 죽지 않았을까요?"

"아직 모르지만 아마도 조금 이르든 늦든 별 관계는 없었을 겁니다. 부인이 돌아가신 건 켄 씨 탓은 아니에요."

히토쓰바시는 힐끗 고마지에게 시선을 줬다. 세 시 조금 전에 피해자에게서 전화를 받았다는 건 범행이 그 전화 직후에 있었다는 얘기다.

"괴로우시겠지만 켄 씨. 그 전화에 대해 좀 더 자세히 들려주시지 않겠습니까?"

"네. 하지만 특별히 할 만한 얘기가 아무것도 없어요. 아내는 말할 때 늘 요령부득이지만 그때는 완전히 엉망진창이어서……. 그래서 일하다 말고 오게 된 거고."

"부인은 범인과 관계된 무슨 말씀을 하지 않았나요?"

"어젯밤에 잠자리에서 묘한 얘기를 했어요."

"어떤 거죠?"

"저도 캐물었는데 구체적인 얘긴 하지 않고, 다만 누군가가 산길을 걷는 걸 봤다느니, 역시 이상하다느니, 부동산 사장이 아니더라도 열쇠를 꺼내 올 수는 있다느니, 금고가 열려 있는 걸 알고 있다느니."

"금고? 부인은 고다마 부동산에는."

"몇 번쯤 간 적이 있어요. 하자키시 중심부에 집을 사서 이사 갈까 하는 얘기를 했었거든요. 아내는 운전을 하지 못해서 교통편이 나쁜 이 빌라를 싫어했어요."

"흠. 그랬군요. 좀 전의 얘기로 돌아가서 산길에서 누군가를 봤다, 부인이 그렇게 말했었나요?"

"네."

"누구라고는 말 않고?"

"네. 다만, 어쩌면 둘일지도 몰라요. 그 사람들 사이가 나쁜데, 하는 말을 했으니까요."

두 형사는 얼굴을 마주 봤다. 켄은 오랫동안 기침을 하더니 눈물을 글썽였다.

"아내는 자신에게 탐정으로서 재능이 있다고 착각했지요. 서스펜스 드라마를 보고 바로 범인을 알아내는 걸 보면 자신에게 재능이 있는 거라고. 현실의 사건이 드라마처럼 진행될 리 없는데, 아내는 그걸 몰랐던 거예요."

이리에 쇼코는 책을 정리한 거실에 형사들만 들어오게 했다. 그래도 켄이 아내를 방금 잃었다는 걸 어렵사리 기억해낸 모양이었다. 현관 앞에 방석과 찌꺼기투성이 차를 가져다주고는, 거실 문을 쾅 닫는 것으로 켄의 사과를 거절했다.

"아직 화가 안 풀리셨나요?"

"당연하죠. ……뭐 지난 일은 어쩔 수 없지만요. 저 사람은 오늘 밤 남해장에 묵게 할 생각인데요. 어떻게 데려가야 좋지요? 언덕 아래는 기자와 구경꾼으로 북적댈 텐데."

"그냥 아무 일 없다는 듯 데려가면 돼요. 우리가 도움을 줘도 되지만 오히려 역효과겠죠. ……그런데 이 빌라에서 서로 사이가 나쁜 두 사람을 꼽는다면 쇼코 씨는 누구랑 누가 떠오릅니까?"

"사이가 나쁜 둘이요?"

쇼코는 눈을 반짝거리며 히토쓰바시를 바라봤다.

"이런 말 하면 좀 뭐하지만 형사님, 그 방면으로 인기 넘버원은 다름 아닌 아케미 씨, 그 사람이에요. 그 여자와 사이가 좋은 상대를 찾는 쪽이 오히려 힘들걸요."

"그래도 굳이 든다면 누굴까요. 사이좋은 분이라면요."

"뭐, 우선 남편 정도가 아닐까요?"

쇼코는 마지못해하며 말했다.

"하긴 부부 사이란 겉으로 봐서는 모르는 거지만요. 저는 늘 그 남편이 하느님 같은 인내심의 소유자구나 하고 생각했어요. 몰인정한 얘기 같지만 그 부인은 정말로 불쾌한 사람이었으니까요. 일을 저질러놓으면 뒤처리를 하는 건 늘 남편이었고요."

"그 밖에는 어떤가요?"

"시로 할아버지의 부인 후지 씨요. 무척 선량한 할머니예요. 아케미 씨하고도 잘 지냈어요. 그 이외에는 모두 엑스예요. 물론 나를 포함해서. 하지만 싫다는 것만으로 사람을 죽인다면 빌라는 시체투성이가 될걸요."

벌써 시체투성이가 아닌가 하고 히토쓰바시는 생각했지만 말하지는 않았다. 그는 메모장에서 얼굴을 들었다.

"그럼 사이가 나쁜 두 사람을 들라면 누구누구일까요?"

"아케미 씨를 빼고요? 글쎄요, 우선은 나랑 시로 할아버지. 다쿠야 군하고 시로 할아버지. 아키라 군하고 시로 할아버지. 그리고 도카치가와 씨와 시로 할아버지. 그 정도일까. 자꾸 말하는 것 같아 뭐하지만, 아케미 씨는 얼토당토않은 이야기를 생각해내는 데는 명인이었어요. 그녀가 뭘 생각했었는지는 짐작도 안 가요."

"시로 할아버지는 태풍이 불던 날에는 아직 집에 계셨지요."

"네. 그래요. 그다음 날 밤에 입원했어요. 하지만 시로 할아버지가 태풍이 최고조에 달했을 때 나나 그 밖의 다른 누군가하고 산길을 터벅터벅 걸었다는 건, 도저히 있을 수 없는 일이에요. 형사님은 믿나요, 그 얘기를?"

"전 아케미 씨에 대해 잘 몰라서요."

히토쓰바시는 무뚝뚝하게 대답했다. 쇼코는 조용히 그 얼굴을 바라보다가 담배를 고쳐 물었다.

"이건 변명으로 듣지 않았으면 좋겠는데요. ……난 아케미 씨가 어제의 타살 사건에 대해 뭔가 중요한 걸 알고 있었다고는 생각하지 않아요. 모두들 아케미 씨를 트러블 메이커라고 했고, 사실이 그랬지요. 그런데 천진한 타입하고는 달라요. 그 사람, 겉보기만큼 바보는 아니었어요. 오히려 바보로 보이게 해서 비난을 피해 빠져나가는 꾀를 잘 썼어요. 난 일종의 사디스트가 아닌가 하고 의심했었죠. 사람들이 그녀 때문에 피해를 입고 화를 내면 내는 만큼 기뻐했던 게 아닐까요. 어젯밤에도 자신이 살인사건과 관련해서 뭔가를 아는 것처럼 말했지만…… 그런 말을 해서 거기 있던 사람들을 기분 나쁘게 만들고 싶었던 건 아닐까요?"

"즉, 그 자리에 범인이 있었다는 말씀인가요?"

쇼코는 담배 연기를 뿜어냈다.

"어머나, 그런 뜻이 아니에요. 범인이 그 자리에 있었는지 어땠는지 하는 건, 그녀에게는 문제 밖이라는 거죠. 다만, 사람은 누구나 한두 가지쯤 숨기고 싶은 것이 있게 마련 아닌가요? 그녀는 확실히 어떤 사람과 관련해 뭔가 이해할 수 없는 장면을 목격했을지도 몰라요. 하지만 그 일은 아마 이번 사건하고는 별 관계가 없을걸요. 다만 그 사람으로서는 그런 장면을 사람들에게 보이고 싶지 않았겠죠. 아케미 씨는 살인사건을 이용해서 그걸 사람들 앞에 끌어내고 싶었을 뿐인지도 몰라요."

"잘 모르겠는데요."

히토쓰바시는 불쾌해졌다. 그는 심리 분석 같은 애기를 들으면 늘 불쾌해졌다. 분석하는 사람이 아마추어면 더욱더 그랬다. 쇼코는 어렴풋이 웃더니 말했다.

“뭐, 내가 말한 걸 진지하게 받아들일 필요는 없어요. 하지만 태풍이 부는 날 사이가 나쁜 두 사람이 산길로 들어갔다고 해서 그게 그렇게 중요할까요? 사체가 산길에 있었던 것도 아니고, 태풍 부는 날에는 아무도 알리바이 같은 건 없잖아요.”

4

“용의자가 늘어났군요.”

히토쓰바시 하쓰미 경사는 언덕길을 올라가면서 손가락을 하나하나 꼽았다. 아래쪽에는 기자와 경찰관, 그리고 어제보다 훨씬 늘어난 구경꾼들이 비에도 아랑곳 않고 몰려들어 멀찍이서 빌라를 바라보고 있었다. 하도 소란해서 서로의 목소리조차 들리지 않을 정도였다. 그러나 쓰노다 고다이의 저택 주변은 마치 별개의 세계인 양 조용했다.

“가장 강력한 후보는 이노 게이코. 그녀는 아케미와 크게 싸운 뒤였고, 어제의 사체는 게이코를 협박했던 인물일 가능성이 높아요. 대항마는 게이코의 남편 와타루의 불륜 상대인 부동산 사무원. 동기는 모르겠지만 지금 상황으로서는 사체가 있던 3호에 가장 쉽게 드나들 수 있었어요. 뜻밖의 용의자로는 나카자토 다쿠야. 아케미하고는 노리코를 가운데 두고 견원지간이었고요. 그리고 최고의 가능성은 노리코. 그 여자는 어제 사체로 발견된 남자일 수도 있는 사람과 연애가 개입된 트러블이 있었고 더구나 협박을 당했어요. 아케미가 산길에서 본 사이가 안 좋은 두 사람이란, 노리코와 그 남자였을지도 몰라요. 나온 김에 아케미의 남편 켄 씨도 넣어둘까요?"

히토쓰바시는 말하고 나서 고개를 흔들었다.

"아니, 안 되겠군요. 검시관 선생님이 사망 추정 시각을 한 시부터 세 시라고 했어요. 세 시 조금 전에 피해자한테서 전화가 왔다면 살인은 그 전화 직후라는 얘기니까. 용의자 리스트는 이게 다인가."

"그리고 자네의 첫사랑 상대도 넣어둬."

고마지는 무뚝뚝하게 말하고, 튕기듯 고개를 든 부하를 노려보았다.

"정말로 우연히 만난 것 같으니까 뭐라고 할 생각은 없어. 내 앞에서 말하기 힘든 사적인 사정이 있어서 서로 모르는 척했던 것으로 해두지. 하지만 이번 사건과 관련해서 생각할 때, 후유는 요주의 인물이야."

"왜죠? 그녀에게 불리한 말을 한 사람은 아무도 없어요."

"하지만 아케미가 살해당한 것으로 추정되는 시간대에 그녀는 현장 바로 가까이에 있었어. 미약하긴 하지만 동기 비슷한 것도 있어."

"쌍둥이의 꽃을 아케미가 잘라버렸다는 그거 말입니까? 아무리 그래도 그렇지. 게다가 어제 사체는 어쩌고요?"

"자네, 이상하다는 생각 안 드나?"

고마지는 신경질적으로 초인종을 여러 번 눌렀다.

"어제의 탐문에서 후유는 우리 담당이 아니었지만…… 그녀에 대해 빌라 주민들이 호의를 갖고 있는 것 같았어. 그런 건방진 쌍둥이가 있는데도 말이지. 그런데 그녀는 딸들이 다른 사람들의 비밀을 있는 대로 다 폭로해 난처하게 만드는데도 그걸 말리려고 하지 않았어. 노리코는 쌍둥이에게 친절하게 해줬어. 말하자면 같은 편이지. 그럼 딸들이 그 사람의 비밀을 폭로하기 시작할 때 못 하게 하든가 눙치고 넘기든가, 그게 안 되면 그 뒤에 무슨 얘기라도 했어야 정상 아냐? 아이들 입에서 나온 말은 다 사실이야. 폭로 방식은 너무 노골적일 정도로 잔혹했고. 안 그래?"

"그녀는 어머니예요."

인터폰에 대고 찾아온 이유를 말하고, 자동으로 열리는 문 안쪽으로 발을 내딛으면서 히토쓰바시는 말했다.

"아무리 지금까지는 사이좋은 이웃이었다 하더라도 살인자일지도 모르는 사람을 비호할 수는 없었겠지요."

"그렇게 말할 줄 알았어."

고마지는 얼굴을 찌푸리고 젖은 머리를 이마 위로 쓸어 올렸다.

"그보다 훨씬 단순 명쾌한 답이 있지 않을까. 즉 후유한테도 숨겨두고 싶은 뭔가가 있다. 우리 눈을 거기서부터 다른 곳으로 돌리려고 했다."

"반장님은 그녀가 범인이라고 생각하나요?"

히토쓰바시는 안색이 변했다. 고마지는 크게 숨을 쉬었다.

"거기까지는 말 안 했어. 자네, 그 여자하고는 언제부터 안 만났나?"

"대학을 졸업할 무렵이었으니까 그럭저럭 십이 년이 되네요. 저도 바빠서 동창회 같은 데 얼굴을 내밀지 않았고."

"그렇다면 현재의 그녀에 대해서는 아무것도 모른다는 얘기군."

"……저의 개인적인 감만으로 그녀를 특별 취급 할 수는 없다는 건 알지만."

"잘 모르는 것 같은데."

"알아요. 고등학교 시절의 그녀는 살인을 할 사람이 아니었다, 같은 말은 완전히 무의미하다는 것쯤. 더구나 경찰관이 할 소리도 아니지요. 하지만 현재로선 그녀를 의심할 이유는 전혀 없어요."

"그야 그렇지. 그 모녀에게 실컷 휘둘렸으니까. 결국 쌍둥이에게 오늘 오후 빌라의 골목길에서 누굴 봤는지도 묻지 않았지?"

"아."

히토쓰바시는 막대기를 삼킨 것같이 뻣뻣해졌다.

"죄송합니다. 노리코 건으로 흥분해서."

"게다가 첫사랑하고 재회하기까지 했으니."

어제 왔을 때는 가을볕에 갈색으로 말라가던 쓰노다 저택의 잔디가 지금은 빗방울을 머금은 채, 저택에서 비치는 불빛을 받아 반짝거렸다. 쓰노다 저택의 현관에는 지붕이 얹혀 있었다. 두 사람은 현관을 등지고 서서 경치를 내려다봤다. 날은 이미 저물었고, 가랑비에 뿌예진 바다는 거대한 은색 막처럼 둔하게 빛났다.

현관문이 열리고 쓰노다의 부인 야요이가 얼굴을 내밀었다. 어제와는 딴판으로 붙임성 있게 들어오라고 하더니 둘의 모습을 보고 나무라듯이 말했다.

"젖으셨군요."

"죄송합니다. 비가 와서요."

"타월을 가져올게요. 거기 가만히 계세요. 더러워지면 쓰노다가 잔소리하니까."

"남편분은 돌아와 계시나요?"

새하얗고 두꺼운 타월을 받아 머리를 닦으며 히토쓰바시가 물었다. 야요이는 희미하게 웃었다.

"조금 전에 전화가 왔어요. 남해장에서 마시고 온다고. 밑에서 또 살인사건이 나는 바람에 아는 기자가 그 호텔에 와 있대요. 지금쯤 신나게 있는 일 없는 일 떠들고 있겠죠. 그 사람 그런 걸 아주 좋아하니까요."

야요이가 두 사람에게 위스키를 권했지만 형사들은 사양했다. 그녀는 자기 유리잔을 가지고 소파에 앉았다.

"어제는 부인께 별로 여쭤보지도 못해서요. 뭐 아는 게 있으시면 얘기해주시지요?"

"알겠어요."

야요이는 눈썹을 찌푸렸다.

"그래봤자 난 정말로 빌라 사람들하고는 이렇다 할 만남도 없어요. 쇼코 씨만 뺀다면 말이지요. 오늘도 그녀 집에 잠깐 들렀어요."

"그건 몇 시쯤이었나요?"

"글쎄요. 시간 같은 건 일의 성격상 별로 신경 쓰지 않아서요."

"일을 하고 계시나요? 처음 듣는데요."

"남편 일의 매니지먼트는 모두 제가 하고 있거든요."

야요이는 쌀쌀맞게 대답했다.

"쇼코 씨 집에 간 게 오전이었던 건 분명한데. 현관 앞에 서서 얘기를 나눈 뒤에 나왔어요. 해외여행을 갔다가 사 온 선물을 전해주러 갔을 뿐이에요."

"그럼 쇼코 씨하고는 꽤 친한가요?"

"그렇지도 않아요. 친하게 지내고 싶긴 한데, 일전에 그분이 만화경을 좋아한다는 말을 들었거든요. 얼마 전에 미국에 갔을 때 사 온 만화경을 전하려고 잠깐 들렀어요."

"그랬군요. 하지만……."

중간에 끊긴 고마지의 말을 야요이가 담담하게 이었다.

"왜 이런 시기에 갑자기 만나러 갔느냐 하고 이상하게 생각하는 거군요. 물론 그녀에게서 그 살인사건 정보를 알아내고 싶었기 때문이에요. 난 미스터리를 좋아하거든요."

"남편분하고 알게 된 것도 미스터리가 계기였겠군요."

"그래요."

야요이는 간결하게 답하고 곧장 형사들에게 시선을 보내왔다.

"그럼 오늘은 쇼코 씨 집에서 나온 후에는 어떻게 하셨나요?"

"차를 몰고 초밥을 먹으러 나갔었어요. 남해장 못 미쳐서 싸고 맛있는 초밥집이 하나 있잖아요."

생선 가게 우오마사의 남동생이 경영하는 초밥집은 두 형사도 잘 알고 있었다. 그냥 보면 허름해서 관광객이 들르는 일은 좀처럼 없다. 하지만 이 가게를 모르면 하자키 시민이 아니다.

"몇 번 가봤는데 낮에는 늘 자리가 없어서 오늘은 일찌감치 나갔지요. 다행히 텅 비어 있었어요."

"혼자서요?"

"네. 남편은 골프 연습을 하러 나가서 집에 없었거든요."

"그래서 그다음은요?"

"가마쿠라까지 드라이브를 했어요. 고서점과 우체국에 들렀다가 차를 마시고 돌아왔지요. 주차장에 차를 넣는 데 조금 말썽이 있었고요. 집에 들어와서 시계를 봤는데, 그때가 두 시 조금 전이었을 거예요."

"돌아왔을 때 누굴 만나지는 않았나요? 아니면 봤다든가."

"아쉽게도 전혀 기억이 없어요. 생각에 좀 잠겨 있었고…… 저어, 오후에 남편을 불러내셨잖아요. 무슨 일이 있었던 건가요?"

"걱정하시게 해서 죄송합니다."

굳이 쓰노다 고다이를 밖에서 만난 이유가 알코올중독인 아내 때문이었다고는 말할 수 없었다. 게다가 오늘 야요이는 성대하게 위스키 잔을 기울이고 있지만, 전혀 알코올의존증 같아 보이지 않았다.

"남편분의 매니지먼트를 하고 계시다면 부인께 여쭤봐도 좋을 뻔했네요. 신에이샤라는 출판사를 아시지요?"

"물론입니다. 남편의 책을 다섯 권, 출판했어요."

"그 출판사 관계자 중에서 신도 카이라는 인물을 아시나요? 신원 불명의 사체가 살해당했을 것으로 추정되는 나흘 전 태풍이 불던 날, 밤늦게 남해장에 숙박한 인물인데요."

"신도 카이? 그라면."

말을 하려다 말고 야요이는 입을 다물었다. 히토쓰바시와 고마지는 얼굴을 마주 봤다.

"아시는군요. 도대체 어떤 인물인가요?"

"어떤 인물이라니."

야요이는 곤혹스러운 시선을 형사들에게로 던졌다.

"농담을 하고 계신 건 아니겠죠?"

"농담으로 들립니까?"

고마지는 통명스러운 목소리로 말했다. 야요이는 위스키를 쭉 들이켰다.

"그렇다면 말씀드리겠는데요, 신도 카이는 남편 소설에 등장하는 인물이에요."

고마지의 턱이 툭 떨어졌다. 야요이는 반쯤은 재미있다는 듯이, 반쯤은 기분 나쁘다는 듯이 설명을 계속했다.

"신에이샤에서 '잃어버린 거리' 시리즈를 내고 있어요. 당초 시리즈로 할 계획은 없었는데 평판이 좋아서 아까도 말씀드렸지만 지금까지 다섯 권을 냈어요. 신도 카이는 주인공 형사의 정보원인 게이 소년의 이름이에요. 인기가 있어서 그 앞으로 팬레터도 와요. 아, 맞아요."

야요이는 잠깐만요, 하고 일어서더니, 잠시 후에 몇 통의 두꺼운 편지를 손에 들고 돌아왔다. 받는 사람은 신에이샤 편집부 내 쓰노다 고다이 님으로 되어 있고, 보낸 사람은.

"신도 카이로 되어 있군요."

"독자 중에는 등장인물에 푹 빠져서 자신을 그와 동일시하는 사람도 있어요. 한번 쓱 훑어봤는데 이 사람도 그중 한 사람이지요. 하지만 이건 그럭저럭 괜찮은 편지였어요."

"괜찮다, 라니 이 편지의."

어디가, 라고 말하려다 히토쓰바시는 입을 다물었다. 야요이는 웃었다.

"독자에게서 오는 편지 중에는 엉뚱한 것도 있거든요. 무슨 소린지 알 수 없는 것도 있고, 피해망상에 사로잡힌 협박장 같은 것도 있고. 그런 건 출판사가 처리를 해주기 때문에 대부분 여기까지 오지 않지만, 이건 그 심사를 통과한 만큼 문장도 제대로 되어 있어서 재미있게 읽었어요. 이 사람은 자신이 신도 카이라면서 차기작에 참고로 써달라고 회상록 같은 걸 써놓았어요."

"회상록이요."

고마지는 힘껏 콧소리를 냈다. 야요이는 텅 빈 유리잔을 내려놓았다.

"내 의견을 말하겠는데요, 남해장에 묵은 '신도 카이'와 이 편지를 보낸 사람은 같은 인물이 아닐까요. 이 편지는 팬레터라기보다 일종의 어필이 아니었나 싶어요. 작가 지망생이 자신의 원고를 작가에게 보내 읽게 해서 출판사를 소개받으려 하는 건 드문 일이 아니거든요. 남편도 무명 시절부터 이런 식의 의뢰를 받고 난처해한 일이 수차 있었지요. 이 사람은 편지의 형식을 빌려서 자신의 존재를 어필해놓고 남편 밑에 제자로 들어오려고 했던 거 같아요. 그래서 태풍이 부는 날 드디어 이곳으로 직접 면접을 보러 왔던 게 아닐까요?"

"수신자 주소를 출판사로 한 걸 보면 그는 여기 주소를 몰랐던 것 같은데요.”

“알아보면 알 수 있지 않겠어요? 우리가 주소를 숨긴 것도 아니고. 하지만 여기까지 오기는 했는데 용기가 안 나서 결국 못 찾아왔던 게 아닐까요?”

“얘기는 되네요.”

고마지는 벌레 씹은 표정으로 야요이를 노려봤다. 히토쓰바시는 반장이 무슨 생각을 하는지 손에 잡힐 듯이 알 것 같았다. 장소 분간도 못 할 정도로 오락가락해서 탐문수사에 방해나 될 것 같았던 첫인상과는 달리, 야요이는 뛰어나게 영리했다. 히토쓰바시는 불현듯 그녀가 방심할 수 없는 눈을 하고 있다는 걸 깨달았다. 이쪽 말의 행간을 읽고 어떤 질문에도 바로 답할 준비가 되어 있는 사람의 눈.

“그건 그렇고 남편분은 왜 바로 그런 설명을 해주지 않았을까요. 숨길 일도 아닐 텐데. ……부인은 태풍이 부는 날에는 여기 안 계셨다더군요.”

“네. 형사님, 아 참, 고마지 씨였죠. 남편 일이라면 신경 쓰지 마세요. 묘한 데 휩쓸려 들어가고 싶지 않았겠죠. 겉보기와 달리 의외로 겁쟁이예요.”

쓰노다 야요이는 애교 있게 웃었으나 말투에는 희미한 경멸의 빛이 섞여 있었다. 그것이 남편을 향한 것인지, 아니면 멍청한 형사 콤비를 향한 것인지, 히토쓰바시는 헷갈렸다.

7장

경사가 난처해하다

1

이노 와타루는 손수건을 꺼내 이마의 땀을 닦고 재빨리 주머니에 쑤셔 넣었다. 손수건에서 쉰 듯한 냄새가 코끝을 스치듯 지나갔다. 꽤 오래 주머니 속에 들어 있었던 거다. 날이 추워져 오래간만에 장롱 안쪽에서 끄집어내 입은 울 슬랙스. 그 주머니 안에 반년 동안이나 땀범벅인 채 빨지도 않고 방치됐던 모양이다. 그는 갑자기 울고 싶어졌다. 자기 자신에게밖에 흥미가 없는 아내를 둔 신세가 불쌍했다.

"하나오카 미즈에하고는 언제부터였죠? 어느 정도 계속되었나요?"

어제도 탐문하러 왔던 형사들—이치카와와 후쿠시마라고 했다—이 와타루를 똑바로 바라봤다. 참고로 하는 사정 청취라면서 말투가 사뭇 사무적이고 건조하다. 와타루는 차라리 이웃집

노부인의 끈질긴 질문 쪽이 낫겠다고 생각했다. 그 노파라면 그를 동정할 것이다. 그는 하나오카 미즈에와의 정사를 폭로한 도카치가와를 원망하지는 않았다. 원망해? 천만에. 감사하고 싶을 정도다.

"반년쯤 전에 로맨스카를 탔다가 우연히 나란히 앉았습니다. 업무차 도쿄에 갔다 오는 길이었지요. 그녀하고는 몇 번 얼굴을 마주쳤지만 그 즉시는 누군지 생각이 나지 않았어요. 그녀가 먼저 말을 걸어와서 겨우 생각났죠."

벽 하나를 사이에 둔 또 하나의 취조실 의자에는 하나오카 미즈에가 될 대로 되라는 태도로 상체를 뒤로 젖히고 앉아 있었다. 그녀는 밀고자를 떠올리기만 해도 머리에서 불이 나는 모양이었다. 어디 남의 일에 머리를 들이밀어, 들이밀길. 자고로 노인네는 다른 사람에게 방해가 되지 않게 구석에 얌전히 있어야지. 못된 할멈 같으니라고.

"그가 먼저 말을 걸어왔어요. 부인을 잘못 만난 탓에 그는 완전히 신경쇠약 상태였지요. 그럴 때 나같이 편안한 여자에게 끌리는 건 어쩔 수 없는 일이잖아요. 너무 안돼 보여서 그만 그렇게 됐던 거예요. 그런데 이런 일에까지 경찰이 끼어들어야 하나요?"

와타루는 횡설수설 얘기를 계속했다.

"처음에는 후지자와나 마치다의 호텔이었는데…… 그녀가 3호의 여벌 열쇠를 만들었다고 하더라고요. 열쇠를 꺼내는 건 쉬운 일이라서 바로 만들 수 있었답니다. 솔직히 쓸데없는 돈을 쓰지 않게 됐으니 고마운 일이었죠. 아내는 돈 씀씀이가 헤프고, 불경기로 중고차도 잘 안 팔리는데. 하나오카 씨가 신경을 써줬으니."

하나오카 미즈에는 흥, 하고 코웃음 쳤다.

"어머, 어머, 난 그냥 재미로 그런 거예요. 그 오만하기 짝이 없는 부인의 코앞에 있는 장소였으니까. 울상 짓는 꼴을 보고 싶었거든요. 그도 처음에는 뒷걸음질 쳤지만 나랑 함께 자기 부인을 비웃어주다 보니 제법 기분 전환이 되는 모양이었어요. 맞아요, 말해두겠는데, 그 사람은 나한테 고마워해야 한다니까요. 아마 그대로 있었다가는 자기 부인의 머리를 부숴버렸을걸요. 조금이라도 기개가 있는 남자라면 그렇게 했을 것이고, 그 여자도 그렇게 당해 마땅한 여자고요."

와타루의 눈에는 눈물이 그렁거렸다.

"아니요. 열쇠를 갖고 있었던 건 그녀입니다. 아내에게 의심받으면 곤란해서."

하나오카 미즈에는 하품을 섞어가며 대답했다.

"그이한테 줬어요."

와타루가 말했다.

"한 번 받은 적이 있긴 하지만 바로 돌려줬어요."

하나오카 미즈에가 말했다.

"그러고 보니 돌려받았네요. 하지만 지금은 어디에 있는지 기억 안 나요. 우리 남편한테 들킬 것 같아서 당분간 안 만날 작정이었거든요. 네? 언제부터 안 만났냐고요? 한 이삼 주쯤 됐나."

와타루가 말했다.

"이 주 이상 안 만났습니다."

하나오카 미즈에는 말했다.

"우리 사장님이 술이 취해서 그 부인의 옛날 얘기를 떠들어댄 적이 있어요. 그거요. 스튜어디스 시절에 불륜을 저질렀다는 거. 사장님은 무엇이든 마음속에 담아두지 못하는 타입이니까요. 네, 물론 그이한테 얘기했어요. 그랬더니 이상하게 믿으려 들지 않더군요. 그런 여자한테 아직도 미련이 있구나 싶으니까 왠지 갑자기 열이 식어버렸어요. ……네? 그 얘기를 그 사람한테 한 게 언제냐고요? 그러니까 이삼 주 전이었다니까요. 그 후로 만나지 않았으니까."

와타루가 말했다.

"그런 얘기는 아무래도 믿을 수가 없었어요."

하나오카 미즈에가 말했다.

"지금에서야 하는 생각인데, 그가 부인의 과거를 믿지 않은 건 미련이라기보다 허영일 거예요. 속사정이야 어찌 됐건 스튜어디스였던 미인 아내라는 건 사회적 지위의 상징이잖아요. 그게 불량품이라는 게 만천하에 알려지면, 그는 완전히 바보가 되는 거죠."

와타루가 말했다.

"협박장? 그, 그런 거 난 몰라요."

하나오카 미즈에가 말했다.

"협박? 내가 왜 그런 짓을 해요? 뒤에서 웃어주는 편이 훨씬 재미있고 법률에도 저촉되지 않는데. ……저기요, 이제 슬슬 집에 가면 안 되나요? 남편이 알면 안 되거든요. 나한테도 인권이라는 게 있다고요. 가정생활이 깨지면, 형사님, 도대체 어떻게 책임질 거예요?"

와타루가 말했다.

"이런 조사를 받았다는 걸 비밀로 해주시지 않겠습니까? 그런 여자야 이제 아무래도 상관없지만 아이에게 충격을 주고 싶지 않아요. ……융자받은 곳에 알려지면 회사도 유지가 어려울 거고……."

기토 노리코는 형사의 질문에는 대답도 하지 않고, 고등학생이 팔려고 가져온 책을 척척 분류해나가더니 그 가운데 한 십 년 전에 나온 아이돌 사진집을 높은 가격으로 사주겠다고 했다. 책을 판 고등학생이 신이 나서 돌아가자, 그녀는 비로소 일손을 멈추고 허리를 폈다.

"그쪽도 일이시겠지만 저희도 보시는 대로예요. 오시기 전에 전화 한 통쯤은 하셨어야죠. 지금이 가장 바쁜 시간대예요."

"하지만 슬슬 일곱 시 반이 돼가는데."

초로의 형사가 욱해서 말했다. 노리코는 기분 나쁜 듯 그의 시선을 맞받아 바라보다 크게 숨을 내쉬었다.

"다나카 군, 이 뒤를 부탁해."

둥근 얼굴의 점원에게 말하고 나서, 그녀는 형사를 카운터 뒤 작은 방으로 안내했다. 자세히 보니 거기는 방이라기보다 그저 책을 쌓아놓는 공간에 불과했다. 형사는 잡지 덩어리 하나에 걸터앉았다.

"반복하겠는데요, 오늘 세 시쯤에 어디 계셨습니까?"

"아케미 씨가 살해당한 시간이군요."

"알고 계셨습니까?"

노리코는 창문을 열고 재떨이를 잡아당겼다. 청바지 주머니에서 멘톨 담배를 꺼내며 목을 크게 한번 돌렸다.

"시체가 발견됐을 때 어머니가 집에 계셨어요. 바로 들어오라고 전화를 거셨죠."

"그래서 집에 가셨나요?"

"설마요. 어제도 그렇게 불려 들어갔었어요. 대단한 일도 아닌데. 아, 어머니에게 그렇단 얘기예요. 전 오늘 아침 아홉 시가 좀 지나서부터 쭉 이 가게에 있었습니다."

"그걸 증명할 사람은?"

"아르바이트 하무라 양. 휴식 시간에 그녀와 교대로 카운터에서 있었어요. 우린 늘 오후에 십오 분씩 휴식 시간을 갖거든요. 하무라 양은 두 시 반부터 휴식이었어요."

"그럼 사십오 분에 그녀가 돌아왔겠군요. 그리고 어떻게 했습니까?"

"여기서 상품 분류를 했어요."

"상품 분류를 했다는 걸 증명해줄 사람은?"

노리코는 담배 연기를 엷게 뱉어냈다.

"오늘은 몹시 바빴어요. 전화가 걸려오기도 하고 가격을 모르는 상품이나 책을 팔러 온 손님도 있었으니까요. 가격을 매기는 건 아르바이트 직원한테 맡길 수가 없어서 제가 직접 했어요. 일일이 시간까지 기억하고 있지는 않지만 하무라 양이라면 내가 삼십 분 넘게 자리를 비우지 않았다는 걸 증명해줄 거예요. 자동차로 달려도 빌라까지 갔다 오는 데는 아무리 안 걸려도 사십 분은 걸리니까요. 살인할 시간을 빼고 말이지요."

"알겠습니다. 그 아르바이트 아가씨에게 확인을 받을 건데 괜찮겠죠?"

"그러세요. 아케미 씨가 살해당한 게 세 시라는 건 틀림없나요?"

형사는 어딘가 미심쩍다는 표정을 지었다. 고마지와 히토쓰바시 콤비의 보고에 의하면 노리코는 어제 발견된 사체와 관련해 중요한 정보를 쥐고 있을 터였다.

"지금으로서는 그렇게 생각하고 있는데요."

"실은 이상한 일이 있었어요. 좀 전에 오늘은 바빴다고 말씀드렸는데, 그건 장난 전화 때문이었거든요."

"장난 전화?"

형사는 어리둥절해서 노리코를 올려다봤다. 그녀는 담배 연기를 연달아 내뿜었다.

"아까 거기 있던 점원, 다나카 군이라고 하는데요, 의대를 자퇴하고 여기서 일하는 거예요. 일을 시작한 지 채 한 달도 안 되는데요, 의대생이었던 만큼 의학서에 관해서는 나보다 훨씬 잘 알지요. ……아, 얘기 순서가 뒤바뀌었군요. 오늘 두 시쯤인가 팔 책이 있는데 보러 와주지 않겠느냐는 전화가 걸려왔어요. 갑자기 해외로 나가게 됐다는 가마쿠라의 의사 선생님으로부터 온 전화였는데, 바로 와달라는 거예요. 가겠다고 대답했지만 공교롭게도 오늘은 일 잘하는 점원이 감기가 심해져서 휴가를 낸 터라 내가 가게를 비울 수 없었어요. 그래서 마음이 놓이진 않았지만 다나카 군을 보냈지요. 의학서가 주일 테니까 다나카 군이 가도 괜찮을 거라고 생각했거든요."

노리코는 담배를 든 채로 손가락을 능숙하게 구부려 미간을 긁적긁적 긁었다.

"그런데 세 시 지나서 다나카 군이 전화를 해서는 의뢰한 사람이 보이지 않는다는 거예요. 전화번호도 잘못된 거고 주소지에도 전혀 다른 사람이 살고 있다고. 있는 대로 화가 나서 돌아왔지만, 화를 내고 싶은 건 나도 마찬가지였어요. 이런 심한 장난을 하는 사람이 다 있구나 하고 생각했어요. 하지만 아케미 씨가 살해당한 게 세 시고 내가 그 용의자 중 한 사람이라면."

노리코는 극적인 틈을 두었다. 형사는 메모를 들췄다.

"그 전화, 누가 받았나요?"

"하무라 양이요. 아니, 하무라 양이 받으니까 끊기더니 바로 다시 걸려왔어요. 그때는 내가 받았어요."

"남자, 아니면 여자?"

"남자요. 목소리로 나이까지는 모르겠지만 묘하게 노인네 같은 느낌이었어요."

"묘하게, 라고 하시면?"

"그분은 자신을 '본인'이라고 표현했어요. 소설 같은 데서는 자주 쓰이는 표현이지만 요즘에는 나이 드신 분들도 그런 말은 사용하지 않잖아요. 적어도 난 못 들어봤어요. 그때는 별로 이상하다고 생각하지 않았지만."

"목소리는 기억나시나요?"

"난 음치예요."

형사는 말뜻을 못 알아듣고 고개를 갸우뚱했으나, 곧 깨달았다. 그는 그만 웃었다.

"귀가 나쁘다는 거군요. 흐음."

노리코는 웃음을 머금었으나, 곧 웃음을 거두고 진지한 얼굴이 되었다.

"누군가 그 시간에 나를 불러내 나한테 죄를 뒤집어씌우려고 한 게 아닐까 생각하면 불쾌하고 왠지 무섭고 그래요. 장난 전화도 처음이고."

형사는 화제를 바꿔 오른쪽 위 송곳니가 없는 남자 얘기를 꺼냈다. 노리코는 눈썹 하나 까딱 않고 얘기를 받아들였다.

"조만간 알게 될 거라고 생각했어요. 이 얘기를 한 건 아마도 후유 씨네 쌍둥이겠죠. 아이들 입은 막을 수 없으니까. 하지만 전 반년도 넘게 그 사람하고 만나지 않았어요."

"그 남자의 이름과 연락처를 가르쳐주시지 않겠습니까?"

"이름은 사사마 도시히코. 연락처는 모릅니다."

"몰라요? 정말입니까?"

"네."

그때까지와는 딴판으로 노리코의 입이 무거워졌다.

"언제 어디서 알게 된 거죠?"

"여러 해 전에 해외여행에서."

"어디로 가셨는데요?"

"네팔."

"직업은?"

"프리 라이터라고 했어요."

"거짓말이었나요?"

"글쎄요. 형사님, 난 그 사람에 관해서 잘 몰라요. 이제 그만 돌아가주시지 않겠어요? 일이 있어서."

"이쪽도 일이라서요."

"일이 필요하다면 벌써 드렸잖아요. 범인은 장난 전화를 건 사람이에요. 누군지 알면 가르쳐주세요. 얼굴을 마주 보고 그런 유치한 위협에 걸려들지 않아 다행이라고 말해줄 거예요."

말을 끝내자 노리코는 당당하게 작은 방에서 나갔다.

나카자토 다쿠야가 신문을 내던졌다. 그때, 학생을 배웅하러 나갔던 이와사키 아키라가 돌아왔다. 아키라는 넥타이를 느슨하게 풀더니 털썩 자리에 앉아 신문을 턱으로 가리켰다.

"나왔어?"

"아니."

"하기야 석간에 실리기에는 시간이 빠듯했을 테니. 그렇긴 해도, 애들의 정보수집 능력은 늘 놀라울 뿐이야. 다카시가 말이지."

머리가 제일 좋고, 그 때문인지 좀처럼 지긋이 앉아 공부를 하지 못하는 여학생의 이름을 들먹였다.

"그 녀석 어떻게 알았는지 아케미의 사망 추정 시각까지 알던데. 대충 세 시쯤이라고. 그러면서 자기는 자기 엄마처럼 동네에 떠도는 소문 같은 거나 쫓아다니는 시시한 주부로 평생을 끝내고 싶지 않다고 지껄여대니 기가 막힐 노릇이지. 어머니를 자신보다 하등한 존재라고 생각하는 거야. 중학생은 참 마음에 안 드는 생물이라니까. 뭐, 나도 옛날에는 그랬겠지만."

"세 시쯤."

다쿠야는 팔꿈치를 책상에 댔다. 아키라는 담배에 불을 붙였다.

"그래. 잘됐어. 나한테는 알리바이가 있어. 오늘은 정말로 그 여자 죽일 뻔했다니까."

아키라는 잠자코 있는 동료에게 개 이야기를 들려줬다.

"참, 멍멍이는 어떻게 됐을까. 밥은 잘 얻어먹고 있나. 걱정이 되는군."

"알리바이, 없잖아."

다쿠야가 툭 던진 말을 듣고 아키라는 흠칫했다.

"무슨 소리야. 세 시에는 우리 둘 다 여기 있었잖아."

"넌 없었어. 두 시 반에는 나오겠다고 말해놓고 나타난 건 수업이 시작되는 세 시 반이 다 돼서야."

"바보 같은 소리. 난 두 시 반 좀 지나서는 저기 자료실에 있었다고. 다나카의 남동생이 가나가와 서사고로 지원 학교를 바꾸겠다고 해서 시험 기출문제를 찾고 있었어. 여름 세미나 때 네가 멋대로 자료 위치를 바꿨잖아. 찾아내느라 고생했다고."

다쿠야는 친구의 얼굴을 가만히 들여다봤다. 아키라는 초조해져서 담배를 재떨이에 눌러 껐다.

"뭐야. 날 의심하는 건 아니겠지?"

"별로."

"너야말로 어때? 세 시쯤에 어디에 있었어?"

"까먹었어."

"까먹었다고?"

아키라는 미심쩍은 시선을 다쿠야에게 던졌다.

"그런 말이 통할 거라고 생각하는 건 아니겠지? 아무리 멍청한 놈이라도 그렇지, 다섯 시간."

그러더니 손목시계로 아홉 시가 지난 것을 봤다.

"아니 여섯 시간밖에 지나지 않았어. 다쿠야 선생님."

"아마, 여기 있었을걸."

"그렇다면 물어보겠는데. 문 하나를 사이에 둔 자료실에서 내가 자료를 뒤지고 돌아다니며 자료 더미가 발에 떨어져서 비명을 지르는데도 알아차리지 못했나? 그래. 세 시 반이 되기 전에 내가 손을 씻으러 자료실에서 나왔을 때 넌 여기 없었어."

"라고, 네가 거짓말을 하는 건지도 모르지."

아키라는 일어나서 파이프 의자를 발로 걷어찼다.

"무슨 소리를 하는 거야, 젠장."

2

마키노 세리나가 집 문을 여는데, 등 뒤에서 소리가 났다. 그녀는 놀라 펄쩍 뛰었다.

"야, 미안, 미안."

이리에 쇼코가 자신도 놀란 듯 얼굴이 창백해져서 서 있었다.

"놀라게 할 생각은 없었는데."

"이쪽도 놀랄 생각은 없었는데요."

"끔찍한 일이야. 피곤하지 않으면 우리 집에 같이 가줄래? 후유 씨네 쌍둥이를 맡아놨는데 벌써 잠이 들었어. 아직 아홉 시밖에 안 됐는데. 우리 집에는 아이들을 재워둘 만한 장소가 없어서."

"그러니까 데려다놓는 데 손이 부족하다는 거군요."

"그렇지."

세리나는 백을 현관에 내던졌다. 잠깐 생각하더니 현관과 거실 전등을 켜놓은 다음 다시 문을 잠그고 몇 번이나 손잡이를 비틀어서 확인했다. 쌍둥이는 깊이 잠들어서 안아 올린 것도 모른 채 기분 좋은 숨소리를 냈다.

쇼코와 세리나는 쌍둥이를 미시마 후유의 집으로 안고 가서 아이 방 침대에 뉘어놓고는 그 집 거실에 자리 잡고 앉았다. 쇼코의 말에 의하면, 후유는 자신이 돌아올 때까지 아이들에게서 눈을 떼지 말아달라는 엄명을 내렸다고 한다.

"그렇게 아이들이 걱정된다면서 도대체 어딜 간 거예요?"

"듣고 놀라지 마."

쇼코는 씩 웃었다.

"탐문하러 온 경사가 있었지? 매끈한 얼굴에 건방져 보이는 도련님. 그 사람이 후유 씨의 고등학교 동창생이래."

"아유, 극적인 재회에 만나자마자 데이트란 얘긴가요?"

말하고 나서 세리나는 입술을 깨물었다. 상황을 생각하니 후유가 기뻐서 외출했을 것 같지는 않았고, 경찰관 쪽도 그리운 나머지 불러낸 건 아닐 것 같았다.

"세리나도 꽤 피곤한가 보군."

쇼코는 일어나 부엌으로 가서 주전자를 불 위에 놓으며 아무렇지도 않게 말했다. 세리나는 눈물이 나올 것 같았다.

"지쳤어요, 실제로. 무슨 일이 일어나고 있는 건지 전혀 모르겠고. 하지만 쇼코 언니가 더 힘들었잖아요. 몸 상태는 어때요?"

"이깟 일 갖고 안 죽어. 아케미 씨 남편은 좀 어때?"

사정 청취가 끝난 후, 쇼코는 마쓰무라 켄을 남해장으로 데리고 갔다. 세리나는 전화를 받고 서둘러 빈방 하나를 준비했다.

"호텔에 매스컴 관계자들이 몇 명 묵고 있어요. 그래서 켄 씨가 있다는 걸 모르게 트릭을 썼어요."

세리나는 부엌 의자에 걸터앉았다. 쇼코는 차 도구를 준비했다.

"선반 위에 녹차 통이 있으니까 집어줘. 벚나무 껍질이 붙어 있는 거. 그거, 그거. 그래 어떤 트릭인데?"

"트릭이란 건 내가 봐도 과장이지만요. 우리 호텔 사 층에 좀처럼 쓰지 않는 객실이 하나 있어요. 사 층으로 올라가는 계단 입구에 문이 달려 있어서 거기만 독립되어 있어요. 켄 씨한테 그

방에 있으라고 하고는 문의 손잡이를 빼고 벽지를 발랐어요. 봄에 대청소 때 쓰다 남은 풀칠한 벽지가 있었거든요. 그런데 글쎄 켄 씨가 제 몸 하나도 제대로 못 가누면서 사람들 많은 곳으로 나가겠다는 거예요. 숫제 합동 기자회견을 열지."

"정말 어떻게 할 도리가 없는 남자군."

쇼코는 끓인 물을 식히려고 사발에 부었다. 세리나는 손을 흔들어 보이고는 말했다.

"매스컴 관계자들이 바로 눈치채는 것 같더라고요. 본인이 나가겠다고 소동을 부리니. 그래서 이건 뭐 말리느라 난리도 아니었어요. 마마상도 그만 화가 나서 여덟 시 반에 레스토랑을 닫아버렸어요. 쓰노다 선생님이 아는 분하고 마시고 계셨는데 그분들마저 쫓아냈어요. 그렇게 마시고 운전 괜찮았을까 몰라."

"하드보일드 작가, 음주 운전으로 체포. 너무 흔해서 재미없네. ……그래 결국 어떻게 됐어?"

"어찌 됐든 이제 와서 실은 여기에 있었습니다, 할 순 없잖아요. 계속 숨어 있기로 했는데, 식사를 나를 때는 애먹었다니까요. 로바 씨를 내세워서 주의를 끌게 해놓고 얼른 들어가려고 했는데, 글쎄 문이 안 열리는 거예요. 손잡이를 빼버렸으니 당연하지요. 결국 벽지를 살짝 떼고 손잡이를 원래대로 꽂아서 열었다가 다시 빼내고 벽지를 또 발랐지 뭐예요. 그렇게까지 고생해봤자 숨어 있는 사람은 안네 프랑크가 아닌걸요. 아아, 피곤해라."

"실은 그 상황을 즐긴 거 아냐?"

"그렇죠, 뭐. 나도 헛수고라는 생각이 들기 시작했어요. 그런데 아까 돌아오기 전에 프런트로 전화가 걸려왔어요. 경찰 쪽에서 거는 건데 켄 씨를 바꿔달라는 거예요. 그만 네, 하고 대답할 뻔했지 뭐예요. 문득 창밖을 보니까 우리 호텔에 묵고 있는 잡지기자가 휴대전화를 사용하고 있는 게 아니겠어요. 이상한 예감이 들어서 우리 호텔 손님 중에는 그런 사람은 없어요, 하고 능쳤죠. 그랬더니 혀 차는 소리가 들리고는 그대로 전화가 끊겼어요."

"그건 뭐지?"

쇼코는 우려낸 차를 마지막 한 방울까지 천천히 찻잔에 따랐다. 둘은 거실로 돌아왔다.

"경찰 쪽에서 건다, 하는 건 옛날에 자주 사용되던 사기 수법이지요. 소방서 쪽에서 나왔다면서 소화기를 파는 것도 그렇고. 그런 수법을 설마 잡지기자가 쓸 줄이야."

"왜 경찰이라고 딱 잘라 말하지 않았지?"

"그럼 나중에 곤란해지잖아요."

"소심하긴."

둘은 각자의 지식을 총동원해 아케미 살인사건을 뜯어봤다. 쇼코는 이미 이노 게이코, 도카치가와 레쓰, 미시마 후유 씨네 쌍둥이하고 정보 교환을 끝낸 뒤였다. 세리나는 도카치가와의 이야기, 즉 이노 와타루와 고다마 부동산 여사무원의 정사에 눈을 동그랗게 떴고, 쌍둥이가 말한 기토 노리코의 남자 얘기를 듣고는 저도 모르게 입에 물고 있던 차를 뿜어냈다.

"바보군. 그렇게 놀랄 것까지야."

쇼코가 걸레를 가지고 왔다. 세리나는 얼굴을 붉히고 바닥을 닦았다.

"어떤 사람이 안 놀라겠어요? 쇼코 언니는 안 놀랐어요?"

"뭐 처음에야. 하지만 겨울에 있었던 일이라니까. 지금까지 이를 해 넣지 않았다는 건 믿을 수가 없어. 그보다 난 후유 씨한테 놀랐어."

"딸들이 그런 얘기를 하게 그냥 내버려둬서요? 어쩔 수 없잖아요. 상대는 경찰이니까."

"그럴지도 모르지만."

쇼코는 말을 흐렸다. 세리나는 거실을 돌아보며 얘기를 바꿨다.

"쇼코 언니, 이 집에는 수도 없이 드나들었죠?"

"가끔 아이를 봐달라고 부탁하니까. 쌍둥이는 책만 읽으면 얌전하니까 그냥 우리 집에 데리고 있는 거야. 오늘 같은 날을 대비해서 열쇠도 맡아두고 있어. 세리나는 이 집에 처음 들어와보나?"

"네. 제 근무시간하고 후유 씨의 생활시간은 전혀 안 맞는걸요."

세리나는 일어나서 선반 위의 잡다한 물건을 정돈하기 시작했다. 어질러져 있는 것을 참을 수 없어서였다.

"그래, 세리나는 어떻게 생각해?"

"노리코요?"

"아니, 후유 씨 말이야."

"난 거의 아무것도 몰라요. 남편은 어떻게 된 걸까 하고 이상하게 생각한 적은 있어요. 이혼했나 했는데 남편 형제들하고도 만남이 있고, 그렇다고 죽은 것도 아닌 것 같고."

세리나는 엎어져 있던 사진 액자를 들어 올리다 손을 멈췄다. 가족끼리 찍은 기념사진. 소문으로만 듣던 '사라진 아버지'는 쌍둥이와 많이 닮았다. 마치 일가족 가운데 후유만이 장소를 잘못 찾아든 것처럼 보일 정도로.

"세리나가 이사 온 건 이 년 반쯤 전이었지? 후유 씨 남편은 그 조금 전에 증발했어."

쇼코는 소파에 다리를 뻗었다.

"후유 씨는 이 빌라가 생겼을 때부터 여기 살았고, 나는 팔 년 전부터잖아. 여기서 오래 산 사람은 후유 씨네하고 나뿐이라 의외로 친해. 쌍둥이가 어렸을 때는 그림에나 나올 법한 행복한 가정이었는데 그 뒤로 잘 풀리지 않았던 것 같아. 남편은 후지사와에 근무했는데 집에 오는 게 귀찮다고 그쪽에 아파트를 빌려서 거기서 지냈어. 집안 사정이 복잡해지고 그 때문에 나한테 자꾸 쌍둥이를 맡기게 되자 미안했는지, 그녀도 전후 사정을 대충 얘기해줬어."

"그랬군요. 삼 년 전에 사라졌군요."

세리나의 목소리가 작아졌다.

"그때는 굉장한 태풍이 와서 말이지. 여기서 가까운 곳에서 중국에서 온 밀항선이 태풍에 휩쓸려 좌초하는 대소동이 났었는데, 마침 그날 부부가 크게 싸우고 남편이 집을 나가버렸어. 후유 씨는 쌍둥이를 데리고 친정으로 갔고, 남편은 후지사와의 아파트로 갔지. 그런 셈이었는데 이 주 후에 부인이 집에 돌아와보니 회사에서 남편의 소재를 묻는 전화가 몇 통이나 와 있었던 거야. 그 이후로 지금까지 남편은 행방불명이야."

"설마 쇼코 언니."

"그냥 마음에 걸릴 뿐이야."

"하지만, 설마."

"아케미 씨가 말을 퍼뜨렸어. 후유 씨가 남편을 죽여서 마루 밑에 묻었다고. 물론 있을 수 없는 일이지만, 나도 이상했어. 가출하더라도 돈 정도는 인출해 갈 것이고, 갈아입을 옷 정도는 가지고 가야 하잖아? 그의 일상 물품은 아내가 있는 자택이 아니라 후지사와의 아파트에 있었으니까. 수상하게 생각하는 사람이 나와도 어쩔 수 없는 상황 아냐?"

"그런 식으로 생각하다니, 너무해요."

쇼코는 세리나의 말투가 격렬한 데 놀라 눈을 크게 떴다.

"훌쩍 사라져서 엉뚱한 곳에서 일하는 사람은 얼마든지 있지 않나요? 아니면 뭐예요. 어제 변사체가 후유 씨 남편이라도 된다는 건가요?"

"그렇게는 생각하고 싶지 않지만. 딸들이 노리코 씨의 약점을 마구 떠들어댈 때 후유 씨가 그걸 그냥 둔 건 훨씬 더 이상하거든."

"그 얘기, 경찰한테 했나요?"

"아니. 나하고는 관계없는 일이니까. 확신이 있는 것도 아니고."

세리나는 긴장을 풀고 사진을 살그머니 엎어놨다. 쇼코는 아무 일도 아닌 듯이 덧붙였다.

"자살이니 증발이니, 세리나나 여기 후유 씨나 제멋대인 남편 덕에 고생이 많아. 나도 전남편을 생각하면…… 생각하고 싶지는 않지만, 일을 하나 끝내고 신경이 날카로워져서 잠이 안 올 때면 생각나곤 하거든. 꺄악 하고 소리 지르면서 이 주변을 뛰어다니고 싶어져."

"잠깐만요. 쇼코 언니도 결혼했었어요?"

"그렇게 바다가 둘로 나뉠 것 같은 얼굴 하지 마. 했었어. 젊은 혈기를 믿고 먼 옛날에."

"그런 기적이."

"정말 기적이었지."

"왜 헤어졌어요?"

"그야, 여러 가지지. 그런 것보다 후유 씨가……."

"후유 씨는 사건하고는 관계없을 거예요."

세리나가 딱 잘라 말했다.

"아버지에 관한 사실을 딸들이 알게 되는 게 싫어서, 그 사실이 파헤쳐지는 것이 싫어서, 그래서 그만 속죄양을 내세웠던 거예요. 나는 그 기분을 알 것 같아요. 게다가 노리코는 하루 온종일 고서점에서 혼자 일하니까 그렇게 심한 경우를 당하지는 않을 거예요."

"그럴지도 모르지. 하지만 그렇지 않을지도 몰라. 노리코도 옛날 남자 일이 파헤쳐지면 기분이 안 좋겠지. 하물며 그 어머니 귀에라도 들어가면."

"정말로 경찰은 성가셔요. 그건 그렇다 하더라도, 도대체 누가 아케미 씨를 죽인 걸까요."

마지막 말은 혼잣소리같이 되어버렸다. 쇼코는 차를 홀짝홀짝 소리 내어 마시면서 말했다.

"후유 씨나 노리코가 결백하다고 생각한다면, 그리고 이 빌라의 평화를 되찾고 싶다면, 세리나가 직접 범인 찾기에 나서는 게 좋겠어. 깨어나라, 여탐정."

세리나는 그 말에는 상대하지 않고 다시 소파에 앉았다. 바닥에 떨어진 책을 무의식중에 집어 들어 테이블에 딱 올려놓더니 말했다.

"탐정이 될 생각은 없지만 신경은 쓰이네요. 만약 빌라 주민 중에 범인이 있다면, 동기야 어찌 됐건 기회가 있었던 건."

"세 시에 알리바이가 없는 사람. 그때 집에 있었던 건 후유 씨, 도카치가와 레쓰 씨, 이노 게이코 씨, 그리고 나. 그래 맞아, 노리코의 어머니도 있었어. 세리나는 틀림없이 알리바이가 있겠지?"

"마마상과 로바가 증언해주겠죠."

"집안 식구의 증언은 도움이 안 돼."

"두 시 반부터 세 시 반까지는 케이크 세트 서비스가 있었어요. 레스토랑에 손님이 다섯 팀은 있었을걸요."

"장사가 잘되니 좋은 일이군. 뭐, 그렇담 세리나는 알리바이가 성립된다 치고, 굳이 빌라에 있던 사람이 아니더라도 범행은 가능해. 낮에는 해안도로가 한산하니까, 자동차라면 시내까지 왕복 사십 분도 안 걸려."

"이상한 얘기를 해도 괜찮아요?"

세리나는 허공을 올려다보며 말했다.

"아케미 씨가 시내에서 살해당했다면 어떨까요. 범인은 차에 시체를 넣고 돌아온다. 그리고 어제 변사체와 마찬가지로 현관에서 살해당한 것처럼 꾸민다."

"범인이 아케미의 남편 켄 씨라고? 재미있는 추측이지만, 사체를 움직이면 바로 발각돼. 시반이라는 거 알지? 사람이 죽으면 신체 아래 혈액이 고여서……."

"어쩐지."

세리나의 역습.

"쇼코 언니 쪽이 훨씬 탐정에 잘 맞는 것 같네요."

3

이 레스토랑은 어째서 이렇게 어둠침침할까. 히토쓰바시 하쓰미는 테이블 위에 놓인 촛불을 바라보며 생각했다. 분위기를 잡기 위해서일는지 모르지만, 이런 조명을 켜놓으면 졸음이 오고 사고능력도 떨어진다. 그는 집에 돌아가 아내가 해주는 요리를 먹고 있을 고마지 반장을 떠올렸다.

긴급하게 열린 일곱 시의 수사 회의에서 관심을 모은 건 기토 노리코의 남자 이야기, 그리고 3호를 무대로 한 이노 와타루와 하나오카 미즈에의 정사였다. 당연하게도 수사반의 중심인 고마지와 히토쓰바시에게 둘 중 한쪽에 대한 사정 청취를 맡기자는 안이 부상했는데, 고마지는 교묘하게 그 역할을 다른 사람에게 떠넘겼다. 그는 당장 용의자 중 하나인 미시마 후유를 심문할 필요가 있습니다, 하고 역설해 수사반 전원은 물론 서장—그는 나가사키의 행방불명자 건으로 고마지에게 한 방 먹은 것을 이미 눈치채고 있었지만—까지도 훌륭하게 설득해냈다. 게다가 히토쓰바시에게는 단둘이서 옛정을 새로이 할 기회를 주겠다며 은혜라도 베푼다는 식으로 역 앞에 있는 이 프랑스 가정 요리점까지

멋대로 예약하고, 후유를 불러내고는 자신은 잽싸게 돌아가버렸다. 식사는 맛있었다. 차를 몰고 온 후유는 와인을 조금밖에 입에 대지 않았지만, 히토쓰바시는 상당량을 마셨다. 멀거니 있기가 쑥스러워서였다. 식사가 끝날 때까지 둘은 추억을 더듬으며 이야기꽃을 피웠다. 히토쓰바시가 아직 자의식 과잉의 소년이고 후유가 나쓰메 후유라는 이름을 쓰던 시절. 그들은 친구로서 사이가 좋았다. 서로를 하쓰미, 나쓰메, 하고 불렀다. 그것뿐이었다. 고마지가 말한 첫사랑 관계 같은 건 없었다. 친구 이상이 되는 것에 대해서는 둘 다 몽상조차 하지 않았다. 아마도.

마지막에 만난 건 대학을 졸업하기 직전이었다. 신쿠니의 역 앞에서 딱 마주쳤던 것이다. 그때 둘은 각각 다른 사람과 팔짱을 끼고 있었다. 그럼에도 히토쓰바시는 뭔가 정체를 알 수 없는 감정을 느꼈으며 그 후로 나쓰메 후유와 얼굴을 마주칠 만한 장소에는 나가지 않게 되었다…….

"자, 슬슬 본론으로 들어가는 게 어때, 하쓰미."

먼저 입을 연 건 후유 쪽이었다. 그녀는 커피에 우유와 설탕을 듬뿍 넣었다.

"이런 때에 경찰 아저씨가 옛날 얘기로 시간을 보낼 만큼 한가하지는 않겠지. 뭐든 물어봐. 대답할 수 있는 범위 내에서 대답해줄 테니까."

"뭘 물어야 좋을지, 나도 모르겠어."

히토쓰바시는 솔직히 말했다. 후유가 눈을 크게 떴다.

"뭐야, 그게?"

"나쓰메를 의심하는 건 고마지 반장이지 내가 아니라는 말이야."

히토쓰바시는 원망스럽게 그 이름을 꺼냈다.

"그가 그랬어. 네가 뭔가 감추고 싶은 게 있는 것 같다고."

"딸들이 노리코 씨 얘기를 하는 걸 그냥 내버려둔 게 찜찜하다는 거구나. 하지만 나도 설마 애들이 그런 얘기를 꺼낼 줄은 몰랐어. 쌍둥이는 정말로 신기해. 둘만의 비밀스러운 정보 교환 수단을 갖고 있는 것 같아서, 그 애들이 무슨 생각을 하는지 때때로 나도 모르겠어. 집에서 나만 따돌림을 당하는 것 같기도 하고."

후유는 말을 끊었다. 히토쓰바시가 마음먹고 물었다.

"남편은?"

"어머나, 무슨 소리야. 당신들 아직 조사 안 했어?"

후유의 얼굴에 한순간 뭔가가 스쳐 지나갔다.

"증발 상태야. 삼 년쯤 전부터 소식이 없어."

"몰랐어."

"하자키 경찰서에 실종 신고를 냈어. 가서 봐봐."

"도대체 어떻게 된 거야, 나쓰메?"

히토쓰바시는 만난 적도 없는 후유의 남편에게 화가 났다. 후유는 냉담한 말투로 말했다.

"무슨 일인지 가장 알고 싶은 건 나야. 확실한 설명을 원하는 것도 나고. 이런 상황이 성가시다는 건 하쓰미도 잘 알겠지. 모든 것이 엉거주춤하고 애매모호하니까 마치 모래 위에 서 있는 느낌이야."

"그러니까 남편이 증발할 이유로 짚이는 게 없다는 거야?"

"아니."

후유는 초조한 듯했다.

"그게 아니야. 설명은 돼. 다만 그것이 정말인지 아닌지를 모르겠어."

"찬찬히 얘기해봐, 나쓰메."

후유가 크게 심호흡을 하고 억지로 웃는 얼굴을 만들었다.

"정말은 이런 거, 하쓰미보다는 당신 상사의 계략이 아닌가 싶지만, 어쨌든 나쓰메라고 불러주니까 마음이 편해지네. 좋아, 모조리 다 얘기해줄게."

히토쓰바시는 커피를 홀짝이며 기다렸다. 작은 커피 잔에 담긴 검은 액체는 예상보다 썼다.

"우리 오빠에 대해서는 알고 있지? 오빠는 지능이 조금 떨어지지만 생활을 못 할 정도는 아니야. 부모님이 과잉보호만 안 하셨어도 사회에 더 잘 적응할 수 있었을 거야. 전문가 선생님들도 모두 그렇게 말씀하셨어. 하지만 부모님은 오빠를 너무나 아낀 나머지 취직도 안 시키고 옆에 꼭 붙어서 집 밖에도 못 나가게 했어. 그뿐 아니라 나도 부모님과 똑같은 역할을 하기를 바랐지. 즉, 평생 결혼하지 않고 집에 있으면서 부모님이 돌아가시면 오빠를 돌봐줘야 한다는 거였지. 난 오빠를 좋아했고 언젠가 부모님이 돌아가시면 함께 살 생각이기는 했지만 부모님이 말씀하시는 만큼의 희생을 할 생각은 없었어. 글쎄 내 인생이잖아. 안 그래?"

"응."

"그래서 중학생 때부터 부모님하고 매일 싸웠어. 매일 말씀하시는 거야. ……넌 동정심도 없는 최악의 인간이라고. 그만 모든 게 싫어져서 대학을 졸업하자마자 하자키 시청 시험을 봤어. 집에서 나오려고. 하지만 하자키는 집에 무슨 일이 있을 때 바로 달려갈 수 있는 곳으로도 딱 좋은 장소였어. 다행히 시험에 붙어서 독립할 수 있었지. 부모님은 있는 대로 화가 나서 나하고는 인연을 끊겠다고 했어. 실제로 결혼할 때, 그리고 쌍둥이가 태어났을 때 편지를 보냈지만 답장이 없었어."

"심하군."

"부모님 입장에서 보자면 심한 건 내 쪽이지 않았을까. 그건 어쨌든 간에, 하자키에서 혼자 살기 시작하면서 바로 남편이랑 알게 됐어. 그때 나는 외로웠고 자신감도 없는 상태였어. 그런 나에게 그 사람은 딱 좋은 상대였어. 난 내가 버린 오빠를 대신해줄 사람이 필요했던 거야."

"나쓰메는 오빠를 버린 게 아니잖아."

"그래, 하지만 버린 것 같은 심정이었어. 그래서 그 사람처럼 게으르고 칠칠맞지 못하고 판단력 없고, 요컨대 약한 인간을 돌보고 있으면 죄책감이 엷어져서 딱 좋았어."

"꼭 그렇게 자신을 탓할 필요는 없어."

히토쓰바시는 자신도 모르게 설교조가 됐다. 후유는 짓궂게 웃었다.

"하쓰미가 경찰관이 됐다는 걸 알았을 땐 왠지 어울리지 않는 직업이라고 생각했는데 꼭 그렇지만도 않네. 위에서 내려다보며 말할 수 있으니까."

"너 말이야."

"미안. 어디까지 얘기했었지? ……그래 맞아, 남편과 결혼하게 된 경위였지. 워낙에 시작이 그런 식이었으니까 쌍둥이가 태어난 뒤에 빌라를 사서 이사를 했는데, 처음에는 순조롭던 결혼생활이 결국은 잘 풀리지 않게 됐어. 그는 무슨 일이든 문제를 일으키면 거기서 도망칠 생각밖에 안 했어. 뒷수습을 하는 건 언제나 나였어. 그런 성격을 알고 결혼했으면서도 육아와 공무원으로서의 업무와 교통이 불편한 집 같은 것들에 시달리는 사이에 점차 마음이 삭막해져서, 조금은 똑바로 하라고 그에게 소리치게 되었는데…… 그랬더니 그 사람은 아주 그다운 반응을 했어. 일을 이유로 후지사와에 아파트를 빌린 거야. 집에는 돈을 한 푼도 안 가져왔어. 나한테서 도망친 거지."

"너, 남편한테 너무 무르게 대했던 거 아니야? 나쁜 건 남편이잖아."

"그렇게 말해주니까 고맙네. 하지만 그렇지 않아. 그야 옆에서 보자면, 누구나 남편의 행동이 칭찬할 만한 게 못 된다고 할 만하지. 시어머니나 시누이도 내 편을 들어줄 정도였으니까. 다만 내가 말하고 싶은 건 부부 사이의 일은 그렇게 쉽게 선과 악으로 나눌 수 있는 게 아니라는 거야."

히토쓰바시는 말을 잇지 못했다.

"그래, 그러다가 드디어 마지막 대폭발이 일어났어. 농담할 건 아니지만, 그때 일을 생각하면 때때로 웃음이 터져 나와. 오래간만에 그가 집에 돌아와서 크게 싸웠는데, 창밖에는 폭풍우가 몰아쳤어. 마치 계산된 듯한 무대효과였지. 왜 영화에 자주 나오잖아. 등장인물의 감정이 절박해지면서 갑자기 창밖에 섬광이 내달리는 장면. 그 탓인지 그 싸움은 실제로 있었던 게 아니라 꿈이나 영화 속의 한 장면이었던 것 같은 느낌이야."

후유는 쓴웃음을 내비치다가 이내 웃음을 지웠다.

"하지만 정말로 있었던 일이야. 쌍둥이는 이 층에서 태풍이 부는 바다를 넋 놓고 바라보고 있는데, 우리 부부는 일 층 거실에서 소리소리 지르며 싸웠어. 남편은 훌쩍 집을 뛰쳐나갔어. 그리고 얼마나 시간이 흘렀는지, 전화벨 소리에 정신을 차렸지. 몇 년이나 소식이 없었던 친정어머니한테서 전화가 온 거야. 다음 날 아침 나는 아이들과 함께 차를 몰아 신쿠니로 돌아갔어. 부모님도 나이를 먹어 마음이 약해졌나 봐. 오빠를 일하러 내보냈더라고. 그리고 손녀들 얼굴을 보고는 기뻐하셨지. 정말 오래간만에 화해가 이루어진 거야. 나도 오래된 무거운 짐을 내려놓으니 기뻤어. 게다가 이런 생각도 했어. 나한테는 이제 남편이 필요 없다. 이혼하자. 나 잔인하지."

히토쓰바시가 우물우물 무슨 소린지 중얼거렸다.

"이 주 동안 정말로 밝은 기분으로 친정에 있었어. 부모님하고도 얘기를 많이 해서, 이혼하면 시청 일을 그만둘 수는 없겠지만 조만간 때가 되면 오빠와 함께 살겠다고 하자 부모님이 이해해주셨어. 부모님과 오빠가 쌍둥이들과 좀처럼 헤어지고 싶어 하지 않아서 매일 신쿠니에서 하자키 시청까지 다니면서도 빌라에는 발도 들여놓지 않았어. 이 점이 아케미 씨 같은 사람으로서는 믿을 수 없는 부분이겠지만…… 칠 년이나 남편과 같이 산 집이어서 돌아오고 싶지 않았던 거야."

"그랬겠지."

후유는 순간 날카로운 시선을 히토쓰바시에게 던졌다. 하지만 바로 얘기를 계속했다.

"이 주일 지나서 돌아와보고, 나는 비로소 남편이 그 이후로 회사에 나가지 않았다는 걸 알았어. 그는 후지사와의 아파트에도 없었어. 부모도 형제도 그가 어디 있는지를 몰랐어. 당황해서 실종 신고를 했지. 글쎄 본인이 없으면 이혼이 성립되지 않잖아.

생각나는 모든 곳에 문의를 했지만 그림자도 형태도 없이 말 그대로 증발해버렸어."

"하지만 나쓰메한테서 도망치고 싶었던 것뿐이라면, 어째서 일과 후지사와의 아파트까지 버린 걸까?"

"과연 경찰관이군. 아내를 의심하라."

"장난치지 마. 거기에도 설명이 붙겠지."

"그래. 그 사람은 아파트의 집세를 석 달이나 밀렸고 회사에서는 뭔가 엉뚱한 실수를 했던 거야. 결론은, 그는 스스로 감당할 수 없으면 도망치는 타입의 사람이다, 라는 설명이야. 보통 사람은 이해할 수 없겠지. 하지만 그를 잘 아는 사람에게는 별로 신기한 것도 아니야. 나나 그의 부모 형제는 참으로 그답다고 생각했어. 하지만."

후유는 텅 빈 커피 잔을 만지작거렸다. 그 손가락이 희미하게 떨리는 것을 히토쓰바시는 알아차렸다. 알아차리지 않았으면 좋았을 것을, 하고 생각했다.

"설명은 돼. 하지만 그건 그저 형식적인 설명에 지나지 않아. 정말 그런 건지는 알 수 없잖아. 그는 정말로 그냥 도망친 것뿐일까. 무슨 사고에 휩쓸린 건 아닐까. 아니면."

어딘가에서 시체가 된 것일까. 히토쓰바시는 마음속에서 덧붙였다. 아무래도 묻지 않을 수 없었다.

"아까, 아케미의 이름이 나왔잖아."

"나왔지."

후유는 도전적으로 턱을 쑥 내밀었다.

"그 여자는 너의, 그, 남편에 관해서 뭔가……."

"우리 집 마루 밑에 남편의 사체가 묻혀 있대."

잠시 후에 후유는 신경질적으로 웃기 시작했다.

"하쓰미, 무슨 얼굴이 그래. 그럴 리 없잖아. 거짓말 같으면 확인해봐. 아케미 씨는 누구에 대해서나 나쁘게 말해. 내 남편 일만 해도, 아니 땐 굴뚝에 연기가 날까, 하면서 의기양양했었어."

"우연히, 불이 있는 곳에서 연기가 났는지도 모르지."

후유는 히토쓰바시를 노려봤다.

"그런 생각을 해? 있을 수 없어. 죽은 사람 흉보는 건 좋지 않은 일이라지만, 그 여자에 대해서만은 예외야. 만약에 우연히 그녀가 누군가의 비밀을 쥐었다고 해도 나라면 무시할 거야. 그 여자가 하는 말은 제대로 된 사람이라면 아무도 믿지 않는걸."

"정말?"

후유는 아주 짧은 순간 주저하는 빛을 보였으나 분명하게 고개를 끄덕였다.

"그래, 성가신 사람이라는 건 인정하지만 실제적인 손해는 없었어."

"이리에 쇼코 씨도 너와 같은 말을 했어. 아케미 씨가 살인에 대해 뭔가 아는 일 같은 건 없을 거라고. 하지만 범인의 입장에서는 어땠을까. 범인은 그녀가 알고 있다고 생각했을 수 있어. 게다가 어제 발견된 사체는 타살된 거야. 빌라 주민들은 그녀가 하는 말을 믿지 않는다 해도 경찰까지 그녀의 말을 무시할 수는 없어. 아무리 별 볼 일 없고 미심쩍은 정보라 하더라도 한 번은 조사를 하지. 그게 일이니까."

"그렇겠지."

"그런데 그 말을 한 아케미 씨는 살해당했어."

"그랬지, 그러고 보니."

오래된 와인병에 세워진 초의 불꽃이 천천히 커졌다 줄어들기를 반복했다. 갑자기 히토쓰바시에게 눈앞에 있는 여자가, 엷은 베이지색 앙상블에 꽃무늬 스카프를 두르고 거친 손을 한 여자가, 완전히 낯선 사람으로 보이기 시작했다. 그녀는 히토쓰바시가 알고 있는 나쓰메 후유가 아니었다. 그는 초점이 맞춰지지 않는 머리를 천천히 흔들었다.

"넌 어제 발견된 그 사체에 대해 정말 심증 가는 것이 없어?"

"어제도 그렇게 대답했어. 다른 형사한테."

"어떻게 정말로 모른다는 걸 알 수 있어? 나쓰메는 사체를 보지 않았잖아."

"요컨대 하쓰미는 그게 내 남편이라고 말하고 싶은 거군. 그런 바보 같은 생각이 어디 있어? 그건 절대 내 남편이 아니야."

"왜 그렇게 단정하는 거야."

후유는 입술을 꽉 물었다.

"왜냐고? 그 이유는 말이지, 당신들 경찰이잖아. 내 얘기 제대로 듣지 않았어? 나와 시어머니는 하자키 경찰서에 그의 실종 신고를 했어. 신원 불명의 사체가 나올 경우 맨 먼저 행방불명자 리스트를 그 지역 사람부터 순서대로 사체와 대조하며 조회하지? 그렇지 않다면 당신들, 아직 그런 것도 하지 않았어?"

"그래. 그렇지. 미안, 나쓰메."

"천만에요, 형사님."

후유는 휙 일어났다. 그리고 덧붙였다.

"난 지금, 아직 미시마 후유야. 나쓰메 후유가 아니라고. 기억해둬."

히토쓰바시는 사라져가는 후유의 뒷모습을 망연히 바라봤다. 그는 갑자기 모든 것이 싫어졌다. 고마지도 사체도 살인도, 촛불까지도.

4

난폭한 운전으로 주차장에 차를 집어넣은 쓰노다 고다이는 술 냄새를 풀풀 뿜어내며 차에서 내렸다. 그는 주차장 바로 앞에 떨어져 있는 커버 시트를 집어 벤츠에 정성껏 덮으려 하다가 그만뒀다. 내가 왜 이런 시시한 짓을 해야 하는 거야? 나는 당대 최고의 하드보일드 작가야. 그런데 어째서 이런 범부나 할 일을. 범부라고?

차에 시트를 덮는 것이 범부나 할 일인지 어떤지, 하드보일드적 행동인지 어떤지, 그는 머릿속으로 고민하면서 흔들흔들 언덕길을 올라갔다. 거실에는 불이 켜져 있었고 아내는 바바라 스탠빅이 출연한 오래된 비디오를 보고 있었다.

"안 잤어?"

"네."

화면에서는 남자와 미모의 여배우가 입맞춤을 하고 있었다. 야요이는 비디오 스위치를 끄는 것으로 그 입맞춤을 방해했다.

"저녁에 형사가 왔었어요."

"그래?"

"살인사건이 또 일어났더군요."

"그런 모양이야."

"왜 당신은 신도 카이 얘기를 솔직하게 하지 않았어요?"

"형사의 태도가 맘에 들지 않아서."

쓰노다 고다이는 소파에 누워 아이처럼 뿌루퉁해졌다.

"태풍이 불던 날 왔었다던데요. 그날 난 집을 비웠어요."

"그랬지."

"만났죠?"

"누굴?"

"신도 카이."

고다이는 벌떡 일어나 앉았다. 야요이는 엷은 웃음을 띠고 남편을 바라보았다.

"뭐 화가 나서 하는 말은 아니에요. 당신한테도 가끔은 기분전환이 필요하잖아요. 하드보일드 작가 쓰노다 고다이, 팬과의 만남."

"그만둬."

"귀여운 남자애였다면서요."

"그만두라니까."

"어떤 남자애였어요?"

"뭐야 꼬치꼬치, 악취미군. 그냥 작가 지망생인 젊은이였어."

"흐응."

야요이는 비디오 리모컨을 만지작거렸다. 그리고 아무렇지도 않은 체하며 물었다.

"당신 오늘 오후 두 시쯤에 어디 있었어요?"

"어디라니, 골프 치러 갔었어. 상관없잖아. 일은 끝났으니까."

"네, 상관없어요. 하지만 난 당신이 집에 있을 거라고만 생각했어요."

"맥주를 마셔서 술이 깰 때까지 커피숍에 있다가 왔어. 세 시 지나서. 정말이야."

"흐응."

"안 믿어?"

쓰노다 야요이는 리모컨을 집어던지고 일어서더니 늘어져라 기지개를 켰다.

"당신이 걱정할 일 아니잖아요. 그렇긴 해도 과음한 거 아니에요? 낮에도 마시고, 또 저녁부터 지금까지, 상대는 누구였어요?"

"옛날에《소설 천국》에 있던 편집자야. 지금은 프리 라이터래. 아래 살인사건을 취재하러 와서 남해장에 묵고 있어."

"흐응. 그 사람 남자겠지요? 그래서, 무슨 얘기를 했어요?"

"뭐든 상관없잖아."

"그렇진 않아요. 자꾸 말하고 싶진 않지만…… 됐어요. 잘 알죠?"

고다이는 한동안 거실을 나가는 아내의 뒷모습을 노려봤다. 잘 알죠, 라고? 알고말고. 잘 압니다요.

그러고서 아니, 난 아무것도 몰라, 하고 생각했다. 그는 지금 뭔가 굉장히 중요한 정보를 못 알아들은 것 같은 느낌이었다. 그게 뭔지 흐릿한 두뇌 어디에서도 답이 찾아지지는 않았지만.

8장

작가가 기획하다

1

로버트 사와다는 이른 아침 바닷가로 난 산책 길을 걷고 있었다.

해안도로에는 폭이 좁은, 명색뿐인 보도가 나 있었다. 그런데 요즘 같은 때에 그런 길을 걸으며 차의 배기가스를 기꺼이 뒤집어쓸 만큼 별난 사람은 없다. 해안도로에서 삼 미터 아래의 해변에 넉넉한 산책 길이 따로 나 있기 때문이다. 산책 길은 군데군데 바위가 있어서 자전거를 타고 갈 수도 없고 조깅에도 적당하지 않지만 발에 모래를 묻히지 않고 여유롭게 걷기에는 훌륭한 길이었다.

그는 이 시간의 해변이 정말 좋았다. 모든 것이 새롭게 다시 태어나는, 그런 아침의 햇살. 어젯밤 비를 뿌리던 하늘은 깨끗이 개어 구름 한 점 없다. 최고의 가을 하늘을 볼 수 있을 것 같았다. 그는 차갑고 맑은 공기를 가슴 속으로 가득 들이마시고 발걸음을 빨리했다. 제과 기술자가 되겠다고 결정했을 때 각오는 했었지만 체중은 그가 예상했던 것보다 훨씬 많이 늘어났다. 이대로 가다가는 얼마 안 있어 스모 선수가 돼버릴 거야!

손목시계는 오전 여섯 시 반을 가리키고 있었다. 슬슬 주방으로 돌아가야겠지. 빵의 1차 발효가 끝나가는 시간이야. 세리나도 출근할 것이다. 숙박객은 매스컴 관계자뿐이다. 그들은 술을 마시고 굴뚝은 저리 가라 할 정도로 담배 연기를 내뿜으며 뭐든 다 안다는 식으로 대화를 주고받았다. 로버트는 아무래도 그들이 좋아지지 않았다. 하지만 뭐, 캐나다의 매스컴 관계자들도 그랬었으니까. 이런 시기에 손님이 많이 와준 것만으로도 고마워해야지.

그저 그들이 방금 구운 맛있는 빵의 가치를 알아주기나 했으면 좋겠는데.

그는 프리 라이터 한 사람의 얼굴을 떠올렸다. 빼빼 마르고 하이에나 같은 웃음소리를 내는 남자였다. 그는 휴대전화를 빙빙 돌리면서 쓰노다 고다이와 지치지도 않고 얘기를 했다. 작가가 돌아간 후에 그는 로버트를 졸라 술병을 방까지 가져오게 했다. 그 남자, 스기오카라고 했지. 술에 취해서 로버트에게 묘한 말을 했다.

"쓰노다에 관한 소문, 뭐 들은 거 없나? 그 녀석의, 아래쪽 얘기."

아래쪽 얘기라는 걸 이해하지 못해서 되묻자, 스기오카는 멋대로 로버트를 깔봤다.

"뭐, 당신은 걱정 안 해도 괜찮겠지."

"그건 무슨 뜻입니까?"

"몰라도 돼. 하지만 이상하지 않나? 술을 좋아하는 잘나가는 작가가 이런 궁벽한 곳으로 이사 오다니. 그건 마누라가 화를 냈기 때문이야. 그야 뭐, 어떤 마누라가 화가 안 나겠어."

스기오카는 혼자서 킥킥 웃더니 침대에 벌렁 누웠다.

로버트는 그 일을 생각해내고는 고개를 갸우뚱했다. 됐어. 나중에 세리나한테 물어보자. 도대체 무슨 얘긴지, 그녀라면 알 거야. 세리나는 머리가 좋아.

마쓰무라 켄이 잠에서 깨어나기 전에 방금 구운 빵을 갖다 놓을 필요가 있었다. 그는 남해장 쪽으로 방향을 돌려 걸었다. 본인은 열심히 서두르는 모양이었으나 옆에서 보면 천으로 만든 통통한 곰인형이 아장아장 걷는 것처럼 보일 뿐이었다.

요트 정박장 가까이의 튀어나온 둑에 걸터앉아 있던 쓰노다 고다이의 눈에 산책로를 걸어가는 로버트 사와다의 모습이 작게 보였다. 아침이군, 하고 그는 생각했다. 멋진 아침. 눈을 붙인 지 세 시간 만에 잠이 깨어 산책하러 나온 참이었다. 태양 빛이 잠이 부족한 눈을 부시게 하고 모래 섞인 바닷바람이 얼굴을 때렸다. 기분 좋군, 하고 쓰노다 고다이는 혼잣소리를 했다. 다음 순간 바람이 훨씬 세게 불어오는 통에 그는 눈을 비볐다.

보통 때라면 그런 밤을 보낸 다음 날 아침은 머릿속에 두꺼운 담요를 두른 것 같았을 것이다. 그러나 오늘은 왠지 달랐다. 그는 어떤 사실을 깨달았다. 그건 어쩌면 '쓰노다 고다이'라는 이름의 성가를 단번에 들어 올려줄지도 모른다.

이 정보를 최대한 활용하기 위해서는 어떻게 하면 좋을까, 그는 생각하기 시작했다.

이와사키 아키라는 여덟 시에 눈을 떴다. 평상시대로 얼굴을 닦고 미네랄워터를 꿀꺽꿀꺽 마시고 나서 고등학생 때부터 애용해온 진녹색 스웨터를 입고 현관 밖으로 나갔다.

이리에 쇼코 씨 집 정원 끝에 매인 채 자고 있던 마쓰무라 켄씨네 개가 귀를 쫑긋 세웠다. 개는 힘차게 튀어 일어나 반가운지 힘차게 꼬리를 흔들었다.

"옳지, 옳지."

아키라는 작은 소리로 말하며 개를 쓰다듬어줬다. 딸깍 하고 열쇠 돌아가는 소리가 나더니 이 층 창이 열리고 쇼코가 얼굴을 내밀었다. 그녀는 하품을 하며 말했다.

"아, 아키라 군이었군."

"안녕하세요. 요놈, 산책 데려가도 돼요?"

"좋을 대로 해."

쇼코는 긁적긁적 머리를 긁었다.

"개도 그러는 게 좋을 거야. 운동을 좀 해야지."

"마쓰무라 사장님은 어디에 있나요? 집에는 돌아오지 않은 것 같은데."

"남해장에 머물고 있어. 살인이 일어난 지 얼마 안 되는 집에 혼자 있을 순 없으니까."

"이 개 어떻게 될까요"

"글쎄. 그 아저씨한테 물어봐. 하긴, 개 생각이나 하고 있을 때가 아니겠지. 어제 그런 일이 있었으니."

"그렇겠죠."

아키라는 얼굴을 붉혔다. 살해당한 아케미에게는 조금도 동정심이 느껴지지 않았다. 다만 불쾌했을 뿐이다. 그녀의 남편—워낙에 아케미에 비하면 수수한 존재였지만—이 무슨 생각을 하고 있을지는 모르지만, 어쩌면 아내가 없어져서 잘됐다고 생각한다 할지라도, 용의선상에 오르게 된 데 대한 불쾌함은 아키라보다 훨씬 더할 것이었다.

"뭐하면 집에 데리고 가지그래? 어젯밤에는 불안해서인서 밤새 짖었어. 잘 안 짖는 개라고 생각했는데."

"보통 때는 짖을 힘도 없었던 거예요. 우선은 낮 동안만이라도 쇼코 아줌마가 맡아주세요. 산책이나 밥은 제가 해결할게요. 밤에는 우리 집에 데려가도 되고."

"아마 그 개, 범인을 봤을걸."

쇼코는 생각난 듯 말했다. 아키라는 고개를 끄덕였다.

"그야 그랬겠죠. 요놈은 집 앞에 매여 있었으니까."

"그래⋯⋯ 집 앞에 말이지."

쇼코가 이상하다는 표정을 지었다. 아키라는 쇠사슬을 벗기고 일어섰다. 개는 기뻐서 깡충깡충 뛰었다.

"그럼 다녀오겠습니다."

아키라와 개가 멀어지자 쇼코는 생각에 잠겨 창을 닫다 말고 한번 더 창을 열었다. 그와 동시에 바닷바람이 방 안까지 날아 들어왔다.

그녀는 다시 창을 닫았다. 그리고 또. 그리고 또.

아키라와 개는 언덕길을 달려 내려갔다. 아키라는 바닷가로 가볼까 하는 생각이 들었다. 조금 젖어도 상관없을 거라고 생각하고, 개에게 제안해봤다. 개는 꼬리를 세게 흔들어 찬성을 나타냈다. 해안을 산책할 수 있다니 개로서는 좀처럼 없는 행운이었다. 죽은 여주인은 걷는 걸 싫어했다. 조금 걷다가 바로 되돌아가곤 했다. 산책에 데리고 가주지 않는 날도 많았다. 바로 앞에 흥미로운 냄새가 나는 멋진 놀이터가 펼쳐져 있는데. 여주인은 개의 흥미를 전혀 이해해주지 않았다. 질척질척한 해조를 끌고 다니며 노는 것도, 모래를 앞발로 파서 이상한 물을 내뿜는 생물을 찾아내는 것도. 흘러 들어온 여러 가지 장난감, 부러진 우산과 양말, 뻣뻣해진 봉투를 바위틈에 숨기는 것도 인정해주지 않았다. 하지만 오늘은 다르다. 마음껏 놀 수 있다.

해안도로를 건너려고 차가 끊기기를 기다리는데, 눈앞에 버스 한 대가 느릿느릿 지나쳐 갔다. 하루에 몇 대밖에 없는 후지사와행 버스, 그것도 상당히 늦었다. 하자키역 앞을 출발해 여기 하자키산 남해안 버스 정류장을 통과하는 건 일곱 시 오십 분쯤일 텐데. 진한 배기가스에 얼굴을 찡그리며 러시아워의 도로를 바라보던 아키라는 도로 반대편에 선 노부부를 발견했다.

둘은 아무래도 방금 버스에서 내린 모양이었다.

2

남해장은 향기로운 커피와 따뜻한 빵 냄새로 아침을 맞이했지만, 하자키 경찰서 조사과는 미지근한 엽차와 담배 연기 속에서 하루를 시작하려는 중이었다. 서장의 인사는 보기 드물게 짧았다. 그래도 꼬박 십이 분을 채우고 끝났지만.

"저걸 보니, 저치도 꽤나 압박을 느끼고 있군. 재미있어."

수염을 깎은 자국이 산뜻하게 남아 있는 고마지 반장이 부하에게 속삭였다. 대조적으로 히토쓰바시는 눈 밑에는 다크서클이, 넥타이에는 기름때가 묻어 있었다.

"어제는 어땠어? 재미있었나?"

"덕분에요."

"좋은 상사를 둔 자네도 행복하군."

"목을 졸라주고 싶을 정도로 행복해요."

히토쓰바시는 힘없이 중얼거렸다.

아케미 사건에 들어가기 전에 약간의 탐문 정보가 발표되자, 가라앉았던 회의에 잠시 활기가 돌았다. 가까이에 사는 노인이 제보한 정보였다. 태풍이 불던 날 밤 아홉 시가 지나서, 해안 쪽에서 길을 가로질러 하자키 목련 빌라를 향해 가는 사람 그림자를 목격했다는 것이었다. 노인은 폭풍우가 몰아치는 날이면 반드시 트럭으로 해안을 달린다는 별종이었는데, 그날 본 목격 대상이 누군가를 등에 업고 있는 것 같았다는 얘기였다.

"그 노인, 눈은 확실한가?"

"눈도 이도 확실하다는데요. 여하튼 폭풍우 치던 날 밤 헤드라이트 불빛에 언뜻 본 것뿐이래요. 그 사람 그림자는 레인코트 같은 걸 입은 듯했다고 했다던데, 코트가 바람에 부풀어 오른 것을 등에 사람을 업은 것으로 잘못 본 건지도 모릅니다."

"그렇다면 보고할 것도 없잖아."

서장이 관심 없다는 듯이 잘라버리자, 회의는 바로 아케미 사건으로 넘어갔다. 고마지와 히토쓰바시는 어제의 추론을 생각해내고 얼굴을 마주 봤다.

어젯밤에 끝낸 사체 검안 보고서가 와 있었다. 그것에 의하면 피해자 마쓰무라 아케미—42세, 기혼, 주부, 신장 158센티미터, 체중 62킬그램, 특기할 만한 병력 없음—는 전두부 함몰 골절에 의한 쇼크사였다. 사망 추정 시각은 어제 오후 한 시부터 세 시 사이. 흉기는 끝이 울퉁불퉁한 돌 같은 것. 저항한 흔적은 없음. 아마도 일격에 쓰러진 것으로 보임.

계속해서 각 담당자의 보고가 있었다. 우선은 피해자의 남편인 켄의 진술에 대해 히토쓰바시가 어젯밤의 얘기를 반복했고 뒤이어 진술 입증을 위해 패밀리 레스토랑에 갔던 형사가 발언했다.

"켄의 부하 직원인 미카미로부터 얘기를 들었습니다. 그는 전화를 직접 받은 건 아니지만 히스테릭한 여성의 목소리가 수화기 밖으로 크게 흘러나왔기 때문에 금방 부인이 건 전화라는 걸 알 수 있었다고 합니다. 피해자는 자주 그런 식으로 전화를 걸었던 것 같은데, 지배인, 즉 켄 씨는 부인에게 진저리를 쳤다, 라고 얘기했습니다. 미카미는 아무래도 켄 지배인에게 별로 호의적이지 않은 듯했어요. 전화를 받은 시간은 세 시 조금 전이 틀림없답니다."

"즉, 살해 시각은 세 시 전후, 그 전화 직후로 한정되는군."

서장이 만족스럽게 일동을 돌아봤다.

"그래, 어떤가. 빌라 관계자 중에서 이 시간대에 알리바이가 있는 사람은?"

형사들은 얼굴을 마주 봤다. 무뚝뚝한 얼굴의 고마지가 입을 열었다.

"아직 전원 다 확인해보지 못했습니다. 얘기를 더 진행시키지요?"

서장이 무슨 말을 꺼내기 전에 이노 와타루와 하나오카 미즈에를 탐문한 수사관이 일어섰다. 그에 의하면 둘은 고다마 부동산의 금고에서 꺼낸 마스터키로 3호의 여벌 열쇠를 만들었고 그것을 교대로 가지고 있었다는 것을 인정했다. 여벌 열쇠는 최종적으로 이 주 전에 하나오카 미즈에에게 돌아갔다. 두 사람 다 목적은 정사였을 뿐, 살인에 대해서는 완강하게 부정하고 있다. 신원 불명의 사체에 대해서는 짐작 가는 바가 전혀 없다고 하며, 사실 두 사람 주위에 피해자라고 볼 만한 인물은 떠오르지 않는다. 이노 게이코와 아케미가 견원지간이었으니 아케미와의 트러블이 전혀 없는 것은 아니지만 살의로 발전할 만한 것은 아니다. 적어도 지금까지 알고 있는 바로는.

"다만 한 가지 신경 쓰이는 게 있습니다. 이노 게이코가 받은 협박장인데, 남편 이노 와타루는 하나오카를 통해서 게이코의 스튜어디스 시절 추문을 알게 됐습니다. 칠 년이나 잠잠했던 협박장이 다시 온 것이 이 주 전. 두 사람의 얘기를 종합하면 하나오카가 와타루에게 귀띔을 한 것이 이삼 주 전이라고 하니, 둘 중 한 사람이 협박장을 보냈다고 볼 수도 있을 것 같습니다. 특히 남편 와타루의 태도가 조금 신경 쓰였습니다. 오늘 한번 더 와타루를 심문해봐야 할 것 같습니다."

"하지만 그건 살인하고는 관계가 없어 보이는데?"

고마지가 툭 한마디 던지자, 서장이 불쾌하다는 시선으로 힐끗 노려봤다. 담당 형사는 고지식하게 고마지를 바라보았다.

"네, 그건 분명 와타루와 살인을 직접 결부시킬 증거가 되지는 않습니다. 그러나 협박장이 이노 게이코의 자작극이 아니라 실제로 보내져 온 거라면, 게이코가 그 신원 불명의 사체를 협박자로 착각해 죽였을 가능성이 생깁니다. 3호의 여벌 열쇠는 이노 와타루의 수중에 있었던 적이 있습니다. 아내인 게이코가 두 사람의 정사를 알아차리고 그 열쇠를 또 복사해뒀을지도 모릅니다. 그녀는 하루가 멀다 하고 도쿄니 가마쿠라니 등으로 외출했었으니까 열쇠를 어디서 복제했는지 알아내는 건 어렵겠지만요."

"흠흠. 말씀하시는 대로입니다."

고마지는 항복하는 몸짓을 했다. 형사는 덧붙였다.

"이노 와타루, 하나오카 미즈에, 이 두 사람을 살해 용의자로 볼 수도 있습니다. 그러나 어제 점심시간이 끝난 뒤 다섯 시까지 와타루는 회사에서 손님 접대를 하고 있었고 하나오카는 고다마 부동산에서 일하고 있었습니다. 삼십 분 이상 자리를 뜬 적이 없다는 걸 증언할 복수의 증언자가 양쪽에 다 있습니다. 다만 이노 게이코는 집에 혼자 있었으니 알리바이는 없습니다. 게다가 게이코는 그날 마쓰무라 아케미와 크게 싸웠다지요."

"용의자 제1호."

고마지가 중얼거릴 때, 노리코를 담당한 수사관이 일어섰다. 그는 어제 노리코의 알리바이가 완벽하다는 점, 두 시쯤에 묘한 장난 전화가 걸려 왔었다는 점을 요령 있게 설명했다.

"그건 즉, 노리코의 알리바이를 없애기 위한 거였나?"

서장이 거만하게 끼어들었다.

"그렇게 생각하는 것이 자연스럽겠지요. 어제 우연히 일 잘하는 점원이 감기가 도지는 바람에 쉬었답니다. 그렇지 않았다면 노리코가 갔을 텐데요. 그랬다면 그녀의 입장은 크게 불리해졌겠지요. 다만."

"다만, 뭐지?"

"너무 잘 만들어진 얘기라는 생각이 들어서요. 그녀는 그 장난 전화 하나로 용의자에서 죄를 뒤집어쓸 뻔한 가여운 피해자로 입장이 바뀐 셈이니까요."

"하지만 그녀의 어제 알리바이는 완벽하잖나."

"네, 그거야 뭐."

"그렇다면 그녀는 빼도 상관없지 않을까?"

서장은 불평 있냐는 듯이 고마지를 노려봤다. 고마지는 굵은 새끼손가락으로 콧구멍을 파면서 일어섰다.

"글쎄, 그런 결론을 내리기에는 너무 빠르지 않나요?"

"자넨 노리코의 알리바이가 거짓이라고 말하고 싶은 건가?"

"우리가 알게 된 건 그녀는 아케미를 살해할 수 없었다, 라는 것뿐입니다. 어제 아침 나하고 히토쓰바시 군은 나카자토 다쿠야가 개점 전의 기토당으로 들어가는 것을 봤습니다. 다쿠야는 노리코에게 반한 것 같습니다. 자, 이런 줄거리는 어떨까요. 노리코는 송곳니가 없는 남자를 죽였다. 그녀의 전 애인은 3호에서 발견된 사체와 외모가 비슷하거든요. 다쿠야는 그것을 알고 노리코에게는 알리지 않고 공범자가 되기로 했다. 우선 사체를 3호로 옮긴다. 다쿠야는 학원을 이전할 곳을 찾으러 고다마 부동산에 갔었고, 고다마 사장에게서 금고에 3호 열쇠가 있다는 얘기를 들었습니다. 그는 그걸 할 수 있었습니다."

"하지만 말일세."

"아케미 살해에 대해 말하자면, 아케미는 노리코의 흉을 마구 퍼뜨렸습니다. 노리코와 남자의 관계를 알고 있었을지도 모릅니다. 다쿠야는 아케미의 발설로 그것이 탄로 날까 봐 아케미를 죽였으나, 노리코가 의심을 사면 곤란하므로 그녀를 안전지대에 두기 위해 장난 전화를 건 겁니다. 오전 중에 노리코를 만났을 때 점원이 쉰다는 걸 알고 그녀가 가게를 비울 걱정은 없다는 걸 확인했던 거지요."

서장은 마음에 안 들었지만 고마지의 가설을 받아들일 수밖에 없었다. 고마지가 작은 소리로, 꼴좋다, 하고 말했다. 초로의 조사원이 얼른 덧붙였다.

"노리코는 전 애인의 존재와 후유 가의 쌍둥이 얘기를 인정했고 애인의 이름을 가르쳐줬습니다. 사사마 도시히코. 몇 년 전에 네팔 여행을 갔다가 알게 되었다고 합니다. 직업은 자칭 프리 라이터였다고 합니다. 연락처와 그 밖의 다른 것들에 대해서는 아는 게 없다고 주장하더군요."

"해외여행을 많이 하는 프리 라이터라면 행방이 묘연해져도 아무도 걱정 안 하겠군. 그랬군. 네팔이라고 했나? 마약 관련 전과가 있을지도 몰라."

서장이 편견을 드러내는 발언을 했다. 초로의 형사는 이렇게 마무리를 짓고 자리에 앉았다.

"어쨌든 오늘은 그 사사마에 대해 알아볼 생각입니다."

"용의자 제2호."

고마지가 중얼거렸으나 히토쓰바시는 그럴 상황이 아니었다. 드디어 두려운 순간이 다가왔다. 서장이 미심쩍은 시선을 히토쓰바시에게 보내자, 히토쓰바시는 심호흡을 하며 일어섰다.

"그럼 미시마 후유에 대해 조사한 결과를 보고드리겠습니다. 우선 그녀의 남편은 삼 년 전에 가출한 이후로 소식이 끊겼습니다. 삼 년 전 8월 8일자로 당 하자키 경찰서로 가출인 실종 신고를 했습니다. 조금 전에 기재 사항을 확인했습니다. 후유의 남편, 미시마 사다오의 행방을 알 수 없게 된 건 실종 신고가 있기 약 이 주 전인 7월 25일. 당시 부부 사이는 좋지 않았고, 남편 사다오는 후지사와에 아파트를 빌려 지냈습니다. 미시마 후유의 설명에 의하면, 남편 사다오는 문제의 25일 부부 싸움을 한 뒤 빌라를 훌쩍 뛰쳐나갔습니다. 다음 날 그녀는 신쿠니 시에 있는 친정으로 돌아갔고 남편하고는 연락을 취하지 않았습니다. 남편이 후지사와의 아파트에 있을 것이라고만 생각했으며, 행방불명되었다는 사실을 안 건 이 주일 후 친정에서 돌아오고 나서였다고 합니다. 남편 사다오는 회사에서 큰 실수를 저질렀을 뿐 아니라 후지사와의 아파트 월세도 체납하고 있었다고 하며, 남편이 이 모든 현실의 압박으로부터 도망치기 위해 종적을 감춘 게 아닌가 하는 것이 그녀의 생각입니다."

"그녀의? 그렇다면 아직 입증은 되지 않았군."

"시간이 없어서요."

히토쓰바시가 겨우 대답했다. 그는 스스로를 격려하며 그 뒤를 계속했다.

"미시마 후유와 시어머니 미시마 다에, 그리고 회사 상사가 연명으로 낸 실종 신고에 의하면 미시마 사다오는 당시 31세, 신장 162센티미터, 체중 72킬로그램. 코 옆에 점이 있었습니다. 수술, 골절 등 눈에 띄는 상처는 없었습니다. 초등학교 이후로 치과에 다닌 일이 없다고 합니다."

"잠깐."

서장이 몸을 내밀었다.

"신장이 162센티라고? 남자치고는 매우 작군."

"그러네요. 하지만 체중이."

"체중이야 삼 년이면 많이 줄 수 있지."

"네, 하지만 치과가. 게다가 사진으로 보는 한 피부도 검지 않아요. 그래서 3호에서 발견된 사체의 후보에서 제외되었던 겁니다."

"하지만 말일세, 미시마 사다오는 회사와 가정에서 도망쳤지 않나. 건강보험에 들었을 리 없지. 제대로 된 직업도 없을 것이고, 말랐을 것이고, 이도 내버려뒀을 거야. 미우라 박사가 말했잖나. 피해자는 이가 세 개나 빠졌지만 치료를 받지 않은 채로 놔뒀다고. 사체는 미시마 사다오일 가능성이 매우 높아. 미시마 후유의 어제 알리바이는?"

"……세 시에는 자기 집 이 층에서 자고 있었답니다."

"요컨대 기회가 있었다는 거군. 나 역시 후유를 점찍어뒀었어."

서장이 으스댔다. 히토쓰바시는 풀이 죽어 자리에 앉았다. 지금 고마지가 '용의자 제3호' 따위 소릴 지껄이면 난 틀림없이 그의 목을 조를 거야, 하고 생각하며.

살기를 눈치챘는지 고마지는 그렇게 말하지 않았다. 대신 속삭였다.

"미시마 사다오의 혈액형은?"

히토쓰바시는 당황해서 실종신고서의 복사본을 꺼냈다.

"안 쓰여 있는데요."

"흥. 그야 드문 일도 아니지. 자기 혈액형을 모르는 사람도 많은데."

완전히 기운을 되찾은 서장은 자신의 장기인 긴 연설을 시작했다. 고마지는 놀랄 만큼 긴 하얀 코털을 뽑아 황홀한 듯이 바라보다가 보고서의 한 귀퉁이에 붙였다.

"그렇게 삐칠 거 없어. 아직 그녀가 범인으로 확정된 건 아냐."

"아, 당연하죠."

"그건 그렇고, 후유는 자네한테 남편의 실종 얘기를 했군. 그녀가 살인을 한 거라면 굳이 덤불을 찔러대서 뱀이 나오게 하는 흉내는 안 내겠지. 아무리 첫사랑의 상대가 물어본다 해도 말이야."

"그게 아니에요. 그녀는 경찰이 벌써 미시마 사다오의 실종신고서와 사체를 대조했을 거라고 생각했던 거예요."

"그래서 안심하고? 흥."

고마지의 얼굴에 기묘한 표정이 스쳐 지나갔다. 히토쓰바시는 불안한 표정을 지으며 그에게서 눈길을 돌렸다.

3

"파티라고요?"

마키노 세리나는 상대를 뚫어져라 바라봤다.

남해장의 응접실에는 세리나와 마쓰무라 켄 둘만 있었다. 기자들이 조식을 마치고 서둘러 사라지자, 켄은 지붕 밑 방에서 겨우 해방되었다. 마마상 사유리는 완전히 지쳐 잠들었고, 황금수프정은 오늘 임시 휴업을 하기로 했다. 밤이 되면 숙박객이 들어오겠지만 어쨌든 그때까지는 쉴 수 있으니 세리나에게는 고마운 휴업이었다. 어젯밤에는 결국 미시마 후유의 집에서 열 시 지나서까지 이리에 쇼코와 함께 쌍둥이를 지켰다. 덕분에 한잠도 못 자고 아침 일곱 시에 출근을 해서 바쁜 와중에 로바에게서 묘한 얘기를 듣기도 했다. 하루 숙박비로 갑자기 십육만 엔이나 되는 돈이 날아들어온 것만이 살인 소동이 안겨준 유일한 위안이었다. 잠을 좀 못 자고 피로가 쌓인다고 해도 이 정도 벌이라면 살인이 한 건 더 일어나도 좋겠네, 하고 세리나는 실없는 생각을 해보았다. 한 건당 십육만 엔 플러스 고급 술값. 쓰노다 고다이는 고가의 술을 즐겼다. 자기가 마시는 건 물론, 타인에게 사주는 것도.

하지만 켄의 주문은 예상을 초월한 것이었다. 어제 아내를 잃은 남자가 파티를 의뢰하다니. 세리나는 직업의식을 잊고 되물었다.

"저, 실례지만, 파티라고 하셨나요?"

"네."

켄은 주저주저 몸을 조금 움직였다.

"이별 파티를 열어줄까 싶어서요. 아내를 위해."

"아아, 그런 얘기였군요."

"아내한테는 친구가 없었어요. 친척도 거의 없습니다. 그 사람은 음울한 걸 아주 싫어했어요. 보통 경우라면 집에 스님을 모셔서 독경을 부탁드리고 나와 우리 부모님이 장례식을 마치는 게 당연하겠지만, 아무래도 아내한테는 어울리지 않는 것 같아서요. 어떠세요, 해주시지 않겠습니까? 그 사람이 이 레스토랑을 좋아하기도 했고."

세리나는 곤혹스러웠다. 아케미가 황금수프정을 마음에 들어 했다는 건 절대로 사실이 아니다.

그렇다고는 하나 그렇지 않다고 말해주기도 뭐했다. 그녀는 애매하게 대답했다.

"저희는 상관없지만, 마쓰무라 씨 쪽은 괜찮으신가요? 부인이 돌아가신 걸 알면, 회사나 거래처 분들도 장례식에 참가하고 싶어 하실 텐데요."

"그런 건 상관없어요. 내가 아니라 아내의 장례식이니까. 검은 옷을 입고 염주를 늘어뜨리고 뻴쭘한 얼굴을 한 무리들이 줄줄이 찾아오다니, 사절하고 싶군요. 내 생각으로는."

켄은 들뜬 표정을 지었다.

"장소는 황금수프정으로 했으면 해요. 여러분도 평상복으로 와주시고, 함께 맛있는 식사를 하는 거죠. 그것뿐이에요. 향도 필요 없습니다. 아내가 내는 거라고 생각하고 식사를 하고, 아내에 대한 추억을 얘기해주시기만 하면 됩니다. 일이 있는 분들도 오실 거니까 평일 밤이나 휴일 낮이 좋겠네요."

"그럼, 그, 여러분이라는 건."

"그러니까, 이웃의 여러분들이요."

켄은 눈을 동그랗게 뜨고 대답했다.

"아내에 대해서 잘 알고 계신 건 빌라 분들뿐이에요. 모두 참가해주시면 좋겠는데."

"저, 마쓰무라 씨."

세리나가 그만 못 참고 간섭을 했다.

"괜찮으시겠어요? 빌라 사람들을 부인의 이별 파티에 모아서."

"뭐, 안 될 일이라도 있습니까?"

"경찰은 우리 중에 범인이 있다고 생각하고 있어요. 생각하고 싶지는 않지만 아케미 씨를 죽인 범인이 만약 빌라 주민 중에 있다면……."

"그런 걱정은 안 해도 돼요."

켄은 손을 크게 흔들었다.

"범인은 외부 사람인 게 분명합니다. 내가 보기에는 조직범죄의 냄새가 나요."

"폭력단이 한 짓이라는 얘긴가요?"

세리나는 놀랐다. 괜찮을까, 이 사람. 부인이 살해당하고 나서 나사가 하나 빠진 건 아닐까.

"입막음이라는 건 폭력단이 하는 짓이잖아요. 살해당한 그 남자, 지금껏 신원도 알려지지 않고 얼굴도 지문도 짓이겨져 있었다지 않습니까. 조폭 세계의 사람이기 때문이에요. 달리 생각할 게 있나요?"

"네에……."

"폭력단의 내부 갈등이라니까요. 틀림없어요. 불쌍한 아내는 거기 그만 휩쓸린 겁니다. 그 사람은 순진무구한 여자였으니까요. 그런 위험을 알아차리지 못한 거죠."

켄이 고개를 숙였다. 세리나는 어떻게 대꾸해야 좋을지 몰라 잠자코 있었다. 잠시 후에 켄이 얼굴을 들었다.

"어쨌든 초대한 손님들 중에 아내를 죽인 범인이 있을 리는 없어요. 모두들 기쁘게 와주실 겁니다. 그런데 레스토랑 전체를 빌리는 건 괜찮을까요?"

세리나는 재빨리 머릿속으로 계산을 해보았다. 다른 손님을 받지 않고 파티를 연다면, 일인당 만 엔 예산이라고 해도 십이삼만 엔, 레스토랑 대여비 오만 엔, 합계 십칠팔만 엔의 수입이 된다. 한순간 얼굴이 풀어지려다가 도카치가와 레쓰와 이노 게이코가 아케미를 추억하는 장면이 떠올라 등골이 서늘해졌다. 농담이 아니야, 더 이상 소란이 일어나면 안 돼.

"시간대에 따라 어떨지 모르지만, 주말이나 휴일에는 숙박 손님이 계셔서……."

"그렇다면 장소를 우리 집으로 하는 건 어떨까요?"

세리나와 켄이 깜짝 놀라 자리에서 일어섰다. 응접실 입구에 쓰노다 고다이가 싱글벙글 웃으며 서 있었다.

"실례. 휴업 중이라는 걸 깜박하고 커피를 마시러 들렀다가 방금 하신 얘기를 들었습니다. 어떠세요, 우리 집 정원에서 가든파티를 하는 건? 안타깝게도 부인과는 생전에 아는 사이가 못 됐지만. 바쁘다 보니 이웃 교제에 좀처럼 시간을 못 내서 말이지요, 혹시……."

"그거 정말 좋네요."

켄이 열을 냈다.

"죽은 아내가 얼마나 기뻐할까요. 그 사람은 쓰노다 씨가 이웃에 이사 왔을 때 아이처럼 흥분했었어요. 선생님 댁을 한번 들여다봤으면 좋겠다는 얘기도 했지요."

아케미는 확실히 쓰노다 고다이 부부가 이사 온 사실을 알고 흥분했었지, 하고 세리나는 기억을 떠올렸다. 그런 유명인이 이런 궁벽한 곳으로 이사를 오다니, 뭔가 뒤가 구린 데가 있는 게 틀림없어, 라면서.

"어쩐지 부인의 죽음을 이용하는 것 같아 미안하기도 하지만, 그래도 이걸 기회로 여러분들과 어떻게든 가까워지고 싶습니다. 요리는 황금수프정에 맡기면 되고, 장소는 우리 집 정원으로 하는 겁니다."

켄과 쓰노다의 열렬한 시선을 받고 세리나는 움츠러들었다. 그녀는 최후의 저항을 시도했다.

"네, 요리는 맡도록 하겠습니다. 하지만 사건이 해결된 뒤에 하는 게 좋지 않을까요? 경찰로부터 이것저것 조사를 받느라 지친 사람도 있어요. 이럴 때 그런 모임을 갖는 게 괜찮을까 싶은데요."

"살인사건과 관련이 없다면 당당히 나오겠죠, 보통은."

켄이 걱정도 팔자라는 표정으로 말했다. 세리나는 고개를 흔들었다.

"관계없어도 나올 수 없는 사람이 있어요. 이름을 댈 수는 없지만 이 소란 덕분에 불륜을 들켜버린 사람이 있어요. 소문이 쫙 났으니 얼굴을 내밀기 괴로울 거예요."

"그래요? 그런 얘기가 있었군. 도대체 그게 누구지요?"

쓰노다 고다이가 큰 얼굴을 쑥 내밀며 텁텁한 목소리로 말했다. 세리나는 억지로 웃었다.

"그런 걸 제 입으로 말할 수는 없죠. 빌라에서는 모르는 사람이 없지만."

"흐음."

쓰노다 고다이가 턱을 쓰다듬었다. 알고 싶으면 쇼코 언니한테 물어봐요, 하고 은근슬쩍 암시해준 걸 알아챈 표정이었다. 그는 다시 파티로 화제를 되돌렸다.

"내가 여러분을 설득해보죠. 안 좋은 사건이 계속됐으니 기분 전환도 필요할 것이고…… 고인을 추도하는 것도 좋은 일 아닌가요?"

"그렇게 해주시겠습니까?"

켄은 공손히 말했다. 세리나는 한숨을 쉰 후, 이 뉴스를 듣고 쇼코가 어떤 얼굴을 할지 상상하면서 말했다.

"그렇게까지 말씀하신다면 지시대로 하겠습니다. 이번 주 토요일이나 일요일이면 괜찮으시겠죠. 메뉴에 대해서는 나중에 의논을 드리겠습니다. 가든파티면 입식으로 하는 게 좋겠지요. 부인 아케미 씨는 오리고기를 싫어하셨죠. 특별히 좋아하신 건 생선 요리였나요?"

"잘 기억해주셨군요."

켄은 조금 과장되게 기쁜 표정을 지었다.

"그 사람은 생선을 아주 좋아했어요. 제일 잘하는 요리가 사시미였어요."

쓰노다 고다이가 헛기침을 하고, 세리나는 응접실에 걸려 있는 살찐 고양이 액자를 열심히 노려봤다. 켄은 알아차리지 못하고 계속했다.

"생선이라면 감정사나 다름없었으니까요. 늘 맛있는 생선을 식탁에 올려줬죠. 하자키는 바다가 가까워 신선한 생선을 구할 수 있는 게 가장 좋은 점이라면서……."

그는 갑자기 말을 끊고 고개를 숙였다. 어깨가 가늘게 떨렸다. 둘은 당황해서 얼굴을 마주 보았고, 세리나가 파티 준비에 대해

하지 않아도 될 말을 구구하게 되풀이했다.

"날짜는 내일로 하는 게 좋지 않을까?"

쓰노다 고다이가 끼어들었다. 세리나는 펄쩍 뛰었다.

"내, 내일이요?"

"켄 씨, 실례입니다만 부인의 유체는 어떻게 됐나요?"

"아까 연락이 왔는데요, 오늘 오후에 돌아온답니다. 오늘 밤 집에서 밤샘 의식을 하고 내일 오전 중에 화장장에 데려갈 생각입니다. 그러니까 오후라면 괜찮은데요."

세리나는 저도 모르게 켄의 얼굴을 뚫어져라 바라봤다. 연락이 왔었다고? 경찰에서? 켄이 이 호텔에 있는 건 쇼코가 경찰에 알렸을 거다. 그러나…….

"그래요? 그렇다면 내일은 체육의 날이라 휴일이기도 하고 딱 좋지 않습니까? 파티는 고별식 대신으로 하는 거니까, 이상하게 들릴지 모르지만, 빨리 그, 기분을 풀어버리는 편이 좋지 않을까요? 의식이란 건 그 나름대로…… 뭐랄까, 기분을 정리하는 데 도움이 되니까요."

쓰노다가 열심히 설득하고 켄은 열심히 고개를 끄덕였다. 세리나는 참지 못하고 재빨리 말했다.

"세세한 얘기는 커피를 마시면서 하시지요? 지금 가져오겠습니다."

로버트는 주방에 없었다. 휴업이라는 말을 듣고 자기 방에서 뒹굴고 있을 거다. 세리나는 뾰로통해서 난폭하게 주전자를 불 위에 올려놓았다. 뭘 꾸미고 있는 거야, 저 두 사람. 마치 자기만 소외된 것 같았다. 그녀는 큰 소리로 흥을 봤다.

"참말로, 뭐가 이별 파티야. 정말 남자들이란. 뭐, 빨리 기분을 바꾸자고?"

"저어."

열어놓은 뒷문에서 누가 말을 걸어와, 세리나는 커피 통을 떨어뜨렸다. 이와사키 아키라가 히죽거리며 이쪽을 보고 있었다.

"어머…… 들렸어요?"

"아니요, 아무것도. 오늘은 임시 휴업이라고요?"

"레스토랑은 보통 화요일에 쉬어요. 다음 날이 휴일일 때는 휴일 다음 날 쉬지만. 아키라 씨도 커피 마시러 들렀나요?"

비아냥조로 말한 건데, 아키라는 담담히 고개를 가로저었다.

"마쓰무라 켄 사장님한테 볼일이 있어요. 지금 여기 있죠? 쇼코 아줌마가 그러던데."

"쇼코 언니가 먼저 켄 씨를 조용히 쉬게 해주사고 해놓고는. 이건 참 손님이 끊이질 않네."

"볼일이 있는 건 내가 아니에요. 켄 씨 부모님을 모시고 왔어요. 조간을 보고 깜짝 놀라 달려오셨대요. 앞쪽 현관에서 기다리시라고 했는데."

"지금 열게요."

세리나는 일말의 기대를 가슴에 품고 서둘러 밖으로 나갔다. 이제 이별 파티 건은 백지로 돌아갈지도 모른다.

현관에는 초로의 부부가 불안한 표정으로 서 있었다. 개 목줄을 꽉 쥔 남편은 켄과 똑 닮았고 어머니는 말이 많을 것 같아 보이는 못생긴 여자였다. 세리나는 그들을 응접실로 안내한 다음, 김이 오르는 커피를 가지고 가서 켄과 그의 부모님에게 내주었다. 이와사키 아키라와 쓰노다 고다이는 레스토랑으로 자리를 옮기게 하고, 다시 한번 주방으로 가서 자신의 것까지 삼인분의 커피를 만들어 레스토랑으로 갔다. 흥분했던 것치고 커피는 맛있게 타졌다. 아키라와 쓰노다가 커피 맛을 칭찬했다. 세리나는 겨우 안정이 되어 잔을 입에 갖다 댔다. 그때 난폭하게 문을 두드리는 소리가 났다.

"안녕하세요? 켄 씨는 일어났나요?"

하자키 경찰서의 두 형사, 고마지 형사반장과 히토쓰바시 경사였다.

4

세리나가 문을 노크하는 것과 동시에 응접실 구석에서 새어 나오던 소리가 딱 멈췄다. 형사들을 소개하자 켄의 어머니가 튕기듯이 자리에서 일어나, 이번에 며느리가 여러분께 엉뚱한 폐를 끼쳤습니다, 하며 오래오래 고개를 숙였다. 고마지와 히토쓰바시는 켄의 얘기를 듣는 동안 부모님을 따로 있게 할 참이었는데, 부부는 응접실에 놓인 푹신한 소파에 떡하니 버티고 앉은 채 지렛대로 들어 올려도 꿈쩍하지 않을 태세였다.

옆구리를 찔리자, 히토쓰바시가 어쩔 수 없이 조의를 표하고 무탈한 질문을 던졌다. 어제 사건에 대해 지금 와서 새로이 기억나는 건 없는가. 이상하다 싶은 거라면 뭐든 좋다. 켄은 고개를 흔들다 말고 갑자기 히토쓰바시에게 물었다.

"저어, 벌써 물어보셨겠지만, 그 아이들 어떻게 그 집에 들어갔었나요?"

히토쓰바시는 멍해졌다.

"그건 도대체 무슨 말입니까?"

"미시마 후유 씨네 쌍둥이 말이에요. 창피한 얘기지만 난 죽어 있는 아내를 보고 골목까지 뛰어나와 비명을 질렀어요. 그런데 그 빈집 현관이 열리지 않겠어요? 나도 모르게 주저앉아버렸습니다."

"그러니까 3호에서 후유 씨네 쌍둥이가 나왔다는 건가요?"

"네 그래요. 그 아이들 도대체 어떻게 3호에 들어간 거지요? 경찰이 열쇠를 맡고 있지 않았나요?"

고마지가 우물우물 얼버무리고 켄의 아버지가 한심하다는 듯

혀를 차는데, 세리나가 커피를 날라 왔다.

"늘 죄송하네요. 이렇게 폐만 끼치고."

세리나는 뭔가에 정신을 빼앗긴 것 같았다. 하지만 바로 웃는 표정을 지었다.

"아뇨, 괜찮습니다. 지금은 숙박객도 없고."

"잠깐 웨이트리스 아가씨."

켄의 어머니가 성급하게 책상을 두드렸다.

"약을 먹어야 돼서요, 물 좀 주지 않겠어요? 그리고 녹차도요. 커피는 도대체가 노인이 마실 게 못 된다니까."

"어머니, 이분은 이 호텔 오너예요. 호의로 음료를 내주시는 거라고요. 뻔뻔스러운 소리 좀 하지 말아요."

켄이 멈칫멈칫 끼어들었다. 하지만.

"어머, 그러니? 그래서 뭘. 넌 숙박객 아니니?"

켄의 어머니가 샐쭉했다. 세리나는 속으로 켄 앞으로 어머니의 물값이 듬뿍 포함된 계산서를 청구해야지, 하면서 응접실을 나왔다. 고마지 반장이 뒤쫓아 나오면서 말했다.

"아, 정말 미안하군. 어제에 이어서 오늘까지."

"형사님이 사과할 건 아니잖아요."

"그야, 그렇지만."

"이런 장사를 하다 보면 저런 손님이 드물지 않아요. 하긴 돈도 안 내면서 버티는 케이스는 처음이지만."

세리나는 숨을 깊이 들이마셨다.

“미안합니다. 요즘 신경이 날카로워져서요. 사건이 꼬리를 물고 일어나니까요.”

“그러게 말입니다.”

고마지는 얌전히 세리나의 뒤를 따라갔다. 세리나는 주방의 녹차 코너에서 엽차 통을 찾아냈다.

“사건이 살인사건만 있는 게 아니에요. 거기에 부수적으로 여러 가지 머리 아픈 사건이 일어나서.”

세리나는 ‘이별 파티’에 대해 얘기했다. 고마지의 눈썹이 치켜 올라갔다.

“그건 좀 엉뚱한 계획이군.”

“역시 그렇게 생각하시죠? 켄 씨 어머니가 아들을 말려주면 좋겠는데. 참, 좀 이상한 질문인데요. 오늘 아침 켄 씨에게 경찰이 연락을 했다던데.”

“연락? 아니, 켄 씨가 경찰서로 문의 전화를 했었어요. 부인의 유체를 언제 받을 수 있느냐고.”

“아, 그랬군요.”

“뭐, 이상한 점이라도?”

“그렇게 신경 쓸 정도의 것은 아닌데요.”

세리나는 당황했다.

“외선은 모두 프런트를 통하게 되어 있는데, 언제 경찰에서 전화가 왔었나 싶어서요."

고마지 반장이 뚫어져라 세리나를 바라봤다.

"세리나 씨, 뭐 걱정되는 게 있나요?"

"특별히, 뭐랄 것은 없는데요."

세리나는 어젯밤 전화에 대해 말했다. 경찰을 가장해 켄 앞으로 걸려온 전화 얘기였다.

"저는 기자가 건 거라고만 생각했는데, 어쩌면 아닐지도 모르겠다 싶어서요."

"켄 씨한테 해를 끼치려는 누군가가 건 전화다, 그렇게 생각하는 건가요?"

"그게 아니에요. 그 전화가 끊기기 전에 혀를 차는 소리가 굉장치도 않게 들렸어요. 저어, 아들과 아버지는 외모만이 아니라 의외로 여러 가지가 닮았잖아요. 습관이라든가 성격이라든가 기호라든가."

"아. 그렇지."

고마지 반장은 어쩐지 짐작 가는 바가 있는 모양이었다. 세리나는 서둘러 덧붙였다.

"켄 씨는 실은 기자와 얘기를 하고 싶었던 게 아닐까요? 기자회견이 안 되니까 이번엔 이별 파티잖아요. 어쩌면 그는 범인을 끌어내기 위해 연막을 피우려는 게 아닐까요? 아케미 씨를 죽인 범인 말이에요."

"그럴 수도 있겠군."

"제 생각인데요…… 그거 위험한 거 아니에요?"

형사반장은 대답하지 않았다. 그는 미간에 깊게 주름을 잡았다.

"죄송하군요, 이거."

아키라는 뒷좌석에서 명랑하게 말했다. 개도 고맙다는 듯이 한번 짖었다. 히토쓰바시는 안전벨트를 매면서 대답했다.

"어차피 우리도 빌라로 가는 길이었으니까 상관없습니다. 그 개 꽉 잡아주세요."

"아키라 씨는 차가 없나?"

고마지 반장의 질문에 아키라는 눈을 깜빡거렸다.

"있어요, 물론. 여기선 차 없는 생활은 생각조차 할 수 없으니까요. 나랑 다쿠야가 한 대씩. 슬슬 차를 바꿀까 생각하고 있어요. 벌써 십오만 킬로미터는 가볍게 달렸더라고요."

"빌라 사람들은 모두 차를 갖고 있나?"

"글쎄요, 후유 씨, 마쓰무라 사장님, 쇼코 아줌마, 노리코 씨, 세리나 씨가 각각 한 대, 이노 사장님네가 두 대, 시로 할아버지네랑 도카치가와 할머니네는 없어요."

"아케미는 자전거였다지?"

"그게 참말로, 자전거는 자기 집 마당에 세우기로 암묵적으로 약속이 되어 있었어요. 암묵적인 양해로요. 주차장이 별로 안 넓은 데다 위로 이사 온 작가 선생 집에서 세 대나 세우게 되었잖아요. 그것 때문에 주차 위치를 바꾸느라 보통 고생했던 게 아니에요. 만약에 3호를 사서 이사 오는 사람이 차가 두 대면 어떻게 될지 걱정이에요. 방문객용 주차 공간을 거주자가 쓰게 되면 생선 가게를 열 수 없게 되거든요. 차를 팔아버리라고 할 수도 없고요."

"자넨 오늘 왜 남해장까지 걸어왔지?"

"왜라니, 이 개를 보고도 모릅니까? 아, 켄 씨 부모님 말이군요. 남해장까지는 걸어서 이십 분밖에 안 걸려요. 평일 여덟 시 지나서 꽉 막힌 해안도로를 차로 이동한다는 건 말도 안 되죠. 하자키산 밑으로 길을 뚫는다는 얘기, 그거 어떻게 됐지요?"

"아무도 앞장서는 이가 없어서 말이야."

차는 후지사와로 향하는 차량 행렬에 끼어들었다. 열 시가 지났으나 아직도 러시는 끝나지 않았다. 고마지는 의아하다는 듯이 아키라를 바라봤다.

"이렇게 농땡이를 부려도 되나?"

"물론 상관없어요. 수업은 오후 세 시 반부터니까요. 형사님들은 이번에는 누구를 혼내주러 가는 건가요?"

"지금으로선 자네로 해두지."

"그래요. 그럼 말해두겠는데요. 룸메이트가 나에 대해 엉뚱한 소리를 지껄여도 정식으로 받아들이지 마시기 바랍니다."

아키라의 말이 빨라졌다. 고마지는 삐걱삐걱 소리를 내며 거대한 엉덩이를 움직여 뒤를 돌아봤다.

"그건 도대체 무슨 뜻이지?"

아키라는 잠깐 동안 망설였으나, 곧 속내를 털어내듯 말했다.

"녀석이 요즘 좀 이상해요. 수업 중에도 반쯤은 정신이 나가 있고, 아케미 살해범이 네가 아니냐 따위 말을 하질 않나. 제가 그 여자를 싫어했다는 건 부정하지 않겠어요. 개를 못되게 다뤘거든요. 그녀가 죽기 조금 전에 싸웠어요. 개 때문에."

"그게 몇 시쯤이었지?"

"한 시 사십 분이었어요. 직전에 손목시계를 봤기 때문에 틀림없습니다. 이노 게이코 씨의 아들 다케시가 개를 걱정스럽게 바라보고 있었어요. 엄마가 히스테리를 일으키는 바람에 불쌍한 어린 녀석이 갈 곳도 없이 이웃을 돌아다녔던 거예요. 개는 개대로 물도 못 얻어먹고 있었고."

아키라는 울분을 풀 길이 없다는 표정으로 사정을 설명했다.

"아케미 씨가 할 말을 다 하더니 탁 하고 창문을 닫아버리지 않겠어요. 정말 불쾌한 여자예요."

"그래서 죽였나?"

"내가요? 농담 마세요."

아키라는 짓궂은 웃음을 지었다.

"그 여자한테도 약점은 있었어요. 아무도 상대해주지 않는 걸 못 참았던 거죠. 그래서 말도 안 되는, 하지만 재미있을 법한 얘기를 만들어내서는 여기저기 떠들고 다녔던 거예요. 사람들의 주목을 받고 싶어서요. 그래서 너도 한번 당해봐라 하는 생각에."

아키라는 겸연쩍다는 듯이 말을 끊었다. 고마지는 뚫어져라 그의 얼굴을 바라보았고, 개가 불안스럽게 킁킁거렸다. 잠시 뒤에 아키라는 양손을 들고 말했다.

"알았어요. 다 털어놓지요. 실은 얼마나 화가 났던지. 남해장 바로 앞에 공중전화가 있는 거 아시죠? 거기서 그 여자한테 전화를 걸었어요. 그 남자를 죽인 건 너야, 하고 위협을 해주려고요. 그냥 장난이었다니까요."

"그냥 장난이라고?"

고마지는 아키라의 붉어진 귀를 찬찬히 바라보았다.

"그래, 그게 몇 시지?"

"글쎄요, 그때는 시계는 안 봤어요. 두 시 좀 지나서가 아닐까요, 차로 나와서 거기까지면. 그런데 그 여자가 전화를 받는 순간, 난 헉 하고 깨달았어요. 이거야 원 내가 했다는 걸 금방 들켜버릴 게 분명하잖아요. 방금 싸우고 나왔으니까요. 그 여자의 거친 숨소리를 듣자마자 수화기를 내려놓았어요. 그리고 뒤도 안 돌아보고 학원을 향해 달려갔지요. 거짓말 아니에요."

고마지는 다시 거대한 엉덩이를 돌려 앞으로 고쳐 앉았다. 차는 그제야 겨우 빌라 주차장에 도착했다. 히토쓰바시는 주차장의 방문객 공간에 신중하게 차를 세웠다.

쇼코는 지긋지긋하다는 듯이 형사들에게 말했다.

"이제 막 큰일을 끝내고 잘됐다 했는데. 살인사건도 시기를 좀 골라서 일어나줬으면 좋겠네요."

"무슨 일이 있었나요?"

"날 의지하는 것도 좋지만, 어제는 켄 씨에다 후유 씨네 쌍둥이, 그리고 개. 오늘은 이노 씨네 아이를 떠맡았어요. 개야 얌전한 아이지만요. 우리 집은 어린이집이 아니랍니다."

"힘드시겠네요."

히토쓰바시는 멍청히 동정의 말을 건넸다가 바로 역습을 당했다.

"그렇게 생각한다면 어서 빨리 어떻게 좀 해줘요. 당신들이 게으름을 피운다고는 생각하지 않지만 사체의 신원 정도는 알아낼 때가 되지 않았나요?"

"열심히 수사 중입니다."

고마지가 저자세로 대답하고 나서 얼굴을 들고 물었다.

"이노 씨 부부는 어떻게 됐나요?"

"어떻게 되기는요, 아침에 일어났더니 부인이 글을 남겨놓고 사라졌대요."

"네?"

두 형사가 튀어 오르는 바람에 잘 쌓아놓은 책이 바닥으로 떨어졌다. 히토쓰바시는 휴대전화를 한 손에 든 채 현관으로 돌진했고, 고마지는 책을 원래대로 돌려놓으면서 상기된 목소리로 다시 물었다.

"이노 게이코는 도대체 어디로 갔을까요?"

"내가 알 리 없죠. 어젯밤에는 난리였다니까요. 도카치가와 씨 얘기로는 남편은 협박장이니 비행기 사건이니 하면서 부인을 몰아붙였고, 부인은 남편의 불륜을 비난했다네요. 누구라도 도망치고 싶을 거예요. 솔직히 말하면 난 그녀가 나가서 잘됐다고 생각해요. 불쌍하게도 다케시는 패닉 상태에 빠진 아버지에게 이끌려 왔는데 몸에 열이 있더라고요. 아무리 어려도 자신이 있을 곳이 없어지려 한다는 것쯤은 눈치챌 수 있지요. 부부가 차분하게 대화를 할 수 있을 때까지 냉각기간을 두는 게 나아요."

"그래서 아이는?"

"후유 씨가 병원에 데리고 갔어요. 무리도 아니지만, 지금 아이 아빠는 아무런 도움도 되지 않으니까요. 후유 씨는 유급휴가가 남아 있다던가, 오늘은 쌍둥이도 학교에 가지 않고, 모두 다 쉬기로 했다네요. 마침 병원에 병문안 가야 할 일도 있다면서 흔쾌히 다케시를 맡아줬어요. 그렇지만 아시죠? 남의 아이를 언제까지나 책임질 수는 없답니다."

쇼코는 한숨을 쉬었다.

"이 동네에서는 혹시, 부부 사이에 문제가 생기게 만드는 기운이라도 나오는 걸까요? 켄 씨네는 살인, 후유 씨네는 증발, 이노 씨네는 불륜. 세리나도 남편이 자살을 했고⋯⋯ 하긴, 그건 세리나가 이곳으로 이사 오기 전 얘기였지. 어쨌든 난 미신을 믿지는 않지만, 이렇게 되면 스님이든 간누시(일본의 전통 신앙인 신도의 신을 모시는 신사에 종사하는 사람—옮긴이)든 불러야 하지 않을까 하는 생각이 드네요."

"그럴지도 모르겠네요. 하지만 증발이나 불륜은 몰라도 살인이라는 건요, 그런 식으로 해결할 수는 없지요."

고마지가 팔짱을 꼈다. 쇼코는 그를 힐끗 내려다보고 담배를 꺼내 들더니 창문을 열었다.

"난 한 가지 알게 된 게 있어요. 집 짓는 것에 관해서인데요. 이 빌라는 확실히 벽이 두껍게 만들어져서 집 안 소리가 웬만해선 밖으로 안 나가고, 밖의 소리도 잘 안 들어와요. 하지만 정면 바로 아래에 있으면 얘기는 달라져요. 개를 맡아 그 자리에 묶어 두었는데 짖는 소리도 들리고 아침에 아키라 군이 창 아래로 와서 소곤소곤하는 소리도 다 들렸어요."

"엿듣는 것도 가능하다는 말이군요."

"아케미 씨가 그걸 알아차렸다면요."

쇼코는 의미심장하게 말을 끊었다.

9장

형사반장이 추궁하다

1

기토 도키코는 눈을 씀벅거리며 형사들을 올려다봤다.

"도대체 무슨 소린지. 노리코가 무슨 일을 저질렀다는 말인가요?"

"무슨 일이 있다는 게 아니고요."

히토쓰바시는 가능한 한 온화한 얼굴을 만들어 보였다.

"경찰의 일이라는 게 대부분이 확인 작업이랍니다. 실은 노리코 씨가 옛날에 만났던 남자의 특징이 3호의 사체와 매우 흡사하다는 정보가 있어서요. 물론 다른 사람이겠지만, 일단 확인은 해야죠. 개인적으로는 댁의 따님처럼 착실한 여성이 살인 같은 수지맞지 않는 일을 할 리 없다고 생각합니다. 그렇지만 저희 윗분이 미련스럽게 깐깐해서 조사하지 않을 수 없네요. 시집도 안 간 따님의 평판을 흠집 내서는 안 되겠고. 네, 외부에 묻는 것보다 어머님께 여쭙는 쪽이 일을 덜 복잡하게 할 것 같아서."

이러다가는 세일즈맨이라도 하겠는걸, 하고 머리 한구석으로 생각하면서 낯간지러운 말을 늘어놓았더니, 도키코가 순식간에 태도를 누그러뜨리며 숨도 쉬지 않고 지껄여댔다.

"그 애는 옛날부터 똑똑했어요. 어릴 때부터 아버지의 고서점을 잇겠다면서 대학에서도 내 반대를 무릅쓰고 서지학이라고 하나요, 그런 걸 공부했지요. 외동딸이라 어서 빨리 사위를 들여 손자 얼굴을 보고 싶은데 남자 친구는 만들 생각도 않으니, 엄마가 걱정하는 건 당연하잖아요. 아는 사람을 통해서 좋은 혼담을 가져와도 절대로 선은 안 본다느니 하면서 건방진 소리나 하고. 아버지가 너무 귀여워만 하면서 키웠어요."

"따님의 옛날 남자 말입니다. 사사마 도시히코라는 사람 맞죠?"

"네. 해외여행 가서 알게 됐대요. 어쩌자고 네팔 같은 데를 가서 말이에요. 굳이 갈 거라면 프랑스나 영국으로 갔으면 얼마나 좋아요. 부모 말은 안 듣는다니까요."

"네팔에는 혼자 갔나요?"

"대학 때 친구인 이가라시 요코하고 같이 갔어요."

"언제쯤 얘깁니까?"

"삼 년쯤 됐나. 한번은 그 남자를 집에 데리고 왔었어요. 한눈에 딸이 속았다는 걸 알았죠. 그 남자에게는 분명 사기 전과가 있을 거예요. 우리 집은 부자는 아니지만 요즘 같은 때에는 집하고 점포만으로도 한 재산 아닌가요? 결혼은 절대 반대라고 말해줬지요. 아유, 그때 소리 질러대는 꼴이라니, 보여드리고 싶네요. 아마 그걸 들으면 수갑을 채우고 싶어서 몸이 근질거릴 거예요."

"그래서 둘은 그 후로 그만 만났나요?"

"딸애는 고집쟁이이긴 하지만 바보는 아니에요. 얼마 안 가서 자연스럽게 헤어졌어요."

"따님은 최근에는 사사마를 안 만났나요?"

"네, 만난 적이 없다고 했어요. 우리 모녀는 서로 숨기는 게 없답니다."

도키코는 머리를 뒤로 휙 젖혔다.

"가장 최근에 만난 건?"

"반년쯤 전이었나. 서점으로 끈질기게 찾아와서 돈으로 쫓았다더군요."

"돈으로. 그건 또 어째서?"

"나도 그건 쓸데없는 짓이라고 말해줬어요. 서점에 있던 손님들 눈치가 보여서 얼른 쫓아 보내느라고 그랬대요. 사사마가 치과 갈 돈만 빌려달라, 두 번 다시 오지 않겠다, 또 여행을 가서 당분간은 돌아오지 않을 거다, 라고 했다던데. 푼돈으로 해결됐으니 소란을 떠는 것보단 잘된 일이죠."

히토쓰바시는 절도 사건을 떠올렸다. 노리코가 협박에 호락호락 응하는 모습은 상상이 되지 않았다. 그런 경우라면 상대의 머리털을 뽑아버리려 들지 않았을까.

"그런데 사사마 도시히코의 연락처는 알고 계십니까?"

"몰라요. 일본에서 사라져주겠다고 했다니까, 지금쯤 어느 하늘 아래나 길가에 쓰러져 죽어 없어졌으면 좋겠는데."

도키코는 딸과 자신에게 불리한 얘기만 골라서 아무렇지도 않게 떠들고는 차를 한 잔 더 따라줬다. 고마지가 차를 정중하게 거절하고 히토쓰바시를 대신해 여유로운 말투로 공격을 시작했다.

"어쩌면 따님은 아직 사사마를 못 잊고 있을지도 모르겠군요. 그렇지 않고서야 돈 같은 걸 건네주진 않았을 텐데요. 무슨 약점을 잡혔다면 모를까."

"노리코의 마음이 착해서예요."

도키코는 즉시 격분했다.

"지금은 완전 남이라 해도 옛 애인이 어려움에 처해 있다면 도와줄 애예요."

"도와주다가 꺼지려던 불이 다시 타오르게 됐는지도 모르죠."

"무슨 그런 말을. 절대로 그럴 리 없어요."

"그렇다면 뭔가 약점을 잡혀서 협박에 응했다고 생각하는 게 무난하겠군요."

도키코의 표정이 험악해졌다.

"딸한테 약점 같은 건 없어요."

“그렇다면 따님은 왜 사사마에 대해 우리한테 얘기해주지 않은 걸까요?”

“당신들한테는 상상력이라는 게 없나요? 그 애는 사사마하고 헤어지고 큰 상처를 입었어요. 말했죠. 착한 아이라고. 경찰 같은 데다가 그런 개인적인 얘기를 할 필요는 없지요. 질문을 받는 것만으로도 또 상처 입을 거예요.”

“하지만 사귀었던 건 꽤 옛날 일이잖아요. 아니, 어쩌면 아주 최근의 일이어서 그런 건지도 모르겠군.”

“말도 안 되는 소리. 노리코가 사사마를 죽이기라도 했단 말인가요? 이상하잖아요. 그 말마따나 그 애가 최근에 사사마와 다시 사귀기 시작했다면 사사마를 죽일 리 없잖아요.”

“어머니는 어떨까요?”

갑자기 시작된 불꽃 튀는 랠리를 조마조마하게 지켜보는 부하에게 끼어들지 말라는 눈빛을 보내고는, 고마지는 마지막으로 한 방의 스매시를 내리꽂았다.

“따님이 사사마와 다시 사귀기 시작한다면 딸을 염려하는 어머니로서는 당연히 싫겠죠. 자식과 관련된 일이라면 부모는 얼마든지 무서운 일을 벌일 수 있으니까요. 아, 이건 단지 일반론입니다. 그렇지만요, 어머니한테는 알리바이도 없어요. 3호의 시체가 발견된 태풍이 부는 날에는 집에 혼자 있었어요. 딸이 알아차릴까 봐 무서워서 사체의 얼굴을 망가뜨린 거 아닌가요. 사사마에게 사기 전과가 있다면 신분이 드러날 테니까 지문을 없앴고. 아케미가 살해된 날에도 여기 혼자 있었죠. 현관 앞에서 가격하고 도망쳤나요? 일 분도 안 걸리는 일이죠. 아케미 씨는 어쩌면 태풍 부는 날 어머니와 사사마의 모습을 목격했는지도 모르겠군요."

"도대체 당신, 무슨."

도키코는 심하게 허덕였다.

"마…… 말도 안 돼. 내가 살인자라니……."

"그냥 가능성을 제시한 것뿐입니다. 흥분하지 마세요."

옆에서 보다 못해 히토쓰바시가 끼어들었으나, 도키코는 감사 인사는커녕 자리에서 일어나면서 히토쓰바시를 걷어찼다.

"흥분하지 말라니. 없는 죄를 뒤집어씌우면서. 이럴 때 흥분하지 않으면 도대체 언제 흥분하라는 거야. 나가! 우리 집에서 당장 나가!"

"꼭 그렇게까지 하지 않으셔도."

히토쓰바시는 한마디 하지 않을 수 없었다. 고마지는 벌레라도 씹은 듯한 얼굴로 말했다.

"자네 말이야. 사람이 너무 좋아 탈이야. 내 추론에 뭐 문제점이라도 있나?"

"있고말고요. 반장님의 가설은 3호에서 발견된 사체가 사사마의 것이고, 더구나 노리코가 최근에 다시 사사마와 사귀기 시작했다, 라는 전제 위에 성립하는 거예요. 사체가 사사마라고 확정된 것도 아니고, 무엇보다 노리코가 돈을 조르러 오는 남자랑 다시 사귀다니 믿을 수 없어요. 게다가 열쇠 건은 어떻게 된 겁니까? 도키코는 3호 열쇠를 갖고 있지도 않아요."

"미시마 후유의 쌍둥이가 드나들 수 있는 곳이야. 누가 들어간들 이상할 것 없어."

히토쓰바시는 입을 다물었다.

이노 와타루의 중고차 판매점은 해안도로를 따라서 남해장을 지나 하자키시 중심부로 가는 길에 있는 우오마사 초밥집 바로 다음에 있었다. 교통량이 많은, 특히 아침저녁으로 대형차의 통행이 많은 이 길에는 중고차 판매점이 셀 수도 없을 만큼 많다. 이노 모터스도 그중 하나에 지나지 않았는데, 팔려고 내놓은 차들이 먼지를 뒤집어써서 어딘지 모르게 구질구질해 보였다.

차에서 내리자 고마지는 주위를 둘러보며 턱을 쑥 내밀었다.

"이봐 히토쓰바시. 아무리 그래도 그렇지, 이게 십오만 엔이라니 너무 싸지 않나?"

고마지의 시선 끝에 하얀 세단이 서 있었다. 언뜻 보기에는 옆에 서 있는 팔십만 엔짜리 차와 무슨 차이가 있는지 알 수 없었다.

"차를 외견만으로 고르는 사람은 없어요. 엄청 많이 달렸든가 몇 번씩 수리를 했든가, 그것도 아니면 뭔가 사정이 있겠죠."

"뭘까, 그 사정이라는 게?"

"주인이 몇 번 바뀌어도 바뀔 때마다 꼭 사고가 나는 차가 있어요. 이게 그건지도 모르지 않습니까."

"이 차를 사려는 녀석이 그런 사실을 알 리 없잖아. 가격이 싸면 괜히 그런 짐작을 하게 되니까 곤란한 건 파는 사람 쪽 아냐?"

"그럼, 그냥 간판이겠죠. 부동산 앞에 나붙은 광고처럼. 엄청 싼 방이 있는 것처럼 해서 사람을 불러들이고는 이래저래 흠을 잡으며 다른 물건을 소개하는 거예요. 이 차, 고등학교를 갓 나온 가난한 젊은이라면 어쩌면 살지도 몰라요."

"간판이라."

와타루는 조립식 사무실 구석에서 술에 취해 앉아 있었다. 점원은 보이지 않았다. 와타루는 두 사람을 바라보더니 술 냄새를 풍기며 한숨을 푹 내쉬었다.

"마누라는 찾았나요?"

"목하 수색 중입니다. 와타루 씨, 왜 빨리 경찰에 통보해주지 않았습니까?"

"내가 보기 싫다고 마누라가 집을 나갔습니다, 하고 신고하라고요? 웃기네요. 도대체가 말이죠. 경찰이 그러면 안 되죠. 그래도 내 사생활인데, 어떻게 그렇게 다 공개하나요?"

"그건 경찰이 퍼뜨린 게 아니에요. 이웃집에서 들은 거겠죠."

"이웃이라면 그 할멈 말인가? 제길. 어제는 고맙다고 생각했는데. 그 할멈 덕분에 기분이 말끔해졌으니까. 하지만 아무리 그래도 그렇지, 아무 이득도 없는 얘기를 마누라한테 떠벌릴 건 뭐야. 그 할멈 온갖 곳에다 고개를 들이밀어. 언젠간 죽여버릴 거야."

그 참견쟁이 할머니의 코앞에서 바람을 피운 건 와타루 자신임에도 그렇게 외쳐댔다. 히토쓰바시는 그의 손에서 술병을 빼어 들고 물을 떠 와서 억지로 마시게 했다.

"부인이 갔을 것으로 짐작되는 곳은 없나요?"

"친정에 전화했지만 연락이 없었다더군요. 그 사람 친정은 작은 두부 가게예요. 선량하고 부지런한 좋은 부모님이지요. 그 사람은 자기 부모를 바보 취급 하지만. 어떻게 그런 부모한테서 그런 딸이 태어났을까?"

"그 밖에는?"

"몰라요. 주소록에 올라 있는 이름 처음부터 끝까지 전화해봤는데요. 아무도 모른답디다. 개중에는 게이코라는 분 몰라요, 하는 사람도 있었어요."

"돈은 얼마 정도 갖고 나갔나요?"

"글쎄. 내 지갑에 있는 돈까지 몽땅 가져갔고, 카드도 여러 장 갖고 있고. 차도 몰고 갔고, 현금만 한 이삼십만 엔은 갖고 간 것 같아요."

"부인이 어떤 행동을 할지 짐작 가는 게 있나요? 지금 뭘 하고 있을 것 같습니까?"

"시내에서 기분 전환 겸 쇼핑을 하든가, 남자라도 꼬이고 있지 않을까요. 어젯밤엔 나도 바람피울 거야, 하고 소리쳤으니까."

"도망자가 그런 요란스러운 행동을 할 리 없죠."

고마지가 무뚝뚝하게 말했다. 취기가 깨기 시작한 와타루는 마시던 물에 사레가 들렸다.

"잠깐만요. 도망자? 그게 무슨 소립니까?"

"당신의 부인은 살인사건의 중요 참고인이에요. 경찰로부터 절대 시를 벗어나지 말 것, 나갈 때는 연락처를 분명히 해둘 것, 이라는 말을 들었을 겁니다. 그런데도 그냥 종적을 감췄으니, 그녀가 범인일 가능성이 높아요."

"설마."

와타루는 일소에 부쳤다. 고마지는 싱긋 웃지도 않고 와타루를 노려봤다.

"부인은 협박을 받았지요. 스튜어디스 시절의 불륜 소동과 그 전말이 밝혀지면 아들을 유명 사립 초등학교에 넣을 수 없을지도 모릅니다. 그래서 부인은 생각했지요. 협박자를 죽이자, 죽여서 과거를 어둠 속에 묻어버리자."

"아무리."

"부인은 남편이 하나오카 미즈에와 3호를 무대로 벌인 불륜을 알게 됐어요. 계기는 남편이 갖고 있던 3호의 열쇠지요. 부인은 그것을 남몰래 빼내서 여벌 열쇠를 만들고, 무대장치를 정돈하고 협박자를 불러들여 가격해 죽이고는 신분이 알려질 것이 두려워 얼굴과 지문을 없앴어요. 이것으로 일이 해결됐다고 생각했을 겁니다."

"하, 하지만."

"그러나 아케미가 부인의 과거를 훔쳐 듣게 되었고, 그 얘기는 순식간에 이웃에 알려져버렸어요. 살인까지 해서 과거를 묻었다고 생각했는데, 아케미 탓에 모든 것이 무의미해졌으니, 부인이 품은 원한이 끔찍했겠죠. 그 화를 참지 못하고 아케미 씨 집에 어제 세 시쯤에 다시 갔던 겁니다. 현관 밖에 서서 아케미가 남편한테 전화하는 것을 들었죠. 아케미는 아시다시피 자신이 피해자인 양 신경질적으로 외쳐댔고요. 거기서 그만 참을성이 한도에 달한 부인은 가까이에 있던 돌을 집어 들어 현관을 열고 들어가 아케미 씨를 내리치고 도망쳤습니다. 일 분도 걸리지 않았죠. 부인에게는 어제 오후 알리바이가 없습니다."

"……."

"3호의 열쇠와 관계가 없었을 때는 부인은 안전했지요. 그러나 사정이 바뀌었습니다. 댁과 하나오카 미즈에의 불륜이 발각되면서 댁의 부인과 3호 열쇠의 접점이 수면 위로 떠오른 거요. 부인은 그 자리에서 행동에 나섰죠. 도망치는 것이었어요."

와타루는 몇 번이나 침을 삼켰다. 얼굴에는 타산과 충격의 표정이 교차했다. 잠시 후에 그가 말했다.

"살인사건의 범인이 되면 이혼할 수 있나요?"

두 형사는 멍하니 입을 벌리고 얼굴을 마주 봤다. 도키코 때와 달리 고마지가 일방적으로 서브를 넣었는데, 아무래도 와타루에게는 맞받아칠 기운조차 없었던 모양이다.

"이봐요, 이봐, 뭐 살인범이 아니더라도 이혼쯤은 할 수 있잖소."

"마누라 말이, 이혼하게 되면 전 재산을 내놓으라네요. 다케시, 집, 이 회사, 모든 걸 말이에요. 내가 불륜을 저질러 이혼하는 거니까 그렇게 할 수 있다고."

"여긴 미국이 아니오. 뭐든 다 뺏어갈 순 없다고. 게다가 부인한테도 중대한 사실을 배우자에게 비밀로 했다는 약점이 있고. 댁의 약점은 불륜뿐이잖소."

경찰관이 직무 수행 중에 이혼 상담에 응해서 뭘 어쩌려고, 하는 말을 하려다 히토쓰바시는 입을 다물었다. 와타루가 불쑥 말했기 때문이다.

"협박장을 들켰어요."

"칠 년 만에 날아온 협박장? 그건 역시 댁이 한 짓이었군."

"반응을 보려고 그랬어요. 하나오카에게서 얘기를 듣고 믿을 수가 없어서. 거짓말이라면 나한테 뭔가 설명을 할 거라고 생각했죠. 그런데 그 사람, 그걸 구겨버렸어요. 베개 밑에 협박장을 숨겼다고요. 그건…… 정말 웃겼어."

와타루는 미친 듯이 웃음을 터뜨렸다.

2

"그 부부가 어떻게 되든 내 알 바 아니지만, 아이가 불쌍해요."

하자키시 중심부로 돌아가는 길에 히토쓰바시가 투덜거렸다.

"열이 났다는 얘기를 듣고도 아무 반응이 없다니. 그게 아버지인가요?"

"선량한 외할아버지와 외할머니가 있으니 됐어. 자네, 어떻게 생각하나? 이노 게이코 말이야."

"곧 발견되겠죠. 그 남편이 선배님이 나간 뒤에 어디에 전화를 걸었을 것 같으세요? 카드 회사예요. 게이코의 카드를 못 쓰게 했을 거예요."

"괜찮은 생각인데. 그 여자, 머리끝까지 화가 나서 돌아오겠군. 살아 있다면 말이지."

"불길한 얘기는 그만하세요."

하자키 중앙 거리를 지나가다가 빨간 신호를 받고 차를 세웠다. 운이 좋은 건지 나쁜 건지, 기토당의 정면이었다. 순간 두 사람을 알아본 노리코가 험악한 얼굴을 하고 다가와 차 유리창을 맨손으로 두드렸다.

"여보세요, 도대체 무슨 짓이에요? 어머니한테 뭐라고 한 거예요?"

"통상적인 탐문이었는데요."

"이 거짓말쟁이."

히토쓰바시는 길가에 차를 세우고 뒷좌석의 문을 열었다.

"타세요. 낮부터 길가에서 소란을 떨면 좋을 게 없지요."

노리코는 한참이나 어깨로 숨을 쉬다가 결국 뒷좌석에 탔다.

"어머니한테 사사마 얘기를 물었다면서요. 내가 최근에 사사마와 다시 사귀기 시작했고 그 때문에 어머니가 그를 죽인 게 아닌가 의심한다고요. 말해두겠는데요, 그런 남자와 다시 사귀느니."

"죽이는 게 나은가요?"

노리코는 입술을 꽉 깨물었다.

"무슨 말을 해도 댁들 좋을 대로 받아들일 테니 아무 말 않는 게 낫겠군요. 가르쳐줘서 고마워요."

"아무 말 않기로 결심한 건 지금이 아니겠지. 노리코 씨는 처음부터 아무 말 안 할 생각이었으니까."

고마지가 조수석에서 뒤를 돌아보며 단정 지었다.

"당신은 사사마 도시히코의 특징이 그 시체와 일치한다는 걸 알았어. 알면서도 말하지 않았지. 최근 다시 사사마 도시히코와 사귀기 시작했는지 어떤지 그건 모르겠지만, 적어도 사사마는 당신 주변을 맴돌았어. 그리고 당신은 그에게 돈을 줬지."

"그래서 뭘요. 아는 사람한테 돈 빌려주는 게 위법인가요?"

"이봐. 당신한테는 몹시 탄복하고 있어."

고마지는 노리코의 가녀리고 고풍스러운 얼굴에 자기 손가락을 갖다 댔다.

"아직 젊은데 혼자서 고서점을 경영해서 이렇게 키웠고 도둑에게도 엄격하게 대처했어. 기토당은 그야말로 '하자키시의 문화의 샘'이라고 일컬어질 정도야. 게다가 매우 귀찮은 어머니와도 잘 어울려 살고 있어. 이러니저러니 해도 어머니에 대해 한발도 물러서지 않고 말이지. 그런 여자가 말이야, 한참 전에 헤어진 칠칠맞지 못한 바보 녀석한테 돈을 빌려줬다. 그걸 믿으란 말인가?"

"믿든 안 믿든 그건 당신 맘이에요."

노리코는 담배를 꺼내 불을 붙였다. 순식간에 차 안에 연기가 가득 차자, 히토쓰바시가 얼른 창문을 열었다.

"당신이 협력해주지 않으면 이쪽에서 이유를 찾아내야겠지. 첫째, 사사마와 당신은 아직 관계가 끝나지 않았어. 둘째, 당신은 사사마에게 뭔지는 몰라도 크게 약점을 잡혔어."

노리코는 손을 뻗어 창밖에 재를 털었다.

"이것 보라고, 난 당신을 곤란하게 하고 싶지 않아. 조사하면 조만간 알 수 있겠지. 그 사체가 사사마인지 아닌지."

"아니면 어떻게 할 건데요. 다 조사한 뒤에 그게 사사마가 아니면 어떻게 할 거냐고요."

"어떻게도 안 해. 우린 살인사건 수사를 하는 거야."

"잘난 체하기는."

"그래, 아케미의 죽음에 대해서 당신은 철벽 같은 알리바이가 있어. 생각해본 적 없나? 당신의 알리바이의 근거가 된 전화, 그 목소리를 어디서 들어본 것 같지 않아? 그 목소리는 나카자토 다쿠야와 비슷하지 않았나?"

노리코는 처음으로 아연해진 표정으로 고마지의 얼굴을 뚫어져라 바라봤다.

"뭐라고요? 그건 무슨 얘기죠?"

"다쿠야라면 당신이 어제 가게를 비울 수 없다는 걸 알고 있었어. 어제 아침에 다쿠야가 여기에 왔을 때 그에게 말하지 않았나. 일 잘하는 점원이 쉬어서 가게를 비울 수 없다고. 다쿠야는 당신이 절대로 가게를 비울 수 없으리란 걸 알고 범행 직전 가마쿠라의 의사를 사칭해 전화를 걸어서 당신의 알리바이를 만들어준 거야. 당신이 누명을 쓰기 직전에 휴우, 살았다, 하고 생각하도록 세세히 신경을 써준 거지. 그러고서 아케미를 죽였어."

"다쿠야 씨가 왜 그런 일을 하는데요?"

노리코의 목소리가 희미하게 떨렸다.

"당신한테 반했기 때문이야. 다쿠야는 당신이 사사마를 죽인 걸 알고 뒤처리를 하려고 했어. 아케미가 다쿠야에게 당신과 사사마에 관한 얘기를 해줬지. 그래서 격앙했던 거야. 어쩌면 아케미가 말했다던 '태풍 부는 날 산길을 드나든 사이 나쁜 두 사람'이라는 건 당신과 다쿠야거나, 다쿠야와 사사마일지도 모르지. 아케미는 자기가 당신들 사이를 틀어지게 했다고 생각하고 혼자 킥킥댔을 테지."

"아케미 아줌마 말을 믿는 사람은 아무도 없어요."

"호오. 그러면 다쿠야와 당신은 사이가 좋은가?"

"네, 친구예요. 하지만 대신 살인을 해줄 정도로 가까운 사이는 아니에요. 말해두겠는데요. 난 어제 다쿠야한테 점원이 쉰다는 얘기는 한마디도 안 했어요."

노리코는 눈도 깜짝하지 않고 고마지를 마주 바라봤다.

형사의 차가 사라지자 노리코는 불법 주차된 자전거를 발로 찼다. 지나가던 사람이 놀라서 바라보자 그녀는 얼른 등을 돌리고 빠른 발걸음으로 걷기 시작했다. 머리가 아팠다. 집에 가서 자고 싶었지만 잠이 올 리도 없었다.

"노리코?"

정신을 차리고 보니 노리코는 주차장 앞에서 차에 기대 있었다. 애차에서 방금 내려선 세리나가 놀란 눈으로 그녀를 바라보았다.

"세리나, 무슨 일이야, 이런 시간에? 런치 타임이 시작될 시간 아닌가?"

"임시 휴업이라서. 노리코 씨네 서점에 들르러 왔지. 이것저것 머리 아픈 일이 있었거든, 책이라도 좀 골라볼까 하고. 그보다 무슨 일이야? 얼굴이 창백하잖아."

"졸린데 잠을 못 자겠어."

세리나는 걱정스러운 듯이 노리코를 바라보았다.

"괜찮으면 우리 집에 와. 침대 제공할게. 어차피 난 잘 여유도 없어. 서점에 돌아올 기운이 생기면 데려다줄게."

둘은 세리나의 차로 빌라로 돌아가, 도키코의 눈을 피해 세리나가 사는 8호로 갔다. 세리나는 구급약 통에서 아스피린을 찾아냈다.

"먹어두는 편이 좋을걸. 영 안 좋아 보여."

"고맙지만 약으로 해결될 만한 두통이 아냐. 난 불면증이야."

"그래."

"왜 그러냐고 안 물어봐?"

"물어보길 원해? 다른 사람이 이것저것 묻는 데 지치지 않았어? 거기에다가 나까지 더해도 괜찮아?"

노리코는 입을 다물었다. 세리나는 진하고 뜨거운 홍차를 가지고 와서 최신 가십 얘기로 화제를 바꿨다. 이노 게이코가 집을 나갔다는 얘기에도, 마쓰무라 켄의 부모가 찾아왔다는 얘기에도 흥미를 보이지 않던 노리코가, '아케미의 이별 파티' 얘기를 듣고는 놀랐다.

"세리나, 왜 말리지 않았어?"

"노력은 했어. 아이고 참, 지금 그 말, 앞으로 다른 사람들한테 반복해서 듣게 되겠지."

"그렇고말고. 안 갈 수는 없을까?"

"안 와도 괜찮아. 그 작가 선생의 무리한 권유를 거절할 용기가 있다면 말이야. 하지만 그랬다간 내일 서점에서 쓰노다 고다이의 책이 싹 사라질걸."

노리코는 지긋지긋하다는 듯이 어깨를 움츠렸다.

"얌전히 출두해서 사인이라도 받아두는 편이 무난하겠군. 그러지 않아도 경찰한테 의심받고 있는데."

"아니, 왜? 어제는 계속 가게에 있었잖아."

"그래. 훌륭한 알리바이가 있어. 그런데도 형사가 말하기로는 나한테는 무척 친절한 공범자가 있어서 내 알리바이를 만들어준 다음 아케미 아줌마를 죽였대."

"공범자? 설마 어머니를 얘기하는 건 아니겠지."

"아니야. 어머니라면 나한테 그렇게 일일이 신경 쓰겠어?"

"그럼."

말을 꺼내다가 세리나는 입을 다물었다. 노리코는 크게 고개를 흔들었다.

"사사마 도시히코라는 내가 옛날에 사귀었던 남자가 그 사체의 특징과 맞아떨어져. 그래서 경찰은 3호의 살인을 내가 했다고 생각하는 모양이야."

"그 얘기는 쇼코 언니한테 들었어. 쌍둥이가 말했다면서. 하지만 사체와 그 남자를 조회해보면 아니라는 걸 바로 알 거야."

"위로해줘서 고마워. 하지만 솔직히 말하면 자신이 없어."

"노리코!"

"불면증이 계속돼서 의사한테 처방받은 약을 먹고 있어. 그 탓인지 어떤지, 때때로 기억이 없어져. 어떻게 하지, 세리나? 내가 한 건지도 몰라."

노리코는 애처로운 웃음을 지었다. 세리나는 침을 삼켰다.

"그럴 리 없잖아."

"그렇게 생각하고 싶은 건 나도 마찬가지지만, 살인이라는 거, 누구라도 할 수 있는 거 아니야? 타이밍이 잘 맞으면, 좀 이상한 말이지만, 최악의 상태에서라면 말이야."

"그래. 나도 할 수 있겠지."

세리나는 중얼거렸다. 노리코는 떨리는 손으로 컵을 움켜쥐었다.

"기억해? 아케미 아줌마가 나에 관한 소문을 냈었잖아."

"임신했다고 하는, 그 근거 없는 소문 말이야?"

"그거 사실이었어."

세리나는 입에서 차를 내뿜을 뻔했다. 노리코는 쓰디쓴 웃음을 지었다.

"세리나가 여기로 이사 온 지 얼마 안 됐을 때니까, 이 년 반쯤 전이 되겠군. 그때 난 아직 사사마 도시히코랑 사귀고 있었어. 돈을 조르는 것 말고는 달리 아무 재주도 없는, 일도 하지 않고 그렇다고 공부도 하지 않는, 그런 주제에 자존심만 강한 사상

최악의 남자라는 걸 만난 지 두 달도 지나지 않아 알아차렸지만, 어머니가 반대하니까 도리어 오기가 났어. 어머니는 내가 세상에 내놓고 자랑할 만한 사윗감을 찾아오길 바랐거든."

"부모란 다 그렇잖아."

"그럴지도 모르지. 어쨌든 질질 끌면서 사귀다 보니, 그런 일이 생겼어. 수술할 수밖에 없었어. 상대방도 책임을 질 마음 같은 건 없어 보였고. 나도 바로 결혼한다는 건 생각도 할 수 없었으니까. 혼자서 후지사와에 있는 병원에 가서 해결했어. 그러기 전에 속이 울렁거려서 토했었는데 그걸 아케미 아줌마가 보고 소문을 낸 거야. 난 시치미를 떼고 그 아줌마를 못된 사람으로 몰아붙였지."

세리나는 움찔움찔 엉덩이를 움직였다. 노리코는 탁 하고 테이블 위에 컵을 내려놓았다.

"그 뒤에 어떻게 됐을 것 같아? 그 얘길 듣고 글쎄 사사마가 화를 냈어. 자기 아이이기도 한데 아무 말도 없이 그런 심한 짓을 했다고. 살인자라며."

"그건 좀 너무하네. 노리코가 고백했다 하더라도 결국은 다를 게 없었을 거야. 그 아이를 낳았다 쳐도 그 남자가 뭘 해줬겠어. 그놈은 그냥 당신을 괴롭히고 싶었던 것뿐이야."

노리코는 새빨개진 세리나의 얼굴을 뚫어져라 바라봤다. 잠시 후에 작은 소리로 물었다.

"그렇게 생각해? 정말로?"

"당연하잖아. 그놈은 노리코한테 모든 책임을 다 미뤘을 뿐 아니라 죄책감까지 갖게 했어. 자기를 버릴 것 같으니까 자기가 버린 것처럼 하고 싶었던 거지. 어리석은 자존심도 지키고 노리코한테서 돈도 빼앗기 위해서. 정말로 저질이야. 그런 놈, 나라면 정말 죽여버린다!"

거실에 침묵이 내려앉았다.

잠시 후에 세리나가 다시 입을 열었다.

"그것 때문에 불면증이 된 거야?"

노리코는 고개를 숙인 채로 희미하게 끄덕였다. 세리나는 큰 한숨을 내쉬었다.

"그놈하고는, 왜 그 쌍둥이가 봤다는 반년 전에 만난 게 다야?"

"그전에도 몇 번 돈을 조르러 왔었어. 얼굴만 봐도 못 참겠어서 얼마쯤 돈을 건네줘서 보냈어. 그때마다 생각하게 됐지. 다음에는 딱 잘라 거절하겠다고. 하지만 못 했어."

"그럼, 이번에야말로 발로 차버려. 혼자서 어려우면 나를 불러. 쇼코 언니도 분명 한편이 되어줄 거야. 어머니한테는 들켜도 상관없잖아. 지금까지 이상으로 더 심해지지는 않을 거야."

"이번이 있다면 말이지."

대화는 다시 끊겼다. 드디어 세리나가 고개를 격렬하게 흔들었다.

"글쎄 말이야. 반년 전부터 그놈을 안 만났잖아. 노리코가 아는 사사마에 관한 모든 정보를 경찰에 제공하는 거야. 어디선가 태평하게 살고 있을 게 틀림없어. 세금을 써서 조사하게 하면 되잖아. 찾아내면 그런 김에 따끔하게 한마디 해주라고 해. 인연을 끊을 수 있는 좋은 기회잖아."

대답이 없었다. 노리코는 멍청히 허공을 바라보며 담배에 불을 붙였다.

"나, 사사마에 대해서 아무것도 몰라."

"노리코."

"아무것도 몰라. 그렇기 때문에 경찰한테 말해줄 게 아무것도 없어."

세리나는 초조해져서 노리코를 향해 호통을 치려다 마음을 바꿨다.

"경찰이 말한 친절한 공범자는 누구야? 짐작은 가지?"

"그런 거 물어서 뭐 하게. 누가 살인자인지 알고 싶어? 난 그런 거 요만큼도 알고 싶지 않아. 말해두겠는데 지금 얘기 어머니는 물론 쇼코 언니한테라도 얘기했다간."

"물론 말 안 해."

"글쎄? 나 지금 아무도 못 믿겠어. 세리나도."

침대 좀 쓸게, 하며 노리코가 일어섰다. 혼자 남겨진 세리나는 이마에 손을 갖다 대고 깊고 큰 한숨을 내쉬었다.

3

병원에 미시마 후유 모녀의 모습은 없었다. 접수대에 가서 묻자 게이코의 아들 다케시는 그리 열이 높지 않았던 듯 프라이드 포테이토를 먹고 싶다고 졸라서 후유가 데리고 나갔다고 한다.

"후유 씨는 상냥한 분이세요. 자기 아이들이 불미스러운 일을 저질러 정신없을 텐데 일을 쉬고 남의 아이까지 돌봐주다니."

접수대에 앉은 양 같은 여자는 마음 깊이 그렇게 생각하는 듯 애교 있게 히토쓰바시에게 말했다.

"사정을 잘 아시는 것 같군요."

"여기 앉아 있으면 여러 가지가 보여요. 어떻게 봐도 후유 씨는 반듯하고 착실한 여성이에요. 어제 입은 회색 앙골라 스웨터도 멋있었지만 오늘 입은 트레이닝룩 모습도 좋아요. 난 퀼트 모임에 나가고 있어요. 후유 씨 같은 센스 있는 분을 동료로 맞이하면 좋을 텐데. 옷을 엉망으로 입던 그 여자, 누가 죽였다면서요?"

"그런 것 같아요."

"안됐네요."

양 같은 접수대 여성은 고개를 갸우뚱했다. 살해당한 것이 안됐다는 것인지, 엉망인 차림새가 안됐다는 것인지, 그녀의 말투로는 판별이 되지 않았다.

병원 주차장에는 아직 후유의 하얀 4도어 세단이 세워져 있었고, 두 형사는 병원 옆 맥도널드의 오픈 테라스에서 산처럼 쌓아 놓은 프라이드 포테이토를 경쟁적으로 먹어대는 일행을 발견했다. 후유와 히토쓰바시는 맨송맨송 고개를 까딱이며 인사를 주고받았다.

"어머, 안녕하세요. 어디에든 나타나네요, 형사님들."

"그게 일입니다. 앉아도 괜찮겠습니까?"

아이들의 시선을 받으며 히토쓰바시는 조심조심 의자 끝에 걸터앉았다. 고마지는 오늘의 공격수 역할을 즐기는 듯, 거만한 얼굴로 쌍둥이를 노려봤다.

"너희들은 경찰한테 숨기는 게 있더구나."

아야와 마야는 얼굴을 마주 보고 기쁜 듯이 쿡쿡거렸다.

"나왔다"라고 말하는 아야. "경찰은 죄 없는 사람을 괴롭히며 다니는 거야. 다 그렇게 되어 있어."

"숨기는 거 없어요" 하는 마야. "질문에는 다 대답했어요, 우리."

"일일이 묻지 않더라도 사건과 관계가 있을 것 같은 정보는 건네줘야 하는 거야."

"헤헹" 하는 아야. "자기들이 질문을 제대로 못 해놓고 우리 탓으로 할 작정인 거야, 마야."

"묵비권이라는 말을 모르는군. 권리를 읽어줘야 한다는 것도 모르는 모양이야, 아야."

"권리를 읽어줘야 하는 건 미국의 경찰이지, 일본이 아니란다. 공부를 다시 해야겠군, 아가씨들."

쌍둥이는 눈을 동그랗게 뜨고 고마지의 양옆으로 슬금슬금 의자를 끌고 갔다. 왜 이런 아저씨가 인기가 있는 거지, 하고 히토쓰바시는 삐쳐서 커피를 홀짝거렸다. 다케시는 두 형사가 나타났을 때부터 겁먹은 눈으로 히토쓰바시를 계속 바라보다가, 그가 웃어주자 입가로 감자튀김을 흘리면서 뒤로 넘어갈 뻔했다. 후유의 따가운 시선을 받으며 히토쓰바시는 혼자 옆 테이블로 자리를 옮겼다.

"신뢰할 만한 증인에 의하면."

고마지도 역시 적수이기보다는 존경을 받는 경찰관 쪽이 기분이 좋은 듯, 쌍둥이를 상대로 엄숙하게 얘기를 시작했다.

"너희 둘은 어제 사건이 발각된 오후 세 시 사오십 분경, 3호에서 나왔다더군."

"어머, 신뢰할 만한 증인이 켄 아저씨예요?"

"누구라도 상관없으니까 질문에 대답해. 어제 너희들 몇 시에 집에 돌아왔지?"

"두 시요. 주차장에 들어갔더니 생선 가게 트럭이 언제나처럼 이상야릇한 음악을 울리면서 와 있어서 엄마가 밀폐 용기를 가지러 서둘러서 집으로 뛰어 들어갔어요."

"우오마사 생선 트럭은 월요일과 목요일 두 시부터 딱 오 분 동안만 생선을 팔고 가는데 우리는 평일에 엄마가 일하잖아요.

그래서 우오마사 생선은 먹기 힘들어요."

"타이밍이 딱 좋았지? 어젯밤 고등어자반은 최고였어요. 엄마와 같이 먹을 수 있어서 더 좋았고요. 그렇지, 마야?"

쌍둥이는 잰 것같이 동시에 고개를 돌려 히토쓰바시 경사를 보며, 그가 엄마를 불러낸 탓에 자신들이 겪었던 어려움을 알리고자 했다.

"그래서? 같이 집에 들어갔나?"

"방에 가방을 두고 바로 나왔어요. 엄마가 두통이 있어서 밖에서 조용히 놀기로 했어요."

"우리 둘이 바다에 가면 안 돼요. 특히 밀물 때는요. 어제는 두 시쯤이 밀물 때라서 집 주위에서 놀았어요."

"그때 누구 안 봤나?"

"신경 안 썼거든요. 누군가를 본 것 같기도 하고 어디선가 문이 닫히는 소리를 들은 것 같기도 하지만 뒷산 입구까지 탐험하러 갔었기 때문에 잘 몰라요. 그렇지 아야?"

"우린 바빴어요."

쌍둥이는 성실하게 고개를 끄덕였다. 고마지는 무뚝뚝한 얼굴로 이마를 긁었다.

"그 문 닫히는 소리를 들었을 때 너희들은 어디 있었니?"

"위쪽 저택 앞에 있었나."

"아니야. 집에서 나오려고 신발을 신고 있을 때였어."

"그래. 하지만 네가 신고 있을 때잖아. 난 벌써 다 신고 현관 문을 여는 중이었어."

"하지만 아무도 못 봤어."

"맹세해도 좋아요. 그렇지 마야?"

"난 맹세 안 할래. 신발을 신고 있었으니까. 그 신발은 꽉 끼어서 신기 힘들어. 새것을 사줬으면 좋겠어."

마야는 뾰로통해진 얼굴로 대답했다. 다케시의 입을 닦아주던 후유가 언뜻 쓴웃음을 지었다.

"자, 첫 질문으로 돌아가자. 너희들은 바쁘게 뒷산에서 논 다음 무슨 일인지 3호에 숨어 들어갔어. 그렇지?"

"우린 그냥 경찰에 협력하려던 것뿐이에요" 하는 아야. "하자키산 소녀탐정단을 만들었어요. 내가 단장이고 마야가."

"예스 노로 대답해라. 너희들은 3호에 있었지?"

"예스."

쌍둥이가 입을 맞춰 말했다.

"다음 질문이다. 어떻게 들어갔니? 경찰이 문 잠그는 걸 잊었다고는 말하지 마라. 정확하게 잠그고 출입 금지 테이프까지 붙여뒀으니까."

"그건 귀신 쫓는 부적 같은 거잖아요. 감식도 벌써 끝났고……."

"어떻게 들어갔지?"

쌍둥이는 생글생글 웃으며 얼굴을 마주 봤다.

"뒷문으로요" 하는 아야. "뒷문을 열쇠로 열고 들어갔어요."

"앞문은 열 수 없어요. 열쇠를 가지고 있지 않은걸요." 마야가 말했다. "하지만 뒷문이라면 쉽게 열 수 있어요. 3호 뒷문 열쇠는요, 창고 위 빗물받이 통 안에 숨겨져 있거든요."

"뭐라고?"

히토쓰바시가 튀어 올랐으나 그보다 빨리 후유가 반응했다. 그녀는 말이 빨라졌다.

"너희들, 어떻게 그걸 알았니?"

"야마구치 씨야." 아야의 말이다.

"전에 3호에 살던 사람들이에요." 마야의 말. "다이빙을 좋아해서 하루에도 몇 번씩 드나들었어요. 바다에 들어갈 때는 지갑이나 집 열쇠를 어떻게 하냐고 물어본 적이 있어요. 전에 우리 식구 셋이서 바닷가에 나갔을 때 집 열쇠를 잃어버려서 난리가 났었거든요. 수영복을 입은 채로 부동산까지 차를 몰고 가서 열쇠를 빌려 왔지 뭐예요."

"야마구치 씨가 가르쳐줬어요. 어차피 바다에서 나오면 앞 현관으로 집에 들어가지 않잖아요. 뒷문으로 들어가서 목욕탕으로 가게 되니까. 그러니까 처음부터 뒷문 열쇠만 숨겨두면 된다고요."

"장소는 가르쳐주지 않았는데요. 우리의 명예를 위해 말해두지만, 야마구치 씨가 이사 간 뒤에 열쇠를 찾아봤어요."

"있다고도 생각 안 했고, 있어도 쓸 생각은 아니었어요." 아야. "하지만 작년 여름에 드디어 마야가 찾아내서 한번 시험해보고 싶어져서, 해봤더니 열렸어요."

"그건 우리 잘못 아니지." 마야. "부동산이 나빠요. 뒷문 열쇠도 바꿨으면 됐잖아요."

"들어가봤구나."

"물론이지요." 쌍둥이는 한목소리로 말했다. "우리가 바보인 줄 알아요?"

"불법침입은 명백한 범죄야. 그다지 머리가 좋다고는 할 수 없군."

"그렇지 않아요. 그 집에는 아무도 없었고요."

"게다가 아무것도 없었어요."

"어쩌다 둥글게 뭉쳐진 휴지가 떨어져 있는 것 말고는."

히토쓰바시는 커피에 사레가 들렸다. 후유가 잠자코 냅킨을 내밀었다. 히토쓰바시는 커피가 묻은 페퍼민트 그린색의 슬랙스를 닦았다. 이노 와타루, 이 바보 자식. 뒤처리 정도는 좀 해둘 일이지.

"그 집에 몇 번쯤 들어갔지?"

"두세 번."

"거짓말."

"서너 번. 정말이에요." 아야.

"비밀 기지로 할 생각이었어요." 마야. "하지만 몇 번 부동산 사람이 왔었고 사건 일주일 전에는 청소하는 사람들이 왔었잖아요. 그래서 포기했어요."

"그 후로는 어제까지 한 번도 그 3호에 들어가지 않았나?"

"네. 그래요."

"그래, 그 뒷문 열쇠는 지금 어디 있지?"

"우리 집 뒤에 대나무 울타리가 있잖아요. 맨 끝 대나무 속에 넣어두었어요." 아야.

"원래는 열세 번째였어요." 불만스러운 듯한 마야. "아야가 십삼을 제대로 못 세고 열두 번째에 넣는 바람에 알기 쉬운 곳으로 바꿨어요."

"네가 잘못 셌잖아."

"아니야. 네가 잘못 넣었어."

소란을 떠는 쌍둥이를 무시하고 고마지는 후유에게 말을 걸었다.

"당신은 이 사실을 알고 있었나요?"

"몰랐어요. 알았다면 딸들을 야단치고 열쇠를 빼앗았겠죠. 우리 모녀는 이웃에게 의심을 받으면 안 될 입장이니까요."

비아냥 섞인 어머니의 대답을 들은 쌍둥이는 얌전해져서 말이 없어졌다. 고마지는 다시 쌍둥이에게로 시선을 돌렸다.

"어제는 몇 시쯤에 3호로 숨어 들어간 거니?"

"시계를 갖고 있지 않아서 몰라요." 아야.

"하지만 세 시가 한참 지나서였을 거예요." 마야. "아까도 말했지만 열쇠를 못 찾아서 시간이 좀 걸렸어요. 살인 현장에 침입하는 데는 용기도 필요했고."

"핏자국이 있었어요." 뭐에 홀린 듯이 아야. "난 사체 역할을 했어요."

"내가 범인 역할." 마야. "현관으로 들어와서 아야를 때리고 얼마 정도면 도망칠 수 있는지 실험해보려고 했어요. 그런데 아야가 저항을 하잖아요."

"당연하죠. 세상에 얌전히 살해당하는 사람이 어디 있어요."

"피해자는 자기가 살해당한다는 걸 예상 못 했다고 했잖아. 그런데 넌 말이야, 대기하고 있었잖아. 그런 게 어디 있어. 이렇게 서로 다투고 있는데 누가 밖에서 개구리가 밟혔을 때 내는 것 같은 소리를 냈어요. 켄 아저씨였어요."

두 형사는 얼굴을 마주 봤다. 고마지는 한동안 미간을 긁어대다 드디어 일어섰다.

"여러분, 협조 감사합니다. 심문은 이것으로 끝. 차까지 배웅해드리죠."

쌍둥이는 고마지의 양옆에 달라붙어서 경찰이 하는 일에 대해 질문을 해댔다. 다케시가 그 뒤를 아장아장 쫓았다. 히토쓰바시와 후유는 쟁반을 치웠다.

"의심의 씨앗이 늘어났으니 잘됐네, 형사님."

후유가 차갑게 말했다.

"어때? 그 뒤의 수사 결과는? 그 사체는 누구 거였어? 알아봤더니 미시마 사다오가 맞아?"

"아직 누군지 몰라. 부탁이 있는데."

"선량한 일반 시민으로서 뭐든 협력해야겠지."

"사체를 봐주지 않겠어?"

후유는 쓰레기통에 쟁반을 쑤셔 넣던 자세로 몸이 굳었다. 히토쓰바시는 딴전을 피우며 말을 이었다.

"심한 부탁이라는 거 잘 알아. 치아의 특징도 체격도 일치하지 않는다고는 하지만 나쓰메의 남편이 행방불명된 후로 삼 년이 지났어. 돈도 없고 정식으로 직업도 못 가진 상태로 삼 년을 지냈다면, 그동안 체격이 어떻게 변했을지 모르잖아. 하지만 너라면 점의 위치나 뭐 그런 걸로 미시마 씨인지 아닌지 알 수 있지 않을까?"

"너도 참 별종이구나."

후유는 코웃음을 치더니 쟁반을 난폭하게 집어던지고 걷기 시작했다.

"그래, 그 사체가 미시마라고 치자. 그럼 내가 솔직하게 그렇게 말할 것 같아? 의심받는 건 나잖아. 사체가 미시마가 아니라 해도 내 증언 같은 건 아무도 믿지 않아. 소용없다는 걸 알면서 딱딱하게 굳은 얼굴이 뭉개진 사체와 대면하다니, 절대로 싫어.

거절이야. 사체가 미시마인지 아닌지 알고 싶다면 그의 어머니한테 부탁해봐. 어찌 됐건 넌 날 의심하고 있잖아."

"그래. 의심하고 있어."

히토쓰바시는 이를 악물며 대답했다. 후유가 흡 하고 숨을 들이마셨다.

"어제, 아케미의 사체가 발견된 뒤에 우리가 사정 청취를 하러 갔을 때 넌 엷은 베이지색 앙상블을 입고 있었어. 하지만 그 전에 다친 아이를 병문안하러 병원에 왔을 때는 회색 앙골라 스웨터를 입고 있었잖아."

"누구든 집에 오면 옷을 갈아입어."

"편한 옷으로? 그게 그런 편한 옷이었나?"

"원래는 티셔츠로 갈아입고 뒹굴고 있었어. 아케미 씨의 사체가 발견됐다니까 어차피 경찰이 올 거라고 생각해서 옷을 갈아입은 거야. 우리 모녀는 멍청하게 칠칠맞지 못한 모습을 보여서는 안 되거든. 안 그러면 바로 의심을 사니까. 내가 아케미 씨의 피가 튄 스웨터를 갈아입었다고 생각하는 거야? 그렇다면 어서 빨리 가택 수색이든 뭐든 하지그래. 단 정식 서류를 가지고 올 때까지는 단 한 걸음도 집에 들여놓지 않을 테니까 그리 알아. 우리 모녀는 좋지 않은 소문으로부터 멀리 떨어져 있어야 한다고."

10장

범인이 도주하다

1

모녀가 탄 차가 주차장을 빠져나가자, 고마지가 손목시계를 바라보며 말했다.

"배고프겠군. 벌써 세 시 반이잖아. 점심 먹자."

역 앞 정식집은 이미 문을 다 닫았기 때문에 두 사람은 마쓰무라 켄이 점장으로 있는 24시간 영업 패밀리 레스토랑으로 가서 첨가물이 듬뿍 들어 있을 것 같은 식사를 했다. 고마지는 식사 도중에 말을 한마디도 하지 않았고 히토쓰바시의 질문에도 건성으로만 대답했다.

커피 순서가 되어서야 고마지는 이쑤시개를 쓰면서 입을 열었다.

"뭔가 빼먹은 느낌이 들어서 영 찜찜하군. 아까 쌍둥이가 얘기할 때 느꼈는데, 우리는 뭔가 뜻밖의 것을 빼먹고 있는 게 분명해."

"그 뭔가가 뭔데요?"

"그걸 모르니까 문제인 거 아니야."

"그렇다고 치고, 3호 뒷문 열쇠 얘기엔 놀랐어요. 이제 아무나 3호에 출입할 수 있었다는 게 되네요."

"아무나는 아니지. 열쇠가 있는 곳을 아는 사람만 그렇다는 얘기야. 있잖나, 히토쓰바시. 만약 자네가 범인이라면 사체를 바다에 버리든가 산에 묻으러 가지 않았을까?"

"그랬겠죠."

"범인은 그걸 할 수 없는 이유가 있었어."

"그러니까, 태풍 때문이라니까요."

"하지만 그 사체의 얼굴과 손가락이 짓눌려진 건 사후 하루가 지나서였다고. 태풍 따윈 벌써 바다 저 건너였다니까."

히토쓰바시가 생각에 잠겼다.

"범인은 역시 단독이었고 힘이 없는 사람이었다는 건가요?"

"만약에 그렇다면 나카자토 다쿠야는 범인이 아니야. 그의 체격이라면 그 사체를 나르는 건 충분히 가능했지. 더구나 녀석이 사체와 관계가 있다면 그건 노리코 때문이었을 테니까 사체가 발견되지 않게 하려고 최선을 다했을 거야. 사체의 신원이 드러나면 범인이 곧바로 밝혀질 테니까. 그런데 힘이 달려서 그렇게 할 수 없었던 거라면, 얘기는 달라지지."

"반장님은 역시 나쓰메…… 후유를 의심하는 건가요?"

고마지는 대답하지 않고 이쑤시개를 톡 분질렀다.

"나이 먹는 건 싫어. 도대체 난 뭘 빼먹은 걸까?"

둘은 다쿠야가 경영하는 학원을 향해 걷기 시작했다. 도중에 고다마 부동산 앞까지 왔을 때 고마지가 탁 하고 손을 마주 쳤다.

"생각났어."

고마지는 그대로 부동산으로 들어갔다. 히토쓰바시는 고개를 갸우뚱거리며 상사의 뒤를 따랐다.

고다마 사장은 안쪽 사장실에 있다가 흐릿한 시선으로 형사들을 맞이했다.

"아니, 형사님들. 우리 사무실 하나오카한테 무슨 짓을 한 거야. 잠시 쉬겠다면서 안 나와. 부탁이니까 어서 빨리 범인을 잡아줘. 그 역병귀신 덕분에 난 파산할지도 몰라. 이노 와타루 씨하고 마쓰무라 켄 씨가 집을 팔겠대."

"그거참 꽤나 준비성 있는 자세군."

얼굴을 마주 보는 형사들을 향해 고다마 사장이 폭발했다.

"태평스러운 소리 좀 하지 마. 당신들 탓이야. 경찰이 일을 잘했다면 그런 곳에 시체가 굴러 들어와 있지도 않았을 거고, 하나오카가 일을 쉰다고 하지도 않았을 거야. 응? 어떻게 할 거야?"

"하나 알고 싶은 게 있어서."

고마지는 그 말에는 대꾸하지 않고 목소리를 낮췄다.

"9월 29일 토요일에 그 빌라 3호에 청소 회사 사람들을 들여보냈다고 그랬지?"

"응. 그래."

고다마 사장은 갑자기 의기소침해져서 시선을 피하며 대답했다.

"어느 청소 회사야?"

"역 앞에 사무실이 있는 마쓰다 하우스클리닝이야. 우린 늘 거기다 부탁해. 그런 것보다……."

"청소 때는 자네가 입회를 했었지?"

"응. 그래."

"하지만 도중에 낚시하러 가느라고 도망쳤다며. 당신 어부인이 그러던데?"

사장의 눈이 안정을 잃고 흘금흘금 움직였다. 고마지는 연거푸 말했다.

"열쇠는 어떻게 했어?"

"뭐? 무슨 열쇠?"

"3호 열쇠. 청소 회사 사람에게 맡겼나?"

"아, 응, 아마도."

"거짓말하지 마!"

고마지는 쾅 하고 책상을 내리쳤다. 고다마 사장의 거구가 움츠러들었다. 사장 부인인 레이코가 그 소리를 듣고 사장실로 뛰어 들어왔다.

"경찰이 위협을 하다니, 무슨 짓이에요? 이렇게 심한 짓을 하면 우리도 가만있지 않을 거예요. 고소할 거예요."

"부인, 부인의 남편 말이에요, 살인사건 수사와 관련한 매우 중요한 정보를 고의로 숨겼습니다."

고마지가 쌀쌀맞게 말했다.

"남편이 중요한 정보를? 말도 안 돼. 범인이 안 잡힌다고 우리한테 해코지를 해도 되나요?"

"고다마 사장이 범죄를 저질렀다는 게 아니에요. 다만 이 친구가 조금 게을렀던 거지요. 이 친구는…… 나도 그 기분은 잘 이해가 되지만, 낚시가 하고 싶어 참을 수가 없었어요. 그래서 지지난 주 토요일에 목련 빌라 3호의 청소를 지켜보다가 도중에 도망쳐 나와 바다낚시를 갔죠. 돌아오는 길에 들러서 문을 잠글 생각이었겠지만 그걸 완전히 잊어버린 거예요."

고다마 레이코는 눈을 크게 뜨고 남편을 노려봤다. 남편은 기어 들어가는 목소리로 말했다.

"그날은 그러니까, 숭어를 많이 잡아서 신이 난 나머지 바로 집으로 갔어. 그래서 당신한테도 바다낚시 간 걸 들켰지만, 3호 문을 잠그러 가야 한다는 걸 깜빡했어. 청소 회사 사람들한테는 나중에 돌아올 테니 작업이 끝나면 그대로 돌아가라고 했었거든. 사체가 발견되고 어제 형사들이 탐문하러 올 때까지 열쇠에 대해서는 완전히 까먹고 있었어. 도대체 어떻게 안 거야?"

"자넨 솔직한 사람이야, 고다마 사장. 어제 얘기하는데 뭔가 숨기고 있는 것 같더군. 그 사실을 잊고 있었는데 아까 청소 회사 얘기가 나와서 말이야. 그래서 혹시나 했지. 사체가 발견된 일요일에도 자넨 낚시하러 갔어. 설마 역병귀신 앞으로 손님이 올 거라고는 생각도 못 했겠지."

"면목 없군."

"당신이라는 사람은 정말."

고다마 레이코는 기가 막혀 말도 안 나온다는 표정을 지었다.

"정말로 적당주의라니까. ……하지만 형사님, 제가 사체를 발견했을 때 3호는 틀림없이 문이 잠겨 있었어요."

"그 사실을 의심하는 건 아닙니다. 방법은 있었을 테니."

"어떤 방법입니까?"

고마지는 대답하지 않고 고다마 사장에게로 돌아섰다.

"자네는 사건이 일어난 10월 4일 목요일, 태풍이 불던 날에도 목련 빌라를 방문했었지. 그때도 3호 열쇠에 대해서는 생각이 안 났었나?"

"창피한 일이지만 전혀. 그때는 그것 말고도 다른 용건으로 머리가 가득 차 있었거든."

사장은 게이코를 공갈 협박 하러 갔지만 결국 실행할 수 없었던 일을 에둘러 환기시키고는 덧붙여 설명했다.

"어제 자네들이랑 3호의 마스터키 얘기를 했을 때, 비로소 문을 잠그지 않았다는 게 생각났어. 하지만 그런 걸 인정했다가는 내가 죽였다고 의심받지 않을까 해서."

"왜? 그 사체에 짐작 가는 거라도 있나?"

"물론 없어. 없지만 우린 이 주변 부동산을 한 손에 다루고 있잖나. 하자키에 산 적이 있는 사람이라면 누구나 우리랑 거래가 있었다고 해도 이상할 거 없어. 자네들 얘기를 듣다 보니 아무래도 범인은 3호에 자유로이 드나들 수 있는 사람인 것 같더라고. 그렇다면 의심받는 건 우선 나일 텐데, 열려 있어야 할 현관이 아내가 갔을 때는 걸려 있었다는 사실을 설명할 도리가 없어서……."

"설명하는 건 경찰의 일이야. 쓸데없는 생각 하지 말고 처음부터 순순히 말해줬으면 좋았을걸."

고마지는 땀을 계속 닦아대는 사장을 놓아주고 가게를 나왔다. 히토쓰바시는 한마디도 하지 않고 뒤를 따랐다.

"놀랍네요. 도대체 어떻게 된 거죠?"

"모르겠나?"

고마지가 놀리는 듯한 눈빛으로 부하를 바라봤다.

"모르겠어요. 그러니까 그 일주일 동안, 누구라도 3호에 드나들 수 있었다는 거군요. 문제는 어떻게 해서 문을 잠갔나 하는 건데, 쌍둥이가 갖고 있던 뒷문 열쇠의 존재를 알았다면 누구라도 집 안에서 문을 잠그고 밖으로 나올 수 있는 게 되네요."

"즉 문을 잠근 사람과 사체를 거기에 끌어다 놓은 사람이 완전히 별개일 가능성도 있다는 거야. 뒷문 열쇠는 틀림없이 사용됐어. 쌍둥이가 말했지. 어제 숨겨둔 뒷문 열쇠를 꺼내려고 했더니 들어 있어야 할 장소에 없어서 찾는 데 시간이 걸렸다고. 누군가가 꺼냈다가 되돌려놓았지만 공교롭게도 돌려놓은 장소가 달랐던 거야."

"왠지 자꾸만 이야기가 뒤얽히는 것 같네요. 아니면."

히토쓰바시는 상사를 곁눈으로 바라봤다.

"혹시 범인을 알고 계세요?"

"범인? 어느 범인? 그보다 자네, 숙제는 했나?"

"숙제라뇨?"

"이노 게이코의 옛 불륜 상대인 기장 말이야. 찾아냈겠지?"

"아, 말씀드렸어야 했는데 깜박했네요. 그는 오 년 전에 죽었어요. 회사를 강제로 그만둔 뒤로 홈리스가 됐던 모양입니다. 신원확인이 쉽지 않아서 시간이 좀 걸렸지만 틀림없답니다. 부인은 사건 직후 이혼해서 벌써 재혼했다니까, 이번 사건하고는 관계가 없겠죠."

"흥, 역시 그렇군."

"뭐가 역시입니까?"

고마지는 잠자코 코를 후비며 때마침 보이기 시작한 다쿠야의 학원을 향해 턱을 내밀었다.

"다쿠야는 자네 혼자 만나고 오게. 난 볼일이 생각났어."

"뭡니까? 그 볼일이."

"결혼기념일 선물을 사야 돼."

그럼 부탁하네, 하고 손을 흔들며 사라져가는 상사의 등짝을 발로 차주고 싶었으나, 히토쓰바시는 결국 혼자서 학원 계단을 올라갔다. 이미 수업이 시작돼서 아키라는 칠판 앞에서 아이들의 질문을 받는 중이었다. 히토쓰바시는 아이들의 시선을 한 몸에 받으며 교실 구석에서 시험 채점을 하고 있는 다쿠야를 불러냈다.

"무슨 일입니까?"

다쿠야는 층계참에 서서 늘 하던 대로 짧게 말했다. 화를 내게 하는 것 말고는 이 사람의 입을 열 방법이 없을 듯했다.

"당신 어제 오전 중에 노리코 씨를 방문했지?"

"네."

"무슨 얘기를 했나?"

"여러 가지."

"들리는 바로는 당신이 그녀와 사귀고 있다던데. 살해당한 아케미와 그녀 일로 다퉜다고도 하고. 어제 노리코 씨는 자칫 아케미 살해 용의자가 될 뻔했어. 우리가 그녀를 의심하고 있는 건 사실이고. 그녀는 사사마 도시히코라는 남자와 사귀었던 듯하고, 3호에서 발견된 사체는 그 남자와 특징이 일치해. 노리코가 사사마를 죽였고, 당신도 그 사실을 알고 있는 것 아닌가? 아케미가 눈치를 챘고. 그래서 당신은 노리코를 지켜주기 위해 아케미를."

말이 끝나기도 전에 히토쓰바시는 멱살을 잡혔다. 다쿠야는 히토쓰바시의 몸을 세게 벽으로 밀어붙였다.

"장난치지 마. 멍청한 경찰 아저씨. 노리코 씨가 사람을 죽이다니."

보기보다 훨씬 힘이 센 이 남자, 하고 머리 어딘가에서 생각하면서, 히토쓰바시는 필사적으로 말을 내뱉었다.

"아니라면 사사마 도시히코가 있는 곳을 말해."

"그런 놈이 어디 있는지 어떻게 알아."

"그런 놈? 자넨 사사마랑 만난 적이 있군."

목이 꽉 조인 상태에서 히토쓰바시는 눈자위가 돌아가기 시작했다. 그러다가 갑자기 그 압력이 사라졌다. 다쿠야는 마치 자신이 목이 조였던 것처럼 숨차하며 한발 뒤로 물러섰다.

"그래, 있어. 때려줬어."

"그건 언제 일이지?"

기침이 가라앉을 때까지 기다렸다가 질문을 던지던 히토쓰바시는 깜짝 놀랐다. 다쿠야의 두 눈에는 눈물이 가득 고여 있었다.

"잊었어. 그런 거."

"잊을 만큼 옛날 일인가?"

"그건 아니지만, 어쨌든 나는 잊었어. 사건하고는 관계없어."

"없을 리 없지. 때려서 죽여버린 거 아냐?"

"그런 짓 안 했어. 내가 죽였다면 뒷산에라도 묻었을 거야. 어쨌든 3호의 사체는 나하고도, 노리코하고도 관계없어."

히토쓰바시의 머리에 불시에 번쩍이는 것이 있었다. 그는 들뜨는 기분을 억누르며 물었다.

"사사마랑 만난 건 태풍이 불던 날 아니었나? 둘이서 뒷산으로 갔고, 그걸 아케미가 본 거지?"

"그놈…… 그 저질이."

다쿠야의 눈에서 눈물이 흘러넘쳤다.

"그놈은 노리코를 진심으로 우습게 여겼어. 노리코는 내 노예나 같아, 그 증거야, 하면서 그녀의……."

히토쓰바시는 그제 뒷산에서 주운 물건을 기억해냈다. 사사마 도시히코라는 자, 정말 쓰레기 같은 놈이다.

"그래서 그놈을 때렸나?"

"당연하지. 그런 쓰레기."

"그건 태풍이 불던 날 몇 시쯤의 얘긴가?"

"오전이야."

다쿠야는 티셔츠 소매로 눈물을 닦고 붉어진 눈을 딴 곳으로 돌리며 대답했다.

"그럼 태풍이 불기 전이었나?"

"태풍이 불기 시작하는데 산에 갈 사람이 어디 있어? 난 녀석이 그때까지 몇 번이나 노리코의 서점에 온 걸 봤어. 노리코가 갈수록 딱딱하게 대하니까 집까지 쫓아온 거야. 그날 언덕길 아래에서 마주쳐서 얘기를 하려고 불렀더니 콧노래까지 불러가며 따라왔어.

날 우습게 본 거지. 하지만 한 방 맞자마자 꺾여서 훌쩍훌쩍 울었어. 내가 한 건 그것뿐이야. 노리코는 아무것도 몰라."

"3호로 옮긴 건 아니고?"

"그런 거 하지 않았어. 내가 범인이라면 뒷산에 묻었다니까."

"노리코가 한 건 아닌가? 자네가 죽인 걸 가려주려고."

"그럴 리 없어. 그녀는 아무것도 몰라. ……형사 나리. 난 솔직하게 알고 있는 얘길 했어. 이 이상 아무것도 얘기 안 할 거야."

"어제 아침에 그녀한테 얘기 들은 거 없나? 일 잘하는 점원이 쉰다고."

다쿠야는 놀란 듯이 눈을 크게 떴다.

"무슨 소릴 하는 거야? 그러고 보니……."

"들었나?"

다쿠야는 입술을 꽉 깨물었다.

"몰라. 이 이상은 아무 말도 하지 않겠다고 했지. 돌아가. 안 그러면 영업 방해로 고소할 거야."

"자네는 어제 오후 세 시경의 알리바이가 없지."

히토쓰바시가 거듭 물었다. 다쿠야는 잡아먹을 것 같은 얼굴로 노려보고는 시선을 돌렸다.

"무슨 말을 하는지 전혀 모르겠어. 경찰 아저씨. 돌아가라고 했는데."

신변에 위험을 느낀 히토쓰바시는 계단을 뒷걸음질 쳐서 내려갔다. 그 뒤를 다쿠야의 자포자기한 듯한 웃음소리가 쫓아왔다.

2

서로 돌아간 히토쓰바시는 상사가 부드러운 케이크를 잔뜩 입에 넣은 채 전화를 하고 있는 모습을 보고 화가 났다. 고마지는 다쿠야에 대한 신문이 대충 이런 결과가 되리라고 예상했을 것이다. 밖으로 도는 형사들도 거지반 돌아온 가운데, 교통법규 위반이 아니라고 항의하는 남자의 고함 소리와 여자의 외마디 소리까지 들려와서 서내에는 기묘한 활기가 돌았다. 그 속에서 고마지는 얼굴색 하나 변하지 않고 전화 상대를 향해 소리치고 있었다.

"그러니까 상세한 진단서를 보내라고 하잖아. 뭐? 부모의 확인? 그런 건 아무래도 좋아. 사진도 첨부해서 보내. 잊지 말고."

기름으로 번들번들해진 수화기를 내려놓은 고마지는 삐친 부하를 위에서 아래까지 훑어봤다.

"뭘 삐치고 그래, 하쓰미."

히토쓰바시는 격식 차린 딱딱한 말투로 다쿠야와 만나고 온 건을 보고했다. 고마지는 재미있다는 듯이 다 듣고 한마디 했다.

"확인차 요전번 그 팬티를 노리코한테 보여보지그래."

히토쓰바시가 한숨을 쉬었다.

"하기 싫은 일이네요."

"그렇지. 하지만 할 수밖에 없을걸."

"알겠습니다. 반장님은 어디에 전화한 겁니까?"

"거, 관계자를 한번 더 철저히 조사하기로 했어. 그나저나 게이코를 찾았어."

고마지가 아무렇지도 않게 덧붙인 말에, 히토쓰바시가 튀어 올랐다.

"그 여자…… 살아 있었군요."

"죽은 사람이 저렇게 시끄럽겠나?"

아까부터 들리던 여자의 외마디 소리는 게이코의 것이었다.

"서장이 나서서 취조하는 중이야. 게이코는 예상대로 신용카드가 못 쓰게 되어 있자 있는 대로 화가 나서 돌아왔어. 그걸 역 앞에서 잡았다나 봐."

"멍청하군요."

"자신은 죄가 없다. 남편이 범인이라고 아우성치는 중이야. 서장도 이제 곧 손들고 말걸. 하지만 재미있는 소릴 하네. 게이코는 세스나기의 파일럿에게 남동생이 없다는 걸 알고 화가 머리끝까지 났어. 그녀의 추리인데, 칠 년 전에 그녀를 협박한 건 항공회사에 고용된 공갈 전문 야쿠자가 아닌가 하는 거야. 총무부에 그런 사고를 없애기 위한 부서가 있었다나. 이노 와타루는 그 부서의 의뢰를 받아 그녀를 감시할 목적으로 결혼을 한 것이고 그녀가 도망친 건 생명에 위험을 느꼈기 때문이라는 거야."

"뭐예요, 그게? 와타루가 아내를 죽이려고 한단 말입니까?"

"꼭 뭐 총무부니 뭐니가 의뢰하지 않더라도 저런 여자라면 목을 조르고 싶어질걸. 물론 항공회사 총무부 설은 별로 신빙성이 없어. 칠 년 전의 협박자는 그 기장이었을 거야. 본인이 죽어버렸으니 확인할 길이 없지만."

히토쓰바시는 고개를 갸우뚱했다.

"이노 와타루하고 하나오카 미즈에가 공모했다면 3호에서 발견된 사체쯤이야 죽일 수 있지 않았을까요? 그렇다 쳐도, 그 둘이 아케미까지 죽였다고 보기는 좀……."

"하여간 이노 부부도 참 별나다고 생각하지 않나? 마치 우리한테 사이가 나쁜 것을 드러내려고 일부러 애쓰는 것 같잖아."

고마지는 손바닥을 마주 치며 말했다.

"선배님은 벌써 알고 있는 거죠?"

"뭐, 그럭저럭."

"가르쳐주세요. 도대체 누가 요주의 인물인가요?"

"그걸 알고 싶으면 지금까지 일어난 일을 쭉 나열해봐. 자, 한 건 더 전화를 해야지."

고마지 반장은 빙글 돌아섰다. 통화 기록이 어떠니 저떠니 하고 외쳐대는 상사의 굵고 탁한 목소리를 들으며 히토쓰바시는 연필을 씹으며 메모를 써 내려갔다.

9월 29일(토)

3호에 청소 회사가 들어가다. 고다마 사장, 문 잠그는 걸 잊다.

10월 4일(수)

태풍. 오후 5시부터 다음 날 새벽까지 강풍.

오전 중, 다쿠야, 사사마를 때리다(본인의 증언. 좀 더 늦은 시각이었을 가능성 있음).

오후 4시경, 고다마 사장이 게이코 방문.

오후 8시부터 오전 2시 사이에 살인.

오후 9시경, 해안에서 빌라로 향하는 사람 그림자(?).

오후 11시 지나서 '신도 카이' 남해장에 숙박. 다음 날 오전 7시 이전에 사라짐.

10월 7일(일)

오전 10시경, 3호에서 사체 발견(고다마 레이코에 의해)

오전 10시 13분, 신고

10월 8일(월)

오전 11시경, 게이코와 아케미의 다툼.

오전 1시 40분경, 아키라와 아케미의 다툼.

오후 2시, 후유 모녀 귀가. 쇼코와 생선 가게에서 마주치다.

오후 3시 조금 전, 아케미가 남편 켄에게 전화.

오후 3시 40분경, 아케미의 사체 발견(사망 추정 시각에 의하면 범행은 오후 1시부터 3시 사이. 따라서 범행은 아케미가 남편에게 전화를 건 직후인 오후 3시로 여겨짐).

거기까지 썼을 때, 히토쓰바시는 전화를 끝낸 고마지가 빙긋이 웃으며 어깨 너머로 메모를 들여다보고 있다는 걸 알아차렸다.

"뭡니까? 얼굴이 환해졌네요."

"오, 범인이 누군지 알았어."

"네?"

고마지는 히토쓰바시는 물론 주위 형사들의 질문에도 대답하지 않고 겉옷을 입으며 말했다.

"그 메모, 제법 잘 정리했는데, 중대한 걸 한 가지 빼먹었어."

그 말을 듣고 히토쓰바시는 당황해서 자신이 쓴 메모를 다시 봤다. 하지만 뭘 빼먹었는지 도통 알 수가 없었다.

"뭘 빼먹었다는 거예요?"

"그걸 알면 사건의 수수께끼는 모두 풀린 거나 같아. 힌트를 하나 줄까? 자네가 완전히 잊고 있는 사항, 그것 때문에 사체가 목련 빌라 전체를 끌어들이게 됐지."

고마지는 미간을 찌푸리는 히토쓰바시의 어깨를 가볍게 두드렸다.

"간다. 범인을 잡아 와야지."

3

세리나는 소파에서 튀어 일어나며 시계를 봤다. 여섯 시가 지난 시각. 노리코와 얘기를 나눈 뒤에 그만 선잠이 들어버린 모양이었다.

서둘러 얼굴을 씻고 화장을 하고 이 층으로 갔다. 노리코는 이미 가고 없었다. 머리맡에 고맙다고만 쓰인 무미건조한 메모가 놓여 있었으나 그걸 보며 생각에 잠길 새도 없이 얼른 상복으로 갈아입었다. 집을 나오면서, 노리코가 나간 뒤로 한동안 현관문이 잠기지 않은 채였다는 걸 깨닫고 순간적으로 한기를 느꼈다. 빌라는 이미 예전처럼 따뜻하고 안전한 장소가 아니었다. 그게 누구 탓이든 간에.

열려 있는 5호의 현관을 조심조심 들여다봤지만, 소문으로 들은 참극은 흔적도 없었다. 세리나는 딱 한 번 이 현관에 서본 적이 있었다. 그때는 현관이 아케미가 직접 만들었다는 수예품으로 한가득 장식되어 있었고, 그녀가 신이 나서 그 물건들에 대해 하나씩 설명할 때마다 하나하나 대꾸를 해야 해서 아주 귀찮았던 기억이 났다. 하지만 지금 현관의 선반 위는 그것들이 깨끗이 치워진 채 반짝반짝 닦여 있었다. 세리나는 안도와 낙담을 동시에 느꼈다. 아케미를 죽인 범인의 실마리 같은 게 이제 와서 아마추어의 손에 들어올 리 없었다.

아까부터 집 안에서 독경 소리가 들려왔다. 분향 냄새도 났다. 아무래도 마쓰무라 켄은 처음에 주장한 대로 집에서 식구들끼리만 밤샘 의식을 하려는 모양이었다. 그러나 현관이 열려 있는 걸로 봐서 일단은 참배객을 받을 생각이 있는 것 같기도 했다.

들어가는 게 좋을지 어떨지 몰라 세리나는 마당으로 나왔다. 창문으로 살짝 들여다보니 거실에 아케미의 영정 사진과 관이 놓여 있고 형식뿐인 꽃이 보였다. 밤샘 의식이라기보다 제사 같았다. 독경을 하는 승려가 한 명, 켄과 부모님이 평상복 차림으로 그 등 뒤에서 고개를 숙이고 있었다. 상주가 저런 모습인데 태연스레 상복을 입고 들어갈 수도 없었다. 그렇게 친한 사이도 아니었을뿐더러, 식구끼리 치르는 간이 의식이라는 말도 들었는데.

세리나는 들어가지 못하고 마당을 서성거리다가 그만 발이 쓰레기 봉지에 걸리고 말았다. 작은 소리로 비명을 지르는데 인기척이 있어서 돌아보니 쓰노다 고다이와 쇼코가 나란히 이쪽을 바라보고 섰다. 그들도 상복을 갖춰 입었다.

"세리나도 밤샘 의식을 하러 왔군. 왜 안 들어갔어?"

"그게, 정말로 가족끼리만 하는 것 같아서요. 켄 씨 가족이 평상복 차림이라 어떻게 해야 하나 하고."

"평상복? 거참, 과감하네. 장례식에 돈을 들이는 건 나도 별로지만, 간소한 것도 정도가 있지."

"살인사건 피해자니까 될 수 있는 대로 수수하게 하려는 게 아닐까?"

그때까지 잠자코 있던 쓰노다 고다이가 묘하게 울려 나오는 저음으로 중얼거렸다. 세리나는 작은 소리로 말했다.

"저기요, 이상하게 들릴지 모르지만, 아케미 씨 남편분 말이에요, 아내가 살해당했는데 아무 느낌도 없나 봐요."

"왜 그런 생각을 해? 밤샘 의식은 그렇다 치고, 내일 이별 파티를 한다잖아. 슬퍼하지 않는 것도 아니지." 쇼코는 한껏 빈정거리는 투였다.

"남편이 한 건지 부모님이 한 건지는 모르겠지만, 아케미 씨가 직접 만든 수공예품이 저기 버려져 있어요."

세리나는 마당에 산처럼 쌓인 쓰레기 봉지를 가리켰다. 반투명 봉지에 담긴 내용물이 환히 들여다보였다.

"솔직히 말해서 모두 다 지독히 못 만든 것들이긴 해도, 굳이 밤샘 의식을 하는 날 밤에 버릴 것까진 없잖아요. 수공예품만이 아니라 아케미 씨가 입던 옷들도 한가득이에요. 어쩜 저 시어머니가 아케미 씨를 죽인 거 아닐까?"

"이봐, 이봐. 무슨 그런 소릴."

"그게, 저 할머니랑 오늘 좀 부딪쳤거든요."

"화풀이였군. 취미가 고약해."

독경은 조금 전에 끝났다. 기분이 좋아진 승려가 나오다가 셋이 있는 걸 보더니 발길을 멈췄다. 미나미가의 보리사(조상 대대의 위패를 안치하여 명복을 비는 절—옮긴이)이기도 한 천태종 삼동사의 주지였다. 세리나의 남편 장례식 때도 이 사람이 왔었다. 세리나는 얼른 예를 갖췄다.

"오랫동안 격조했습니다."

"네, 한동안 못 뵈었네요. 어머님은 건강하십니까?"

"덕분에요. ……주지 스님은 켄 씨하고도 아는 사이셨군요."

소탈하고 장난기 있고, 늘 오토바이를 타고 신도들의 집을 돌아다니는 주지는 쓰노다 고다이에게 사인을 부탁한 뒤에 소곤소곤 말했다.

"아니, 아니에요. 바로 오늘 막무가내로 해달라지 뭔가. 원래 승려의 일은 거의가 다 갑자기 결정되는 거니까. 그래도 저 사람들한테는 놀랐어요. 부인이 살해당했다고?"

"네."

"부인의 영을 추도하는 것이 먼저일 텐데, 오자마자 첫마디가 얼마를 드리면 되겠습니까, 하더라고. 아이고, 이런 얘기 하면 안 되는데. 세리나 씨, 남편 제사 잊지 마요. 추석 땐 손님이 많아서 바쁘면 한가할 때 오라고. 어머님한테도 그렇게 전해주고."

영업까지 빈틈없이 끝낸 주지가 떠나자, 세 사람은 얼굴을 마주 봤다. 집 안에서는 무슨 일인지 트집을 잡는 여자의 목소리와 그걸 주저주저하며 나무라는 켄의 목소리가 들려왔다. 1호에서 미시마 후유가 쌍둥이와 늘 웃는 얼굴인 개를 데리고 나와서 작게 속삭였다.

"깜짝 놀랐어요, 조금 전에는 아케미 씨가 소리치는 건 줄 알고. 밤샘 의식은 벌써 끝났나요?"

"그게 그."

"아무리 사이가 나빴다고는 하지만, 향 하나쯤은 피워야지 싶어서요. 게다가 이러니저러니 해도 기르던 개였잖아요. 오는 김에 개도 데리고 왔어요."

느닷없이 쓰노다 고다이가 5호 현관으로 쓱쓱 걸어갔다. 깜짝 놀라는 다른 사람들에게는 눈길도 주지 않고 그는 큰 소리로 켄을 불러냈다.

"이럴 때 좀 뭐하지만 묻고 싶은 게 있는데요."

현관에 나온 켄은 과연 불끈해하는 모습이었다. 그는 상복을 입은 집단에 놀랐는지 뿌루퉁해하면서도 슬리퍼를 신고 밖으로 나왔다.

"무슨 일입니까? 이렇게 굳이 밤샘 의식에 오시지 않더라도 내일 이별 파티에만 참가해주시면 아내는 만족할 거예요."

"그런 걸 묻고 싶어서 부른 게 아니에요. ……저기 켄 씨, 부인이 살해당한 날 계속 매장에 있었나요?"

"무슨 소리죠? 아닌 밤중에 홍두깨라더니. 오후에 하자키 팜에 한정 메뉴 상담을 하러 갔었어요. 하지만 세 시 전에는 매장에 돌아갔어요."

"차로 나갔었나요?"

켄은 한순간 말이 막히는 듯했으나 곧 대답했다.

"네. 이 근처에서 차 없이 상담하러 다닐 수 있나요?"

"묘한 일이 있었어요. 우리 집 주차장에 놓아둔 차 커버 시트를 엉망으로 만든 녀석이 있어서."

"……그게 어떻게 됐다는 거죠?"

"당신 부인이 살해당한 건 정말 세 시였을까?"

"무슨 말을 하는 겁니까? 세 시 조금 전까지 아내는 살아 있었어요. 전화를 받았으니까. 증언해줄 부하도 있습니다. ……쓰노다 선생님 적당히 좀 하시죠. 선생님한테는 감사하지만, 때가 때이니만큼."

"아, 미안합니다. 다만 여기 있는 후유 씨가 재미있는 얘기를 해서요. 당신 어머니 말투는 아무래도 당신의 죽은 부인하고 꼭 닮은 것 같아서."

조마조마하면서 그 과정을 지켜보던 쇼코, 세리나, 후유는 켄의 얼굴을 보고 등골이 서늘해졌다. 표정이 완전히 도려내진 듯한, 눈만 번쩍번쩍 빛나는 창백한 얼굴이었다. 쓰노다 고다이는 그의 작품에 등장하는 터프한 탐정과 똑같이 유들유들한 웃음을 보였다.

"뭐, 내가 착각했을 수도 있지. 그럼 내일 만납시다."

발길을 빙글 돌리더니 뒤로 손을 흔들었다. 최고로 멋진 퇴장을 연출한 셈이었는데 그는 중요한 걸 잊고 있었다. 쓰노다의 작품에 등장하는 터프한 탐정은 한 작품당 평균 세 번은 뒤통수를 얻어맞는다는 것을. 세리나와 쇼코가 경고의 비명을 질렀을 때는 이미 늦었다. 켄은 현관 옆의 큰 돌을 주워 들어 쓰노다 고다이의 뒷머리를 때렸다. 쓰노다 고다이는 손을 크게 흔들던 모습 그대로 앞으로 쓰러져버렸다.

켄은 숨을 헐떡이며 뒤를 돌아봤다. 세리나와 쇼코와 후유, 그리고 쌍둥이들까지 서로 다가선 채 할 말을 잃고 두려움에 자지러졌다. 켄이 그들을 향해 한 발 앞으로 내딛자, 그들은 뒷걸음질 쳤다. 그때였다.

"켄아, 너 언제까지 밖에서 노닥거리고 있을 거니? 어서 빨리 들어와서 거실 좀 치워라. 잠을 자야 할 것 아니니."

켄의 눈에서 빛이 사라졌다. 손에서 돌이 떨어졌다. 그는 멍청히 집을 돌아봤다. 어머니가 현관에 모습을 나타냈다.

"뭐 하는 거니? 날도 추운데 문은 왜 열어젖혀놓은 거야."

"어머니……."

"뭘? 어머, 이웃분들이 문상 오셨구나. 아유, 죄송하지만 오늘은 그냥 돌아가주세요. 좌우간 모두 피곤해서요. 그야 살인사건이 있었으니까 여러분이 흥미를 가지시는 것도 이해 못 하는 바는 아니지만, 호기심 어린 눈길을 받아야 하는 이쪽 입장도 좀 생각해주셔야죠."

나중에 쇼코는 일련의 사건에서 가장 무섭고 가장 우스꽝스러웠던 건 그때 켄의 어머니가 한 그 말이었다고 술회했다. 발밑에 머리가 깨진 쓰노다 고다이가 넘어져 있는데도 어머니는 전혀 개의치 않았다. 그런 부분도 아케미를 방불케 했고 말투도 아케미와 똑같이 주저리주저리였을 뿐 아니라 내용까지 정말로 아케미가 다시 살아난 것 같았다. 아마 켄 자신도 그렇게 느꼈을 것이 분명했다. 그는 갑자기 와아와아 외쳐대면서 전속력으로 도망가기 시작했다.

"살인자!"

즉시 그 뒤를 쫓기 시작한 건 후유 씨네 쌍둥이였다. 그 애들은 신이라도 난 듯 소리치며 굉장한 기세로 달리기 시작해서 순식간에 사라져갔다. 개는 잠시 동안 자유로워진 데 놀라 빙글빙글 제자리를 돌았으나, 곧 끈을 늘어뜨린 채 웃는 얼굴로 쌍둥이를 쫓았다. 한 템포 뒤늦게 후유가 비명을 지르며 아이들을 쫓아갔다.

"마야, 아야, 돌아와라. 너희들까지 죽일 거야."

"쇼코 언니, 뒤를 부탁해요."

쓰노다 고다이 옆에 남을지 뒤를 쫓을지, 세리나가 망설인 것도 겨우 몇 초였다. 상복에 맞춘 검은 펌프스를 벗어던지고는 그녀 역시 토끼처럼 그들 뒤를 쫓아 달려갔다.

이노 와타루는 주차장에 차를 세우고 집을 향해 해안도로로 난 언덕길을 올라오는 중이었다. 술기운이 깨기를 기다리며 아들에게 엄마에 대해 어떻게 설명해야 좋을지를 생각하느라 귀가가 늦어졌다. 그는 극심한 피로를 느끼면서 비척비척 언덕길을 올라갔다. 아내가 경찰서에 있는 건 알고 있었지만 데리러 갈 생각은 없었다. 얼굴도 보고 싶지 않아…… 그런 여자.

그때 언덕 위에서 사람 그림자가 튀어나와 와타루를 퍽 하고 치고 지나갔다. 와타루는 그 때문에 발을 헛딛었고 잠시 동안은 어떻게든 몸의 균형을 유지했으나 바로 쌍둥이에게 차례차례 부딪치고 개한테 다리를 부딪치면서 뒤로 넘어졌다. 뒤이어 자기 아이 걱정에 눈에 보이는 게 없는 후유에게 배를 밟혀 외마디 소리도 못 지르고 뻗어버렸다. 상복 옷깃을 휘날리며 달려온 세리나는 쭉 뻗은 와타루의 몸을 어렵사리 뛰어 넘어갔다.

때마침 해안도로는 저녁 시간이라 한참 길이 막혔다. 켄은 느릿느릿 나아가는 차의 행렬을 억지로 가로질러 반대편 보도로 뛰어 오르더니 왼쪽을 바라보고 달리기 시작했다. 놀랄 정도로 균형을 못 잡는, 다리가 긴 거미가 춤추는 것 같은 모양새였는데, 속도는 빨랐다. 쌍둥이가 클랙슨 소리를 가로지르며 그 뒤를 따랐고 그 뒤를 개, 후유, 마지막으로 세리나가 쫓았다.

"살인자!"

"살인자야!"

"마야, 아야, 그만해."

정체된 차 속에서 몇몇 얼굴이 호기심 어린 눈빛으로 밖을 내다봤다. 세리나는 반대 차선에서 삼동사 주지의 오토바이를 발견했다. 주지는 갓길에 오토바이를 세우고, 입을 딱 벌린 채, 이 참으로 기묘한 마라톤을 정신없이 바라보던 중이었다.

"저, 주지 스님, 저 남자 좀 잡아주세요."

"무슨 일인데요?"

"저, 저놈이 쓰노다 선생님을 죽였어요. 쓰노다 선생님을 때려 죽였다고요."

"아니, 그런 아까운 짓을."

주지의 오토바이는 곧바로 자동차 행렬을 가르며 앞으로 나아갔다. 세리나는 자신이 반쯤 흥분한 걸 의식하면서 날듯이 달렸다. 신선한 오렌지색 저녁노을이 비치는 바다, 자동차 미등의 붉은 빛과 하얀 전조등빛, 하늘은 짙은 푸른색, 바람 소리가 스치고 클랙슨이 울리고 바닷바람과 배기가스 냄새와, 자신의 가쁜 숨소리…….

주지의 오토바이는 순식간에 켄과 나란히 섰다. 주지는 '잃어버린 거리' 시리즈의 열렬한 팬이었다. 이제 그 시리즈를 못 읽게 됐다니, 이런 살생이 있나.

흥분이 지나쳤던 주지는 오토바이를 억지로 반대 차선으로 넣으려다 옴짝달싹 못 하게 되고 말았다. 켄은 속도를 늦추지 않은 채 팔을 휘두르며 달려갔고 쌍둥이, 개, 쌍둥이의 어머니, 세리나가 탈락자에게는 눈길도 주지 않고 뒤를 따랐다.

마침 그 무렵 경쾌하게 하자키 경찰서를 출발한 경찰차는 정체된 차 사이에 오도 가도 못 하게 끼어 느릿느릿 빌라를 향하고 있었다. 운전석의 히토쓰바시는 안절부절못하며 창을 열고 팔을 밖으로 내밀고 차체를 툭툭 쳤다.

"저기요, 가르쳐주세요. 범인은 도대체 누굽니까?"

고마지는 꽉 막힌 도로를 바라보며 성의 없게 대답했다.

"범인? 어느 범인 말이야."

"어느, 라니요, 그러니까 물론."

"살인자……."

"그래. 그 살인자의…… 어라?"

두 형사는 나란히 고개를 돌려 밖을 봤다. 보도를 질주해 오는 한 그룹이 눈에 들어왔다. 선두는 켄, 그 뒤로 후유 씨네 쌍둥이, 웃는 얼굴을 한 개, 후유와 세리나. 그 그룹이 맹렬한 스피드로 마주 달려와 경찰차 옆으로 지나쳐 갔다. 열린 창을 통해 모래 먼지가 차 안으로 날아 들어왔다.

"……고마지 반장님. 지금 봤어요?"

"……그래."

"뭐였죠?"

"살인범을 추적하는 거겠지. 이봐, 방향 바꿔. 저자들을 쫓아가자고."

"그런 말도 안 되는."

경찰차는 전후좌우로 움직여봤으나, 주위로부터 성대한 비난만 쏟아졌다.

웃는 개는 오래간만에 운동을 마음껏 즐기고 있었다. 뭔지는 잘 모르지만 아이들이 달리고 있고 뒤쫓아 오는 사람들도 있고, 끈이 조금 방해가 되지만 개는 그다지 신경 쓰지 않았다. 개는 아이들을 단숨에 추월하더니 선두를 달리는 사람을 향해 맹렬하게 다가갔다. 가까이서 보니 그건 주인님이었다. 개는 기뻐서 웃으면서 짖어댔다.

켄은 비명을 지르며 더 속도를 내서 달렸다. 그러나 아뿔싸 하는 참에 개 끈이 가드레일에 얽혔고 개는 슬프게 울면서 그 자리에 남겨졌다.

일행은 걸으면 이십 분 정도 걸리는 산책 코스를 오 분도 안 되어서 달렸다. '젖 먹던 힘까지 다한다'라는 말을 몸으로 증명하고 있는 참이었다. 세리나는 슬슬 숨이 차기 시작했다. 후유는 피로를 느낄 상황이 아니었다. 쌍둥이들의 스태미나는 끝이 없었다. 갓길에 억지로 주차를 한 형사들이 저 멀리서 대열에 가담했다.

켄은 힐끗 뒤를 돌아보더니 갑자기 팔을 빙빙 돌리면서 해안도로를 다시 위태롭게 건너기 시작했다.

일본의 도로 사정에 근본적인 결함이 있다는 것은 누구나 인정하는 바였지만, 꼼짝달싹 못 하는 정체라 해도 차량 행렬이 완전히 멈춰 있는 건 아니었다. 사실 후지사와 방향은 주차장이나 다름없을 정도로 정체 상태가 지독했지만, 가마쿠라 방향 차선의 정체는 슬슬 풀릴 조짐이 보이기 시작했다. 어쩌다 켄이 도로를 건너려던 그때 가마쿠라 방면 차선이 변비가 낫기 시작한 직장처럼 슬슬 흐름이 빨라졌던 것이다.

쫓아가던 사람들이 비명을 지를 틈도 없었다. 켄의 몸은 스피드를 올리기 시작하던 승용차에 쾅 하고 부딪혀 인형처럼 하늘을 날았다.

4

"좋은 소식이에요."

지쳐 떨어져 남해장의 응접실에 앉아 음료수를 홀짝이던 일행에게 히토쓰바시가 말했다.

"쓰노다 고다이 선생님은 생명에는 지장이 없답니다. 켄 씨도 정신적 쇼크가 커서 실신을 했던 거고 상처는 대단한 게 아니랍니다."

응접실에 있던 사람들은 제각각 안도의 숨을 내쉬었다.

사고가 난 후, 해안도로는 한동안 소동에 휩싸였다. 마쓰무라 켄의 사고 현장은 남해장에서 엎어지면 코 닿을 데였는데, 구경꾼과 구급차, 사고 담당 경찰관 등으로 난장판이 되었고 정체는 더욱 심해졌다. 세리나가 후유와 쌍둥이를 남해장으로 데리고 왔고, 이곳에서 개를 포함한 추적자 전원이 그대로 늘어져버렸다.

지금은 여덟 시가 조금 지난 시각. 사고 뒤처리가 일단락되자 쇼코가 이노 와타루와 그의 아들을 남해장으로 데리고 왔다. 임시 휴업이던 황금수프정은 결국 가벼운 식사를 내기로 했다. 로바가 구운 맛있는 빵에 육즙이 듬뿍 들어 있는 햄버그, 양상추, 토마토를 끼워 넣은 버거, 프라이드 포테이토, 알팔파와 자몽으로 만든 샐러드였다. 후유도 세리나도 턱이 끈적끈적해질 정도로 정신없이 먹었다.

"결국 범인은 남편이었군요?"

드디어 안정이 되자 후유는 종이 냅킨을 사용하면서 고마지에게 물었다. 쌍둥이와 다케시는 남해장 객실에서 잠들었다.

"난 그 사람을 전혀 의심하지 않았어요. 잘 생각해보면 아케미 씨와 가장 가까운 건 남편이지만, 알리바이가 있었잖아요. 게다가 빈집의 사체도 있었고. 그런데 그 사람 도대체 왜 갑자기 쓰노다 선생님을 돌로 내려쳤을까요. 목격자가 다섯 명이나 있는데."

"잘은 모르겠지만 흥분했던 거겠죠. 자신의 은폐 공작이 성공했다고 믿었는데, 그게 갑자기 붕괴됐으니까."

"어머니도 한몫한 거 아닐까?"

쇼코가 차근차근 말했다.

"인간이란 이상한 생물이야. 켄 씨는 아마 그 어머니에게 지배당하는 게 지겨웠을 거야. 그런데 결혼을 하고 보니, 어머니랑 똑 닮은 상대였고, 집에서 도망치기 위한 수단을 달리는 생각할 수 없었던 거겠지. ……참."

쇼코는 위스키 잔을 테이블에 놓았다.

"빈집의 사체만 없었더라면 훨씬 빨리 켄 씨를 의심했을 텐데. 그 사체는 도대체 누구지요? 켄 씨는 왜 그 남자를 죽였을까. 아케미 씨가 말한 뒷산에서 본 인물하고는 무슨 관계지요?"

히토쓰바시는 힐끗 고마지를 바라보고 말했다.

"그건 켄 씨하고는 아무 상관이 없습니다. 거기에는 전혀 다른 경위가 있어요. 아케미 씨 사건하고는 관계없습니다."

"아직 그렇게 단정적으로 말할 단계는 아니야."

고마지가 기분이 좋지 않은 표정으로 입을 열었다.

"확실히 켄 씨는 아내를 죽이고 쓰노다 고다이 선생님을 돌로 내려쳤지요. 하지만 내 생각으로도 3호의 살인하고 켄 씨는 아무 관계가 없을 겁니다."

"네?"

후유가 창백한 얼굴을 들었다.

"하쓰미, 도대체 무슨 얘기지?"

"나한테 물어도 소용없어. 반장님은 범인에 대해서 아무리 물어도 딴전만 피우셔. 다만 반장님, 겨우 말씀하시는 뜻을 알겠어요. 범인을 가르쳐달라고 했더니 어느 범인이냐고 하셨죠? 그건 아케미 씨 살해와 3호 살인이 별개였기 때문이죠."

"그렇지."

고마지는 재미있지도 않다는 듯 부하를 바라봤다.

"그것도 있어. 하지만 나는 자네의 질문, 3호의 살인을 한 건 누구냐는 질문에도 대답을 하지 않았나. 자네가 쓴 그 메모. 거기에 중요한 사항이 빠져 있다는 걸 말이지. ……그 빈집 사건의 살인도 역시 켄 씨와 마찬가지로 우발적인 범행이야. 올 리 없는 사람이 갑자기 그 태풍 부는 날 나타났기 때문에 흥분해서 우발적으로 죽인 거지."

"무슨 얘기죠?"

"그런데 범인은."

고마지는 똑바로 후유를 바라봤다. 후유는 시선을 돌리고 창백해진 입술을 깨물었다.

"그 범인은, 후유 씨네 쌍둥이 가까이에 있던 인물이라는 것만은 틀림없어요. 쌍둥이의 행동을 하나하나 알고 있던 인물이지요. 그러니까 당연히 빌라 주민 중의 누군가일 겁니다."

고마지는 쌍둥이가 갖고 있던 3호의 뒷문 열쇠에 대해 설명했다. 히토쓰바시가 아까 빌라에 가서 1호의 대나무 울타리 끝에서 회수해 온 열쇠를 사람들에게 보여주었다.

"처음에 그 얘기를 들었을 때 나는 집 뒤 대나무 울타리에 쌍둥이가 열쇠를 숨기는 걸 누군가가 목격했던 거겠지 하고 생각했지요. 1호 뒤쪽, 즉 6호에서 10호의 주민 중 누군가가 우연히 그걸 보고 나중에 이용한 거라고 말이지요. 그런데 여기에 커다란 문제가 하나 있는 거야. 목련 빌라는 언덕에 지어져서 뒤쪽 집에서는 이 층 베란다에 나가도 앞집의 이 층밖에 안 보인다는 거요. 축대에 가려져서 말이지요. 그렇지요, 세리나 씨?"

"네, 네."

세리나는 아연해져서 후유를 바라봤다.

"그런데 아래쪽 집은 어떠냐 하면, 옆의 2호 사람이 쌍둥이의 행동을 목격했을 가능성이 매우 높아. 1호와 3호 사이에 끼어 있으니까 말이지요. 그럼 2호 사람은 이번 사건과 관계가 있을까? 시로 씨가 쓰러져 구급차로 운반된 건 태풍 다음 날이었어요. 시로 씨는 혹시 사람을 죽인 충격으로 심장발작을 일으킨 게 아니었을까? 바로 입원해버렸기 때문에 뒷수습도 못 하고 시체를 그대로 방치할 수밖에 없었던 게 아닐까? 그가 사체 발견을 늦추기 위해 쌍둥이가 갖고 있던 열쇠로 뒷문을 잠가두었던 건 아닐까."

쇼코가 술에 사레들렸다.

"농담이겠죠. 그 할아버지가 살인이라니. 그야 그 정도 일을 못 할 사람도 아니지만."

"그는 왜 자신을 간호하겠다는 아내를 제사를 구실로 억지로 멀리 지방으로 보냈지? 쇼코 씨도 이상하게 생각했지요? 그 이유는 자신이 입원해 있는 동안에 사체가 발견될지도 모르는데, 그럴 경우 아내가 없는 편이 좋겠다고 생각했기 때문 아닐까요?"

"그야 뭐, 그런 말을 듣고 보니 그럴 수도 있겠네요."

"4호의 다쿠야와 아키라. 그들에 대해서도 생각해봅시다."

고마지는 이야기를 빠르게 진행했다.

"이와사키 아키라는 지금으로서는 범인으로 볼 만한 근거는 없어요. 그러나 나카자토 다쿠야는 큰 동기가 있지요. 노리코의 전 애인이 끈질기게 그녀에게서 돈을 강탈해 갔거든. 다쿠야는 그 남자와 태풍이 부는 날 만난 걸 인정했어요. 상대를 때린 것도. 아마도 아케미가 본 건 그 두 사람이었을 거야. 그건 어찌 됐건 때린 상대가 죽어버렸다면? 다쿠야는 당황한 가운데 쌍둥이가 갖고 있던 열쇠를 생각해내고 사체를 3호에 넣어둔 거지요. 가만, 끼어들지 마."

입을 열려던 히토쓰바시를 고마지가 제지했다.

"그는 태풍이 가라앉은 뒤에 사체를 처리할 생각이었겠지요. 그런데 생각해보니 사체 처리가 간단한 문제가 아닌 거야. 바다든 산이든 사체를 방치해서 발견이 늦어지면 사망 시간을 확인할 수 없게 되는데, 사체의 신원이 판명될 경우 맨 먼저 의심을 받게 되는 건 노리코였기 때문이지요. 그러나 사체가 신속히 발견되어 사망 시간을 특정할 수 있게 된다면 태풍 부는 날 밤 노리코는 고서점에 묵었고, 그 서점은 평일에는 오후 열한 시까지 영업을 하니까 어느 정도 알리바이가 성립된다는 거지요. 다쿠야는 그걸 간파하고 일부러 발견되기 쉽게 하기 위해 사체를 3호에 내버려두었던 겁니다."

"잠깐만요."

쇼코가 눈을 크게 떴다.

"그런 바보 같은 얘기가 어디 있어요? 일부러 발견되기 쉽게 할 거였다면, 굳이 3호를 잠가놓을 필요도 없었잖아요."

"하지만 잠겨 있던 덕에 어렵사리 혐의에서 벗어날 수 있었지요. 그건 내가 한 게 아닙니다, 글쎄 3호에는 열쇠가 걸려 있었잖아요, 게다가 나는 힘이 있어요, 내가 범인이라면 사체를 바다나 산에 버렸을 거예요, 하고 항변할 수 있거든. ……자네는 잠자코 있으라니까."

고마지는 다시 히토쓰바시의 입을 막고 말을 이었다.

"자, 5호의 마쓰무라 켄 부부는 빈집 사건과는 무관하다고 칩시다. 그런데 아까 나는 뒤쪽 다섯 채에 사는 사람들은 쌍둥이를 감시할 수 없었을 거라고 했는데, 과연 그랬을까요? 예를 들어 쇼코 씨. 당신은 쌍둥이를 맡아 돌보곤 했죠. 그 아이들의 얘기나 행동에서 뒷문 열쇠에 대해 알게 되었을 수도 있었을 텐데요."

"말도 안 돼. 몰랐어요. 열쇠에 대해서는. 무엇보다도 그럼 그 사체는 나하고 어떤 관계죠? 난 왜 본 적도 없고 알지도 못하는 사람을 죽였나요?"

쇼코의 항의에 괘념하지 않고 고마지는 계속했다.

"그리고 노리코 씨 모녀. 뒷산에서 다쿠야에게 두들겨 맞은 놈이 터벅터벅 7호에 나타났다면 어땠을까요? 도키코 씨는 딸을 위하는 일이라고 생각하고 그놈을 돌로 쳤을지도 모르지요. 아니면 노리코가 했을지도 모르고. 쌍둥이가 노리코 씨를 대단히 존경하는 것 같으니까 열쇠에 대해 말했을 수도 있고. 세리나 씨는 쌍둥이하고 친하지도 않고 위쪽에서 그들의 행동을 목격할 수도 없었지만, 와타루 씨의 불륜을 남들보다 일찍 눈치챌 정도로 눈썰미가 있는 도카치가와 씨라면 열쇠에 대해 알아챘다 하더라도 이상할 것 없겠지요. 그리고 이노 씨 부부는 어떨까요?"

고마지는 이노 와타루를 정면으로 바라봤다.

"이노 씨는 뒷문 열쇠에 대해서 몰랐을 수 있지만, 알아둘 필요도 없었겠지요. 현관 열쇠를 갖고 있었으니까. 이노 씨도, 그리고 그 뒤로 부인도 그 현관 열쇠를 사용할 수 있었을 겁니다."

"노, 농담 마세요. 왜 내가. 게다가 도대체."

와타루는 얄밉다는 듯이 후유를 노려봤다.

"아까부터 형사님은 이 사람 저 사람에게 지겹도록 죄를 뒤집어씌우려 드는데요. 쌍둥이의 행동을 가장 잘 아는 건 저기 있는 어머니 아닙니까."

지적을 받은 후유가 창백해졌다. 방 안의 시선이 그녀에게로 쏟아졌다.

"네, 그래요. 인정해요."

후유는 낮은 목소리로 말했다.

"그래요. 난 딸들이 3호 뒷문 열쇠를 갖고 있는 걸 알았어요. 그리고 태풍이 지나간 다음 날, 대나무 울타리 속에서 열쇠를 꺼내서 뒷문을 잠갔어요. ……하지만 내가 한 건 그것뿐이에요. 난 정말 사체하고도 살인하고도 아무 상관없어요."

"정말로 그럴까요?"

고마지가 냉정하게 말했다. 후유는 가늘게 떨었다.

"정말이에요. 열쇠는 사체가 발견된 다음 날까지, 내 옷장 안에 잘 넣어두었어요. 사체가 발견되고 나서 너무 놀라 본래 있던 장소에 돌려놓았던 거예요. 범인이 사용했다면 원래 상태로 두는 편이 의심을 받지 않을 거라고 생각해서요. ……지금까지의 얘기로 봐서 적어도 시로 할아버지는 범인이 아니에요. 할아버지는 태풍 부는 날에 대나무 울타리에서 열쇠를 꺼내 안으로 들어가 열쇠를 걸 수는 있었겠지요. 하지만 그랬다면 왜 그 열쇠를 자기가 갖고 있지 않았겠어요? 다음에 사체를 꺼내려면 아무래도 열쇠가 필요했을 텐데요. 하지만 열쇠는 딸들이 숨겨둔 장소에 있었어요. ……하지만 다시 말해두지만, 난 살인하고는 관계없어요."

"그래요. 후유 씨는 관계없어요."

히토쓰바시는 후유를 지키려는 듯이 옆으로 다가갔다.

"글쎄 현관이 열려 있었지 않습니까, 반장님. 부동산 사장이 잠그는 걸 잊은 탓에 열려 있었다고요."

"문제는 열려 있었느냐 아니냐, 즉 3호에 들어갈 수 있었느냐 아니냐가 아니라 잠글 수 있었느냐 어떠냐 하는 거야, 그렇지요?"

고마지는 사정없이 단정하고, 후유를 바라봤다.

"삼 년이나 행방불명이 됐던 남편이 하필이면 태풍 부는 날 돌아왔다. 당신은 놀라 자빠졌겠지요. 이성을 잃고 냅다 갈겼어요. 그러고는 사체 처리를 어떻게 해야 좋을지 몰라 당황했을 것이고. 당신은 힘이 그렇게 센 것도 아니고, 여자가 혼자서 남자의 시체를 옮기는 건 힘든 일이에요. 더구나 아케미가 당신 집 마루 밑에 남편의 시체가 있느니 어쩌니 하고 다녔으니, 설마 그 소문대로 할 수는 없었겠지요. 그래서 생각한 게 3호였지. 그야 그런 장소에서 사체가 발견되면 의심을 받겠지만 달리 용의자가 나올 테니 혼자만 의심받지는 않을 거라고 생각했겠지요. 후유 씨, 당신은 모든 것을 알면서 아이의 장난까지 이용해서 일을 진행시켰어요."

"아니에요. 후유 씨는 범인이 아닙니다. 저예요. 제가 했어요."

비명에 가까운 목소리로 끼어든 건 세리나였다.

11장

모든 것이 밝혀지다

1

그로부터 며칠이 지난 토요일. 구름 한 점 없이 쾌청한 날씨에 쓰노다 씨네 잔디밭 정원용 탁자 앞에 쓰노다 야요이, 쇼코, 후유, 그리고 두 형사가 앉아 있었다. 쌍둥이들이 어른들의 얘기에 질려 마당을 구경하러 가자 자연히 사건 얘기가 나왔다. 본래 그 이야기를 하기 위해 야요이가 고마지와 히토쓰바시를 불렀던 거다.

"쓰노다 고다이 선생님의 용태는 어떻습니까?"

"건강과 튼튼한 몸만이 장점인 사람이니까 그 정도로 죽지는 않아요. 스스로도 그렇게 말하고 있고, 사건 덕분에 그 사람도 좋은 방향으로 풀리는 것 같아요. 여러분들 탓이 아니니까 걱정 마세요."

"저희 보스가 펄펄 뛰었지요. 시장님 친구분이 위험한 지경이 된 게 모두 다 제 탓이라면서요."

"어머나 너무하네요. 형사님들은 아무 잘못도 없어요. 그 사람이 멋대로 범인 찾기에 나선 거니까요."

"그건 그렇고 쓰노다 고다이 선생님은 어떻게 마쓰무라 켄 씨가 자기 아내를 죽인 범인이라는 걸 알았을까요?"

미시마 후유가 물어왔다. 후유는 히토쓰바시와 재회한 뒤 처음으로 보이는 여유로운 표정이었다. 고마지가 입을 열었다.

"그럼 설명을 할까요. 쇼코 씨가 추측한 대로 켄은 워낙에 아내인 아케미에게 지친 상태였습니다. 물론 처음에는 죽일 생각은 아니었겠지요. 그런데 3호에서 사체가 발견되는 소동이 일어났고, 본인은 아니라고 했지만, 그걸 이용할 수 있겠구나 하고 판단한 거지요. 보통 때라면 아내가 살해당하면 우선 남편이 의심을 받기 쉬운데, 바로 옆집에서 살인이 일어났고 더구나 아케미가 범인과 관련된 뭔가를 알고 있는 듯이 말한 덕에 얘기가 달라진 겁니다."

"그러고 보니 사체가 발견된 날 황금수프정에 모였을 때, 우리는 범인이 고다마 부동산 사장이 아닐까 하는 얘기를 했었어요. 그랬더니 아케미 씨가 묘하게 애매한 말을 했었죠. 3호의 열쇠를 꺼낼 수 있는 게 부동산 사장 부부뿐이었을까, 하고요. 사실 그 한마디에 우리도 진짜 범인은 딴 사람일 거라는 느낌을 갖게 됐어요."

이리에 쇼코가 홍차 잔을 향해 중얼거렸다. 그녀는 요즘 조금 기운이 없었다. 후유와 야요이가 걱정스러운 눈빛을 교환했다.

"아케미가 살해당한 날."

고마지는 잔기침을 하고 계속했다.

"켄은 오후에 하자키 팜에 갔었습니다. 패밀리 레스토랑의 새 메뉴를 상담하기 위해서. 상담이 생각대로 잘 안 되어 실망해서 밖으로 나왔을 때 그의 휴대전화로 아케미가 전화를 했어요. 그녀는 히스테릭해져서 바로 돌아오라고 외쳐댔다더군요. 히스테리의 원인은 게이코와 다툰 거하고, 직전에 아키라하고 개를 놓고 벌인 다툼이었겠지만, 이때 켄은 말하자면 꼭지가 돌았답니다. 더 이상 저 무신경하고 자기만 아는 성격은 못 참겠다 하고 말이지요. 켄은 망설이지 않고 당장 행동에 나섰습니다. 하자키 팜에서 차를 달려 집으로 돌아왔고 주차장에서 돌을 주워 들고는 집에 들어가자마자 현관 앞에서 아케미를 쳤어요. 그리고 현관문을 닫고 차로 돌아와 서둘러 그 자리를 떴지요. 정확한 시간은 기억 못 하던데, 레스토랑으로 돌아오는 도중에 음악을 틀어놓고 느릿느릿 오는 우오마사의 생선 트럭과 엇갈렸다니까 두 시 조금 전이었을 겁니다. 하자키 팜에서 빌라까지는 차로 오 분도 안 걸렸을 것이고 진술대로 행동했다면, 살인에 소요된 시간은 삼 분이 채 안 걸렸을 겁니다. 여기 히토쓰바시 형사가 실험을 해줬지요."

"이상하다고 생각했어요."

후유가 쓴웃음을 지었다.

"형사반장님 얘기를 듣고 비로소 깨달았는데, 아케미 씨는 그날 생선을 사러 나오지 않았어요. 한참 자라는 아이한테 우오마사의 생선을 먹이지 않다니, 하고 저를 야유하던 아케미 씨가 말이지요. 그 정도로 우오마사를 좋아했는데, 그날은 모습이 안 보이더라고요."

"아케미 씨는 그날도 두 시에 우오마사의 생선 트럭이 오길 기다리고 있었어요."

히토쓰바시가 말했다.

"현관에 이것저것 섞여 있는 물건들 가운데 큰 바구니가 놓여 있었는데, 생선을 살 때 쓰는 거였죠. 그런데 그만 우오마사의 생선 트럭보다 남편이 먼저 온 거죠."

"쌍둥이가 말했었지. 사체 역할하고 살인자 역할을 해봤다. 사체 역할의 아야가 살인자를 기다리고 있다가 저항을 한 걸 두고 마야가 그런 게 어디 있느냐고 화를 냈지. 그 말을 듣고 어쩌면 하는 생각이 들었어. 켄이 아케미를 죽이러 갔을 때, 아케미는 마침 현관에서 우오마사의 생선 트럭을 기다리고 있다가 남편을 맞이한 겁니다. 그래서 저항도 안 했던 거지. 쌍둥이 얘기가 일종의 힌트가 된 거지요."

"그런 얘기 아이들한테는 하지 마세요."

후유가 걱정스러운 얼굴로 고마지를 바라보며 말했다.

"걱정 마세요. 그건 그렇고, 하여튼 난 아케미가 살해당한 게 세 시가 아니라 두 시 전후라면 어떨까, 하고 생각해봤습니다. 사망 추정 시각은 그날 오후 한 시부터 세 시 사이였으니까요. 그러나 이 설에는 두 가지 약점이 있었어요. 하나는 아키라 군의 장난 전화. 그는 범행 시각이라고 여겨지는 시간대에 남해장 앞 공중전화에서 아케미 씨한테 전화를 걸었어요. 다툰 뒤에 화가 가라앉지 않아 장난 전화를 걸어 괴롭혀줄 생각이었다고요. 그 때 아케미 씨가 확실히 전화를 받았다고 했어요. 아키라 군은 전화를 건 게 자기란 걸 들킬까 봐, '그 여자의 거친 숨소리를' 듣자마자 전화를 끊었다고 했습니다. 하지만 숨소리만 가지고는 상대가 누구인지 모르지 않겠어요? 역시나 그건 그 장소에 있었던 범인, 켄의 숨소리였습니다."

모두들 조금 웃었다. 멀리서 쌍둥이들의 환성이 들려왔다.

"하나 더, 이쪽이 더 중요한데, 세 시 지나서 켄의 휴대전화에 걸려온 '아케미로부터의' 전화. 그 전화를 직접 받은 건 켄이었지만 음성이 밖으로 새어 나오는 걸 들은 미카미라는 부하 직원도 아케미에게서 온 전화라고 증언했습니다. 켄 주변에는 켄의 알리바이를 만들어주기 위해 일부러 전화를 걸어줄 공범자가 될 만한 여자가 없었는데 말이지요. 아케미 살해가 우발적으로 발생한 막다른 범행이라고 생각하고 있던 터라 이게 큰 수수께끼였습니다. 그러나 우연이라는 걸 생각해봤을 때 하나의 답을 부여해준 건 세리나였어요."

"난 그녀한테 여탐정이 되라고 했었어요."

쇼코가 쓸쓸하게 중얼거렸다. 고마지는 이야기를 서둘렀다.

"세리나는 켄을 남해장에 숨겨놓은 날 밤에 받은 전화가 켄 본인이 건 전화가 아닐까 하고 생각했답니다. 켄의 진술에 의하면 세리나의 생각은 정답이었어요. 그는 '아내를 잃고 비탄에 잠긴 남편'을 눈에 보이게 연출할 작정이었지요. 기자들을 모아놓고 울면서 인터뷰를 한다. 리어왕 같은 착란을 보인다. 이렇게 해두면 아무도 자신을 의심하지 않을 거라고 생각한 거지요. 그런데 쇼코 씨의 연락을 받은 세리나가 너무 정직하게 그를 은닉했기 때문에 인터뷰 계획은 허사로 돌아갔습니다. 그렇다고 자기가 먼저 쓱 하고 나갈 수도 없었고요. 결국 세리나가 받은 전화는 켄이 밖에 나가기 위해 트릭을 쓴 거였습니다."

"아니, 그 녀석 제정신이었으면서…… 아, 생각만 해도 속이 뒤집히네."

쇼코가 주먹을 쥐었다. 고마지는 작게 웃었다.

"세리나가 그 사실을 알아차리게 된 것은 혀 차는 소리 덕이었답니다. 켄 아버지의 혀 차는 소리가 그때 수화기 너머로 들리던 소리와 똑같았다고 그녀가 나한테 말했어요. 아버지와 아들은 이상한 데가 닮았네요, 하고. 그때 퍼뜩 한 가지 생각이 떠올랐어요. 켄은 자신의 어머니와 꼭 닮은 여자를 아내로 맞은 게 아닐까. 켄의 어머니의 성격은 얘기 들은 바에 의하면 정말 아케미하고 똑 닮았더군요. 그래서 통화 기록을 조사해봤습니다. 좀 더 일찍 조사했어야 했는데. 세 시에 켄이 받은 전화는 집에서 걸려온 것이 아니라 와이드 쇼를 보다가 아들네 이웃에서 살인 사건이 일어난 걸 알고 흥분한 어머니가 건 것이었습니다. 켄은 가게 직원 미카미가 아케미의 전화라고 생각하는 걸 보고 그걸 이용하기로 했지요. 그런 잔꾀를 부리지 않았다면, 그를 막다른 데까지 몰아갈 수 없었을지도 모릅니다. 하긴 쓰노다 고다이 선생님 말에 켄이 그렇게 흥분한 걸로 보건대 이르건 늦건 스스로 무덤을 팠겠지만."

"선생님은 왜 범인을 확인하려고 한 걸까요?"

"쓰노다 선생님은 안정을 취해야 한다는 이유로 사정 청취에 응하지 않고 있어요. 그러니까 이건 내 상상인데, 주차장 건이 아닐까 싶네요. 부인께서는 그날 두 시 전에 외출했다 차로 귀가 했지요. 그랬죠?"

"네."

쓰노다 야요이가 고개를 끄덕였다. 고마지는 다리를 반대로 꼬았다.

"그리고 주차장에 차를 넣는 데 시간이 걸렸다고 했어요. 왜 그렇게 시간이 걸렸죠?"

야요이는 엷게 웃었다.

"원래 내 차를 세우는 곳에 이미 차가 서 있었어요. 커버 시트가 덮여 있어서 영락없이 남편 차라고만 생각했지요. 그래서 남편한테 두 시에는 집에 왔었지요, 하고 물었는데 아니라고 하더라고요. 세 시에 돌아왔다면서. 남편은 그때 알아차린 게 아닐까요? 커버 시트가 놓여 있던 장소가 평소와 달랐거나 커버 시트를 눌러놓는 돌이 없어졌거나 해서요."

"켄의 자백과 일치하는군요. 자기 집 주차 공간에 차를 세우면 그 시각에 자신이 집에 왔다 갔다는 걸 남들이 알지도 모르니까 쓰노다 댁의 주차 공간에 자기 차를 세우고 커버 시트를 씌워 놓았던 거죠."

"그럼 우리 커버 시트를 누르는 돌이 흉기였던 건가요?"

야요이의 의문에 히토쓰바시가 대답했다.

"네. 켄의 진술을 듣고 패밀리 레스토랑 주차장에서 찾아냈습니다. 아케미의 혈흔과 켄의 지문이 검출됐어요."

"하지만 어째서 켄 씨는 쓰노다 선생님을 공격하는 무모한 짓을 했을까요?"

후유가 이상하다는 듯이 말했다. 히토쓰바시는 손톱을 튕겼다.

"켄은 그냥 자포자기했을 뿐이에요. 세리나가 사태의 발단이었죠. 세리나는 아케미가 살해된 것과 3호의 시체는 완전히 별개라는 걸 처음부터 알고 있었어요. 게다가 켄이 말한 이별 파티니 이상한 전화니 하는 것 때문에 켄에게 의심을 품기 시작했죠. 처음에는 켄이 범인을 알아내기 위해 이것저것 꾸민다고 생각했는데 문상을 가보니 아케미 씨의 물건이 아무렇게나 버려져 있어서 이상하게 생각한 거죠. 그녀의 의혹 덕분에 쓰노다 선생님은 아까 반장님이 말한 것처럼 휴대전화 음성이 아케미의 것이 아니라 어머니의 것은 아닌가 하고 알아차리고 떠본 거였고요. 소심한 켄은 흥분했지요. 그다음은 아시는 대로입니다."

사람들은 한숨을 쉬었고, 야요이가 위스키를 또 한 잔, 후유는 홍차를 한 잔 더 따랐다. 쇼코가 어서 그다음 얘기를 하라고 졸랐다.

"그쪽 얘기는 이제 됐으니까. 이제 3호 사건 얘길 해줘요. 도대체 그 시체는 누구예요?"

2

히토쓰바시는 쇼코의 얼굴색을 살피며 입술을 적셨다.

"결론부터 말하자면 그 사체는 불법체류 중국인이었어요. 이름은 양페이총인데 아마도 가명이겠죠. 현 경찰청에 부탁해서 조회 중인데요, 신원이 확실해지려면 조금 시간이 걸릴 겁니다."

"뭐야 그게. 그래도 세리나는 누군지 알았겠지. 그러니까 죽인 거잖아."

"일은 삼 년 전으로 거슬러 올라갑니다."

히토쓰바시는 숨을 깊이 들이마셨다.

"삼 년 전, 그해에는 여러 가지 일이 일어났어요. 미시마 사다오의 실종, 세리나의 남편이었던 미나미 하루타의 자살. 그리고 하나 더, 이 하자키 남해안에서 큰 사건이 일어났어요. 중국에서 들어오던 밀항자를 가득 태운 배가 태풍이 오는 바람에 육지로 밀려와서 좌초를 한 겁니다. 기억나시나요?"

"그야 물론. 일곱 시 뉴스에 나왔었어."

"3호의 사체가 된 남자는 자신이 그때 살아남은 사람이라고 했대요. 정말인지 아닌지는 지금으로서는 알 길 없지만요. 적어도 그렇게 자칭하는 사람이 나타난 건 남해장 사람들에게는 더할 수 없는 중대 사건이었던 거죠."

"어째서?"

"삼 년 전 태풍이 불던 날, 날짜는 7월 25일인데, 그 전날 세리나의 남편은 자살을 했습니다. 어머니가 경영하는 미니 호텔 남해장에 유서가 남겨져 있었고 본인의 모습은 흔적도 없이 사라졌어요. 경찰이 바로 수색에 들어갔지만, 그때는 사체가 발견되지 않았어요. 하지만 미나미 하루타가 친구의 빚 보증을 섰다가 천만 엔의 빚을 지게 된 점, 주위에 자살하겠다는 말을 흘렸던 점, 일주일 전에 손목을 그었던 점, 이건 경상이었지만요. 게다가 요트 정박장에서 바다로 뛰어드는 모습을 목격한 제삼자가 있었던 점 등으로 미루어 자살로 판정됐습니다. 그리고 일주일 후 하자키 북쪽 해안에 사체가 떠올랐고, 어머니 미나미 사유리와 아내 세리나가 하루타라고 확인했어요. 사체의 손상이 심했고 옷이 파도에 다 찢겨 나가 알아보기 힘들었지만, 혈액형이 일치했고 몸집이 작고 마른 데다 피부가 검다는 점과 치열 상태 등의 특징이 미나미 하루타와 닮았었지요. 그리고 무엇보다 가까운 가족이 확인했기 때문에 그 사체는 미나미 하루타가 되었고 아무도 그걸 의심하지 않았던 겁니다. 세리나는 남편의 생명보험금 칠천만 엔을 받았고요. 그 생명보험은 든 지 칠 년이 지났었기 때문에 자살이라도 보험금이 나왔습니다. 빚을 갚고 남은 돈으로 목련 빌라 8호를 샀고 이곳으로 이사를 왔어요. 그리고 남해장에서 일하기 시작했습니다. 그런데."

"미나미 하루타는 자살을 한 게 아니었던 거지요."

고마지가 적당한 때에 주도권을 쥐었다.

"그들은 주도면밀하게 계획을 세웠습니다. 보험금을 타려고 말이지요. 하긴 그들에게도 동정할 만한 점이 없지는 않아요. 버블 말기에 생명보험회사가 은행과 연계해서 고객에게 권했던 패키지 보험상품을 기억하시나 모르겠네요. 리스크에 대한 설명은 하지 않고 고수익이라고 믿게 해서 은행에서 돈을 빌려서라도 보험상품을 사게 했지요. 그런데 불경기가 되어 수익이 잘 나지 않고 빚만 남아 사회문제가 됐지요. 하루타의 친구는 하루타를 보증인으로 내세워 은행에서 천만 엔이나 되는 빚을 냈다가 그것을 떼먹고 도망쳤습니다. 그게 하루타에게 돌아왔어요. 은행이 남해장을 넘기라고 하자 그들 가족은 도박을 하기로 한 겁니다. 세리나 왈, 도둑놈 같은 생명보험회사에서 돈을 받는 거니까 속인 기분이 요만큼도 들지 않았다더군요."

"흐음, 그랬군. 나도 같은 입장이었다면 나쁜 짓을 한다고는 생각하지 않았을 거야."

고마지는 쇼코의 말에 고개를 끄덕였으나 곧 얼굴을 찌푸렸다.

"미나미 사유리, 그 마마상 말입니다. 일은 그 하루타의 어머니와 하루타가 이중 국적을 갖고 있는 데서 시작됐습니다."

"이중 국적? 스무 살이 지나면 어느 한쪽 국적을 선택해야 하는 거 아니었나요?"

쇼코가 말하고, 히토쓰바시가 대답했다.

"그 부분은 의외로 느슨한 모양이에요. 제 사촌 누이는 미국 시민권과 일본 국적 양쪽을 다 갖고 있어요. 또 제가 아는 어떤 사람의 부모님은 캐나다에서 태어나셨는데, 본인은 완전히 잊었을 무렵 캐나다 대사관으로부터 국적취득을 한 지 오십 년이 지났는데 갱신하겠냐고 연락이 왔다는 얘기도 들었습니다."

"마마상은 전쟁 전에 밴쿠버에서 태어났지요. 그때 캐나다 국적을 취득했습니다. 자녀인 하루타를 낳을 때도 일부러 그쪽으로 건너갔답니다. 하루타의 캐나다 국적에 올라 있는 이름은 사유리가 이혼하기 전의 성씨였던 사와다에다가 영어식 이름을 붙인 로버트 사와다랍니다."

"그, 그럼, 그 제과 기술자 로바 씨가 세리나의 남편?"

"그런 거지요. 실은 세리나도 원래 시애틀의 일본계 가정에서 태어났답니다. 할아버지인지 증조할아버지인지가 전쟁 전에 그쪽으로 건너가서 전쟁 중에는 미국 병사로 싸웠고 시민권도 얻었지요. 세리나의 아버지는 호텔 맨이 되어 일본으로 돌아왔어요. 그런 환경이 계기가 돼서 두 사람이 서로 알게 됐고 결혼까지 한 거지요. 물론, 그건 사건하고는 관계가 없는 일이지만."

쇼코는 서서히 보통 때의 기세를 되찾기 시작했다.

"그럼 사체는 어디에서 준비를 한 거지? 하루타라고 신고한 사체 말이에요."

"준비 같은 건 없었어요."

히토쓰바시는 후유의 눈을 피하며 말했다.

"사체를 등장시키는 일은 세 사람의 계획에는 전혀 들어 있지 않았어요. 다만 하루타는 주위에 자살하겠다는 말을 흘리고 손목을 죽지 않을 정도로 베어 보인 뒤에 몸을 던지는 척해서 행방을 묘연하게 한 거죠. 그는 이 주변 바다에서 자랐기 때문에 어디로 어떻게 잠수하면 좋은지 잘 알고 있었어요. 그러고는 미리 취득해뒀던 캐나다 패스포트, 일본 입국 도장을 위조한 것 같은데, 요놈을 가지고 일본을 떠나 캐나다로 갔던 겁니다.

하루타는 세리나가 근무했던 도쿄의 호텔에서 주방장으로 일했었으니 캐나다에서 제과 기술자가 되는 건 쉬운 일이었겠지요. 사체가 확인되지 않은 자살은 보험회사의 의심을 피하기 어려우니까 그쪽에서 오 년쯤 세간의 관심이 가시길 기다렸다가 남해장으로 돌아올 작정이었던 모양입니다. 그런데 예상 밖의 사태가 일어났지요. 조건에 딱 맞는 사체가 나와버린 거예요."

"거기서 그 중국 밀항선이 등장하는 거지."

고마지가 히토쓰바시의 말을 옆에서 채 갔다.

"세리나와 마마상은 그 사체가 분명 좌초한 밀항선에서 표류해 온 중국인일 거라고 생각했지요. 경찰에게서 연락을 받고 깜짝 놀랐겠지만, 둘은 그것이 하늘이 내려준 행운이라 여기고 입을 맞춰 미나미 하루타라고 증언했습니다. 덕분에 보험금이 나왔고 하루타도 예정보다 꽤 빨리 캐나다에서 돌아올 수 있었던 거지요. 하루타는 원래는 아까도 말했듯이 작은 몸집에 마른 형이었는데 제과 기술자가 된 지 삼 년 만에 이십 킬로그램쯤 쪄서 체형도 많이 변했고요. 어머니에게서 유전된 탓인지 몰라도 살찌기 쉬운 체질이었던 게 도움이 된 셈이지요. 치열도 교정했고 코나 눈 모양도 바꿨으니 전에 알던 사람들을 마주쳤다 해도 못 알아봤을 겁니다."

"미나미 하루타와 로버트 사와다라면 이름도 꽤 다르고요."

쇼코는 그렇게 말하며 희미하게 웃었다.

"이 계획의 최대 장점은."

고마지도 씩 웃었다.

"하루타가 신분을 가장한 게 아니라는 거였지요. 상황을 잘 봐서 다시 세리나와 결혼하는 데도 아무 지장이 없을 테고. 우리가 남해장을 방문했을 때도 로버트는 스스로 외국인 등록증을 보여주겠다고 했으니까요. ……어쨌든 반년 전에 그가 남해장으로 돌아오는 것으로 계획은 성공했던 거지요. 일단은 말이에요. 그런데 호사다마라고나 할까. 이 자칭 양페이총이 갑자기 남해장에 나타난 겁니다."

히토쓰바시는 롤케이크를 꿀꺽 삼키고 입을 열었다.

"10월 4일, 수요일. 태풍이 있던 날 밤의 일이었어요. 로버트와 세리나의 이야기를 종합하면 이래요. 그날 태풍이 가나가와 현 남부에 상륙한다는 것을 일찌감치 알고 그들은 오후 다섯 시에 모든 대비를 마쳤어요. 그런데 오후 일곱 시 정각에 양이라는 자가 왔어요. 그런 날씨에 손님이, 그것도 중국인 손님이 오다니 참 이상하다고 생각했다더군요. 일단은 자연스레 방으로 안내하고, 세리나는 차로 빌라로 돌아옵니다. 양이라는 인물은 일본어도 어느 정도는 할 줄 알았던 모양이라, 로버트가 그의 얘기 상대가 돼줬어요. 그리고."

"양은 로버트가 일본계 캐나다인이라는 말을 듣자 경계심을 풀고 이런 얘기를 했답니다. 실은 자신은 삼 년 전에 중국에서 밀항해 왔다. 그때도 큰 태풍이 와서 동료가 많이 익사했다. 자신은 기적적으로 살아나서 경찰에 안 잡히고 도망을 쳤는데 그

후로 남동생과 연락이 끊겼다. 살았는지 죽었는지도 모른다. 태풍이 온다는 말을 듣고 남동생이 생각나서 이 해안까지 온 거다, 하고 말이지요."

고마지는 입을 열려는 히토쓰바시를 쏘아보며 말을 계속했다.

"얘기를 듣고 로버트는 당황했지요. 이자가 자신들의 비밀을 냄새 맡고 공갈 협박을 하러 온 게 아닐까 하고. 양은 삼 년 전 아직 날씬했던 시절의 자신의 체형과 닮았다, 혹시 자신의 몸인 것처럼 신고한 사체가 이자의 남동생이 아니었을까. 로버트가 양을 협박꾼으로 착각할 만도 했지요. 사실 이 자칭 양페이총이라는 인물은 중국인 범죄 집단에 한 다리 걸치고 있었던 모양입니다. 치바현 경찰이 수사 중인 고급차 연쇄 도난 사건에서 한몫했을 가능성도 있어요. 다만 양은 조직범죄자라 하더라도 말단이라 수입이 많지 않았을 겁니다. 당연히 치과에 간 적도 없었을 것이고, 범죄자 특유의 냄새 같은 게 있었겠지요. 그러니까 로버트가 겁을 먹은 겁니다."

고마지는 소리를 크게 내며 홍차를 들이마셨다.

"이건 내 상상인데 양은 양대로 로버트의 태도를 보고 착각을 했을 겁니다. 자신을 숙박비를 떼먹고 달아날 사람으로 보는 게 아닌가 하고. 로버트가 진술한 바에 의하면 나중에 양이 갖고 있는 물건을 조사했더니 갖고 있던 돈이 오천 엔도 안 됐다고 하니까 어쩌면 정말로 숙박비를 떼먹고 달아날 생각이었는지도 모르지요. 어쨌든 둘은 어색해졌고, 양은 방으로 돌아갔어요. 그러나 로버트는 그에게서 눈을 뗄 수가 없었지요. 여덟 시 반쯤 양은 감시당하고 있다는 사실을 모른 채 밖으로 나갔어요. 로버트는 레인코트를 걸치고 뒤를 쫓았지요. 비바람이 점점 더 심해졌지만, 양은 아랑곳 않고 해변 산책로를 터벅터벅 걸어갔어요. 삼 년 전 폭풍우가 치던 밤의 일을 생각하면서. 행방을 알 수 없게 된 남동생을 생각하면서."

고마지의 말투는 왠지 모르게 사람들의 기분을 가라앉혔다. 쇼코가 눈썹을 찌푸렸다.

"그래서 그 양이라는 사람을 로버트가 때려 죽였군요."

"그게…… 그게 아니에요."

히토쓰바시가 상사의 눈을 피하며 말했다.

"네? 그럼 설마 세리나가……?"

"그게, 그것도 아닙니다."

"그럼 뭐예요?"

"로버트 사와다가 말하기로는 양은 산책로에서 발이 미끄러져 바위에 크게 머리를 부딪쳤답니다. 그가 달려갔을 때는 피를 흘리고 의식도 없었대요."

쇼코와 야요이, 후유, 세 사람이 일제히 항의의 소리를 냈다.

"아니 당신들이 그건 살인이라고 했잖아요."

"아니, 실은 부검의는 처음부터 사고일 수도 있다고 했어요. 그 일로 의사 선생은 몹시 괴롭힘을 당했지만, 당시 현장 상황을 생각하면 살인 말고는 생각할 수 없었죠. 그러나 수사본부 쪽에서도 지금은 로버트의 진술대로 고의에 의한 살인이 아니라, 죽어가는 사람을 죽었다고 착각하고 방치한 것이라고 추정하고 있어요."

"얘기를 그렇게 서두르는 게 아니야."

고마지한테는 신나는 역할을 부하에게 양보할 마음이 전혀 없었다.

"로버트는 양을 일으켜 세우려 했어요. 나중에 생각하면 그때 양은 아직 죽지 않았었는데 로버트는 죽었다고 착각한 거지. 보통이라면 사체를 바다에 차 넣든가 경찰을 부르면 됐을 텐데 로버트는 그렇게 할 수 없었어요. 삼 년 전 태풍이 불던 날 밀항선 좌초 사건과 그의 투신자살, 그 경위를 양이 알고 있었다면 양의 동료들도 그 사실을 알지 모른다. 양이 익사체로 떠오르면 어떤 소란이 일어날까, 등을 생각하지 않을 수 없었을 겁니다.

혹은 경찰이 타살 의심을 가지고 조사를 할지도 몰라. 왜 태풍이 부는 날 그 장소에 낯선 중국인이 있었나 하고. 조사가 삼 년 전의 밀항선 좌초 사건, 나아가서는 미나미 하루타의 자살 사건으로 튈 수도 있어.

그런데 로버트 말이지요, 얘기를 해보니까 아무래도 그런 대담한 계획을 생각할 만한 깜냥이 못 돼요. 실행력은 있지만 근본은 단순한 녀석이에요. 세리나, 이 친구가 사건의 브레인이었지요.

다행인지 불행인지 사고가 일어난 장소는 목련 빌라의 바로 옆이었습니다. 로버트는 사체……라고 착각했던 것을 등에 업고 빌라로 향했어요. 어떻게 하면 좋을지 세리나하고 의논하기 위해서."

"그때 해안도로를 횡단하는 모습을 트럭 운전수가 본 거예요. 게다가 세리나하고는 엇갈려버렸어요. 그녀는 두 사람이 나간 직후에 차로 남해장에 돌아왔으니까요. ……알았어요. 그렇게 노려보지 마세요. 반장님."

히토쓰바시는 이야기꾼 자리를 마지못해 다시 넘겼다.

"가로채기나 하고. 사건을 해결한 건 나야."

고마지 반장은 재킷을 벗고 의자에 기대앉았다. 햇볕이 강해지고 바닷바람은 잦아들었다. 여름이 되살아난 것 같은 날씨에 잔디 저 너머의 바다도 파랗게 빛났다.

"그런데 어디까지 얘기했더라? 그래, 그래. 로버트가 사체를 빌라로 옮겼지. 그런데 세리나는 없었고. 이 부분이 중요한데, 문제는 로버트가 그때까지 한 번도 세리나의 집에 가본 적이 없었다는 거지요. 빌라가 있는 위치랑 세리나의 집이 8호라는 것만 알고 있었답니다. 둘은 부부로 돌아갈 생각이었지만 너무 급속하게 사이가 좋아지는 것처럼 보이지 않으려고 한 거지요. 로버트와 세리나는 서로 알게 된 지 반년밖에 안 된 것으로 되어 있었으니까. 세상엔 만나서 보름 만에 결혼하는 커플도 있을 정도니 지나치게 걱정을 한 셈이지만, 위험은 피하는 것보다 더 좋은 게 없지요. 하물며 언제든지 남해장에서 만날 수 있으니까 로버트가 세리나의 집에 드나드는 건 좀 더 나중으로 할 작정이었겠지요.

거기서 일이 꼬였습니다. 아까도 말했지만 로버트는 세리나가 8호에 살고 있다는 건 알았지만 그 열 채의 집 중 어느 것이 8호인지를 몰랐어요. 목련 빌라에서는 아래에서부터 1호 2호로 호수를 매겨나가서, 위 건물이 6호 7호, 하는 식으로 되어 있어요. 하지만 위에서부터 1호 2호인 쪽이 오히려 자연스럽지 않나요. 나도 처음에는 다쿠야와 아키라의 집이 4호가 아니라 9호라고 생각했으니까. 로버트가 아래 다섯 채 중 한가운데 집이 세리나가 사는 8호라고 잘못 안 것도 당연하지요. 원래 내가 세리나야말로 빈집 사건의 범인이 아닐까 하고 짐작을 한 첫 번째 계기는 집의 위치였어요. 하지만 그녀가 자기 집을 착각할 리는 없으니, 다른 누굴까 하고 생각하다가 그녀의 애인에게 주의를 하게 된 거지요. 세리나의 남편이 삼 년 전에 자살했다는 것도 걸렸어요. 그래서 그들의 과거를 캐본 겁니다."

"그럼 로바 씨는 3호를 8호로 잘못 안 거군요. 세리나의 집에 들어갈 생각으로 빈집에 사체를 내팽개친 거군요."

후유가 어이없다는 듯이 외쳤다. 고마지는 그녀를 힐끗 바라보았다.

"그래요. 게다가 하나 더 나쁜 조건이 겹쳤지. 전에 바람이 강하게 분 날 7호 현관의 등이 깨져 정전이 된 이후로 태풍이 불 것 같으면 집집마다 현관의 등을 끄고 시트로 싸놓게 되었는데, 그 날이 바로 그렇게 한 날이었어요. 그러니 주위는 캄캄한 데다가 문패도 보이지 않았겠지요. 하물며 그는 패닉 상태였으니 3호를 세리나가 있는 8호라고 착각할 만했지. 그리고 더 운 나쁘게도 3호의 현관문이 열려 있었던 겁니다."

고마지의 신호를 받고 히토쓰바시는 고다마 부동산 사장 건을 설명했다.

"로바는 캄캄한 3호 현관에 양의 몸을 던지고는 지쳐 떨어졌어요. 강풍 속에 사람 하나를 업고 언덕길을 올라왔으니 그럴 수밖에. 집 안이 어두운 건 세리나가 이미 나갔기 때문이라고만 생각했는데, 그러다가 바로 알아차렸지요. 집을 잘못 찾아들었다는 걸. 그리고 그 집이 빈집이라는 걸."

"로바는 당황해서 그 자리에서 도망쳤어요. 물론 문은 닫았지만 열쇠 같은 건 없었으니 잠글 수는 없었지. 허둥지둥 남해장으로 돌아와 세리나한테 이 사실을 고백했을 때 아마 세리나도 새하얗게 질렸을 겁니다. 곧바로 빌라로 돌아가려고 했는데 하필이면 그때, 열한 시 지나서 또 손님이 왔어. 신도 카이라는 인물이."

쇼코가 고개를 갸우뚱하고 쓰노다 야요이를 바라봤다. 야요이는 모처럼 환하게 웃고는, 후유와 쇼코에게 경위를 설명했다.

"아무래도 쓰노다 고다이의 열렬한 팬이었을 것 같은 그 친구는 지금으로선 어디의 누군지 알 길이 없지만, 그건 아무래도 상관없는 일이에요. 다음 날 아침 일찍 떠날 거라면서 방을 달라고 했는데 언제 자나 하고 기다리는데도 밤을 새울 작정인지 전혀 잘 생각을 안 했다는군요.

더군다나 세리나는 쇼코 씨한테서 쓰노다 선생의 책을 빌려서 읽는 중이었기 때문에 신도 카이라는 이름이 기억에 남았고 연락처도 도쿄의 출판사인 걸 보고 이 인물은 쓰노다 고다이의 팬이고 쓰노다 선생님을 만나러 가는 길이든가 돌아가는 길이겠구나, 하고 짐작을 했다고 해요. 그가 쓰노다 댁을 방문하게 되면 아무래도 빌라 옆 언덕길을 지나갈 거고 사체를 끌어안고 우왕좌왕하는 걸 볼지도 모르는데, 하고 생각해서 결국 둘은 그날 밤 빌라로 돌아갈 수가 없었지요. 다섯 시가 되어 신도 카이가 나갔지만 그 시각에는 이미 태풍이 잠잠해졌어요. 그런데 3호 옆에 사는 시로 할아버지 부부는 노인이라 아침이 이르잖아. 그래서 할 수 없이 뒤처리를 미룰 수밖에 없었지요.

사체를 낮에 치울 수는 없었지. 도카치가와 같은 호기심 덩어리 할머니의 눈도 있으니. 모두가 잠들 때까지 기다릴 수밖에. 모두가 잠든 후 둘은 3호동에 숨어 들어갔어요. 양의 시체를 끌어내 뒷산에 묻을 생각으로 말이지요. 그런데 갑자기 엄청난 사이렌 소리가 들려온 거예요."

고마지는 히토쓰바시를 향해 손가락을 쑥 내밀었다.

"자네 메모에서 빠져 있었던 중요한 일이란 게 이거야. 사건 다음 날 2호의 시로 할아버지가 심장발작을 일으켜 구급차를 불렀다잖아. 심야의 사이렌은 사람을 깜짝 놀라게 하지. 그러니 인생 최대의 궁지에 봉착한 두 사람의 심장이 멎을 뻔한 건 상상하기 어렵지 않지. 구급차는 라이트를 빙빙빙빙 돌리며 언덕길을 올라오고 그 붉은빛이 3호 현관의 유리를 통해서 들어오니, 이건 정말 시체를 끌어낼 상황이 아닌 거야. 세리나는, 누군가 이미 사체를 보고 경찰을 불렀어, 이건 경찰차야, 하고 생각했다는군요.

그래서 도망치기 전에 그 자리에서 꾀를 냈어요. 세리나는 시간을 벌려고 안에서 현관문을 잠그고, 양의 지갑과 시계 따위를 꺼내고 호텔에서 갈고닦은 솜씨로 주위를 깨끗이 닦았어요. 로버트는 갖고 있던 삽으로 시체의 얼굴과 손가락을 짓이겼구요. 사체를 신원 불명으로 해두는 편이 좋았으니까. 손가락을 짓이긴 건 양이 공갈 협박범이 틀림없다고 생각해서 그랬겠지. 바위에서 넘어졌을 때 양은 얼굴과 손에 상당한 상처를 입고 있었을 테니까, 그걸 숨기려는 의도도 있었겠고.

대충 처리를 마친 후, 그들은 뒷문으로 도망쳐 나와 구급차에 놀라 집에서 뛰어나온 이웃 사람들 사이에 끼어들었지요. 로바가 불편한 듯이 세리나와 함께 서 있는 걸 봐도 아무도 놀라지 않았고요. 처음으로 애인 집에 자러 온 남자가 이웃 사람들에게 모습을 보여서 어색해하는 건 뭐, 지극히 당연한 일이니까."

"그야 그렇지요. 흐뭇하게 바라봤는걸요. 하지만 어째서 구급차 소란이 가라앉은 후에 바로 사체를 끌어내지 않았지? 모두들 자다 나왔다가 중얼중얼 불평하면서 집으로 돌아갔었는데. 한 시간만 기다리면 다 잠들었을 테고, 그 뒤에 돌아오면 됐을걸. 설마 잠들어버린 건 아니겠지요?"

쇼코의 말에 고마지는 크게 웃었다.

"물론 아니지요. 그 두 사람은 그렇게까지 간이 크지는 않았어요. 그들은 사실 한 시간 뒤에 다시 돌아왔지만 이미 그때는 3호에 들어갈 수가 없었던 겁니다."

"왜요?"

"후유 씨가 뒷문을 열쇠로 잠가버렸기 때문이지요."

쇼코가 앗 하고 외쳤다.

"그랬구나. 그랬었구나. 그렇다면……."

"그래요. 얼마 전 남해장에서 내가 후유 씨를 마구 몰아댔던 건 그 사실을 고백하게 하기 위해서였습니다. 그렇지 않으면 세리나의 행동을 도저히 설명할 수가 없었거든요. 게다가 설명을 들어서 알겠지만, 범인은 뒷문 열쇠에 대해서는 전혀 모르는 사람이었지요. 알고 있었다면 일찌감치 뒷문 열쇠를 확보해뒀을 테니까요. 세리나는 쌍둥이가 열쇠를 숨긴다는 정보로부터 가장 멀리 있는 사람이었어요.

자, 그날 일에 대해서 후유 씨가 자세하게 설명을 해보실까요?"

후유는 쇼코의 시선을 받으며 뺨을 붉혔다.

"딸들이 3호동 뒷문 열쇠를 찾아내서 그 집에 드나든다는 것, 열쇠를 집 뒤 대나무 울타리에 숨긴다는 건 벌써부터 알고 있었어요. 시로 할아버지가 발작을 일으킨 날, 부인 후지 할머니는 맨 먼저 우리 집으로 왔지요. 그분, 사람은 좋지만 긴급사태에 대처할 줄 모르잖아요? 그래서 내가 구급차를 불렀고 언덕까지 가서 구급차가 오는 걸 기다렸어요. 그때 3호 앞을 지나가는데 현관문 잠기는 소리가 들리잖아요."

후유는 힐끗 히토쓰바시를 봤다.

"당장은 시로 할아버지 일 때문에 정신이 없었지만 할아버지가 실려 나간 후 그게 생각났어요. 나는 후지 씨가 찾아올 때까지 정신없이 자고 있어서 그 시간에 쌍둥이들이 어디 있었는지 몰랐어요. 부모가 이런 말을 하면 무책임하게 들릴지 모르지만, 그 애들은 밤중에 3호에 드나드는 것을 무서워할 아이들이 아니거든요."

고마지와 쇼코가 일제히 찬성의 소리를 냈다.

"둘이 방에 잠들어 있는 걸 확인하고 뒷문 열쇠를 숨겨둔 장소에서 꺼내서 3호로 가봤어요. 역시나 뒷문은 잠겨 있지 않았어요. 쌍둥이가 구급차 소동에 놀라 잠그는 걸 잊어버렸다고만 생각하고 두 번 다시 못 드나들게 하려고 문을 잠가버리고 열쇠를 가지고 왔어요. 열쇠는 조만간에 부동산에 건네줄 생각이었어요. 설마 그 집에 사체가 뒹굴고 있었다니, 꿈에도 생각지 못했어요."

"그랬구나."

쇼코가 빈 홍차 잔을 만지작거리며 말했다.

"부동산이 현관문 잠그는 걸 잊었다. 로바 씨가 사체를 가지고 들어갔다. 뒷문 열쇠는 후유 씨네 쌍둥이가 갖고 있었고 후유 씨가 잠갔다. 설마 이런 일들이 전부 다 제각각 일어날 줄이야."

"사체가 발견된 시점에서 열쇠를 경찰에 내놓으면 남편 일도 있고 해서 내가 의심받을 거라고 생각했어요. 하지만 딸들을 입다물게 할 수는 없어서 어쨌든 열쇠를 원래 장소에 돌려놓았어요. 현관문이 열려 있었다는 건 몰랐으니까, 우리 딸들이 숨겨둔 뒷문 열쇠가 범행에 사용됐다고 생각할 수밖에 없었죠."

"하지만 실제로는 쌍둥이가 열쇠를 숨긴 건 엄마 말고는 아무도 몰랐던 거지요. 후유 씨도 남편 일만 아니었다면 좀 더 쉽게 그 사실을 말했을 텐데, 어쨌든 남편의 생김새와 비슷한 사체가 갑자기 이웃집에 출몰했으니 당황할 수밖에. 후유 씨는 어찌할 바를 몰라서 우리 경찰을 난처하게 만든 거지요."

"생김새가 비슷해요?"

쇼코가 얼굴을 들었다. 고마지는 싱글싱글 그녀를 바라보다 표정을 바로잡았다.

"그래요. 후유 씨 남편이나 세리나 씨 남편이나, 없는 의심을 사게 된 노리코 씨의 전 애인까지도. 공교롭게도 세리나와 마마상이 삼 년 전 중국인 밀항자일 거라고 생각했던 그 사체가 실은 후유 씨의 남편 미시마 사다오의 시신이었어요."

쇼코는 얼어붙다시피 되어 후유와 고마지와 히토쓰바시의 얼굴을 번갈아 봤다.

"그거, 확인됐어요?"

"그게 조금 어려울 것 같네요. 사체는 벌써 화장했고 사체의 사진은 있는데 아까도 말했듯이 심하게 훼손되어 있었으니까요. 그러나 세리나는 아마 틀림없을 거라고 합니다. 지금 과학수사연구소에 부탁해서 뼈를 감정하게 했으니까 조만간에 결론이 나오겠지요. 세리나 씨가 후유 씨에게 사과의 말을 전해달라고 했습니다."

후유는 까다로운 얼굴이 되었다. 히토쓰바시가 보다 못해 끼어들어 후유에게 설명했다.

"세리나 씨는 나쓰메와 그다지 친하지 않았잖아. 나쓰메의 남편이 삼 년 전 태풍이 불던 날 행방불명되었다는 사실도 쇼코 씨한테서 듣고서야 알았대. 그것도 사건이 일어난 뒤에 들었다는 거야. 나하고 같이 외출하느라 쌍둥이를 쇼코 씨한테 맡겼던 그날, 세리나 씨는 쇼코 씨와 함께 잠든 쌍둥이를 집에 데려다줬어. 세리나 씨는 그때 거실에서 처음으로 미시마 사다오의 사진을 봤다는 거야. 깜짝 놀랐다고 해. 나쓰메 남편은 쌍둥이하고 웃는 얼굴이 똑 닮았고 쌍둥이랑 같이 덧니가 있잖아. 미나미 하루타도…… 왜 아까 그는 캐나다에서 이 교정을 했다고 했지? 원래는 오른쪽 위 송곳니가 앞으로 튀어나와 있었어. 덧니였대.

나쓰메가 남편의 수색원을 낸 건 삼 년 전 태풍이 있은 지 이주 후의 일이었잖아. 그런데 그보다 일주일 전에 사체가 하자키 북쪽 해안에서 떠올랐던 거야. 세리나 씨를 편드는 건 아니지만, 그 시점에서는 달리 해당되는 행방불명자 신고가 들어와 있지 않았기 때문에 사체가 그녀와 마마상에게로 돌아갔고, 그들은 그 사체가 표류한 중국인일 거라고 생각할 수밖에 없었던 거야."

"세리나는 자신들 때문에 후유 씨가 어려움을 겪었다는 걸 알고 눈앞이 캄캄해졌답니다. 후유 씨만이 아니라 노리코 씨에게 과거의 상처를 도려내는 아픔을 준 것도 그 사체 탓이었지요. 변명으로 들리겠지만 자기 혼자라면 또는 로바와 둘뿐이라면 좀 더 빨리 자수를 할 생각이었다고 하더군요. 하지만 마마상 때문에. 그녀는 이번 일에 대해서는 아무것도 몰랐답니다. 아케미가 살해당하고 사태가 꼬이자, 그제야 비로소 마마상에게 고백했다네요. 마마상은 충격을 받아 자리에 눕고 말았고, 그 바람에 또 자수할 기회를 놓쳤지요. 후유 씨로서는 용서할 수 없는 일이겠지만 세리나도 괴로워한 건 사실입니다. 자업자득이긴 해도."

후유는 천천히 고개를 끄덕이며 고마지의 말을 들었다. 히토쓰바시는 그녀에게서 눈길을 돌렸다. 쇼코가 머뭇머뭇 물었다.

"그래서 세리나는 어떻게 되나요? 로바와 마마상은?"

"살인죄는 아니라 할지라도 사체 유기에 손괴, 불법침입, 보험금 사취, 공문서 위조, 기타 여러 가지가 있으니까. 뭐, 마마상은 죄가 가볍지요. 세리나나 로버트는 잘은 모르겠지만 전부 다 합쳐도 오륙 년. 좋은 변호사를 붙이면 이삼 년이면 되지 않을까. 한 가지 좋은 얘기가 있어요. 그 미나미 하루타의 친구. 빚을 떼먹고 도망친 놈, 요놈이 도망친 곳에서 돈을 잔뜩 벌었다네요. 이번 얘기를 듣고 이천만 엔을 돌려주기로 했다지요. 게다가 마마상과 세리나도 조만간 이런 날이 올지 모른다는 예감이 있었는지, 제법 알뜰하게 저금을 했더군요. 빌라를 팔아 돈을 더하면 남해장을 넘기지 않고도 보험금은 모두 변제할 수 있을 것 같습니다. 보험회사도 돈만 돌려주면 아마 시끄럽게 굴지는 않을 테고. 말하기 뭐하지만 원래는 자기들이 뿌린 씨앗이니까."

긴 얘기가 끝나고 다들 큰 한숨을 내쉬었다. 가정부가 홍차를 더 날라 왔다. 쌍둥이가 꺅꺅 떠들며 잔디 위를 달렸다. 계절을 착각한 벌이 둔한 날갯소리를 내며 사람들의 주위를 천천히 선회했다. 바닷바람이 그들의 머리를 쓰다듬고 푸른 바다가 파도쳤다.

"그래. 잘됐어. 그럼 남해장은 없어지지 않고 언젠가는 세리나도 돌아올 수 있는 거군요. 황금수프정이 문을 닫으면 어쩌나 했거든요."

"문 안 닫아요. 마마상이 남해장에 남아 있잖아요. 아들 부부가 돌아올 때까지 오기로라도 남해장을 지킬 거예요. 뭐, 그 마마상이라면 잘 해낼 거예요."

쇼코는 처음으로 밝은 얼굴이 되었다.

"아케미 씨나 이노 씨 부부는 세리나 부부가 벌인 일에 잘못 끼어들게 되어 안됐긴 하지만 사건 덕분에 파탄이 좀 더 빨라졌을 뿐이고, 불씨는 스스로 갖고 있었던 거지요. 이노 부부는 이혼하기로 결정됐대요. 다케시는 외가에서 맡기로 했다네요. 한 번 인사하러 왔었는데 왠지 게이코 씨 부모라고는 생각되지 않을 정도로 좋은 사람들이었어요. 다친 쓰노다 선생님은 안됐지만 스스로 나선 일이었고, 모든 게 다 잘됐다고는 할 수 없지만 도리어 사건이 일어나서 여러 가지 곪은 곳이 터졌으니 잘된 일인지도 몰라요. 무책임한 것 같지만. 그런데."

쇼코는 쓰노다 야요이의 얼굴을 들여다봤다.

"야요이 씨, 아까 쓰노다 선생님은 다친 덕분에 오히려 잘됐다고 했는데, 그게 도대체 무슨 뜻이죠?"

야요이는 생긋 웃고 말했다.

"어머, 내가 그런 말을 했나요?"

3

그로부터 몇 시간 뒤, 히토쓰바시는 후유와 함께 해안에 있었다. 아케미가 남기고 간 개와 쌍둥이들이 바위 사이를 위태롭게 뛰어 돌아다녔다. 두 사람은 나란히 산책로에 앉아 그 모습을 눈으로 좇았다. 히토쓰바시가 가볍게 기침을 했다.

"세리나 씨가 남편으로 장례를 치른 유골이 나쓰메의 남편 것으로 판명되면 어떻게 할 거지? 쌍둥이들은 아직 그 사실을 모르지?"

"바보네."

그녀가 작게 웃었다.

"저 아이들에게 비밀로 해둘 수 있는 건 아무것도 없어. 벌써 알고 있어. 하지만 생각했던 것보다는 충격이 크지 않은 것 같아. 아버지를 좋아했지만, 어쨌든 그 무렵에도 집에 자주 들어오지는 않았었으니까."

"그랬군."

히토쓰바시는 한숨을 쉬었다. 처음으로 미시마 사다오가 조금 안됐다는 생각이 들었다. 부부 싸움 끝에 뛰쳐나간 그는 무슨 생각으로 바닷가로 내려왔을까. 스스로 바다에 몸을 던진 건가, 아니면 파도에 휩쓸려 간 건가. 살아 있는 사람의 마음조차 모르는데 죽어버린 사람의 마음을 어찌 알까.

"남편의 신원이 확인되면 어떻게 할 거야? 신쿠니로 돌아가?"

"응? 설마. 여기가 우리가 있을 곳이야. 목련 빌라가 우리의 집이야. 여기서 계속 살 거야. 하쓰미, 쌍둥이가 말이야."

후유는 멋쩍은 듯 웃고는 말을 이었다.

"이번에 그 형사 아저씨하고 데이트할 때는 집에 초대해서 식사하래. 방해가 된다면 자기네들은 3호에라도 숨어 들어가 있을 테니까, 맘대로 나가지 말래."

히토쓰바시는 멍청히 후유의 옆얼굴을 들여다봤다. 얼마 지나자 그는 웃음보를 터뜨렸다. 후유는 힐끗 그 모습을 노려봤지만, 결국 자신도 소리 내어 웃기 시작했다. 둘이 눈물을 흘리며 웃고 있자니까 아이들과 개가 바위 그늘에서 뛰어나왔다. 그들은 배를 움켜쥔 어른들을 수상쩍다는 듯 바라봤지만, 바로 보통 때처럼 얘기하기 시작했다.

"엄마. 들어봐. 들어봐. 이 개 말이야. 바위틈에 보물을 숨겨 놓았어."

"굉장한 보물이야. 그렇지, 마야?"

"병하고 해초, 더러운 양말 한 짝 등등."

"저기, 이 개 누가 키울 거야? 우리 집에서 키우면 안 돼?"

"우리가 키운다면 카트린느는 싫어. 개는 남자답게 포치가 좋아. 그렇지 아야?"

"암컷인데 포치는 안 돼. 그래. 고마지라고 하면 어떨까?"

"아야, 그거 좋다. 최고야. 고마지, 이리 온 이리 온."

깔깔깔 웃음을 주고받으며 달려 사라져가는 아이들을 바라보며 후유가 말했다.

"……역시, 집에서 하는 데이트는 신중하게 생각해볼 일이야."

하자키 의과대학 부속병원 외과 병동 복도에서, 쓰노다 야요이는 옛날부터 아는 편집자와 마주쳤다. 편집자는 야요이에게 달려와 말했다.

"부인, 이번에 큰일을 겪으셨습니다. 저어, 선생님은 머리를 다치셨다면서요. 원고는 괜찮을까요?"

"걱정 안 하셔도 될 거예요."

"하지만."

"쓰노다는 죽여도 죽지 않으니까요."

야요이는 병실로 들어갔다. 산처럼 많은 꽃다발에 둘러싸인 쓰노다 고다이는 침대 위에서 심드렁한 표정으로 담배를 피우고 있었다.

"이놈 저놈 다 원고 걱정만 하고 있어. 난 도대체 뭐야."

"삐치지 마요. 병문안 와주는 것만으로도 고맙잖아요."

고다이는 눈을 흡뜨며 아내의 얼굴을 봤다.

"당신 경찰한테 말했어? 그 일."

"그 일?"

야요이는 재미있다는 듯 남편을 내려다보고 어깨를 으쓱했다.

"그 일이라니. 쓰노다 고다이의 소설을 쓰는 것이 척 봐도 한량 같은 당신이 아니라 알코올중독의 중년 주부인 나라는 거?"

"빈정대지 마."

"사실이잖아요."

야요이는 의외일 정도로 상냥한 시선을 남편에게 던졌다.

"걱정하지 마요. 우리는 둘이서 쓰노다, 고다이예요. 어느 한 쪽이 빠져도 쓰노다 고다이가 아니게 돼버려요. 당신은 당신대로 쓰노다 고다이라는 간판을 굳건히 지고 나는 나대로 재미있는 소설을 쓰는 거예요. 그것으로 됐잖아요. 하지만요."

야요이는 한숨을 쉬었다.

"실은 좀, 평생 옛 남자를 그리워하는 여자를 그리는 건 질렸어요. 여자란 현실적이어서 바뀌는 게 빠른 법이에요."

"예외도 있잖아."

"없진 않겠지만요."

야요이는 사건의 중심인물을 떠올리며 어깨를 으쓱했다.

"이삼 년 정도라면 기다릴 여자도 있겠지만, 웬만큼 머리가 이상하지 않은 한 십 년이나 기다리지는 않죠. 그래서 신에이샤에서 부탁받은 시리즈는 이제 끝을 맺고 다른 얘기를 써볼까 해요. 신도 카이는 이번에 죽는 것으로 할게요."

"짓궂군."

고다이는 어쩔 수 없다는 듯이 대답했다.

"그 신도 카이라는 팬이 화가 나서 면도칼을 보내올걸, 분명."

"당신도 좀 조심하세요. 뭣 때문에 일부러 도시를 버리고 이곳에 왔는데요. 당신이 소설을 쓰는 게 나라고 말해버릴 뻔했기 때문이잖아요. 술이 들어가면 바로 그렇게 된다니까."

고다이는 면목 없다는 듯이 고개를 숙였으나 바로 씩 웃으며 얼굴을 들었다.

"참, 아까 스기오카가 왔었어. 지금은 프리 라이터래. 그 녀석 굉장한 착각을 하더라고. 나한테 미소년 취미가 있다나 뭐라나."

"네? 그래서 당신 어떻게 했어요?"

"시치미를 떼줬지. 우리의 비밀을 가리기에 딱 좋으니까."

야요이는 어이없어하며 남편을 바라봤지만, 곧바로 어깨를 흔들며 웃기 시작했다. 침대 위의 고다이도 따라 웃었다.

"있지, 나 말이야, 당신 도움을 받아서 문장 공부라도 시작할까. 소설까지야 못 쓰겠지만 르포 정도라도 쓸 수 있게 되면 해외 취재를 할 수도 있을 테고. 언제까지나 트렌치코트 차림에 술만 마시며 돌아다닐 수도 없고, 이대로 주부로 생을 끝내고 싶지도 않고."

"일하는 주부라면 내가 잘 알죠."

"그래? 가끔은 가사를 분담해주지 않을래?"

그때 간호사가 들어왔다. 그녀는 쓰노다 고다이의 숨은 애독자였다. 척척 할 일을 하는 한편으로 딴청을 피우는 부부를 곁눈질하면서, 간호사는 생각했다. 왠지 느낌이 안 좋은 부인이네. 고다이 선생님은 깊은 멋이 있는데. 내가 부인이라면 좀 더 선생님에게 상냥하게 해드릴 텐데.

다쿠야는 머뭇머뭇, 기토당을 들여다봤다. 정오가 지난 가게에는 손님의 모습이 보이지 않았다. 노리코는 안쪽 카운터 옆 책상을 향해 서서 바쁘게 책을 분류하고 있었다.

"야아."

"어머."

노리코는 땀에 젖어 이마에 달라붙은 머리카락을 떼며 일어섰다.

"무슨 일이야. 오늘은 학원 쉬나?"

"삼십 분쯤 시간이 나서."

"그래, 커피라도 탈까? 인스턴트지만."

"실은 그걸 노리고 온 거야."

전기포트에서 두 개의 머그잔에 뜨거운 물이 부어지는 동안, 대화가 끊겼다. 다쿠야는 무료한 듯 책이 쌓인 책상 위를 둘러보았다.

"뭐 하고 있었어? 가격표 붙이고 있었나?"

"아니. 세리나한테 넣어줄 책을 골랐어."

"세리나 씨한테? 하지만 그 사람은."

"그래. 확실히 세리나 덕분에 사흘 동안 힘들었지. 하지만 세리나는 나한테 원한이 있어서 그런 짓을 한 게 아니잖아. 그렇기는커녕 본인이 더 놀랐을 거야. 설마 내가 의심받으리라고는 생각하지 않았겠지."

"굉장히 관대하구나."

"어머니가 나보다 먼저 난리셨으니까."

노리코는 웃었다.

"힘들었어. 어머니는 세리나를 살인귀라고 부르는걸. 그런 사람이 이웃에 있었다니 어떻게 하면 좋아, 우리 딸 노리코가 이것 때문에 결혼 못 하면 어떻게 해, 하면서 소리쳐댔어. 지금 와서 소란을 떨어봐야 소용없잖아. 난 어머니가 말하는 건 뭐든 반대로 하는 습관이 붙어서 이것저것 세리나 편을 들다 보니 왠지 세리나의 마음을 알 것 같은 기분이 들었어. 게다가 말이지."

노리코는 커피를 꿀꺽 마시고 얼굴을 찌푸리며 말했다.

"하자키 경찰서의 고마지 형사반장이 사사마를 찾아낸 김에 불러내서 한마디 해줬나 봐. 그가 그저께 집에 가는 길에 들러서 엄청 난리를 부렸어. 너같이 무서운 여자한테는 앞으로 절대 찾아오지 않겠다고 일방적으로 내뱉더라고."

"마지막까지 못된 놈이군."

"정말 그래. 그런 말을 듣고 상처받지 않는다면 거짓말이겠지만…… 하지만 무슨 까닭인지 그날 밤은 잠을 잘 잤어."

"그래."

"그래서 세리나한테는 조금 감사하고 있어. 그런 일이 없었다면 난 언제까지나 멍청하게 살았을 테니까. ……그래, 그래. 있지, 그 얘기 들었어? 아케미 아줌마가 살해되던 날 걸려온 장난 전화 얘기."

"아 그래, 그거 어떻게 된 거야? 결국 켄 씨가 너한테 죄를 씌우려고."

"그게 아니야. 고마지 씨가 통화 기록을 조사해줬는데 전에 우리 집에서 책을 훔치려 했던 중학생 삼인조가 있었잖아. 그 전화, 그 중학생들의 장난 전화였어. 감쪽같이 노인으로 목소리를 위조해서 복수를 할 작정이었대. 그 복수가 우연히 나를 용의선상에서 벗어나게 해줬으니까 희한한 일이지. 이쪽도 고마지 형사반장이 야단을 쳐준 모양이야. 그 사람 그래 봬도 나한테는 미안하게 생각하나 봐."

"그래."

"뭐 이것저것 곪았던 것들이 터져 나와 어머니한테도 마구 해댔어. 좀 불쌍했지만. 어머니로서는 그런 배신이 없었을 거야. 요즘 나하고 말도 안 해. 하지만 어쩔 수 없잖아. 세리나가 말했었어. 사사마는 자신의 책임까지 나한테 밀어붙였다고. 맞아. 내 몫은 내가 지고 가야 하겠지만 남의 몫까지 질 필요는 없어. 조만간 어머니한테도 사과하고 이해를 구할 거야."

다쿠야는 눈을 씀벅씀벅하더니 쓴 커피를 마셨다.

"나도 아키라한테 사과해야지."

"싸웠어?"

"싸운 것보다 더 심해. 뭐랄까. 노리코 씨가 범인이 되는 것보다 아키라가 범인인 게 낫겠다고 생각해서 말이지. 그 녀석을 의심하는 태도를 취했어. 왠지 사과하기가 힘드네. 그 녀석도 요즘 나하고 말도 안 해. 무리도 아니지만."

"서로 귀가 공포증이겠군."

"뭐하면 말이야."

다쿠야가 갑자기 활기차졌다.

"아키라더러 7호로 이사 가라고 하고 당신이 4호에 오는 건 어때? 어머니와 아키라를 함께 살게 하고 말이야. 그리고 우리가……."

"불쌍한 아키라."

노리코가 깔깔거리고 웃다가 갑파북스판 『쾌락주의 철학』에 커피를 쏟을 뻔했다. 다쿠야는 뚱해진 얼굴로 입을 다물었다. 노리코는 눈가를 닦으며 물었다.

"아이고 참, 설마 다쿠야 씨 진심으로 한 말은 아니겠지?"

"농담이었어."

"그래. 그렇다면 됐어. 세상일에는 한도라는 게 있는 거야."

노리코는 몇 권의 책을 모아서 종이봉투에 넣었다. 불만스러운 얼굴을 한 다쿠야에게 그녀는 아무렇지도 않게 말했다.

"있지, 다쿠야 씨. 당신 어느 정도 저금했어? 내 저금하고 합치면 세리나가 살던 8호를 살 수 있을 정도는 될까?"

남해장 주방에서 마마상 미나미 사유리는 호박을 썰고 있었다. 레스토랑 이름의 유래가 된 호박수프를 만드는 중이었다. 여러 종류의 호박과 하자키 팜의 진한 크림을 사용해 만드는 호박수프. 이번에 두 사람에게 사식으로 넣어줄 거다. 하루타와 세리나 둘 다 이 수프를 아주 좋아해. 앞으로도 힘든 시기가 계속될 테니 영양을 보충해줘야지.

지쳐서 깜빡 말이 새어 나오면 안 되니까.

그 남자가 남해장에 왔을 때 처음 그를 의심한 건 사유리였다. 아들과 얘기하는 것을 듣고 이건 안 좋다고 생각한 것도 사유리였다. 그 남자가 밤에 해안을 따라 폭풍우 속을 어슬렁어슬렁 산책하는 것을 뒤따라간 것도 사유리였다. 그 남자는 신발을 벗어 젖은 양말을 그 속에 집어넣고 맨발로 해안을 걸었다.

사유리는 그를 쫓는 도중에 심한 불안에 휩싸였다. 남자가 가고 있는 방향은 세리나가 있는 목련 빌라 쪽이 아닌가.

가족 셋이 힘을 합치면 무슨 일이라도 해나갈 자신이 있었다. 그러나 지금 세리나는 홀로 집에 있다. 앞으로도 당분간은 집에 혼자 있을 것이다. 그럴 때 이 남자가 덮치기라도 한다면…….

남자는 양말 한쪽을 산책로에 떨어뜨렸다. 사유리는 그 양말을 집어 들어 돌로 채웠다. 심한 파도 소리가 사유리의 기척을 지웠다. 사유리는 돌이 든 양말에 탄력을 주어 돌아보는 남자의 머리를 냅다 쳤다.

호박을 냄비에 넣으면서, 사유리는 생각했다. 실패한 건 아들 하루타가 자신의 뒤를 쫓아온 걸 알아차리지 못한 것. 뒤처리를 아들에게 맡긴 것. 무엇보다 삼 년 전, 하자키 북쪽 해안에 떠오른 사체를 하루타의 것으로 꾸미자고 세리나를 억지로 설득한 것. 그런 쓸데없는 짓만 하지 않았으면 좋았을걸.

새하얗게 질려 달려온 아들에게 설득당해 사유리는 남자의 뒤처리를 맡기고 남해장으로 돌아왔다. 돌아와보니 세리나가 있었고 뒤이어 하루타가 돌아와서……. 그다음은 경찰에 얘기한 대로다.

사유리는 선명한 색깔로 삶아진 호박을 체로 받쳤다. 우유를 약간 더해서 믹서에 돌리고 그 빛나는 찰진 액체를 다른 냄비에 옮겼다.

하루타인 것처럼 꾸며서 묻은 사체가 실은 후유의 남편인 것 같다는 말을 세리나에게 들었을 때는 사유리도 양심의 가책을 견디지 못해 쓰러졌다. 이건 숨겨둘 일이 아니라고 세리나가 말했다. 아케미의 살인범이 누군지 알게 되면 지금까지 숨겨왔던 걸 모두 밝히자. 모두 경찰에 얘기하자. ……단 마마상이 그 남자를 죽인 건 빼고. 그건 사고라고 주장하는 거다. 보험금 사취를 숨기기 위해 사고를 공개하지 못했다고 하면 된다. 잘될 거다. 절대로.

수프에 우유와 크림을 넣고 소금과 후추로 맛을 냈다. 작은 접시에 떠서 맛을 봤다. 음. 좋아. 최고야. 이거야말로 황금수프정의 간판 메뉴 맛이야. 지금은 사건 소식 때문에 멀어진 손님들도 세간의 관심이 가시면 다시 돌아올 거야. 이 맛을 그리워하면서.

사유리는 그럴 자신이 있었다.

글쎄 다 잘됐잖니, 세리나.

옮긴이 후기

코지 미스터리의 세계에 오신 것을 환영합니다!

『하자키 목련 빌라의 살인』은 일상 미스터리의 여왕이라 평가받는 와카타케 나나미가 하자키라는 가상의 해안 도시를 배경으로 쓴 하자키 시리즈 중의 한 권이다. 와카타케 나나미는 본격 추리소설, 하드보일드, 코지 미스터리, 호러, 패닉소설 등 다양한 장르를 넘나들며 미스터리소설을 써왔다.

그중에서도 이 작품이 속한 하자키 시리즈는 코지 미스터리를 표방하고 있는데, 저자의 말을 빌리자면 이는 "작은 동네를 무대로 하여 누가 범인인지 수수께끼를 풀어나가는, 폭력 행위가 비교적 적고 뒷맛이 좋은 미스터리"다.

해안가 한적한 주택지인 '하자키 목련 빌라'의 비어 있던 3호 주택에서 신원을 알 수 없는 수수께끼의 사체가 발견된다. 하자키 경찰서의 형사반장 고마지와 신참 형사 히토쓰바시, 제각각 사연을 숨기고 있는 주민들, 그리고 이웃의 추리소설 작가까지 나서서 범인을 찾느라 우왕좌왕하는 와중에 또 하나의 살인사건이 이어서 발생한다.

이 소설에는 빌라의 주민들과 형사까지, 하나같이 개성이 넘치는 스무 명이 넘는 주요인물이 등장한다. 소설이 전개되는 과정에서 등장인물의 비밀이 하나둘 드러나고, 범인 찾기는 수많은 등장인물과 그들의 사연만큼이나 복잡하게 꼬여드는데…….

수사가 진행되면서 주민 하나하나가 차례로 용의선상에 오른다. 1호, 쌍둥이 딸을 키우며 일하는 엄마 미시마 후유는 삼 년 전에 남편이 실종됐는데, 사실은 그녀가 남편을 죽여 마루 밑에 묻은 것이라는 흉흉한 소문이 떠도는 처지고, 7호의 기토 노리코는 헤어진 한량 남자 친구가 얼마 전까지 찾아와 돈을 요구하며 괴롭힌 터다. 후유의 남편과 노리코의 남자 친구는 둘 다 3호에서 발견된 사체와 신체 특징이 유사하다. 여기에 삼 년 전 빚에 몰려 하자키 해안에서 투신자살했다는, 8호의 세리나의 남편도 사체와 유사한 신체 특징을 갖고 있다.

그런가 하면 4호에 사는 나카자토 다쿠야는 노리코를 진심으로 사랑하며, 그녀가 전 남자 친구에게 괴롭힘을 당하고 있다는 사실을 알고 있다. 9호의 이노 게이코는 허영과 사치 때문에 남편과 갈등을 빚고 있으며, 과거에 있었던 일과 관련해 협박을 당하고 있다. 3호의 열쇠를 관리하는 고다마 부동산 사장 부부도 수사선상에 오르게 되는데, 부동산 사장 역시 뭔가를 숨기고 있다. 게다가, 얼마 전에 빌라 위쪽 대저택으로 이사 온 추리소설 작가 쓰노다 고다이도 태풍이 불던 날 3호의 사체와 유사한 젊은이가 자신의 저택에 찾아왔었다는 사실을 숨긴다.

이 많은 용의자 중 과연 누가 범인일까? 잠겨 있던 빈집에서 발견된 사체는 누가, 왜, 어떻게, 그곳에 갖다 놓았을까? 첫 번째와 두 번째 살인사건은 서로 관련이 있는 것일까?

저자는 코지 미스터리를 표방한 대로, 이렇듯 복잡한 사건 전개와 인물들의 얽히고설킨 사연들을 결코 무겁지 않게, 유머러스하게 풀어간다. 엉뚱하게 동문서답하는 어른들 덕에 웃음이 터지고, 말괄량이 쌍둥이 자매의 맹활약에 유쾌해진다.

사건이 종결되고 주요 당사자들이 모여 앉아 각자의 입장에서 정리하는 끝부분은 탐정 영화에서 본 듯한 장면이다. 그리고 미스터리 소설에서 빼놓을 수 없는 재미, 마지막 반전도 물론 준비되어 있다! 전율을 선사하기보다는 살짝 웃음 짓게 만들어주니, 독자 여러분은 사건이 해결되어 만족스러웠던 기분을 상하지나 않을까 하는 걱정은 붙들어 매두시길.

앞으로 하자키 시리즈 2권 『진달래 고서점의 사체』, 3권 『고양이 섬 민박집의 대소동』이 연이어 나올 예정이다. 코지 미스터리의 세계에 흠뻑 빠져 지낼 수 있다는 게 번역자로서는 더할 나위 없는 행복이다! 독자 여러분과 이 행복을 함께 나누고 싶다.

서혜영

하자키 목련 빌라의 살인

초판 1쇄 2010년 7월 25일
개정판 1쇄 2022년 2월 22일

지은이 와카타케 나나미
옮긴이 서혜영
펴낸이 박진숙 | **펴낸곳** 작가정신
편집 황민지 | **디자인** 나영선 | **마케팅** 김미숙
홍보 조윤선 | **디지털콘텐츠** 김영란 | **재무** 오수정
인쇄 및 제본 한영문화사

주소 (10881) 경기도 파주시 문발로 314
대표전화 031-955-6230 | **팩스** 031-944-2858
이메일 editor@jakka.co.kr | **블로그** blog.naver.com/jakkapub
페이스북 facebook.com/jakkajungsin
인스타그램 instagram.com/jakkajungsin
출판 등록 제406-2012-000021호

ISBN 979-11-6026-260-5 03830